PETER JAMES

W0334722

LETTRES DE CHAIR

Traduit de l'anglais (Grande-Bretagne)
par Raphaëlle Dedourge

fleuvenoir

Titre original :
You are dead

Le Code de la propriété intellectuelle n'autorisant, aux termes de l'article L. 122-5, 2e et 3e a, d'une part, que les « copies ou reproductions strictement réservées à l'usage privé du copiste et non destinées à une utilisation collective » et, d'autre part, que les analyses et les courtes citations dans un but d'exemple ou d'illustration, « toute représentation ou reproduction intégrale ou partielle faite sans le consentement de l'auteur ou de ses ayants droit ou ayants cause est illicite » (art. L. 122-4).
Cette représentation ou reproduction, par quelque procédé que ce soit, constituerait donc une contrefaçon sanctionnée par les articles L. 335-2 et suivants du Code de la propriété intellectuelle.

© Really Scary Books / 2015, Peter James.
© 2017, Fleuve Éditions, département d'Univers Poche,
pour la traduction française.
ISBN : 978-2-265-11611-5

Pour ma bien-aimée Lara

1

JEUDI 11 DÉCEMBRE

Logan roulait vite, sous une pluie battante. Elle était pressée de rentrer chez elle, contente que cette journée de merde touche à sa fin.

Elle commencerait par se servir un grand verre de vin blanc et fumerait, en cachette, une cigarette sur le balcon avant le retour de Jamie.

Sur Radio Sussex, après le jingle familier, une présentatrice annonça les informations de 17 h 30. Ce que Logan ignorait, c'est que le lendemain, à la même heure, elle ferait les gros titres de la presse locale et qu'une chasse à l'homme serait lancée pour la retrouver.

Sa journée avait mal commencé. Elle s'était levée tard, avec un horrible mal de tête. La veille, elle avait dîné avec Jamie, dont elle ne supportait plus le désordre. En se rendant dans la salle de bains, elle avait trébuché sur une chaussure qu'il avait laissée traîner et s'était entaillé l'orteil contre la porte. Elle aurait dû aller aux urgences, mais elle n'avait pas de temps à perdre. Elle s'était contentée d'un bandage, en priant pour que la plaie ne s'infecte pas.

Ensuite, pour ne rien arranger, elle s'était fait flasher par le radar devant lequel elle passait pourtant tous les jours de la semaine, depuis plusieurs années. En retard pour son premier rendez-vous, elle roulait à plus de 70 km/h, au lieu des 50 réglementaires.

Cerise sur le gâteau, l'une des collaboratrices de son cabinet de chiropraxie, celle qui leur rapportait le plus, leur avait annoncé qu'elle attendait des triplés et qu'elle arrêtait son activité professionnelle. Sans elle, l'avenir du cabinet était incertain.

Pour couronner le tout, l'attitude de Jamie la préoccupait. Il refusait d'admettre que ça n'était plus possible. C'était pourtant le cas. Son manque d'efforts la rendait dingue. Au début, elle avait trouvé ça charmant, mais elle n'en pouvait plus, surtout depuis qu'il lui avait expliqué que c'était à elle, la femme, de ranger la maison.

Elle avait pris sa remarque au pied de la lettre, avait ramassé les habits qui traînaient par terre, les cannettes de bière et les verres vides laissés par ses potes venus regarder un match de foot, et avait tout jeté dans le vide-ordures de l'immeuble.

Ce souvenir la fit sourire. Elle mit le clignotant à droite, freina, s'arrêta devant l'entrée du parking souterrain de leur immeuble, à Kemp Town, et appuya sur la télécommande. Le portail électrique s'ouvrit.

Elle s'engagea, puis sursauta, effrayée par une silhouette tapie dans le noir.

Elle écrasa la pédale de frein.

2

JEUDI 11 DÉCEMBRE

En quelques secondes, Jamie Ball sentit que quelque chose n'allait pas. Il était au téléphone avec sa fiancée, la connexion était mauvaise. Il roulait sur l'autoroute en direction de Brighton, dans sa vieille Golf. La circulation était dense, il avait du mal à entendre ce qu'elle lui disait. Ce qui ne l'empêchait pas de percevoir son malaise.

— Tout va bien, ma chérie ?

— Non.

— Qu'est-ce qui se passe ?

— Il y a un homme dans le parking souterrain. Je viens de le voir. Il a essayé de se cacher au moment où j'entrais.

Ni lui ni elle n'aimaient ce parking. Leur appartement, au neuvième étage, était petit, mais il disposait d'une vue magnifique sur les toits, et au loin, sur la Manche. Il se trouvait près de l'Hôpital Royal du Sussex, à Kemp Town. Logan et Jamie l'adoraient, mais le parking souterrain leur filait les jetons.

Il était mal éclairé, certains recoins étaient plongés dans le noir, et il n'était pas sécurisé. Plusieurs véhicules, protégés par des housses, semblaient inutilisés. Quand elle rentrait tard, Logan préférait se garer dans la rue et risquer un P-V.

Jamie lui avait souvent conseillé de veiller à ce que le portail soit bien refermé avant d'aller plus loin. Les craintes paraissaient se confirmer.

— O.K., ma chérie. Verrouille les portières. Fais demi-tour et ressors immédiatement.

Elle ne répondit pas.

— Logan, tu m'écoutes ?

Il entendit un cri.

Un cri horrible.

Puis plus rien.

3

JEUDI 11 DÉCEMBRE

Felix ne voit pas d'inconvénient à ce que je tue des gens. Il comprend mes raisons. J'ai l'impression qu'il aimerait faire comme moi, s'il en avait le courage. Harrison est moins enthousiaste, ça lui pose problème, d'un point de vue moral. Marcus, quant à lui, est complètement contre, il ne trouve pas ça mortel du tout – désolé pour la blague de mauvais goût. Il pense que je suis une mauvaise personne. Pourquoi pas ? C'est bien d'avoir des amis intelligents, qui ont une opinion personnelle et n'ont pas peur de l'exprimer. J'ai toujours respecté les gens qui disent ce qu'ils pensent.

On dit parfois qu'un ami est quelqu'un qui sait tout sur l'autre, et qui l'aime envers et contre tout. Je ne suis pas sûr que l'amitié soit *inconditionnelle*. Nos amis doivent nous surveiller, nous aider à garder le cap, à ne pas perdre de vue les questions de moralité. Mais Marcus a tort. Je ne suis pas une mauvaise personne. Pas vraiment. Plutôt une victime. Nous sommes tous victimes. Tous prisonniers de notre passé, d'une façon ou d'une autre. Notre passé nous définit plus ou moins. Ce n'est qu'a posteriori, de temps en temps, quand on lit quelque chose qui nous touche, ou quand notre psychanalyste met le doigt sur un point sensible, que l'on fait le lien. Qu'on a une « révélation ». Que tout devient logique. Qu'on peut tout justifier.

Je viens de me lancer dans mon prochain « projet ». Il s'agit d'une jeune femme de 25 ans environ, mince, jolie, les cheveux longs – comme quasiment tous mes projets. Je la suis depuis trois mois. Dans la rue, la plupart du temps, mais aussi sur sa page Facebook et sur Twitter. J'aime bien faire des recherches exhaustives sur mes projets, pour trouver la meilleure façon de les enlever, puis personnaliser leur « traitement ». La préparation me procure une immense satisfaction. C'est comme lire le menu d'un grand restaurant dans lequel on va dîner.

Mes magnifiques dossiers.

Logan est une fille incroyable. En pleine forme. C'est une marathonienne. Elle devait se marier. C'est annulé, mais ça n'a rien à voir avec moi. Tous ces éléments m'aident à garder le cap, moralement parlant.

Elle n'a pas le droit de traiter les hommes comme elle le fait.

Elle doit être punie.

4

JEUDI 11 DÉCEMBRE

En été, le lagon de Hove était très fréquenté. Composé de deux grands lacs artificiels, il comprenait aussi un terrain de jeu, un skate park et une pataugeoire, en bord de mer, près de cabines de plage multicolores. Sous l'œil attentif de leur mère, de leurs grands-parents, d'une jeune fille au pair ou d'une nounou, les enfants jouaient sur les manèges, les toboggans et les balançoires, dans la petite piscine, faisaient voguer des bateaux en plastique sur l'un des deux plans d'eau rectangulaires ou pratiquaient la voile, la planche à voile ou le wakeboard. Certains se goinfraient de glaces et de bonbons achetés au Big Beach Café, un bâtiment tout blanc, aux fenêtres bleues et au toit pentu, remis au goût du jour par Norman Cook, plus connu sous le nom de Fat Boy Slim.

Mais en ce jour de décembre, en cette après-midi pluvieuse et ventée, l'endroit était sinistre. Une vieille dame avec un chapeau en plastique transparent promenait un chien de la taille d'un rat, ceint dans un harnais.

Des hommes en gilet fluorescent et casque antibruit s'affairaient au marteau piqueur sur le chemin menant au café, éclairés par des projecteurs. Arc-bouté contre les éléments, le contremaître prenait des mesures qu'il notait sur une tablette électronique protégée par un étui waterproof. Plusieurs voitures et camionnettes étaient garées non loin. Un générateur jaune tournait à plein régime.

Un ouvrier s'écria soudain, avec un accent étranger :

— Oh, mon Dieu ! Wesley, venez voir !

Les autres ouvriers interrompirent leur travail. Le contremaître s'approcha et découvrit ce qui ressemblait à un squelette de main.

— C'est un animal ? demanda l'ouvrier.

— J'en sais rien, dit le contremaître.

Il ne voyait pas quel animal pouvait avoir une main, ou peut-être s'agissait-il d'une patte de singe ? Ou d'un cadavre humain… Il demanda à ses trois hommes de se concentrer sur la zone autour, sans creuser trop profond.

Ceux-ci dégagèrent des plaques de macadam et un squelette de bras apparut, relié à la main par des tendons noircis. Puis ils découvrirent une cage thoracique et un crâne, humain, de toute évidence.

— O.K. ! intervint le contremaître. On arrête tout. Rentrez chez vous, on reprend demain matin si les autorités nous donnent le feu vert. Rendez-vous à 8 heures.

Il se demanda soudain s'il n'avait pas eu tort d'ordonner à ses gars de déterrer le cadavre. Il se dirigea vers la camionnette, ouvrit les portes arrière et s'empara d'une bâche qu'il déposa sur le squelette en la calant avec des gravats. Quand il eut terminé, il appela son patron qui lui dit de contacter les flics. Il raccrocha et composa le numéro de police-secours.

5

JEUDI 11 DÉCEMBRE

Fébrile, Jamie Ball se gara sur la bande d'arrêt d'urgence et composa de nouveau le numéro de Logan. Le téléphone sonna six fois, puis bascula sur messagerie.

« Vous êtes bien sur la boîte vocale de Logan Somerville. Je ne peux pas prendre votre appel pour… »

Il raccrocha et réessaya.

Réponds, ma chérie, décroche, je t'en prie !

Il entendit de nouveau la sonnerie et le message. Un camion passa à quelques centimètres de sa petite voiture. Il ferma les yeux et réfléchit, au bord des larmes. Il pouvait appeler leur concierge, Mark, ou les voisins qui avaient les clés de leur appartement.

Mais il l'avait entendue hurler.

Il se passait quelque chose de grave.

Un autre poids lourd frôla la voiture.

Jamie décida d'appeler la police.

6

JEUDI 11 DÉCEMBRE

Un inconscient avait, une heure plus tôt, prononcé le mot tabou. S'il y avait un mot à ne pas dire quand on était flic, c'était bien le mot « tranquille ». Un agent était passé saluer sa femme, opératrice au centre d'information et de commandement de la police du Sussex, et lui avait fait remarquer que c'était « tranquille ». C'est à ce moment-là que la série noire avait commencé : trois accidents graves, une attaque à main armée à Brighton, un homme menaçant de se suicider du haut de la falaise Beachy Head et la disparition d'un enfant de 4 ans à Crawley. Ce centre, qui se trouvait dans un immense open space au premier étage d'un immeuble moderne, au sein du quartier général, gérait tous les appels à police-secours de la région. Il comprenait aussi des salles de vidéosurveillance. Aujourd'hui, le chef de poste était le commandant Andy Kille, un homme solidement bâti, ancien champion de parachutisme, la petite cinquantaine, une calvitie naissante, des cheveux courts grisonnants et un air agréable, quoique cynique, après trente années passées au service de la police. Il portait un pantalon d'uniforme, une chemisette noire avec « police » écrit en blanc sur la manche, des galons aux épaulettes et un badge autour du cou. Depuis qu'il avait arrêté de fumer, il grignotait pour compenser et avait pris du ventre.

Kille était à son poste, dans un espace cubique, au fond de la pièce, entouré de nombreux moniteurs. Sur l'un d'eux se trouvait la carte du Sussex, sur un autre les incidents en cours. Sur un troisième, à écran tactile, il pouvait suivre l'activité du centre.

Tout au bout de la pièce, des moniteurs relayaient les performances des opérateurs.

Grâce à d'autres écrans, il regardait en direct les images de quatre des cinq cents caméras installées dans la région. À l'aide de différents claviers et joysticks, il pouvait orienter n'importe quelle caméra, et zoomer.

Trente personnes travaillaient dans ce centre. Des civils, pour la plupart, qui portaient des polos bleu marine, et pas noirs, comme ceux des policiers. Certains étaient d'anciens flics. En période de rush, les deux étages du centre accueillaient une centaine de personnes.

Des opérateurs équipés de microcasques étaient en liaison avec les patrouilles en voiture ou à pied, tandis que d'autres répondaient aux appels d'urgence.

Amy Wood, brune, calme et rassurante, travaillait dans ce centre depuis vingt ans. C'était l'une des opératrices les plus expérimentées. Elle adorait son travail, surtout le fait de ne jamais savoir ce qui allait se passer. Elle avait appris, avec le temps, que la vie réserve bien des surprises. Les jours tranquilles l'ennuyaient. Elle aimait l'adrénaline. Cette dernière heure, elle avait été servie ! Elle avait eu au bout du fil des témoins d'accidents de la circulation, un homme dont la petite amie s'était fait mordre par le chien du voisin, un individu qui s'était fait voler son vélo à l'arraché à Bognor Regis et un autre, sans doute toxicomane, qui affirmait que son voisin n'arrêtait pas de le photographier.

Ce qui l'exaspérait, c'étaient les fausses alertes. Une vieille dame atteinte de démence les dérangeait jusqu'à quinze fois par jour. 20 % des appels étaient passés par des individus souffrant de troubles psychiques. Elle en avait un au bout du fil au moment même. Le jeune homme pleurait.

— Je vais me suicider.

Sa voix était à peine audible, tant le vent soufflait fort.

— Pouvez-vous me dire où vous êtes ?

Il appelait depuis un portable. Grâce à l'antenne qui relayait son appel, elle vit qu'il se trouvait à Hastings.

— Je ne pense pas que vous puissiez m'aider. J'ai des problèmes dans ma tête.

— Où êtes-vous ? répéta-t-elle calmement.

— Sur Rigger Road, dit-il avant de fondre en larmes. Personne ne me comprend.

Elle nota l'incident dans le fil d'information et demanda l'intervention d'une patrouille.

— Comment vous appelez-vous ?

Il y eut un long silence. Elle crut comprendre que son interlocuteur s'appelait Dan.

— Vous vous appelez Dan ?

— Non, Ben.

Le ton de l'homme était inquiétant. Elle compléta la fiche en indiquant qu'il s'agissait d'une demande prioritaire.

— Qu'est-ce qui s'est passé cette semaine pour que vous vous sentiez comme ça, Ben ?

— Je ne me suis jamais senti à ma place. Je ne peux pas dire à ma mère ce qui ne va pas. Je viens du Sénégal. Je suis arrivé à 10 ans. Les gens me traitent différemment. J'ai un couteau. Je vais me couper la gorge.

— Restez au téléphone avec moi, Ben, quelqu'un va venir vous aider. Je ne raccroche pas tant que mes collègues ne sont pas avec vous.

Elle vit sur l'écran qu'une équipe avait été alertée. Leur voiture, symbolisée par un point rose, se trouvait à moins de cinq cents mètres de Rigger Road.

— Pourquoi est-ce que les gens me traitent différemment ? dit l'homme en pleurant. Aidez-moi, je vous en prie.

— Les policiers sont juste à côté, Ben. Je vais rester en ligne. Vous voyez une voiture de police ? Vous la voyez ? Ben ?

— Ouais.

— Faites-leur signe.

Elle entendit des voix et reçut un message confirmant que la patrouille prenait le relais.

Elle raccrocha. Sa mission était terminée. C'était toujours difficile de dire si les tentatives de suicide étaient réelles ou pas. Ils ne prenaient aucun risque dans ces cas-là. Une semaine plus tôt, elle avait reçu l'appel d'un homme qui menaçait de se pendre dans son grenier. Elle avait entendu un râle, au moment où les policiers arrivaient.

Amy regarda sa montre. 17 h 45. Elle était au milieu de sa journée. Elle avait envie d'une tasse de café. Elle proposerait volontiers à ses collègues de passer commande au restaurant indien voisin, qui leur servait de cantine. Mais avant qu'elle eût posé son casque, le téléphone sonna.

— Police-secours, que puis-je faire pour vous ?

Elle regarda le numéro de téléphone et la localisation de son interlocuteur. Crawley, près de l'aéroport de Gatwick. Elle devina, au bruit, que la personne l'appelait depuis l'autoroute. Il devait s'agir d'un accident de la circulation.

Comme c'était souvent le cas, le jeune homme avait du mal à parler. La plupart du temps, les témoins étaient choqués.

Elle ne l'entendait pas bien.

— Je viens juste de l'appeler. Le problème, c'est que… Je me fais du souci pour ma fiancée, finit-il par bredouiller.

— Puis-je avoir votre nom et votre numéro de téléphone ? demanda-t-elle, même si le numéro s'était affiché sur son écran.

Il les lui donna.

— Je pense que ma fiancée est en danger. Je viens de l'avoir au téléphone. Elle était dans notre parking souterrain, elle m'a dit qu'un homme était caché dans le noir, qu'il lui avait fait peur, puis je l'ai entendue crier et on a été coupés.

— Vous avez essayé de la rappeler, monsieur ?

— Oui. Envoyez quelqu'un, je vous en prie, je suis très inquiet.

Amy sentait que la situation était grave.

— Puis-je vous demander son nom, son adresse et une description de votre fiancée ?

Il répondit et ajouta :

— Je vous en prie, envoyez quelqu'un rapidement, elle est en danger.

Elle chercha une patrouille disponible.

— Des policiers ont été envoyés sur les lieux, monsieur.

— Merci, merci beaucoup.

Il était très ému.

— Restez en ligne avec moi, monsieur Ball. Jamie, je m'appelle Amy.

— Merci, dit-il, rassuré.

— Pouvez-vous me donner le numéro de portable de votre fiancée et la plaque d'immatriculation de son véhicule ?

Jamie Ball se rendit compte qu'il ne se souvenait plus de la plaque en entier.

— Ça commence par GU10. Dites-leur de se dépêcher.

— Est-ce que vous savez qui peut être dans le parking ? Avez-vous remarqué quelque chose de suspect auparavant ?

— Non. Mais c'est un endroit très sombre, qui n'est pas sécurisé. Des véhicules ont été vandalisés il y a quelques mois. Je suis en route, mais je n'y serai pas avant une demi-heure.

— Des policiers seront sur place dans quelques minutes, monsieur.

— Je vous en prie, dites-moi qu'elle va bien. Je l'aime. Dites-moi que tout va bien.

— Je vais donner votre numéro de téléphone à la patrouille, ils vont vous contacter.

— J'ai entendu un cri. Mon Dieu, je l'ai entendue hurler. C'était horrible.

Elle entra tous les détails et envoya un message direct à Andy Kille.

Celui-ci signala au commissaire Nev Kemp et au commandant Jason Tingley, ses supérieurs, qu'ils avaient peut-être affaire à un enlèvement.

7

JEUDI 11 DÉCEMBRE

Comme ils n'aimaient pas la pluie, les délinquants se faisaient rares par mauvais temps. Pour les lieutenants Susi Holliday et Richard Kyrke, surnommé RVK, plus âgé et plus expérimenté, la journée avait donc été calme.

À 18 heures, en ce jeudi de décembre, ils longeaient le bord de mer de Hove dans leur break Ford Mondeo, entre des maisons Régence sur leur droite et des cabines de plage sur leur gauche. La Manche était déchaînée.

Plus qu'une heure avant le changement d'équipe. Jusqu'à présent, ils avaient été sollicités pour un accident de la circulation – un scooter renversé par une camionnette, sans victime –, un malaise devant un immeuble, sans doute une overdose, et, comme chaque jour ou presque, un différend conjugal. C'était la quatrième fois que cette femme appelait la police en dix-huit mois, et la quatrième fois que le petit ami était arrêté. Susi Holliday se demanda pourquoi la femme ne l'avait pas encore mis à la porte. Peut-être ne le ferait-elle jamais. Elle savait que les victimes d'abus perdaient toute confiance en elles, qu'elles étaient si démoralisées qu'elles n'avaient pas le courage de partir, ou qu'elles se pensaient incapables de vivre seules.

Dans quelques heures, le centre-ville, West Street, ses bars et ses boîtes de nuit, se transformeraient en zone de guerre, comme chaque jeudi, vendredi et samedi. Leurs collègues de l'opération Marbre, qui patrouillaient ces soirs-là, calmeraient les ardeurs des fêtards. Avec un peu de chance, eux, qui finissaient à 19 heures, n'auraient pas à gérer les innombrables rixes. Même si certains officiers n'avaient rien contre une bonne empoignade. Ça faisait partie du métier.

Susi Holliday roulait au pas, tandis que les essuie-glaces balayaient, tant bien que mal, le pare-brise ruisselant. RVK était en train d'envoyer un texto. Deux jours de congé les attendaient. Susi avait hâte de passer quarante-huit heures au calme avec son mari James et de faire un peu de shopping pour meubler le nouvel appartement dans lequel ils venaient de s'installer, près d'Eastbourne, où les loyers étaient moins prohibitifs qu'à Brighton.

— Quels sont tes projets pour demain et après-demain, RVK ? demanda-t-elle à son collègue.

— Attends, je termine un message, dit-il en levant un index. J'ai prévu d'aller voir un match avec Joey, puis une course de voitures.

Joey était son fils de 12 ans, qu'il adorait.

— Et toi ?

La radio s'alluma. Ils entendirent une voix féminine.

— Charlie Roméo Quatre ?

— Affirmatif, répondit RVK.

— Nous avons un incident dans le parking souterrain de la résidence Chesham Gate, à l'angle de Stanley Rise et de Briars Avenue. Une femme a peut-être été agressée. Pourriez-vous vous rendre sur place immédiatement ?

— Chesham Gate ? dit Kyrke.

— Oui.

— Nous nous mettons en route. Fais demi-tour, dit-il à Susi.

Susi Holliday alluma les gyrophares et la sirène, fit demi-tour et accéléra. Comme la majorité de ses collègues, elle adorait la poussée d'adrénaline qu'elle ressentait à chaque urgence. Mais elle devait rester vigilante, car la sirène ne lui donnait pas la priorité. Et comme la plupart des conducteurs étaient sourds, aveugles, ou complètement demeurés, elle n'était pas à l'abri d'une grosse frayeur.

Une Nissan Micra qui semblait n'avoir ni rétroviseur, ni clignotant, changea soudain de voie, l'obligeant à freiner alors qu'elle roulait à plus de 90 km/h.

— Trouduc ! souffla-t-elle en s'arrêtant à quelques millimètres du pare-chocs de l'inconscient.

Pendant ce temps, Kyrke nota la marque de la voiture recherchée, les éléments de la plaque minéralogique et la description de la jeune femme. Quatre-vingt-dix secondes plus tard, ils négociaient le rond-point du Brighton Pier, grâce à un conducteur de bus intelligent qui leur avait cédé le passage. Ils tournèrent à gauche et passèrent devant plusieurs hôtels sur Lower Rock Gardens. Deux minutes plus tard, ils grimpaient la côte menant à l'hôpital et arrivaient à la résidence, sur leur gauche.

Ils se garèrent devant l'entrée du parking, fermé, et se dirigèrent vers le portail. Susi Holliday sortit une lampe torche et éclaira à travers la grille. Certaines voitures étaient protégées par une housse.

— Comment on va faire pour entrer ? demanda-t-elle à son collègue.

— Je vais voir s'il y a un concierge, dit-il en courant vers l'entrée principale.

Soudain, Susi entendit un bruit et le portail s'ouvrit. Éclairée par les phares d'une petite BMW convertible conduite par une jeune femme, elle leva le bras, s'approcha de la conductrice, et lui expliqua qu'elle ne pourrait pas se garer à l'intérieur, car une intervention policière était en cours.

Quand elle descendit la rampe en courant, l'allumage automatique se déclencha. Elle éteignit sa torche. Elle cherchait une Fiat 500 dont la plaque commençait par GU10, et une jeune femme mince, de 24 ans, aux longs cheveux bruns. Il y avait une soixantaine de places. La plupart étaient occupées. En plus des voitures, il y avait plusieurs motos et un emplacement pour les vélos.

Mais aucun signe de vie.

Elle inspecta les véhicules, sur ses gardes, au cas où quelqu'un serait tapi dans l'obscurité.

Arrivée au bout de la première rangée, elle tourna à gauche vers une zone mal éclairée. Une lumière clignotait et grésillait. Elle ralluma sa lampe. Elle vit plusieurs vélos, dont certains cadenassés, et une magnifique Mercedes décapotable vintage, poussiéreuse, à plat. Puis elle découvrit une Fiat 500 blanche bien garée. GU10. Le toit était encore mouillé. Susi appela son collègue par talkie-walkie.

— Je crois que j'ai trouvé la voiture, dit-elle.

— J'arrive avec le gardien.

Elle s'approcha à pas de loup du véhicule et éclaira le pare-brise arrière. Il n'y avait personne à l'intérieur. Elle vit un papier de chewing-gum sur le siège passager et un ticket de stationnement sur le tableau de bord. Il s'agissait d'un parking près de Lewes. Elle essaya d'ouvrir les portières côté conducteur et côté passager, mais celles-ci étaient verrouillées. Le capot était encore chaud.

Le lieutenant Kyrke arriva, accompagné d'un homme d'une cinquantaine d'années, petit, en pantalon large et blouson, un téléphone à la main.

— Je te présente Mark Schulz, le concierge de l'immeuble.

— Quel est le problème ? demanda celui-ci.

— Nous devons nous assurer que la propriétaire de cette voiture, Mlle Logan Somerville, est en sécurité, répondit Susi. L'avez-vous vue depuis son retour ?

Il secoua la tête.

— Non, je finis à 17 h 30.

— Y a-t-il un système de vidéosurveillance, ici ?

Il leva les mains, exaspéré.

— Il ne fonctionne plus depuis six semaines. J'ai prévenu le syndic, mais rien.

Il hésita, puis proposa en se dirigeant vers l'escalier :

— Vous voulez que j'appelle Mlle Somerville ?

— Oui, volontiers.

— Elle est très gentille. Son petit ami est très poli aussi. Ce sont des gens bien.

Il chercha le numéro dans son téléphone et le composa. Il se tourna vers les deux policiers en secouant la tête.

— Pas de réponse.

— Vous avez les clés de son appartement ?

— Oui, attendez que je les trouve.

— Je vais rester ici et empêcher toute entrée ou sortie, dit Kyrke. Montez dans l'appartement.

Susi Holliday suivit le concierge dans la cage d'escalier menant au rez-de-chaussée, puis attendit dans le couloir que Schulz ressorte de son appartement. Il portait un gros trousseau, comme ceux des gardiens de prison. Ils prirent l'ascenseur.

Au neuvième étage, ils s'engagèrent dans un couloir mal éclairé, où la moquette, usée, sentait le moisi. Quelqu'un écoutait de la musique à fond. Susi Holliday reconnut la chanson « Patient Love » des Passenger. Elle suivit le concierge jusqu'à une porte.

Il sonna. Un instant plus tard, il recommença, puis toqua. Il attendit quelques secondes, puis se tourna vers la policière.

— Personne.

— Pourriez-vous ouvrir pour que je sache si elle est là ou pas ?

— Je n'aime pas entrer chez les gens, vous savez...

— Il faut que nous soyons sûrs.

— O.K.

Il ouvrit la porte et cria :

— Mademoiselle Somerville ? C'est le concierge ! Je suis avec la police.

Ils furent accueillis par un silence de plomb. L'appartement était vide, de toute évidence.

— Ça ne vous dérange pas si je fais le tour ? demanda la policière.

Le concierge hésita, puis l'invita d'un geste de la main.

— Allez-y !

Ils entrèrent dans un petit hall, où deux VTT étaient posés contre le mur, près d'un amoncellement de manteaux et d'anoraks. Puis ils arrivèrent dans un séjour lumineux, en désordre. Le mobilier était moderne, la moquette couleur crème, les canapés beiges. Sur le comptoir de la cuisine américaine se trouvait un exemplaire de *The Independant* et du magazine *The Week*. De minuscules poissons exotiques nageaient dans un aquarium éclairé. Les nombreuses photos encadrées attirèrent l'attention de Susi Holliday. Sur l'une d'elles, un couple, jeune et beau, posait en tenue de cyclistes, à côté de vélos couverts de boue, sur une route de montagne escarpée. Sur une autre, le même couple, allongé sur une plage, souriait au photographe. Elle les vit aussi en tenue de ski. Il y avait par ailleurs de grandes peintures abstraites évoquant des transats en bord de mer, les vestiges du West Pier, une rangée de cabines de plage ou un épagneul breton, et qui semblaient être de Tom Homewood, un peintre local qu'elle appréciait.

Ils inspectèrent la chambre, qui comprenait un lit double, couette bien pliée et oreillers rebondis, un téléviseur et deux tables de chevet avec des lampes. Des livres se trouvaient sur l'un des chevets, un magazine féminin et un verre d'eau sur l'autre. Susi Holliday remarqua une chaussure par terre, et une petite tache de sang en bas de la porte de la salle de bains, ainsi que quelques gouttes sur les carreaux.

La salle de bains était en ordre, sans trace d'humidité. Dans le panier à linge gisaient un short en Lycra et un haut de sport. Les étagères accueillaient gel douche, shampooing, lotion pour le corps et crèmes, rasoirs pour homme et pour femme, parfums, eau de toilette et après-rasage. Personne n'avait utilisé cette salle de bains ces dernières heures.

Susi Holliday communiqua son rapport par talkie-walkie, souligna qu'il n'y avait pas de trace de lutte, mais quelques gouttes de sang.

On lui demanda d'attendre l'arrivée du fiancé de la jeune femme, qui se trouvait désormais à quelques minutes de son domicile.

8

JEUDI 11 DÉCEMBRE

Jamie Ball, qui conduisait habituellement avec prudence, roulait à vive allure sur Edward Street. La circulation était dense, la pluie torrentielle. Ignorant les conducteurs qui levaient le poing sur son passage, il essaya tant bien que mal de se frayer un passage à coups de Klaxon.

Il avait les nerfs à vif.

Un radar le flasha. Rien à faire. Tout ce qu'il voulait, c'était rentrer chez lui et être sûr que Logan était en sécurité. Quand il tourna à gauche, la voiture dérapa sur le revêtement humide et les pneus crissèrent. Il accéléra dans la côte et tourna à droite. Une voiture de police était garée près de leur résidence.

Il appuya sur la télécommande et attendit que le portail électrique s'ouvre avant de s'engager. Un policier lui fit signe de s'arrêter. Il déclina son identité et fut autorisé à se garer.

Il sauta de sa voiture, soulagé de voir la petite Fiat blanche à sa place habituelle. Elle était à la maison ! Dieu soit loué ! Il se tourna vers l'agent.

— Où est Logan ? Que s'est-il passé ? Tout va bien ?

— Je pense que vous devriez aller voir ma collègue, qui est chez vous avec le concierge.

Jamie frissonna.

— Pourquoi ? Que s'est-il passé ?

— Vous en saurez plus en haut, monsieur.

Il grimpa un premier escalier – et prit l'ascenseur jusqu'au neuvième étage. Quand les portes s'ouvrirent, il vit une policière et le gardien sortir de son appartement.

— Tout va bien ?

— Bonjour, Jamie ! dit le concierge.

— Est-ce que Logan va bien, Mark ? Elle m'a dit qu'un inconnu rôdait dans le parking.

— Je ne l'ai pas vue, dit Mark. Elle n'est pas chez vous, Jamie.

— Mais si, sa voiture est garée en bas !

Il dévisagea la policière, ignora son air intrigué, et fonça dans l'appartement. Il traversa le hall, jeta un coup d'œil dans une petite pièce remplie d'étagères du sol au plafond, contenant les œuvres complètes de Lee Child et de nombreux romans policiers, thrillers, livres de science-fiction, et entra dans le séjour. Logan n'était pas là.

— Logan ! cria-t-il en revenant vers l'entrée.

Il courut dans leur chambre, remarqua la chaussure sur laquelle Logan avait trébuché au petit matin, puis jeta un œil dans leur salle de bains, leur minuscule chambre d'amis, la cuisine, les W-C et la salle d'eau. Il retourna dans le salon et ouvrit la porte qui donnait sur un petit balcon. Elle fumait parfois en cachette, même s'il essayait de la convaincre d'arrêter. Les deux chaises en plastique et la petite table blanche étaient détrempées. Un mégot flottait dans un cendrier plein d'eau. Il retourna à l'intérieur.

— Je suis le lieutenant Holliday, dit la policière. Avec mon collègue, nous avons inspecté le parking, suite à votre appel. Pour le moment, nous n'avons rien remarqué de suspect. La Fiat de Logan est garée à sa place habituelle et il n'y a pas de trace de lutte dans votre appartement.

— Elle m'a appelé en entrant dans le parking, je l'ai entendue hurler et nous avons été coupés.

— Avez-vous réessayé de la joindre depuis ?

— Oui, une dizaine de fois.

Il sortit son téléphone de sa poche et composa le numéro. Après six sonneries, il tomba sur la boîte vocale.

— Ma chérie, rappelle-moi dès que tu peux, je suis très inquiet.

Il raccrocha et se tourna vers Susi Holliday.

— Elle me rappelle toujours dans la minute. Où qu'elle soit, quoi qu'elle fasse. Je fais pareil.

— Vous êtes sûr qu'elle est allée au travail avec sa voiture, monsieur ? Elle n'a pas fait le trajet avec un collègue, ce qui expliquerait la présence de son véhicule ici ?

— Mais non ! Je vous répète qu'elle m'a appelé de sa voiture, alors qu'elle entrait dans le parking. Elle a vu un homme et je l'ai entendue hurler. Un cri terrible. Inhumain. On peut descendre dans le parking ? les supplia Jamie.

Le talkie-walkie s'alluma.

— Charlie Roméo Quatre, dit Susi Holliday, nous sommes toujours à Chesham Gate.

— Merci, tenez-moi au courant quand vous aurez terminé.

— Oui, répondit-elle, avant de se tourner vers Jamie Ball.

— Vous êtes-vous disputés aujourd'hui ?

— Pas du tout, pourquoi ?

— J'ai remarqué du sang sur la porte de la salle de bains.

— Ah ! Elle a trébuché en sortant du lit et s'est entaillé l'orteil. Elle avait prévu de faire un crochet par les urgences, au cas où.

— L'hôpital pourra-t-il confirmer vos propos, monsieur ?

— Bien sûr.

Jamie dévisagea la policière.

— Vous ne pensez quand même pas que je suis impliqué ?

— Je suis désolée, mais nous devons vous poser ces questions.

Jamie prit le double des clés de la voiture de Logan. Ils redescendirent et rejoignirent Kyrke.

— Logan est diabétique, elle fait parfois des malaises.

— Où travaillez-vous, monsieur Ball ?

— À Croydon, chez Condor, les aliments pour animaux.

— J'ai deux rhodesian ridgebacks, signala le lieutenant Kyrke. Ma femme ne jure que par votre marque, elle achète du Condor Vitalife.

— Tant mieux, dit Jamie d'un ton détaché. C'est un excellent produit.

— Mieux que de la viande crue ?

— D'après ce que j'en sais, c'est plus équilibré.

Ils parvinrent au niveau de la Fiat.

— Est-ce qu'elle était ici quand elle vous a appelé ? demanda le lieutenant Holliday en levant son iPhone. Il n'y a pas beaucoup de réseau.

Jamie confirma. Il sortit son téléphone, il y avait une barre, parfois deux ou trois. Pas plus. Il composa de nouveau le numéro de Logan et ils entendirent une sonnerie, non loin d'eux. Les deux policiers et le concierge se tournèrent vers Jamie. Il fronça les sourcils, chercha les clés et ouvrit la portière du véhicule. La sonnerie se fit plus forte.

Le téléphone de Logan se trouvait au pied du siège passager.

Jamie Ball se pencha pour le ramasser, mais le lieutenant Holliday l'en empêcha. Elle saisit l'appareil de sa main gantée. Les sonneries s'interrompirent. Holliday savait qu'il était déconseillé de manipuler les pièces à conviction, mais comme la vie d'une jeune femme était en danger, elle décida de vérifier ce qui pouvait l'être. Elle demanda à Jamie le code d'accès et constata qu'il y avait neuf appels en absence de « Jamie Mob. ». Il lui confirma qu'il s'agissait bien de lui.

— Elle ne sort jamais sans son téléphone, insista-t-il.

Les officiers semblaient compatir, tout en restant sceptiques.

— Il m'arrive d'oublier mon téléphone, dit Susi Holliday.

— À moi aussi, intervint le concierge. Une fois, j'ai mis deux jours à le retrouver.

— Il lui est arrivé quelque chose, croyez-moi, je l'ai entendue crier, nom de Dieu !

Les talkies-walkies s'allumèrent de nouveau.

— Charlie Roméo Quatre, fit le lieutenant Kyrke en penchant la tête vers sa radio accrochée à sa poitrine.

— Accident de la circulation au croisement entre l'A23 et l'A27, besoin de renforts. Vous me direz quand vous serez libres, Charlie Roméo Quatre ?

— O.K., dit Kyrke, mais je pense que ça risque de durer encore un peu.

Le policier se tourna vers Jamie Ball.

— Désolé de vous poser cette question, monsieur, mais est-ce que tout allait bien entre votre fiancée et vous ? Pas de conflit ?

— Non. Nous nous chamaillons parfois, comme tout le monde, mais nous n'avons jamais eu de vraie dispute. Nous sommes très amoureux.

Susi Holliday s'éloigna du groupe. De plus en plus préoccupée, elle passa un appel pour demander que le commandant de garde les rejoigne de toute urgence.

9

JEUDI 11 DÉCEMBRE

Grace arriva chez lui peu après 18 h 45, jeudi soir. Il n'avait plus que trois jours et demi d'astreinte, jusqu'à lundi, 7 heures du matin.

Dans le comté du Sussex, on comptait en moyenne douze homicides par an, contre dix dans celui du Surrey. Au Royaume-Uni, le total s'élevait à environ six cent cinquante meurtres par an. Tous les officiers de police judiciaire espéraient, un jour, diriger une enquête importante. Pas par insensibilité, mais parce que c'était leur vocation, qu'ils étaient formés à cela et qu'ils aimaient relever des défis. De plus, une enquête complexe pouvait déboucher sur une belle promotion.

Roy Grace, pour sa part, n'avait jamais souhaité la mort de personne.

Ces derniers temps, tous ses week-ends ou presque étaient tombés à l'eau. Il avait été sollicité au dernier moment alors qu'il avait prévu de se reposer, d'assister à une cérémonie, ou de passer du temps avec sa femme Cleo et leur fils de cinq mois. Cette fois, il voulait pouvoir aider Cleo à faire les cartons, étant donné qu'ils déménageaient la semaine suivante – ils venaient d'acheter un cottage près du village de Henfield, à 10 km au nord de Brighton.

Cleo se leva et posa une épaisse liasse de bouts de tissus sur la table basse, sur une pile d'échantillons de papiers peints.

Grace se tourna vers Marlon, son poisson rouge, qui avait 11 ans.

— Tu sais qu'on va vivre à la campagne à partir de la semaine prochaine ? Qu'est-ce que tu en dis ? On va avoir des poules. Tu n'as jamais vu de poules, si ? Sauf à la télé, bien sûr. Mais ce n'est pas comme si tu regardais la télé, n'est-ce pas ?

Cleo passa un bras autour de sa taille et l'embrassa dans le cou.

— Si quelqu'un m'avait dit que je serais, un jour, jalouse d'un poisson rouge, je ne l'aurais pas cru. Mais c'est le cas. Parfois, je me dis que tu le préfères à moi !

Marlon ouvrit et ferma la bouche, l'air renfrogné, tel un vieillard édenté, sans cesser ses circonvolutions dans son aquarium rond, entre les temples grecs miniatures et les algues vertes. Roy les lui avait offerts après avoir lu, dans un magazine, un article sur l'importance de donner aux poissons rouges des babioles pour les distraire. Mais rien n'avait jamais intéressé cette créature solitaire. Grace avait bien tenté de lui présenter un compagnon. Chaque fois, Marlon l'avait soit gobé, soit tué.

Il avait gagné ce poisson à une fête foraine, il y avait des années de cela, alors qu'il vivait avec Sandy, sa première femme, disparue plus de dix ans auparavant et récemment déclarée morte, ce qui lui avait permis d'épouser Cleo. Quand il avait ramené le poisson chez eux dans un sachet en plastique, Sandy lui avait expliqué que les poissons rouges gagnés dans les fêtes foraines ne vivaient guère plus d'un an.

Onze ans plus tard, Marlon était toujours en pleine forme. Selon le *Guinness des records*, le plus vieux poisson rouge du monde avait vécu quarante-trois ans. Marlon n'était donc pas encore à la retraite, et il ne semblait d'ailleurs pas vieillir. En secret, Roy s'en réjouissait. Aussi étrange que cela puisse paraître, il n'avouerait jamais à Cleo que Marlon lui permettait de garder un lien avec Sandy. Chaque matin, il redoutait de le retrouver, inanimé, flottant à la surface.

— Je pense que Marlon devrait avoir un nouvel aquarium, lui aussi. J'ai lu sur Internet que les poissons rouges avaient besoin d'un aquarium beaucoup plus grand qu'on le pense.

— Grand comment ? Une piscine olympique ?

— Il faut juste qu'il puisse se dégourdir les jambes, je veux dire les nageoires.

— Tant qu'il n'est pas plus grand que notre propre maison, je ne te ferai pas de crise de jalousie. Si c'est le cas, ce sera sushi, mon amour !

Il la regarda de travers.

— N'y pense même pas !

— Vivre avec toi, c'est vivre avec Marlon, c'est ça ?

Il l'enlaça.

— Je t'adore.

Elle le regarda droit dans les yeux.

— Moi aussi. Je t'aime plus que je ne l'aurais jamais imaginé.

Elle l'embrassa.

Le téléphone de Grace sonna.

C'était Andy Anakin, du commissariat central de Brighton – le deuxième d'Angleterre, en termes d'activité. Contrairement à la plupart de ses collègues, qui gardaient leur calme en toutes circonstances, Andy était surnommé Anakin Panicking parce qu'il s'affolait pour un rien.

— Chef, dit-il, le souffle court, on m'a demandé de vous appeler au sujet d'un enlèvement potentiel. Une jeune femme a disparu, son fiancé l'a entendue crier au téléphone qu'il y avait un homme suspect dans leur parking souterrain, à Kemp Town.

— Quoi d'autre ? demanda Roy Grace, inquiet.

— On n'a pas grand-chose, c'est ça le problème. Une équipe fait du porte-à-porte. Le petit ami pense que sa fiancée a été enlevée. Ça ne sent pas bon, chef. Le numéro 1 a été alerté et un directeur opérationnel a été nommé.

Grace avait un mauvais pressentiment.

— Que sait-on sur le couple ?

— Elle s'appelle Logan Somerville, 24 ans, récemment diplômée en chiropraxie, elle travaille dans un cabinet sur Portland Road, à Hove. Lui s'appelle Jamie Ball, il est dans le marketing, dans une filiale du groupe Condor Food, près de Croydon. Nous sommes en train de faire des recherches sur lui.

Les proches étaient les premiers entendus dans une enquête – 80 % des victimes étaient agressées, ou tuées, par un membre de leur entourage. Grace avait été appelé non seulement parce qu'il était d'astreinte, mais aussi parce qu'il avait suivi une formation en négociation avec les preneurs d'otage. Mais, si cette enquête venait à être ouverte, il ne remplirait pas les deux fonctions.

— Je pense qu'on devrait mettre en place des barrages dans toute la région, chef, dit Anakin. Les axes principaux, les ports… J'ai demandé si l'hélicoptère était disponible.

L'hélicoptère du Surrey et du Sussex était désormais basé à Redhill.

— Pas de précipitation, dit Grace.

— Je le sens mal, Roy, je le sens mal !

— Andy, calme-toi. Quelles vérifications ont été effectuées pour que l'on soit sûr qu'elle ait disparu ? Il doit y avoir des caméras de vidéosurveillance dans le parking, non ?

— Oui, mais elles sont hors service.

— Génial, fit Grace en grimaçant. Des officiers sont sur place ? Ils ont vu ou entendu quelque chose ?

— Deux agents sont sur les lieux.

— Ce n'est pas assez. Envoie des renforts. Est-ce qu'on a pu interroger le petit ami ?

— Des officiers sont en train de le faire. Je suis moi-même sur place. J'ai demandé au commissaire du district de venir et je voulais vous tenir au courant. La jeune femme a mentionné un homme dans le parking, qui n'a pas été localisé.

Grace fronça les sourcils.

Effectivement, ça ne sentait pas bon, mais Anakin allait trop vite en besogne.

— Que sait-on sur la jeune femme, Andy ? Est-elle héritière, pourrait-on recevoir une demande de rançon ?

— Je vais me renseigner.

— Très bien. Rappelle-moi dans une demi-heure, max.

— Bien, chef.

Roy Grace regarda l'aquarium de Marlon.

Les conversations au téléphone portable étaient parfois de mauvaise qualité. Un crissement de pneu ou de portail métallique pouvait être interprété comme un cri. Depuis vingt ans qu'il travaillait dans la police, Roy pouvait se targuer d'avoir du flair. Et cette histoire sentait mauvais. Les victimes d'enlèvement étaient souvent tuées dans l'heure. Plus le temps passait, plus les chances de les retrouver vivantes s'amenuisaient. Il réfléchit. Le petit ami, Jamie Ball, rentrait chez lui. Cet élément serait facile à vérifier. En croisant les données de lecture automatique des plaques d'immatriculation – la M23 était truffée de caméras –, et celles de son téléphone portable, on saurait s'il avait bel et bien reçu le coup de fil de sa fiancée. De même, il ne serait pas difficile de vérifier d'où elle l'avait passé. Ceci dit, avec un peu de chance, elle rentrerait chez elle avec des courses. Fin du suspense. C'était du moins ce qu'il espérait.

Noah se mit à pleurer. Cleo monta le rejoindre. La vie était compliquée. Il envia soudain l'existence de Marlon. Les poissons se faisaient-ils du souci ? Se demandaient-ils parfois s'ils allaient être nourris ou pas ?

Marlon ne se ferait jamais cambrioler. Il ne se ferait jamais arnaquer, jamais agresser. Il y avait peu de risques qu'il trouve la mort dans un attentat terroriste.

Il repensa à la soirée, au trajet qu'il avait fait avec Norman Potting à Worthing pour rencontrer la mère de Bella Moy. Il avait voulu la voir avant les funérailles de sa fille pour discuter des détails de la cérémonie et lui demander si elle voulait qu'il dise quelque chose en particulier. Bella, qui était fiancée à Norman, et qui faisait partie de l'équipe de Grace depuis des années, venait de mourir dans un incendie criminel.

Son téléphone sonna.

10

JEUDI 11 DÉCEMBRE

Peu après 19 h 15, Roy Grace et Glenn Branson arrivèrent sur la scène de crime du Big Beach Café. Voûtés pour se protéger de la pluie, ils se dirigèrent vers l'une des deux tentes qui avaient été montées. Son accès était sécurisé par deux cordons qui flottaient au vent.

Je crois que je peux dire adieu à mon week-end, songea Grace.

Si l'enlèvement était confirmé, ce qu'il redoutait, il serait obligé de déléguer l'une des deux enquêtes.

Quelque chose le dérangeait depuis qu'il avait eu Anakin au téléphone. Deux semaines plus tôt avait été signalée la disparition d'une jeune femme à Worthing. Elle s'appelait Emma Johnson. Vingt et un ans. Elle était issue d'un milieu social défavorisé, vivait avec une mère alcoolique et avait fugué par le passé. Une fois, sa disparition avait duré plusieurs mois et l'on avait appris qu'elle s'était installée avec un petit dealer à Hastings.

Quand sa mère avait signalé sa dernière disparition, une enquête avait été ouverte. Mais, partant du principe que la jeune fille referait surface tôt ou tard, cette affaire n'était pas prioritaire. Elle avait toutefois été confiée à un officier de police judiciaire.

Juste avant de partir de chez lui, Grace avait vérifié s'il y avait du nouveau à ce sujet. La plupart des personnes portées disparues étaient localisées quelques jours plus tard. Si un mois passait, il y avait des risques que la personne ait disparu pour toujours.

Emma Johnson n'avait plus donné signe de vie depuis quinze jours. Elle n'avait passé aucun appel depuis son téléphone portable et n'avait réalisé aucun achat avec sa carte bancaire. L'officier chargé de cette affaire avait tiré la sonnette d'alarme car il la pensait désormais en danger.

Les circonstances autour de la disparition de Logan Somerville étaient très différentes.

Une camionnette blanche de la brigade criminelle était garée à côté de deux voitures de police et d'un break Ford gris métallisé. Un agent montait la garde, détrempé. Un générateur tournait à plein régime.

Ils furent accueillis par le commandant Charlie Hepburn, en combinaison bleue à capuche et surchaussures, et par Roy Apps, en uniforme, dont la casquette dégoulinait.

— Beau temps pour les canards, déclara Apps.

— Tu sais de quoi tu parles, plaisanta Branson, faisant référence au passé de garde-chasse de Roy Apps.

— Ha ha !

— Content de te revoir, Charlie, dit Roy Grace. Comment vont Rachel, Archie et Grace ?

— Tout le monde va bien. Archie et Grace sont tout excités par la perspective de Noël.

— Je le serais, moi aussi, si j'avais eu le temps de commencer mon shopping. Bref, que peux-tu nous dire ?

— C'est un sacré bordel. Je me demande bien pourquoi ils n'ont pas arrêté de creuser dès qu'ils ont découvert les premiers ossements.

— Tu veux qu'on se change ? suggéra Grace.

— Oui, ce serait mieux, si tu ne veux pas mettre Dave en colère.

Il désigna les tentes au bout du sentier.

Grace et Branson entrèrent dans la seconde. Chris Gee, technicien en identification criminelle, autrefois dénommé technicien de scène de crime, leur tendit une tenue et des surchaussures, et leur proposa du thé ou du café, offre qu'ils déclinèrent.

Ils enfilèrent tant bien que mal leur combinaison et signèrent le registre. Ils suivirent ensuite Hepburn dans la première tente très éclairée, où se trouvait le squelette. Grace remarqua une légère odeur d'humidité et une autre, plus désagréable, de corps en décomposition. Le chef des techniciens, Dave Green, observait le cadavre à quatre pattes. Il se leva pour saluer les deux policiers.

— J'ai fait quelques recherches avant de venir. Cette dalle a été coulée il y a vingt ans, lors de la rénovation du café, bien avant que Fat Boy Slim l'acquière.

Grace observa le bras du squelette, la cage thoracique partiellement exposée et le crâne. Il s'agenouilla, sortit une torche et étudia de plus près la peau desséchée attachée au crâne et les petits bouts de tissus.

— Celui qui a coulé le béton a dû voir le cadavre, non ? demanda Glenn Branson.

— Pas nécessairement, expliqua Dave Green. Nous sommes sous le niveau de la mer. Le corps a pu être enterré profondément, recouvert de terre, être remonté vers la surface, puis bloqué par la dalle.

Grace essaya de se souvenir de ce qu'il avait appris, un an plus tôt, auprès de l'archéologue expert judiciaire Lucy Sibun, sur les moyens d'identifier l'âge et le sexe des squelettes.

— C'est une femme ? demanda-t-il.

— D'après la forme du crâne, je pense aussi, mais je n'en suis pas certain.

— Avec un peu de chance, on pourra prélever un échantillon d'ADN. Les dents sont intactes et semblent relativement jeunes. Peut-être aura-t-on un relevé dentaire.

— Si elle est de la région, dit Green.

Et une fois qu'on aura une idée de son identité, songea Grace.

Roy regarda l'os en forme de U qui se trouvait à la base de la mâchoire.

— C'est l'os hyoïde, si mon souvenir est bon, dit-il en le désignant d'un index ganté. Il est entier, ce qui signifie qu'il n'y a pas eu strangulation.

— Est-ce qu'il faut appeler un médecin pour faire certifier le décès ? demanda Glenn Branson.

Ses collègues se tournèrent vers lui en souriant, mais il n'avait pas tort.

Le coroner de Brighton et Hove était une femme de caractère, très à cheval sur le protocole. Des flics s'étaient fait enguirlander parce qu'ils n'avaient pas fait faire de certificat officiel, alors que le cadavre était en état de décomposition avancée.

— Appelle le bureau du coroner, dit Roy à Glenn Branson. Décris-leur ce qu'on a trouvé. On ne touche à rien sans leur accord. Dis-leur que je compte faire appel à une archéologue et un médecin légiste.

Il regarda sa montre.

— Et que je ne pense pas que ce soit une urgence absolue, ajouta-t-il.

La scène de crime remontait à plus de vingt ans et elle avait été en partie contaminée par les ouvriers : ils étaient moins pressés que quand ils découvraient un cadavre encore frais.

Dave Green et Glenn Branson acquiescèrent.

Grace se tourna vers les ossements.

Qui es-tu ? Que t'est-il arrivé ? Quels sont les gens qui t'aimaient ? Qui t'a tuée ? Et pourquoi ? Pensait-il qu'il s'en tirerait ? Est-il toujours vivant ? Nous allons le découvrir, je te le promets.

Grace sortit son téléphone. Quelqu'un fumait un tabac fort et il se serait bien grillé une cigarette, lui aussi. L'odeur de cadavre en décomposition était intenable. Même si elle ne fumait pas, Cleo ne lui avait jamais reproché d'allumer une cigarette ou un cigare de temps en temps. Il appréciait sa tolérance.

— Les dents ne sont pas abîmées, fit remarquer Dave Green. La personne est sans doute morte jeune. Entre 18 et 23 ans, selon moi.

— Tu en es sûr ? lui demanda Grace.

— Plus ou moins, mais je n'en sais pas plus. Il faudra déterrer tous les ossements et laisser l'archéologue faire son travail. J'aimerais que Lucy Sibun s'en charge.

— Je propose qu'on fasse surveiller le site toute la nuit et qu'on demande à Lucy de venir demain matin, à la première heure, si elle est libre, dit Grace.

Dave Green acquiesça.

— C'est mon anniversaire de mariage, ce soir. Janis aimerait bien que je ne rentre pas trop tard…

— Joyeux anniversaire de mariage ! lança Grace.

Glenn Branson revint sous la tente.

— Bon, je viens de parler à Philip Keay, qui est de permanence au bureau du coroner. Il pense qu'il nous faudrait un certificat de décès, au cas où.

— Bordel de merde, quel protocole ridicule ! s'emporta Dave Green. Comment peut-on être plus mort que ça ? dit-il en désignant le crâne.

Ils entendirent un chien aboyer. Quelques instants plus tard, Chris Gee entra sous la tente.

— Chef, un homme qui promenait son chien le long du lagon a vu les véhicules de police et a proposé son aide. Il est médecin.

Grace et Branson échangèrent un regard.

— Médecin ? s'exclama Roy Grace. Quel miracle ! Demande-lui s'il accepterait d'établir un certificat de décès.

Quelques minutes plus tard, un petit homme alerte, 55 ans environ, en combinaison, masque et surchaussures, pénétra dans la tente.

— Bonjour, dit-il d'un ton enjoué, je suis Edward Crisp, médecin généraliste. Je promenais mon chien, j'ai vu de l'agitation, je me suis demandé si je pouvais vous être utile. Il y a une quinzaine d'années, la police de Brighton et Hove faisait régulièrement appel à moi en tant que chirurgien expert.

Grace hocha la tête.

— Votre nom me dit en effet quelque chose. Vous tombez bien. Des ouvriers ont découvert ceci en fin de journée. Ça va vous sembler étrange, mais il nous faudrait un certificat de décès. Pourriez-vous le rédiger ?

Le Dr Crisp s'agenouilla et observa longuement le crâne, puis le reste des ossements.

— Il n'y a guère de doute. Pauvre femme.

— Vous êtes sûr qu'il s'agit d'une femme ? l'interrogea Grace.

Le docteur hésita.

— Mes études de médecine ne datent pas d'hier, mais la forme du crâne me ferait pencher pour un individu de sexe féminin. Et, à voir l'état de ses dents, je dirais qu'elle avait entre 18 et 25 ans.

— Pourriez-vous nous dire depuis quand elle est là ? intervint Glenn Branson.

Le docteur secoua la tête.

— Je ne veux pas m'avancer. Il vous faudrait un archéologue. Ce qui est certain, c'est qu'il n'y a aucune trace de vie et je me ferai un plaisir de l'attester. Est-ce que cela peut vous aider ?

— Absolument, confirma Roy Grace.

— Ce sera tout ?

— Laissez vos coordonnées, je demanderai à quelqu'un de passer vous voir demain, pour une déclaration officielle.

— Volontiers ! À très bientôt ! ajouta le médecin en souriant.

11

JEUDI 11 DÉCEMBRE

Assis sur un tabouret de bar, Jamie Ball appelait les amis de Logan, l'un après l'autre, enchaînant les bières. Il était dos à la fenêtre, dos à un ciel sombre, pluvieux. Il commença par les copines de Logan, puis appela sa sœur, son frère et ses parents, pour leur demander si, par chance, ou plutôt par miracle, elle n'était pas chez eux. Il fixait tantôt l'aquarium à poissons tropicaux, tantôt une photo d'eux en combinaison de ski, au sommet du Petit Cervin, à Zermatt, prise en mars dernier. Ils riaient à une blague de leur copain John, qui avait pris la photo.

John, qui les avait présentés l'un à l'autre un an plus tôt, avait une philosophie très simple : « Se lever, rire un bon coup, se coucher ! » Mais Jamie n'avait pas le cœur à rire. Le visage inondé de larmes, il contemplait la femme qu'il aimait plus que tout, la femme qu'il espérait encore épouser. Elle avait 24 ans, de longs cheveux bruns et un sourire ravageur, avec des dents d'un blanc immaculé. La première fois qu'il l'avait rencontrée, elle lui avait fait penser à Demi Moore, jeune, dans l'un de ses films préférés, *Ghost*. Elle lui avait dit qu'il ressemblait à Matt Damon, mais pas vraiment, et il n'avait pas compris où elle voulait en venir. Elle était comme ça, originale et bizarre, parfois.

Il l'adorait.

J'espère qu'il ne t'est rien arrivé de grave, ma chérie. Rentre à la maison, je t'en supplie.

Chaque fois qu'il entendait un bruit dans le couloir, il se retournait, plein d'espoir, pensant que c'était Logan.

Il demanda au lieutenant Holliday, qui s'était installée dans le canapé pour prendre des notes, s'il y avait du nouveau.

12

JEUDI 11 DÉCEMBRE

Logan avait mal à la tête. Elle était allongée sur le dos, totalement désorientée. Elle ne savait pas où elle était, elle tremblait de froid. Elle avait la nausée et l'impression de tanguer, comme sur un bateau. Elle avait très envie d'uriner.

Elle remarqua une forte odeur de moisi qui lui rappela la fois où, en rentrant de deux semaines de vacances dans les îles grecques, ils avaient découvert que leur fusible avait sauté et que leur frigo s'était arrêté de fonctionner pendant plusieurs jours, en plein mois d'août.

Dans le congélateur, ils avaient trouvé deux steaks grouillant d'asticots et un poulet qui avait tourné au vert fluo. L'odeur de la viande en décomposition avait failli les faire vomir. Il leur avait fallu ouvrir les fenêtres pendant des jours, et allumer quantité de bougies parfumées, pour se débarrasser de ces relents nauséabonds.

Était-ce un cauchemar ?

Elle avait les yeux ouverts. Elle distingua une lumière verdâtre. Elle était allongée dans un caisson si étroit qu'elle ne pouvait pas bouger les coudes. Elle voyait flou, comme si des gouttes avaient été versées dans ses yeux. Elle avait du mal à se concentrer. Elle essaya de s'asseoir, mais un lien au niveau de son cou faillit l'étrangler.

Elle cria.

Nom de Dieu ! Où se trouvait-elle ?

Soudain, tout lui revint. Les souvenirs et un sentiment de terreur. Elle frissonna.

Le parking souterrain, un individu dans l'obscurité. Une silhouette à sa fenêtre. La portière qui s'ouvre violemment.

Une pulvérisation. Une douleur insupportable dans les yeux.

Puis le black-out.

13

JEUDI 11 DÉCEMBRE

— Je verrais bien ce papier peint Farrow & Ball dans la salle à manger. Qu'est-ce que tu en penses ? demanda Cleo.

Roy Grace eut l'impression d'être revenu vingt ans en arrière, quand Sandy et lui avaient rénové leur maison. La grande différence, c'était que Sandy avait fait les choix de décoration seule, sans lui demander son avis, alors que Cleo le consultait régulièrement.

Roy ne faisait que passer. Il était en route pour Chesham Gate. Il avait fait un crochet pour tenir Cleo au courant des dernières avancées. Il regarda le motif en zigzag gris et blanc. L'imprimé était chargé, complètement à l'opposé des goûts de Sandy, qui avait décoré leur maison dans un esprit zen, minimaliste.

— Oui oui, dit-il, la tête ailleurs.

Leur table basse croulait sous les échantillons de tissus et de papiers peints. Humphrey n'arrêtait pas de gigoter, comme s'il pressentait le changement à venir.

Grace aurait bien bu une vodka-Martini ou un vin blanc frais, mais il était de permanence et, avec toutes les affaires en cours, il ne pouvait pas se le permettre. Il était 20 h 20. Anakin venait de l'informer que Logan n'était pas issue d'une famille riche. Il lui avait également signalé qu'il terminait sa journée. Il avait transmis toutes les informations au commandant qui le remplaçait et que Roy allait retrouver dans le parking de Chesham Gate. Roy fixait toujours l'échantillon de papier peint. Le motif était plutôt élégant.

— C'est joyeux, dit-il. Tu ne penses pas que c'est un peu chargé ?

— Je verrais bien du papier peint en bas, une cimaise, et de la peinture blanche au-dessus. Nous pourrons toujours apporter de la couleur avec les rideaux…

Cleo fut interrompue par le téléphone de Roy.

Celui-ci s'excusa et décrocha.

C'était le commandant Joseph Webbon, qui remplaçait Anakin.

— Chef, dit-il, je sais qu'on va se retrouver dans quelques minutes, mais la situation est préoccupante. Logan Somerville n'a communiqué avec personne depuis son coup de fil avec son compagnon. Nous avons vérifié auprès des appareils de lecture automatique des plaques d'immatriculation. La voiture de Jamie Ball a bien été aperçue sur la route qu'il affirme avoir empruntée entre son lieu de travail et Brighton.

Grace réfléchit.

Les personnes qui disparaissaient étaient souvent enlevées par quelqu'un qu'elles connaissaient. Le plus souvent leur partenaire. Parfois, elles fuyaient un compagnon violent, rejoignaient un amant, avaient un accident ou, plus rarement, se suicidaient. La police consacrait beaucoup de temps à ces disparitions, notamment celles de jeunes gens… qui étaient quelquefois retrouvés chez des voisins, en train de regarder la télévision avec un copain. Mais ce ne semblait pas être le cas ici.

Partant du principe qu'il s'agissait d'un enlèvement, Anakin avait déployé les grands moyens. Le commandant avait fait le bon choix, même si Grace espérait que ce serait inutile. S'agissait-il du fiancé ? La piste n'était pas très solide.

— Nous pouvons éliminer Jamie Ball pour l'instant ?

Webbon hésita.

— Les techniciens ont trouvé du sang dans l'appartement. Très peu, mais relativement frais. Quand nous avons interrogé le fiancé à ce sujet, il a expliqué que Logan s'était entaillé l'orteil contre la porte de la salle de bains et qu'elle était allée aux urgences dans la foulée. Nous avons appelé l'Hôpital Royal du Sussex, il semblerait qu'elle ne se soit pas rendue chez eux.

— Violences conjugales ?

— C'est une possibilité, chef. Mais nous savons autre chose. Nous avons sonné à tous les appartements de l'immeuble, au cas où quelqu'un se serait trouvé dans le parking à peu près à la même heure. Une femme qui y entrait a dû piler pour éviter un break aux vitres teintées qui en sortait à toute allure.

— A-t-elle noté la plaque d'immatriculation ? Vu le visage du conducteur ?

— Malheureusement non. Elle était trop surprise. Elle a entrevu un chapeau qui lui cachait le visage. Tout ce qu'elle peut dire, c'est que l'individu était blanc, entre deux âges, rasé de près, avec un visage rond et des lunettes. Elle n'a pas reconnu la marque du véhicule, mais il s'agissait d'une voiture de taille moyenne, de couleur sombre. Peut-être une vieille Volvo, bleu marine ou gris foncé.

— Avez-vous transmis ces informations aux gars de la vidéosurveillance ?

— Oui, ils sont dessus.

— Comment s'appelle ce témoin ?

— Sharon Pavoni.

— Je pense qu'on devrait l'interroger dès que possible, pour essayer de lui soutirer plus d'informations.

Certains policiers étaient formés pour obtenir des témoins des détails dont ils ne se souvenaient pas spontanément.

Grace regarda l'heure. Il était trop tard pour organiser cet interrogatoire ce soir.

— Demandons-lui de venir demain matin, à la première heure, si Logan Somerville ne réapparaît pas d'ici là, bien sûr. Donne-moi ses coordonnées et celles du petit ami. Je veux que tous les deux soient interrogés.

Webbon les lui dicta.

— Je veux que le parking soit mis sous scellés, que personne ne rentre ou ne sorte. Je crois que c'est déjà en place. Fais évacuer la Fiat pour qu'elle soit examinée par l'identité judiciaire, mais demande d'abord à ce que les empreintes digitales soient relevées.

Des techniciens en identification criminelle viendraient ratisser la scène. Ils relèveraient tous les indices, qu'il s'agisse d'une minuscule trace de sang ou d'un mégot.

Roy Grace raccrocha et appela le numéro 1 de l'opération, le directeur opérationnel, et son nouveau boss et ancienne bête noire, Cassian Pewe. Dans chaque enquête, il se devait de garder ses supérieurs dans la boucle, afin que ceux-ci ne soient pas informés au dernier moment, par un journaliste, par exemple.

Pewe décrocha immédiatement.

— Roy, ravi d'avoir de tes nouvelles. Comment ça va ?

Grace entendit de l'opéra, en fond sonore. Le volume était poussé au maximum.

Un an et demi plus tôt, Pewe avait quitté la police de Londres et rejoint celle du Sussex, pour faire de la vie de Grace un enfer. Il avait notamment ordonné une fouille du jardin et du domicile que Grace avait partagé avec Sandy, au cas où il l'aurait enterrée quelque part. Ils s'étaient revus un peu plus tard, quand Grace avait sauvé la vie de Pewe, lors d'une course-poursuite au sommet d'une falaise. La queue entre les jambes, Pewe avait décidé de rentrer à Londres.

Ce que Grace ne savait pas à l'époque, ni aujourd'hui, c'était que, plusieurs années auparavant, Cassian Pewe avait eu une courte liaison avec Sandy.

À présent, au grand désarroi de Grace, Pewe avait été nommé commissaire principal et Grace se retrouvait sous son commandement direct. Le commissaire divisionnaire Tom Martinson, proche de la retraite, lui avait assuré que Pewe ne lui en voulait pas. Pour le moment, tout se passait bien, mais Grace sentait que Pewe rongeait son frein et se vengerait, tôt ou tard. Grace devait faire en sorte de ne pas merder.

Il informa Pewe de ce qu'il savait sur la jeune femme portée disparue, des mesures prises, et lui résuma également la situation du côté des ossements découverts près des lagons.

Au moment où il raccrochait, Noah se mit à pleurer à l'étage. Cleo lui fit signe qu'elle s'en occupait.

Un squelette et un enlèvement potentiel. Deux affaires totalement différentes venaient de s'ouvrir en l'espace de quelques heures. Il ne pouvait pas diriger les deux, il fallait qu'il en délègue une à un autre enquêteur. Les ossements gisaient là depuis que le sentier avait été coulé, soit plus de vingt ans plus tôt. Il n'y avait donc pas de caractère d'urgence. La priorité était de retrouver Logan Somerville.

Il appela Glenn Branson, lui résuma la situation et lui demanda de diriger l'enquête du lagon. Le logiciel qui nommait les opérations les choisissait, à ce moment-là, parmi des noms de tableaux célèbres. Pour le lagon, l'opération s'appellerait Mona Lisa. Branson ferait en sorte que les ossements soient transportés par l'archéologue à l'institut médico-légal le lendemain. Roy passa ensuite un coup de fil au capitaine Guy Batchelor pour lui demander de constituer une équipe pour l'opération Charrette de foin, nom choisi par l'ordinateur pour la disparition de Logan Somerville. Ce nom n'était pas totalement inapproprié. Autant chercher une aiguille dans une botte de foin. La première étape étant de trouver cette botte de foin.

14

JEUDI 11 DÉCEMBRE

Ploc… Ploc… Ploc…

Des gouttes d'eau tombaient quelque part. D'où ? Pleuvait-il dehors ? Y avait-il une fuite ?

Ploc… Ploc… Ploc…

Ça résonnait comme la peau d'un tambour. Pour occuper son esprit, Logan entreprit de compter, en silence, les secondes entre chaque goutte.

Elle tremblait de froid et de peur.

Cent un. Cent deux. Cent trois.

Ploc…

Quinze secondes.

Elle avait la gorge sèche. Elle était moite, nauséeuse comme chaque fois qu'elle était en manque de sucre. Et elle avait toujours besoin de soulager sa vessie.

Ses yeux étaient gonflés, tout ce qu'elle voyait semblait verdâtre. C'était comme si elle portait des lunettes de myope, et en même temps, elle n'avait pas l'impression d'en porter. Elle avait une envie irrépressible de se gratter le nez, mais ses mains étaient attachées de part et d'autre de son corps. Elle était sur le point de s'évanouir. Seule la colère l'empêchait de sombrer.

La colère et une peur bleue.

— Il y a quelqu'un ? cria-t-elle.

Sa voix fut absorbée, comme dans du coton.

— Il y a quelqu'un ? répéta-t-elle, plus fort.

Elle devait être endormie. Peut-être était-ce un rêve lucide. Un rêve dans lequel on sait qu'on rêve. Elle avait lu quelque chose à ce sujet.

Elle essaya de se réveiller.

En vain.

Soudain, la luminosité changea. Le halo vert se transforma en éclat blanc, comme si elle était sous un projecteur.

— C'est toi, Jamie ? Je t'en prie, laisse-moi t'expliquer. Je sais que tu m'en veux d'avoir rompu, mais ça suffit. Je t'en prie.

Il y eut un long silence. Elle entendit un bruit de glissement et sentit un courant d'air froid sur son visage.

Quelqu'un se tenait debout au-dessus d'elle. Elle frissonna.

— Jamie ? Qu'est-ce que tu veux ? Qu'est-ce que tu fous ? Libère-moi ! Je vais faire une hypoglycémie, donne-moi du sucre ou du chocolat. Jamie, c'est toi ? Tu sais ce qui se passe quand je manque de sucre. Donne-moi quelque chose de sucré, je t'en prie ! Jamie !

Elle entendit le même bruit de glissement, et le courant d'air disparut.

Pouvait-il s'agir de son fiancé ? Lui en voulait-il d'avoir annulé leur mariage ? S'était-elle complètement trompée sur son compte ? L'avait-il piégée ?

La lumière se déplaça et elle entendit des bruits de pas. Une porte se ferma. Quelques instants plus tard, une femme se mit à hurler.

— À l'aide ! Au secours ! Non, non, par pitié !

Un cri abominable s'éleva.

Elle ne put résister et urina. Elle s'attendit à sentir un liquide chaud couler entre ses jambes, mais non. Son urine avait été absorbée.

Elle était désormais sûre qu'il ne s'agissait pas d'un rêve.

15

JEUDI 11 DÉCEMBRE

À 22 h 10, on sonna à l'Interphone. Jamie Ball courut répondre et réalisa qu'il était légèrement ivre. Il regarda l'écran et vit un homme, col relevé.

— Oui ?

— Monsieur Ball ?

— Oui, fit-il.

— Je suis le commissaire Grace. Puis-je m'entretenir avec vous ?

— Montez, neuvième étage.

Deux minutes plus tard, Jamie ouvrit à un homme d'une quarantaine d'années, beau, visage marqué, cheveux blonds, nez tordu, comme s'il avait été cassé plus d'une fois, et des yeux bleus alertes, qui lui montra sa carte de police.

— Je suis le commissaire Roy Grace, de la brigade criminelle du Surrey et du Sussex. Avez-vous des nouvelles de votre fiancée ?

— Non, aucune. Entrez. Merci d'être venu. Puis-je vous offrir un verre de vin ?

— Non, merci.

Grace remarqua l'odeur d'alcool dans l'haleine de son interlocuteur, qui titubait un peu. Le jeune homme était bâti comme un joueur de rugby. Il portait la barbe, une coupe moderne, un jean, un tee-shirt blanc et un cardigan col V, ainsi que des chaussettes rouges.

Il invita l'enquêteur à prendre place dans le séjour, qui était séparé de la cuisine par un bar, sur lequel se trouvaient un verre de bière et plusieurs cannettes vides. Grace s'assit sur l'un des deux petits canapés qui encadraient une table basse, où étaient posés des exemplaires des magazines *Sussex Life* et *Latest*.

Susi Holliday se leva de l'autre canapé et salua Grace avec respect.

— Bonsoir, chef.

Roy Grace retira son manteau, le plia et le posa à côté de lui, puis il étudia attentivement l'homme qu'il était venu interroger.

— Pourriez-vous me donner votre nom complet ?

— Oui, je m'appelle Jamie Gordon Ball.

— Quand avez-vous vu Logan pour la dernière fois ?

— Ce matin, vers 7 heures. Elle a trébuché en sortant du lit et s'est ouvert l'orteil contre la porte de la salle de bains. J'aurais bien voulu l'accompagner à l'hôpital, mais j'avais une réunion très importante.

Grace prit note sans faire de commentaire.

— Vous a-t-elle indiqué qu'elle comptait aller quelque part ce soir ?

— Pas du tout. On avait prévu de se faire livrer des plats chinois. On fait ça régulièrement, puis on regarde un ou deux épisodes de *Breaking Bad*. On avance bien.

— Super série, dit Grace.

— Tout à fait d'accord, on est accros.

— Où Logan travaille-t-elle ?

— À Hove. Elle est chiropraticienne dans un cabinet sur Portland Road.

Pour le moment, l'homme semblait dire la vérité.

— Comment décririez-vous votre relation ?

Ball garda le silence.

— Nous sommes amoureux, répondit-il enfin.

Pour la première fois, son comportement indiqua qu'il était peut-être en train de mentir.

— Avez-vous fixé une date pour votre mariage ?

Jamie parut mal à l'aise.

— Oui, enfin, pas exactement.

— Pas exactement ?

— On est en train… On discute.

— Vous discutez de quoi ?

Il haussa les épaules, gêné.

Grace le dévisagea.

— Logan a-t-elle déjà fait ça auparavant ? Ne pas rentrer le soir ?

— Jamais. Je l'ai entendue hurler. Je ne sais pas si vous êtes descendu dans le parking, mais il fout vraiment les jetons. Il y a déjà eu plusieurs effractions. Le syndic n'en a rien à faire. Logan m'a dit qu'elle avait vu quelqu'un en entrant dans le parking. Je l'ai entendue crier. Et ensuite…

Il cacha son visage dans ses mains.

Grace l'observa. Son désespoir semblait réel. Pourtant, la façon dont il parlait de sa relation avec Logan sonnait faux.

— Il lui est arrivé quelque chose, commissaire. J'en suis sûr. Tout ça ne lui ressemble pas. Elle est forte, je ne l'ai jamais sentie effrayée comme ça. Il y avait de la terreur dans sa voix.

— À votre avis, que lui est-il arrivé ?

Jamie Ball secoua la tête, désemparé.

— Je n'en sais rien. Je pense qu'elle a été enlevée.

— Vous êtes en train de regarder *Breaking Bad* ?

— Oui.

— Et vous regardez beaucoup de séries policières ?

— Oui, pas mal.

— Vous êtes sûr de ne pas être influencé ? Vous êtes certain qu'elle n'est pas allée quelque part de son plein gré ?

— Oui, dit Jamie en fixant Roy droit dans les yeux.

Dix minutes plus tard, Roy Grace prit congé, indécis. Le seul fait avéré était que Logan Somerville avait disparu.

La lecture automatique des plaques d'immatriculation semblait éliminer Jamie Ball de la liste des suspects, mais son comportement trahissait une certaine culpabilité.

Que cachait-il ?

Grace se promit de faire appel à une spécialiste de l'aide aux familles, dès le lendemain matin, afin qu'elle puisse apporter son éclairage sur la nature de la relation entre Jamie et Logan.

16

JEUDI 11 DÉCEMBRE

Chaque « projet » a son caisson particulier, dans ce que j'appelle mon « cabinet des supplices ». Les bacs dans lesquels elles se trouvent sont reliés à l'eau courante et je leur mets des couches pour adulte. La propreté, c'est important pour le moral. Je fais en sorte qu'elles soient en bonne santé, qu'elles ne manquent ni de vitamines, ni de nutriments, ni de sels minéraux. Je veux les garder en vie aussi longtemps que possible, pour pouvoir choisir quand leur dire adieu. Tout est une question de pouvoir. Le pouvoir, c'est très excitant. Je n'aime pas le terme de « victime ». Je préfère les appeler mes « projets ».

Je ne suis pas violent, pas du tout. Un jour, enfant, j'ai dégommé un moineau avec mon lance-pierre. Je n'oublierai jamais la façon dont l'oiseau s'est mis à tournoyer, comme un hélicoptère, avant de s'écraser au sol. J'avais lancé le caillou pour m'amuser, sans viser. Quand j'ai ramassé l'oiseau, ses plumes étaient douces et chaudes. Je me suis mis à pleurer et j'ai essayé de le ressusciter, en lui faisant du bouche-à-bouche.

J'ai creusé une tombe, je l'ai posé au fond, je me suis excusé, je l'ai recouvert de terre et j'ai récité une prière.

Pendant des jours, je me suis senti mal. Mais, dans le même temps, quelque chose en moi s'est réveillé. Chaque fois que je regardais un oiseau, je pensais au pouvoir que j'avais.

Le pouvoir de vie et de mort.

Tuer, ça me rend fort. Certains disent que c'est mal.

La question est la suivante : le mal existe-t-il ? Encore faut-il croire en Dieu. Sinon, il suffit de se dire que seuls les plus forts survivent, ou encore : « Je survis et ceux que je choisis de tuer ne survivent pas. »

Aujourd'hui, j'ai choisi de tuer. J'ai hâte. J'attends ce moment depuis des jours, ou plutôt des semaines !

Bien sûr, vous ne saurez jamais le plaisir que j'en tire.

17

JEUDI 11 DÉCEMBRE

L'eau remplissait la cuve depuis une heure environ. Elle était ligotée au niveau du cou, des poignets, du ventre, des cuisses et des chevilles. L'eau lui arrivait au niveau du menton. Dans quelques minutes, elle couvrirait sa bouche, puis son nez.

Grâce à ses lunettes de vision nocturne, il observa son projet et lut la terreur sur son visage. Il aimait laisser ses projets dans le noir, au sens propre et au sens figuré.

Ses longs cheveux bruns flottaient autour de son visage. Elle était très belle. Il prit une photo infrarouge. Elle le fixait sans le voir, sur le point de hurler.

Certains de ses projets avaient des hurlements magnifiques, langoureux. Pas elle. Ses cris étaient atroces. Il trouvait étrange qu'une femme aussi belle, avec des lèvres aussi attirantes, puisse produire un son aussi affreux.

Il se pencha et pressa ses lèvres contre les siennes. Il lui pinça les narines de sa main gantée. Il la laissa se débattre en inspirant son tout dernier souffle. L'eau lui couvrit le visage. Il se détacha d'elle et se releva. Quelques bulles montèrent à la surface. Très peu.

Il lui avait volé son dernier souffle.
Maintenant, il la possédait pour toujours.
Bientôt, avant qu'elle refroidisse, il lui ferait l'amour.
Elle ne pourrait pas le rejeter.

18

VENDREDI 12 DÉCEMBRE

Logan Somerville n'avait pas refait surface et Roy Grace était de plus en plus inquiet.

La pluie avait cessé pendant la nuit. Entre les nuages qui filaient à vive allure, le ciel au-dessus des lagons de Hove était d'un bleu cobalt. Deux cordons de sécurité avaient été installés pour protéger la scène de crime. Deux agents montaient la garde. Des badauds prenaient des photos avec leur téléphone. Quatre tentes ployaient sous le vent qui soufflait de la Manche et mettait les haubans à rude épreuve.

Le nombre de personnes présentes s'était démultiplié depuis leur dernière visite. L'hélicoptère de la police du Surrey et du Sussex survolait la zone afin de la cartographier et renforçait l'impression d'assister à une opération militaire. Plusieurs véhicules étaient garés non loin. Il y avait une voiture de police, une camionnette de la police, celle des ouvriers du chantier, une petite pelleteuse et plusieurs voitures privées. L'une d'elle, une Saab décapotable jaune, appartenait à Nadiuska De Sancha, l'une des deux médecins légistes du comté.

Les enquêteurs préféraient, en général, travailler avec cette femme efficace, rapide, et toujours de bonne humeur, plutôt qu'avec l'arrogant Frazer Theobald.

Un technicien en identification criminelle dessinait un plan détaillé du site, tandis que d'autres, dans leur combinaison avec gants, masque, bonnet et surchaussures, utilisaient un radar à pénétration de sol, pour repérer d'éventuels autres cadavres enterrés dans les environs.

Plusieurs ouvriers en gilet fluorescent prenaient le thé ou le café à côté de leur camionnette. L'un d'eux essayait de lire le *Sun*, malgré un vent puissant. James Gartrell, photographe spécialisé que Grace connaissait bien, prenait des photos du site.

Grace consulta sa montre puis se dirigea, avec Glenn Branson, vers l'agent qui montait la garde et se frottait les mains pour se réchauffer. Des mouettes tournoyaient au-dessus de l'un des lagons. Sur l'autre, un véliplanchiste en combinaison prenait un cours. Il avait du mal à tirer sa voile hors de l'eau. Alors qu'ils signaient le registre, Grace entendit une voix féminine l'interpeller.

— Commissaire !

Les deux enquêteurs se retournèrent. Une jeune et jolie blonde en imperméable rouge vif s'approchait d'eux à grands pas. Siobhan Sheldrake venait de rejoindre la rédaction de l'*Argus*, en remplacement de Kevin Spinella, qui avait empoisonné la vie de Roy Grace.

De façon générale, la police se devait d'entretenir des relations cordiales avec la presse.

Les médias, quant à eux, aimaient faire sensation, ce qui nuisait souvent à l'enquête. Mais, d'un autre côté, ils réussissaient parfois à convaincre des témoins de contacter la police. Grace était déterminé à entretenir avec cette journaliste une meilleure relation qu'avec son prédécesseur.

— Bonjour ! dit-il d'une voix agréable, suffisamment forte pour couvrir le bruit de l'hélicoptère. Vous connaissez le commandant Branson ?

— Oui ! cria-t-elle en retour, gratifiant Glenn d'un sourire ravageur. Ravie de vous revoir, commandant.

— Ravi de vous revoir aussi, Siobhan. Comment allez-vous ? dit Glenn.

— Mon petit doigt m'a dit que vous n'étiez pas ici pour faire de la balançoire, du toboggan ou du manège. Et vous n'avez pas l'air non plus de vouloir prendre un cours de planche à voile…

Glenn pencha la tête sur le côté. Grace remarqua que le courant passait très bien entre eux deux.

— Bien vu, dit Branson. Vous pourriez être enquêtrice.

Elle éclata de rire.

— Est-ce que je vais devoir attendre la conférence de presse ou est-ce que je peux espérer un scoop sur le corps déterré hier soir par des ouvriers ?

— Pour le moment, vous en savez autant que nous, intervint Roy Grace.

— Est-ce un homme ou une femme ? Connaissez-vous son âge ? Depuis quand est-il enterré ici ? Vous avez fait appel à de nombreux techniciens, j'ai remarqué la présence d'un médecin légiste et d'une anthropologue judiciaire. Cela semble indiquer qu'il s'agirait d'une scène de crime et qu'une enquête est ouverte. Vous n'êtes pas en train de déterrer des reliques, n'est-ce pas ?

Elle était intelligente et Grace ne pouvait s'empêcher de lui sourire. Non seulement il la trouvait attirante, mais sa bonne humeur était contagieuse. Glenn Branson désigna son collègue et meilleur ami.

— J'espère que vous ne traitez pas mon supérieur de relique !

Il esquissa un sourire gêné.

— Désolé, vieux.

— Très drôle, concéda Grace.

— Je ne publierai pas cette citation, plaisanta-t-elle.

Cette journaliste avait l'air bien plus sincère que ceux et celles que Roy Grace avait rencontrés jusqu'à présent. Elle avait fait l'effort de venir jusqu'à eux. Elle était bien renseignée. Elle méritait un scoop.

— Le commandant Branson organisera une conférence de presse dès que nous aurons suffisamment d'éléments, Siobhan. Ce que je peux vous dire, c'est que les ouvriers ont déterré hier soir des ossements humains, qui ont été identifiés comme étant de sexe féminin. C'est à confirmer. Nous ne connaissons pas l'âge de l'individu, ni depuis quand il se trouve là. Nous savons juste que le sentier a été coulé il y a une vingtaine d'années. J'espère avoir plus d'informations dans la journée.

— Puis-je jeter un coup d'œil dans la tente ?

— Pas pour le moment, répliqua Grace.

— Un représentant du coroner est présent ?

— Vous en savez plus que nous, ou quoi ? la taquina Glenn.

— Je débute dans ma profession.

— Philip Keay est en route, mais il n'aura rien d'autre à vous dire. Vous en saurez davantage lors de la conférence de presse.

— D'accord, je vais traîner un peu, si ça ne vous dérange pas.

— C'est un lieu public, dit Glenn. Faites comme chez vous. Si vous voulez des anecdotes croustillantes, allez voir Fat Boy Slim et demandez-lui ce que ça lui fait d'avoir une scène de crime devant son café.

Son visage s'éclaira.

— Très bonne idée, merci !

— N'hésitez pas à m'appeler si vous cherchez un agent, fit Glenn. Mes honoraires sont très raisonnables.

La journaliste se tourna vers Roy Grace.

— Par ailleurs, avez-vous du nouveau à propos de Logan Somerville, qui a disparu hier soir ? Je veux parler de l'opération Charrette de foin.

Grace la dévisagea. Le prédécesseur de Siobhan avait été viré du journal pour écoutes illégales. Se livrait-elle aux mêmes pratiques que lui ? Ou avait-elle une source parmi les policiers ? Il venait d'organiser son premier briefing et devait se rendre au parking de Logan Somerville dans la foulée.

— De quelles informations disposez-vous ?

— J'ai cru comprendre qu'elle avait rompu ses fiançailles. Sa disparition est-elle suspecte ? On m'a dit qu'une chasse à l'homme était en cours.

Grace nota dans un coin de sa tête ce qu'elle venait de lui apprendre à propos de la rupture.

— Nous récoltons un maximum d'informations. Notre attaché de presse pourra vous faire un point dans la matinée. À toutes fins utiles, je vous confirme que tous les policiers disponibles sont actuellement à la recherche de Mlle Somerville.

— Merci, commissaire.

— J'ai votre numéro de portable, intervint Glenn Branson. Je vous appellerai si nous avons du nouveau.

Elle le remercia et se dirigea vers le lagon.

Glenn et Grace passèrent sous la rubalise et se dirigèrent vers Dave Green, en combinaison.

— Comment ça se passe ? lui demanda Grace.

— Nous avons trouvé un mégot de cigarette, dit-il. Je l'envoie au labo pour analyse. C'est tout pour le moment.

Les deux enquêteurs s'installèrent dans la tente pour se changer.

— Tu n'aurais pas un faible pour cette journaliste ? demanda Grace à Branson.

— J'essaie juste d'avoir de bons rapports avec la presse locale, comme tu me l'as toujours conseillé, dit-il en esquissant un sourire effronté.

— Ne confonds pas relation professionnelle et rapport sexuel, O.K. ?

— Aucun risque, je sais faire la différence entre une relation et un rapport.

— Je suis sérieux. Si tu veux réussir dans ce métier, garde tes distances avec la presse. Qui s'y frotte, s'y pique. Et pense à tes gosses. Leur mère est morte il n'y a pas si longtemps que ça.

— Mais ça faisait un bail qu'elle m'avait mis à la porte et qu'elle m'avait remplacé, lui rappela Branson. Tu viens d'épouser l'une des plus belles femmes de la planète. Je ne pensais pas que tu serais jaloux.

— Jaloux, moi ?

— Avoue que Siobhan est très tentante.

— Comme l'était la pomme dans le jardin d'Éden…

19

VENDREDI 12 DÉCEMBRE

Le Dr Edward Crisp était un petit homme dynamique, au crâne dégarni et aux tempes grises. Il portait des grandes lunettes à la mode, qui lui mangeaient la moitié du visage et lui donnaient un air interrogateur.

Très à cheval sur l'élégance, il portait ce jour-là un costume fait main gris foncé de chez Gresham Blake, une cravate en soie rose et une chemise bleu pâle achetées sur Jermyn Street et des bottines noires cirées de chez Crockett et Jones. Son chien noir et blanc, un bâtard dénommé Smut, que la plupart de ses patients adoraient, dormait dans son panier.

Alors que les médecins généralistes avaient à présent tendance à se rassembler en cabinets, lui préférait exercer seul, dans ce lieu qu'il occupait depuis plus de vingt-cinq ans. C'était une salle spacieuse, imposante, au rez-de-chaussée d'un immeuble victorien près de Church Road, à Hove, qui jouxtait le bureau de sa secrétaire, Jenni Acton. Célibataire, cette femme de 57 ans lui était dévouée depuis une vingtaine d'années.

Son cabinet, tout comme sa tenue, reflétait sa passion pour l'ordre et le rangement. Ses diplômes encadrés étaient accrochés aux murs. Son parcours était impressionnant. Il avait suivi des études d'immunologie à l'Institut Pasteur à Paris, des études d'homéopathie, de médecine chinoise et d'acupuncture, et il était membre du Collège royal des chirurgiens. Il avait d'ailleurs obtenu un diplôme de chirurgien, avant d'opter pour une carrière de médecin généraliste dans un cabinet privé, qui lui convenait mieux. Ses patients l'aimaient beaucoup, au point qu'il n'en prenait plus de nouveaux depuis plusieurs années, sauf exception, sur des critères très particuliers.

L'une de ses nouvelles patientes, une certaine Freya Northrop, était assise dans l'un des deux fauteuils en chêne et en cuir. Elle semblait nerveuse. Le médecin discutait avec une certaine Maxine au téléphone. Celle-ci paraissait inquiète pour sa mère, qui était en phase terminale, d'après ce que Freya avait pu comprendre.

Une photo encadrée, prise par un professionnel, révélait une partie de la vie privée du médecin. Une jolie brune de 45 ans environ posait avec deux adolescentes, sur un fond bleu ciel. Toutes les trois riaient à une blague sans doute faite par le photographe.

Le médecin promit à son interlocutrice de faire en sorte que sa mère soit admise à l'hospice des Martlets.

Freya Northrop observa la pièce. La plupart des cabinets médicaux étaient anonymes. Celui-ci, qui dégageait une certaine noblesse, ressemblait plus à un musée qu'à un bureau. Aux murs étaient accrochés des portraits de pionniers de la médecine. Elle reconnut Alexander Flemming, l'inventeur de la pénicilline, et Marie Curie. Les cadres étaient légendés d'une brève biographie. Des dessins anatomiques de Léonard de Vinci complétaient le tableau.

Il y avait aussi une vitrine remplie de crânes humains. À côté, fier et élancé comme s'il présidait la pièce, un squelette bloquait en partie la vue sur un parking et l'arrière du bâtiment.

Le docteur nota quelque chose sur un bloc-notes avec un stylo noir Montegrappa, puis pianota sur son clavier, sans cesser de rassurer son interlocutrice.

Plusieurs bustes trônaient sur des socles. Freya dévisagea un homme au crâne rasé, de forme allongée, arborant une barbe ondulée.

— *Primum non nocere* ! D'abord, ne pas nuire ! fit le docteur d'une voix différente.

Freya se tourna et vit qu'il s'adressait à elle, d'un air enjoué, en couvrant le micro du téléphone.

— Ne pas nuire ?

— Hippocrate ! C'est le nom du gars que vous dévisagez. Un sacré bonhomme. Tous les médecins doivent prêter serment. Ça parle d'honnêteté et de toutes sortes de principe. En fait, ce n'est pas Hippocrate qui a dit : « D'abord, ne pas nuire », mais un chirurgien du XIXe siècle, Thomas Imman.

— Ah bon ?

— Je n'en ai plus pour très longtemps. Il s'agit d'une dame très inquiète, elle va me passer sa mère… Hippocrate, répéta-t-il.

Le médecin étudiait discrètement la jeune patiente assise devant lui. La vingtaine, elle s'était habillée de façon neutre. C'était une beauté classique, avec ses grands yeux marron, ses longs cheveux bruns et sa raie au milieu. Elle lui rappelait l'actrice Julie Christie, dont il était amoureux quand il était adolescent. Elle lui rappelait également quelqu'un d'autre, mais ce souvenir était si pénible qu'il le refoula. Il finit par raccrocher et lui sourit.

— C'est la première fois qu'on se voit, n'est-ce pas ?

Il déchiffra son prénom en fronçant les sourcils.

— Freya ?

— C'est bien ça.

— Votre nom est intéressant. Northrop. Northrop Frye. Vous l'avez déjà lu ?

Elle secoua la tête, déroutée.

— Fantastique critique littéraire ! Il a rédigé de brillants essais sur T. S. Eliot et a vraiment contribué à sa gloire. À celle de Milton aussi. Surtout pour le « Paradis perdu ».

— Ah ! fit-elle, décontenancée.

— Herman de son prénom.

— Ah, répéta-t-elle.

Sa meilleure amie Olivia Harper lui avait dit que Crisp était un docteur génial, très enjoué, mais elle le trouvait plus bizarre qu'enjoué. Elle avait l'impression de l'énerver, avec son inculture.

— J'ai entendu parler de T. S. Eliot.

— « La Terre vaine » ?

— Peut-être.

— Vous connaissez ce poème ?

— Non.

Edward Crisp repensa à la veille. La découverte macabre qu'il avait faite alors qu'il promenait Smut le long des lagons. À Brighton et Hove, il était possible, en hiver, de promener les chiens sans laisse en bord de mer. Parfois, quand il faisait nuit, il laissait son bâtard blanc, flanqué d'une tache noire de chaque côté, faire ses besoins n'importe où, sans les ramasser.

Il repensa au squelette. Il n'arrivait pas à l'oublier.

— « La Terre vaine » ?

Le docteur sursauta.

— « Je vieillis, je vieillis… Je ferai au bas de mes pantalons un retroussis. »

Freya Northrop fronça les sourcils.

— « La chanson d'amour de J. Alfred Prufrock », clama-t-il, triomphal. Mais je m'arrêterai là. Je suis désolé d'être distrait aujourd'hui. J'ai eu une expérience traumatisante hier soir. Je suis médecin, j'essaie de guérir les gens, mais je n'ai pas pu sauver cette pauvre femme… Assez parlé de moi, parlons de vous ! Pourquoi êtes-vous ici ?

— Je viens de la part d'Olivia Harper. Je vivais à Londres jusqu'à présent.

— Ah oui, Mlle Olivia, quelle jeune femme adorable ! Vraiment charmante. Pardonnez-moi, j'ai du mal à me concentrer… Mais c'est mon problème, pas le vôtre ! Qu'est-ce qui vous amène ?

Il sourit et ses yeux pétillèrent de joie. Il souleva un élégant stylo noir et la fixa.

— Eh bien, je n'ai rien, je vais bien.

— Bien sûr, pourquoi iriez-vous voir un docteur si vous étiez malade, pas vrai ?

Il avait un humour communicatif. Elle se détendit un petit peu.

— C'est ça, pourquoi aller chez le docteur quand on est malade ?

— Voilà ! Je n'aime que les patients en bonne santé ! Qui voudrait des patients malades ? Ils demandent trop de temps et d'attention. Et c'est mauvais pour l'image. Revenez quand vous voulez, chaque fois que vous vous sentirez en pleine forme, d'accord ?

Elle rit.

— Promis !

— Ravi de vous avoir rencontré, Freya !

Il fit mine de se lever et se rassit en gloussant.

— Dites-moi tout.

Elle commençait à cerner le personnage.

— Eh bien, j'ai rencontré un garçon, c'est pour ça que j'ai déménagé à Brighton. Je ne prenais plus la pilule depuis quelque temps, mais j'aimerais la reprendre.

Il y eut un long silence. Le médecin se raidit. Freya se sentit mal à l'aise. Avait-elle touché une corde sensible ?

Puis il se fendit d'un sourire lumineux.

— La pilule ? C'est tout ?

— Oui.

— Vous avez l'intention de faire l'amour avec ce... « petit ami » ?

— Nous avons déjà des rapports sexuels, mais...

Il leva les mains en l'air.

— Je ne veux pas en savoir plus ! Vous voulez la pilule ? Je vous la prescris ! Pas de problème. Vous êtes une jeune femme adorable. Si vous avez besoin de quoi que ce soit, venez me voir. Parlez-moi de vous, maintenant, et je ferai un bilan dans la foulée. Avez-vous déjà subi des opérations ?

Elle évoqua son appendicite à 13 ans, une fracture de l'épaule en snowboard à 16 ans, une chlamydia à 18 ans, et, embarrassée, ses mycoses vaginales à répétition.

Il nota tout cela dans son ordinateur en prenant un plaisir non dissimulé – à moins qu'elle ne se trompe – à l'écouter parler de ses maladies vénériennes. Il lui proposa ensuite de passer derrière le paravent et de se déshabiller.

Il continua à prendre des notes dans son ordinateur, puis fixa le paravent vert, en faisant machinalement cliquer son stylo.

Le cadavre du lagon l'obsédait.

— Je suis prête, dit Freya.

— Freya Northrop, dit-il à voix basse.

Il aimait son nom. Elle lui plaisait.

À la fin de la consultation, il la salua d'un : « À très bientôt ! »

Il mettait un point d'honneur à ce que ses patients le quittent le sourire aux lèvres.

20

VENDREDI 12 DÉCEMBRE

L'anthropologue judiciaire Lucy Sibun, la petite quarantaine, était une femme à l'allure professionnelle, brune avec des lunettes carrées, modernes. Elle était accompagnée de deux étudiants. À genoux, elle étudiait les ossements avec attention. Elle portait un masque et une combinaison blanche peu flatteuse. Il était 10 heures du matin. Sous le regard attentif de Nadiuska De Sancha, de Philip Keay et de James Gartrell, l'ensemble du squelette avait été exposé.

Il était éclairé par des projecteurs puissants, installés avec les moyens du bord. Il y avait des bouts de tissu et des escarpins moisis au niveau des pieds, ce qui semblait confirmer l'opinion du docteur de la veille : il s'agissait bien d'une femme.

Roy Grace était curieux de savoir depuis quand les ossements étaient là. Il voulait aussi connaître l'âge de la personne. Quand les ossements étaient récents, le meurtrier était parfois encore en vie – des membres de la famille de la victime aussi. Quand il s'agissait d'un événement trop éloigné, toutes les personnes connectées avec le meurtre étaient mortes depuis longtemps. L'enquête était alors d'autant plus complexe.

— Pourquoi est-ce que les ouvriers n'ont pas arrêté de creuser dès qu'ils ont vu un os, Roy ? s'énerva l'anthropologue. En continuant à creuser, ils ont peut-être détruit des pièces à conviction essentielles pour nous.

— Tu penses que les faits sont récents ?

— Non. Le sentier a été coulé il y a près de vingt ans. Celui qui a tué cette femme connaissait ce projet de chantier, je pense qu'il l'a enterrée ici peu de temps avant, sachant qu'elle serait recouverte. Peut-être s'agit-il d'un ouvrier. Les ossements sont plus anciens que les travaux. La mafia était connue pour enterrer des corps sous des autoroutes en construction. Je pense par ailleurs que le corps a été abandonné ici, mais qu'il ne s'agit pas de la scène de crime. Le cadavre a été déterré et réenterré.

— Qu'est-ce qui te fait dire ça ?

L'anthropologue désigna de minuscules traces sur les os.

— Elles sont sans doute dues à des coups de pelle. La victime a été enterrée autre part, puis déterrée par un individu nerveux, pressé, qui a endommagé les os à plusieurs endroits.

Grace admirait beaucoup les compétences de cette femme, avec laquelle il avait travaillé à de nombreuses occasions.

— Autre chose, Lucy ?

— Oui. Je dirais qu'elle est morte il y a trente ans. Les chaussures sont un bon indicateur. J'avais une paire d'escarpins similaire quand j'étais adolescente. Mais concentrons-nous sur la dépouille.

Elle montra du doigt un petit fragment d'os suspendu à un bout de peau desséché.

— Tu vois cet os en forme de U ? C'est lui qui maintient la langue. C'est souvent un bon indicateur de la cause de la mort. L'os hyoïde se fracture en cas d'étranglement. Ici, il est intact. Un certain nombre d'indices laisse supposer que la femme avait une vingtaine d'années. Ses dents sont peu usées, mais ses dents de sagesse sont apparentes. Le pelvis montre que la surface auriculaire a atteint la phase 1, et la symphyse pubienne aussi.

Grace fit des efforts pour suivre.

— Tu vois l'échancrure sciatique ? Ce trou ischio-pubien triangulaire ? Ce pubis allongé ? Cet angle sous-pubien large ? Cette concavité sous-pubienne ?

Grace hocha la tête, même s'il ne comprenait pas tout.

Elle remonta vers le crâne, légèrement incliné sur le côté.

— Bourrelets supra-orbitaires peu prononcés. Partie supérieure de la cavité orbitaire pointue. Front droit. Apophyse mastoïde discrète. Ligne nuchale petite et arrondie. C'est de toute évidence une femme. Il y a beaucoup d'eau dans cette zone. Si elle avait été enterrée ici dix ans avant le chantier, elle serait remontée à la surface et les ouvriers l'auraient remarquée.

— J'ai demandé à un enquêteur de chercher qui a coulé ce sentier, si les ouvriers sont toujours vivants. Il est possible que ce soit le cas. Que pouvez-vous nous dire de plus ? l'interrogea Glenn Branson.

Lucy Sibun attira l'attention des enquêteurs sur la mâchoire.

— Je remarque une dent de lait et plusieurs plombages qui pourraient nous permettre de l'identifier, si tant est qu'elle soit de la région. L'ADN est une autre possibilité. Tu en sauras plus après avoir pratiqué l'autopsie, n'est-ce pas ? demanda-t-elle à Nadiuska De Sancha.

Un coup de vent secoua la tente. Le médecin légiste hocha la tête, se tourna vers Roy Grace, puis vers le représentant du coroner.

— Je suis d'accord, confirma celui-ci. Transférez le squelette à la morgue.

— Il faut que j'y aille, dit Grace. Je vous laisse avec le commandant Branson.

Il retourna à la tente des techniciens et retira sa combinaison, puis fonça vers sa voiture. Avant de démarrer, il prit quelques notes. Les relevés dentaires permettaient parfois une identification, mais les circonstances n'étaient pas favorables. Contrairement à l'ADN, dont la base de données était centralisée, il faudrait contacter des milliers de dentistes britanniques pour espérer obtenir un résultat. Il faudrait aussi en savoir plus sur la victime. Si elle n'était pas britannique, les chances de trouver son dentiste étaient nulles.

L'ADN n'était pas une piste facile non plus, dans le cas présent. À moins que la victime se soit retrouvée en garde à vue, son ADN ne figurerait nulle part. S'il devait remonter trente ans plus tôt, aucune chance que son ADN soit inscrit dans une base de données. Ils allaient donc devoir éplucher le fichier des personnes portées disparues en s'appuyant sur les informations données par Lucy Sibun : femme entre 15 ans et 30 ans, disparue entre trente-cinq et quinze ans plus tôt.

Plusieurs milliers d'occurrences apparaîtraient. La tâche s'annonçait colossale. Le mieux était de commencer par des recherches locales.

De partir du principe que la victime était de Brighton.

Il démarra et se mit en route vers Kemp Town, vers le parking de la résidence de Logan Somerville.

21

VENDREDI 12 DÉCEMBRE

— Combien de temps est-ce que vous allez me garder ici ? Combien de temps et qui êtes-vous ? Libérez-moi ! cria Logan. J'ai besoin de sucre et d'eau, je vous en prie !

La peur lui avait fait oublier sa douleur à l'orteil. Celle-ci revint d'un seul coup. Les liens au niveau de son ventre, de ses poignets, de ses cuisses et de ses jambes lui cisaillaient la peau. Elle avait une crampe à la jambe droite. Il fallait qu'elle l'étire, mais elle ne pouvait pas bouger. Elle essaya de lever la tête. Une lanière lui retint le cou, jusqu'à l'étrangler.

Elle avait la gorge sèche et les lèvres collées. Elle transpirait abondamment. Sa glycémie était basse, elle ne tarderait pas à s'évanouir.

Qui avait hurlé, un peu plus tôt ? Y avait-il quelqu'un d'autre ?

La colère remplaça la peur. Depuis combien de temps était-elle ici ? Où se trouvait-elle ? Jamie était-il derrière tout ça ? Voulait-il la torturer jusqu'à ce qu'elle accepte de l'épouser ? Ce serait une belle façon d'entamer leur vie commune.

Alors, elle a rompu les fiançailles, il l'a droguée, l'a enfermée dans une cage, l'a affamée et a refusé de la laisser faire ses besoins jusqu'à ce qu'elle accepte de l'épouser.

Dans deux semaines, ce serait Noël. Ces deux semaines étaient cruciales, nom de Dieu ! Elle commençait à dégager des profits et serait bientôt en mesure de s'acheter une petite maison, après leur séparation.

Chaque jour comptait. Elle ne savait pas depuis quand elle était là. Si on était déjà vendredi, c'était l'anniversaire de sa mère. Elle avait prévu de l'appeler et de rejoindre ses parents pour le week-end.

Logan avait flashé sur Jamie, qui, contrairement à ses précédents copains, n'était pas infidèle. C'était un garçon gentil, doux, qui aimait cuisiner, et dont elle appréciait l'humour.

Ce n'est qu'avec le temps qu'elle avait réalisé à quel point il manquait de personnalité. Au début de leur relation, ils avaient tout fait ensemble. Les virées au pub, les restaurants, les promenades, les sorties au cinéma. Puis elle avait remarqué qu'à part regarder du sport à la télévision et aller voir un match des Albions au stade, Jamie n'avait que peu de centres d'intérêt. En véritable caméléon, il adoptait son mode de vie, à elle. L'année dernière, elle avait décidé de s'entraîner pour le marathon de Brighton et il avait commencé à courir, lui aussi. Comme elle adorait le cyclisme sur route, il s'était acheté un beau vélo, pour l'accompagner. Les premiers temps, elle avait trouvé ça génial d'avoir un partenaire. Elle n'avait guère d'amis aussi sportifs qu'elle. Puis elle avait fini par regretter ses moments de solitude. Trois mois plus tôt, il avait même rejoint son groupe de lecture, alors qu'il ne lisait rien, hormis des thrillers. Lors de la première réunion, il avait traité les participants de snobs et décidé de ne plus assister à ce genre de rencontres.

Il avait fondu en larmes quand elle lui avait annoncé qu'elle ne voulait plus l'épouser et qu'elle avait décidé de partir. Mais jamais, dans ses rêves les plus fous, elle ne l'aurait imaginé la kidnapper.

Jamie n'était ni violent, ni cruel. Ou l'avait-elle mal cerné ? Elle ne comprenait rien à la situation.

Elle vit une lumière approcher. Une lueur vert pâle.

— Jamie ? Jamie, je t'en prie, discutons.

Elle entendit un glissement. Une torche l'aveugla, puis s'éloigna.

Quelqu'un se trouvait juste au-dessus d'elle. Le visage était dissimulé par ce qui ressemblait à un masque intégral en cuir.

On lui pressa quelque chose contre les lèvres. Quelque chose de sucré, du miel. Elle l'avala. Puis on plaça deux comprimés dans sa bouche et on lui présenta un verre d'eau.

Elle entendit de nouveau un bruit de glissement et les pas s'éloignèrent.

Elle frissonna.

Et si ce n'était pas Jamie ? D'où sortait cet homme ? Était-il le complice de Jamie ?

Et si c'était un inconnu ?

22

VENDREDI 12 DÉCEMBRE

Jacob Van Dam, assis à son bureau dans son cabinet sur Harley Street, portait des petites lunettes rondes à écailles. Il avait des taches brunes sur son crâne et sur ses mains noueuses. Dans son costume rayé gris deux fois trop grand pour lui, le psychiatre paraissait avoir rapetissé avec le temps. Il avait choisi une cravate aux couleurs d'un Gentlemen's club, qu'il avait nouée à son cou ridé.

Au cours de sa carrière d'expert judiciaire en psychiatrie, il avait été agressé à de nombreuses reprises. Il préférait désormais recevoir derrière un bureau.

À 77 ans, il avait dépassé l'âge de la retraite, mais ne comptait pas s'arrêter, car il adorait son travail. Que ferait-il, d'ailleurs, s'il prenait sa retraite ? Il n'avait pas de hobby. Il avait consacré toute sa vie à son métier. Il était fasciné par la nature humaine. Chaque jour, ses patients lui apprenaient quelque chose.

Son cabinet était rempli de livres sur la médecine et sur le comportement humain. Certains portaient d'ailleurs son nom sur la couverture. Il avait notamment écrit un ouvrage expliquant la popularité de la princesse Diana ; un autre, qui était considéré comme un classique, sur Peter Sutcliffe, l'éventreur du Yorkshire, accusé du meurtre de treize femmes ; et trois volumes dont il était très fier, publiés à la suite de son expérience à l'hôpital psychiatrique de haute sécurité de Broadmoor, où tous les patients étaient considérés comme dangereux. Il avait toujours été intrigué par la notion de mal. Certains hommes naissaient-ils mauvais ? Qu'est-ce qui pouvait rendre quelqu'un maléfique ? Encore fallait-il définir le terme. Il avait beau avoir exploré ce thème dans trois volumes, il n'était parvenu à aucune conclusion.

Après quarante-sept ans de psychiatrie, il n'avait pas encore trouvé les réponses à ces questions. C'est pour cela qu'il se rendait chaque jour dans son cabinet et qu'il recevait des patients, du matin au soir, avec la bénédiction de sa femme, Rachel.

Il était en train d'écrire des notes sur son patient précédent, un acteur aussi âgé que lui, qui n'arrivait pas à s'habituer au fait que les femmes ne se jetaient plus sur lui, quand sa secrétaire lui annonça que son patient suivant était arrivé. Il s'agissait d'un certain Dr Harrison Hunter.

Il relut rapidement la lettre de recommandation que lui avait envoyé un médecin généraliste de Brighton, le Dr Edward Crisp. Elle était courte. C'était la première fois que ce médecin lui envoyait un patient. Harrison Hunter souffrait d'anxiété, de fréquentes crises de panique. Le Dr Crisp évoquait des troubles délirants. Van Dam appuya sur un bouton pour dire à sa secrétaire de le faire entrer. Instantanément, pour une raison que le psychiatre ne put s'expliquer, il ressentit de l'excitation et de l'intérêt, mais aussi un grand effroi.

Van Dam se leva, serra la main de son patient et lui fit signe de s'asseoir sur l'un des deux fauteuils en cuir qui se trouvaient devant son bureau. Une ambulance passa. Ils gardèrent le silence.

Le comportement de Harrison Hunter était extrêmement étrange. Il n'arrêtait pas de se frotter les cuisses et de se gratter les joues et les oreilles.

Il avait 55 ans, selon les informations transmises par son généraliste. Il portait un costume sans prétention, une chemise mal repassée, une cravate de travers, des lunettes d'aviateur teintées, ainsi qu'une touffe de cheveux blonds sur la tête qui n'était pas sans rappeler ceux de Boris Johnson. Le psychiatre remarqua que la couleur des cheveux ne correspondait pas à celle des sourcils. Peut-être s'agissait-il d'une perruque.

— Qu'attendez-vous de moi, docteur Hunter ? Puis-je vous appeler Harrison ? demanda le psychiatre, comme chaque fois qu'il saluait un nouveau patient.

Il jeta un coup d'œil à ses notes, posa ses coudes sur le bureau et son menton dans le creux de ses mains.

— Vous pouvez m'appeler Harrison.

— Bien. Êtes-vous médecin ?

— Anesthésiste. Mais je ne suis pas un anesthésiste comme les autres.

Harrison Hunter sourit. Il avait une voix haut perchée, typiquement névrotique.

Une autre ambulance passa, ce qui les obligea à respecter un nouveau silence.

— Pourriez-vous m'expliquer en quoi vous vous considérez comme différent ?

— J'aime tuer les gens.

Van Dam lui jeta un regard inexpressif. Il savait d'expérience que certains anesthésistes pensaient que leur rôle était plus important que celui du chirurgien, alors qu'ils étaient moins bien rémunérés. Un jour, un anesthésiste lui avait dit qu'il avait le pouvoir de vie et de mort, dans le bloc opératoire, et avait décrit les chirurgiens comme des bouchers, des plombiers, des couturiers.

Le psychiatre, qui avait tout entendu – ses patients aimaient le choquer –, étudia le visage et le corps de son interlocuteur, puis le fixa droit dans les yeux. Son regard semblait vide. Il garda le silence, pour l'encourager à parler. Sa tactique fonctionna.

— Je travaille dans un hôpital universitaire et je peux, dans la limite du raisonnable, perdre huit ou neuf patients par an, sous couvert de réaction imprévisible, comme une hyperthermie maligne.

— Vous connaissez, je suis sûr, les dangers de l'anesthésie, lui répondit Van Dam sans le quitter des yeux.

— Tout à fait.

L'anesthésiste finit par détourner le regard.

— De temps en temps, je tue un patient de plus, parfois deux, chaque année, pour le plaisir.

— Pour le plaisir ?

— Oui.

— Et qu'est-ce que vous ressentez ?

— Je me sens bien, satisfait, comblé. Et c'est marrant.

— Pourriez-vous m'en dire plus sur le plaisir que vous ressentez quand vous tuez quelqu'un ?

Le Dr Harrison Hunter serra les poings et les leva en l'air.

— Du pouvoir, docteur Van Dam ! Je ressens du pouvoir sur eux. C'est un sentiment incroyable. Il n'y a pas de plus grand pouvoir que celui de prendre la vie d'autrui, n'est-ce pas ?

— Ce n'est pas si marrant que ça pour vos patients.

— Les gens n'ont que ce qu'ils méritent. Vous croyez au karma ?

— Certains de vos patients méritent donc d'être tués ?

— C'est de ça que j'ai besoin de parler avec vous. C'est pour ça que je suis là. Êtes-vous croyant, docteur Van Dam, ou darwiniste ?

Le psychiatre le fixa en silence. Une sirène retentit de nouveau. Des secours se rendaient-ils sur une scène de crime ? Son étrange interlocuteur était-il le tueur ?

Il prit un stylo et l'observa pendant quelques instants.

— Cette consultation est pour vous, Harrison, pas pour moi. On n'est pas là pour connaître mes opinions. Je suis ici pour vous. Mais, avant toute chose, j'aimerais vous rappeler que je suis tenu, par l'ordre des médecins, d'enfreindre le secret médical si je pense qu'un individu représente un danger pour la société. D'après ce que vous m'avez déjà dit, je me vois dans l'obligation de parler à la police.

— Il faudrait d'abord que vous sortiez de ce cabinet vivant, n'est-ce pas, docteur Van Dam ?

Le psychiatre essaya de masquer son malaise par un sourire. L'homme qu'il avait en face de lui était aussi inquiétant que fascinant. Il dégageait une profonde noirceur. Quand il exerçait à Broadmoor, Van Dam avait rencontré des gens dérangés, mais il n'avait jamais été en présence du mal. Le Dr Crisp avait signalé que son patient souffrait de troubles délirants. Était-il en train de fantasmer ?

— On est d'accord, Harrison, répliqua-t-il, en tentant l'humour.

— Vous n'irez pas voir la police, docteur Van Dam. Tout d'abord, je pense que vous vous en voudriez de me perdre, comme patient. Par ailleurs, je pense que vous n'êtes pas d'accord avec ces nouvelles dispositions. Vous êtes de la vieille école, le secret est pour vous sacro-saint. J'ai lu un article que vous avez publié dans la revue médicale *Lancet*, il y a plus de dix ans. Vous êtes en faveur du maintien du secret.

— J'ai écrit qu'un médecin ne devrait jamais être tenu par une obligation légale, mais morale. Parlons plutôt de vous. Pourquoi êtes-vous ici ? Qu'attendez-vous de moi ? Pensez-vous que je puisse vous aider ?

Son patient le dévisagea avec une expression curieuse, comme s'il lisait dans son âme.

— Je veux parvenir à gérer ma culpabilité, lâcha-t-il.

Le psychiatre réfléchit. Les réactions allergiques aux produits anesthésiants étaient rares, mais réelles. Un anesthésiste perdait chaque année plusieurs patients. Affirmer qu'il tuait délibérément lui permettait-il de gérer sa culpabilité ? Hunter était-il un affabulateur ? Un tueur ?

Le psychiatre décida de le provoquer.

— Je ne vous crois pas quand vous me dites que vous tuez des gens volontairement. Quand vous êtes devenu médecin, vous avez juré de ne pas nuire. Dites-moi la vérité. Pourquoi êtes-vous ici ?

— Je vous l'ai dit.

Hunter laissa planer un long silence.

— Jetez un coup d'œil au site de l'*Argus*, quand je serai parti. Un squelette a été découvert hier, en bord de mer, près des lagons de Hove.

— Pourquoi voulez-vous que je lise cet article ?

— Parce que je sais qui a tué cette femme, et pourquoi.

Le psychiatre observa son comportement erratique.

— En avez-vous parlé à la police ?

— Non.

— Pourquoi ?

— Parce que nous avons besoin l'un de l'autre, docteur Van Dam.

— Ah bon ? Dans quel sens ?

— Vous découvrirez un autre article, dans l'édition du jour. Il ne figure pas dans la version papier de ce matin, mais vous le trouverez en ligne. Vous avez une nièce qui s'appelle Logan Somerville, je me trompe ?

Van Dam se raidit.

— De quoi s'agit-il ?

— Vous avez beaucoup d'affection pour elle.

— Je ne parle pas de ma vie privée avec mes patients. Qu'est-ce que ma nièce aurait à voir avec cette histoire ?

— Vous n'êtes pas au courant ?

— Au courant de quoi ?

— Logan a disparu hier soir.

Van Dam pâlit.

— Pardon ?

— Une chasse à l'homme est en cours dans Brighton. Tout le monde est à la recherche de votre nièce. Et vous avez besoin de moi.

— Pourquoi ?

— Parce que je suis la seule personne en mesure de lui sauver la vie.

23

VENDREDI 12 DÉCEMBRE

Roy Grace se gara devant la résidence Chesham Gate, derrière la camionnette blanche des techniciens en identification criminelle. Non loin se trouvaient une voiture de police, deux véhicules banalisés, ainsi que la camionnette gris métallisé de l'unité spéciale de recherches, qui mordait sur le trottoir pour ne pas bloquer la circulation de cette rue étroite. Un petit groupe de badauds observait la scène. Un jeune faisait des photos avec son téléphone.

En chemin, il avait eu une idée pour le discours bref, mais intense, qu'il ferait lundi aux funérailles de Bella. Il la nota et sortit de son véhicule. Le vent était froid et puissant. L'entrée du parking était sécurisée. Un agent montait la garde devant le portail ouvert. Roy Grace alla se changer dans la camionnette blanche, et échangea quelques plaisanteries avec Lorna Denisson-Wilkins, la chef de l'unité spéciale de recherches, et Scott, une nouvelle recrue, qui étaient en train de prendre un café.

Tout en enfilant une combinaison pour la deuxième fois de la journée, il demanda à Lorna où se trouvait John Morgan, le chef des techniciens.

— Les résidents sont furieux de ne pas pouvoir entrer ni sortir du parking. Il faudra peut-être que tu leur parles. John Morgan est sur les nerfs. Pas au top de la diplomatie aujourd'hui.

Morgan était doué en identification criminelle, mais il manquait parfois de tact. Il était essentiel de protéger une scène de crime, mais cela gênait souvent beaucoup de monde. Il fallait alors trouver les mots pour expliquer la situation. La plupart du temps, les gens étaient compréhensifs, mais certains ne l'étaient pas, soit parce qu'ils détestaient les flics, soit parce qu'ils étaient égoïstes ou bornés.

Grace signa le registre et descendit dans le parking dans sa tenue disgracieuse. Plusieurs voitures étaient protégées par une housse. Des véhicules de luxe, sans doute. L'air était sec, ça sentait l'essence, la peinture et la poussière. Des officiers s'affairaient à quatre pattes, au coude à coude, derrière un cordon de sécurité. Un autre, juché sur un échafaudage, examinait un néon au plafond.

John Morgan apparut et le salua d'un ton bourru, mais poli.

— Bonjour, chef !

— Qu'est-ce qu'on a trouvé, John ?

— Une empreinte de pas dans une flaque d'huile.

Il accompagna Grace jusqu'à une place de parking libre, à côté de celle où la Fiat avait été retrouvée. Roy remarqua une petite flaque noire et luisante.

— Je pense qu'il s'agit d'un homme, vu la pointure. Plusieurs empreintes, moins nettes, mènent au fond du parking. Rien d'autre. J'aurais préféré que la caméra de vidéosurveillance ne soit pas HS, dit-il en désignant un appareil.

Grace fit le tour du parking avec Morgan, repéra les sorties de secours, l'ascenseur et l'escalier principal. Les issues se trouvaient dans des recoins. Le gardien accompagna les deux policiers dans l'appartement du couple, où Grace avait rencontré le petit ami la veille. Morgan lui annonça que l'ordinateur et le téléphone de Logan Somerville avaient été confiés au service de l'informatique et des traces technologiques pour analyse prioritaire. Ils sauraient ainsi quels appels avaient été passés, si elle avait envoyé des e-mails et/ou laissé des messages sur les réseaux sociaux, pouvant expliquer sa disparition.

Le petit ami passerait un appel à témoins sur une chaîne locale à 13 heures. Grace serait présent.

Une équipe était en train de regarder les vidéos de surveillance afin de localiser le break repéré dans le quartier juste après l'appel de Logan Somerville.

La plupart des personnes portées disparues au Royaume-Uni refaisaient surface dans les jours qui suivaient leur disparition. Toutes avaient des raisons différentes pour expliquer leur absence.

Logan Somerville donnerait-elle une explication plausible ? Il avait un mauvais pressentiment. Son fiancé l'avait entendue crier. Un véhicule avait quitté le parking souterrain en trombe. Jamie Ball avait un alibi, mais Roy Grace le trouvait mal à l'aise. Il ne voulait pas l'éliminer de la liste des suspects pour le moment. Il en saurait davantage après son passage à la télévision et son interrogatoire. Verserait-il des larmes de crocodile ?

Grace remarqua une photo du couple en tenue de cycliste. Une autre, où ils étaient allongés sur la plage. C'était un couple heureux, jeune et beau, comme il y en avait des milliers. Insouciant, en apparence, sauf qu'il savait que très peu de gens étaient véritablement insouciants. Tout le monde a un problème ou un autre.

Son téléphone sonna. La réception n'était pas bonne. C'était Glenn Branson, qui semblait enthousiaste.

— Chef, est-ce que tu peux te libérer une demi-heure ? On est à la morgue, j'aimerais te montrer quelque chose.

Grace regarda l'heure à son téléphone. 10 h 55. À midi, il devait faire le point avec Cassian Pewe. Il comptait préparer ce rendez-vous, vérifier qu'il avait pris toutes les dispositions. Ensuite, il ne voulait pas arriver en retard à l'enregistrement télévisé de 13 heures. Il aurait aussi aimé assister à l'interrogatoire du fiancé. Il se contenterait sans doute de visionner la vidéo.

— Je te rejoins dès que j'ai terminé.

24

VENDREDI 12 DÉCEMBRE

Jacob Van Dam et son patient se fixèrent longuement. Le psychiatre n'arrivait pas à cerner cet homme étrange et terrifiant.

— Puis-je vérifier ce que vous venez de me dire sur ma nièce, docteur Hunter ?

— Je vous en prie, mais je veux voir l'écran en même temps que vous.

Le psychiatre tourna son ordinateur.

— L'*Argus* en ligne, vous avez dit ?

Hunter hocha la tête.

Van Dam ouvrit Google et entra les mots : « *Argus* en ligne Brighton. »

La page d'accueil du quotidien s'ouvrit sur ce gros titre :

Disparition suspecte d'une femme.

Les deux hommes lurent l'article.

Logan Somerville, 24 ans, domiciliée à Chesham Gate, à Kemp Town, n'a pas été vue depuis son départ de son cabinet de chiropraxie sur Portland Road, où elle travaille, à 17 h 15, hier après-midi. Son fiancé, Jamie Ball, 28 ans, manager marketing, a déclaré à la police qu'elle lui avait signalé par téléphone la présence d'un intrus dans le parking de leur immeuble vers 17 h 30, hier. Il s'agit de sa dernière conversation avec elle. La voiture de Logan Somerville a été retrouvée dans le parking.

Un porte-parole de la police a déclaré que sa disparition était considérée comme un enlèvement potentiel. Le commissaire Roy Grace et son équipe, de la police judiciaire du Surrey et du Sussex, sont en charge de l'opération Charrette de foin. Le fiancé a passé un appel à témoins à 13 heures aujourd'hui, qui sera suivi par une conférence de presse, au cours de laquelle d'autres informations seront communiquées.

La police demande à quiconque ayant vu quoi que ce soit de suspect dans le quartier ou aperçu un break de couleur sombre, peut-être une vieille Volvo, roulant à vive allure, de se manifester. Le chauffeur est décrit comme étant de sexe masculin, entre deux âges, et portant des lunettes.

Le psychiatre était bouleversé.

— Vous savez où elle est ?

— Je n'ai pas dit ça. J'ai dit que j'étais la seule personne en mesure de lui sauver la vie.

— Que voulez-vous ? De l'argent ? Combien ? asséna le psychiatre, déterminé.

— Il ne s'agit pas d'argent.

— De quoi s'agit-il alors ?

Harrison Hunter se leva brusquement.

— Je dois y aller.

— Attendez ! Vous ne pouvez pas partir comme ça, nom de Dieu ! Dites-moi où elle est, ce qui lui est arrivé, avec qui elle est, si elle a été blessée.

Mais son patient avait déjà atteint la porte. Il se retourna pour dire :

— N'allez pas voir les flics, docteur Van Dam, vous ne la reverriez jamais. Je peux vous aider, faites-moi confiance.

— Comment pouvez-vous m'aider, docteur Hunter ?

— Je vous aiderai si *vous*, vous m'aidez, docteur Van Dam.

Il claqua la porte.

— Attendez ! cria Van Dam en l'ouvrant.

L'homme avait traversé le bureau de la secrétaire. Van Dam entendit ses pas dans l'escalier. Il dévala les marches jusqu'au rez-de-chaussée et cria :

— Attendez !

Mais la porte avait claqué.

Il remonta dans son cabinet, à bout de souffle, chercha le numéro de téléphone du médecin référent et le composa. Après quelques sonneries, il tomba sur un message enregistré d'une voix enjouée.

— Bonjour, vous êtes bien au cabinet du Dr Crisp. Veuillez laisser un message et je vous rappellerai dès que possible. À très bientôt !

25

VENDREDI 12 DÉCEMBRE

Plongé dans ses pensées, Roy Grace négocia le rond-point de Lewes Road. Il était 11 h 15. Cela faisait presque dix-huit heures que Logan Somerville avait disparu. Si elle avait été enlevée, comme il le craignait, chaque minute qui passait diminuait leurs chances de la retrouver en vie.

Il était curieux de savoir pourquoi Glenn Branson lui avait demandé de le rejoindre dès que possible.

Il tourna à gauche, passa le portail en fer forgé au-dessus duquel était inscrit « Morgue de Brighton et de Hove » en lettres d'or sur fond noir. Grace était confronté à la mort au quotidien. L'institut médico-légal et les laboratoires étaient, au fil des ans, devenus indispensables aux enquêteurs.

Roy n'aimait pas se poser des questions sur sa propre mort, mais cet endroit l'y invitait. Exception faite des suicidaires, peu de gens imaginaient être un jour autopsiés. Il avait interrogé un certain nombre de survivants après leur tentative de suicide. Un très grand nombre d'entre eux leur avaient confié, à lui ou à ses collègues, être contents d'avoir échoué et d'être encore en vie.

Cette statistique lui avait été confirmée par un capitaine de police qui patrouillait en hélicoptère. Chaque semaine, il survolait la falaise de Beachy Head. Cet endroit magnifique, à quelques kilomètres à l'est de Brighton, était souvent choisi par les gens qui voulaient se donner la mort. Il était rare qu'une semaine se passe sans victime à déplorer. Avec le pont du Golden Gate et la forêt Aokigahara, au Japon, Beachy Head figurait dans le top 3 des destinations des candidats au suicide. Une aumônerie y avait d'ailleurs installé un accueil permanent afin d'aider les personnes désespérées.

Le capitaine lui avait confié que de nombreuses victimes retrouvées au pied de la falaise avaient de la chaux sous les ongles, ce qui indiquait, aussi horrible cela soit-il, qu'elles avaient changé d'avis entre-temps.

Chaque fois que Roy Grace était confronté à une mort violente, qu'il s'agisse d'un accident, d'un suicide ou d'un homicide, il ne pouvait s'empêcher d'être affecté. La mort était quelque chose qui n'arrivait qu'aux autres, aux personnes moins chanceuses que soi. Peu de gens s'imaginaient victimes. La tristesse de la morgue le hantait.

Avec Sandy, il n'avait pas eu d'enfant. S'il était mort pendant qu'ils étaient en couple, Sandy s'en serait sortie. Elle était forte. Cleo s'en sortirait aussi, si quelque chose lui arrivait. Sa famille était aisée et il avait souscrit à une assurance vie pour elle et Noah. Depuis la naissance de son fils, il pensait beaucoup plus souvent à la mort. Cleo était une mère fabuleuse pour Noah. Jeune et belle, elle se remarierait un jour et cet homme deviendrait le père de Noah.

Un inconnu.

Maintenant qu'il était père, il chérissait la vie encore plus qu'avant. Il voulait être là pour son fils. Être un bon père comme l'avait été le sien, Jack Grace. Roy voulait aider son fils à appréhender le monde, qui était à la fois magnifique, d'une richesse infinie, mais aussi un endroit dangereux.

La morgue ne lui évoquait pas que des mauvais souvenirs. C'était là qu'il avait rencontré Cleo. Comme la plupart des policiers, il s'y sentait pourtant mal à l'aise. Le portail était ouvert vingt-quatre heures sur vingt-quatre, sept jours sur sept, qu'il s'agisse de recevoir un cadavre ou un squelette, comme celui de cette inconnue, retrouvée près du lagon.

Roy Grace avait toujours trouvé que l'aspect impersonnel du bâtiment, qui ressemblait à n'importe quel pavillon de banlieue, contrastait avec ce qui s'y passait. C'était un bâtiment tout en longueur, crépi, avec un parking couvert sur le côté, suffisamment large pour accueillir une ambulance ou une camionnette. De l'autre côté se trouvaient une immense baie vitrée opaque et une petite porte comme celle d'une maison.

Il passa plusieurs voitures garées contre un mur en silex à l'arrière et se gara sur le parking réservé aux visiteurs. Il fit le tour du bâtiment et sonna à la porte.

Darren Wallace, qui remplaçait Cleo pendant son congé maternité, lui ouvrit. Il avait une vingtaine d'années, des cheveux bruns coupés court, coiffés en brosse, portait une tenue bleue, un tablier en plastique vert et des bottes en plastique blanches. Il proposa au commissaire de se changer.

Roy remarqua immédiatement les odeurs de désinfectant, de javel et de corps en décomposition. Il savait qu'elles le suivraient bien après qu'il aurait quitté les lieux. Il faisait aussi très froid. Il se rendit dans la salle d'autopsie, où l'odeur était plus forte et le froid plus prenant.

La pièce était divisée en deux, les murs étaient carrelés de gris et la lumière était presque aveuglante. Il y avait un immense frigo avec une série de portes numérotées.

Derrière chacune d'elles se trouvaient quatre corps superposés. Les compartiments occupés comportaient une étiquette beige écrite à la main. Les milliardaires et les SDF étaient logés à la même enseigne. Il essaya de ne pas imaginer les corps. Après la mort, ils ne sont plus qu'une coquille vide. N'est-ce pas ?

C'était ce qu'il avait ressenti en voyant la dépouille de son père, avant ses funérailles.

Il y avait six tables d'autopsie en acier inoxydable, des tableaux blancs sur lesquels était inscrit : NOM, CERVEAU, POUMONS, CŒUR, FOIE, REINS, RATE. Les organes étaient pesés, sauf quand ils étaient absents, comme c'était le cas pour cette victime.

Trois des tables étaient inoccupées. Sur une autre gisait un corps recouvert d'une bâche blanche, un pied était visible, une étiquette attachée à l'orteil. Par curiosité, Grace passa devant et lu « Bob Tanner ». *Qu'est-ce qui t'est arrivé ?* se demanda-t-il.

Il salua les personnes présentes, rassemblées autour des ossements du lagon, certains retenus par de la peau desséchée, telles les pièces d'un puzzle incomplet.

Le crâne attira son regard. Petit, avec des dents jaunies parfaitement alignées. James Gartrell, qui avait posé une règle blanche près de la pommette gauche, prenait des photos du crâne. Philip Keay enregistrait des notes sur un Dictaphone, Glenn Branson discutait avec Deborah Morrison, l'assistante du thanatopracteur et Lucy Sibun examinait les os des membres inférieurs.

Penchée sur le squelette, Nadiuska De Sancha l'inspectait avec un instrument en acier. Cette superbe femme de près de 50 ans, aux pommettes saillantes et aux yeux vert clair, pouvait passer du rire le plus léger au plus grand sérieux en quelques secondes. Elle avait une chevelure rousse flamboyante, nouée sagement ce jour-là. Son allure aristocratique confirmait les rumeurs qui la disaient fille d'un duc russe. Elle portait des petites lunettes à larges montures qui lui donnaient l'air sérieux. Elle se tourna vers Roy Grace et le salua d'un sourire amical.

— Merci d'être venu, Roy. Il y a deux ou trois choses que Glenn aimerait te montrer.

Elle posa l'instrument et prit une pince à épiler, retourna vers le crâne et l'observa quelques instants. Puis elle saisit quelque chose d'invisible et souleva la pince.

Grace s'approcha et découvrit un long cheveu brun de 45 cm environ.

— Ce sera peut-être utile pour confirmer son identité. Elle devait avoir une longue chevelure brune, à l'époque.

Grace repensa aux photos de Logan Somerville, qui avait elle aussi de longs cheveux bruns. Puis il se souvint qu'Emma Johnson aussi. Pouvait-il y avoir un lien ? Cela était peu probable, mais pas impossible, malgré les années qui s'étaient écoulées. Il ne voulait passer à côté d'aucune piste. Il était trop facile de rater des indices essentiels.

Il se tourna vers l'anthropologue judiciaire.

— Lucy, tu penses que la femme devait avoir une vingtaine d'années ?

— Oui, tout l'indique. Et j'ajouterai qu'elle est morte il y a trente ans. J'aimerais faire analyser les particules de terre, parce que certaines ne me semblent pas correspondre au sous-sol du lagon. On dirait de l'argile, comme on en trouve dans l'arrière-pays et dans les bois. Je suis de plus en plus convaincue qu'elle n'a pas été tuée au lagon. Mais il faudra plusieurs jours, voire une ou deux semaines, pour que cela soit confirmé.

— Pourquoi la déplacer de l'arrière-pays au bord de mer, tellement plus fréquenté ?

— Peut-être à cause de ce sentier, chef, intervint Glenn Branson. Pour que la dépouille soit recouverte à jamais.

Grace réfléchit.

— Peut-être que le meurtrier faisait partie des ouvriers, ajouta Branson.

— C'est une possibilité. Tu approfondis cette piste, n'est-ce pas ?

— Oui.

Grace consulta l'heure à sa montre, soucieux de ne pas être en retard à son rendez-vous avec Cassian Pewe.

— Tu as autre chose à me montrer ?

— Oui.

Branson échangea un regard avec Nadiuska De Sancha.

La médecin légiste alla chercher une loupe qu'elle tendit à Roy.

— Jette un coup d'œil.

À l'œil nu, penché sur le front, Grace vit une petite marque d'un centimètre de large et deux centimètres de long. Il l'observa à la loupe et distingua trois lettres :

DCD

Il se tourna vers Nadiuska De Sancha.

— Bizarre, comme tatouage. Elle était gothique ou quoi ?

— Ce n'est pas un tatouage à proprement parler.

— Qu'est-ce que c'est ?

— Je pense qu'elle a été marquée au fer rouge.

26

VENDREDI 12 DÉCEMBRE

Logan avait grandi dans une petite ferme près de Ripe, dans le Sussex. Ses parents étaient fermiers depuis trois générations. À cause des réglementations européennes, ils avaient vu leurs revenus chuter. Ils avaient dû licencier deux fermiers et, quelques mois plus tard, leur vacher, qui travaillait pour la ferme depuis trente ans. Dès 11 ans, Logan s'était, comme le reste de sa famille, levée à 5 heures du matin pour traire les vaches, sept jours sur sept, trois cent soixante-cinq jours par an. Les vaches ne connaissent pas les jours fériés. Tout ce qu'elles veulent, c'est être traites.

Son père, environnementaliste engagé, était réfractaire à la modernité. La maison était chauffée grâce à la cuisinière à charbon de la cuisine, qu'ils gardaient allumée toute l'année, et au poêle à bois dans le hall, qu'ils éteignaient pendant l'été. Logan avait beau bénéficier désormais d'un chauffage central, il lui arrivait encore de se réveiller la nuit avec une odeur de charbon dans les narines.

C'était d'ailleurs ce qu'elle sentait à présent. Hallucinait-elle ?

Elle ouvrit les yeux et comprit qu'elle n'était pas en train de rêver. Elle remarqua une lueur rougeoyante.

Elle entendit un bruit familier et respira une odeur de poussière. La lueur rougeoyante s'approcha.

Quelqu'un se tenait debout au-dessus d'elle.

— Qui êtes-vous ? dit-elle d'une voix tremblante.

Soudain, une main gantée se plaqua contre sa gorge. La lueur se dirigea vers son bas-ventre et elle sentit une horrible brûlure sur sa cuisse droite. Elle hurla, fermant les yeux de douleur, et se contorsionna pour échapper à l'objet.

Elle entendit le bruit de la chair qui brûle.

Sa propre peau.

— Non ! hurla-t-elle.

Elle avait l'impression d'avoir été piquée par une armée de frelons. Elle hurla de nouveau.

— Chut, dit une voix étouffée. Tout va bien, ma poupée !

Elle essaya de lui mordre la main. La douleur était insupportable. Infernale. Elle avait l'impression que sa jambe entière était en feu.

Puis quelque chose de froid la calma, mais son apaisement fut de courte durée. La lueur rougeoyante réapparut dans son champ de vision. La main relâcha son emprise. Elle haleta et vomit.

On lui passa un chiffon humide, avec une odeur de désinfectant, sur la bouche. La douleur lui traversait la chair.

— Ça va aller, tu auras de moins en moins mal. Ne t'inquiète pas. Tu n'as rien.

— Qu'est-ce que tu m'as fait, connard ? C'est comme ça que tu prends ton pied ?

Elle entendit le couvercle se refermer. Et se mit à sangloter, fébrile.

27

VENDREDI 12 DÉCEMBRE

Il était 16 heures, Roy Grace se trouvait dans son bureau, au premier étage du quartier général de la police judiciaire, avec vue sur le parking du supermarché Asda. La ville était sous la pluie. Il glissa dans son ordinateur le DVD de l'interrogatoire de Jamie Ball, qu'il venait de recevoir.

Le jeune homme portait un costume gris, une chemise, une cravate, des chaussures noires. Il était assis sur l'une des trois chaises rouges de la minuscule salle d'interrogatoire, mal à l'aise. Deux enquêteurs, le capitaine Guy Batchelor, en veste de sport et pantalon noir, et le lieutenant Liz Seward, une petite blonde, cheveux courts, en brosse, en chemise blanche et pantalon noir, se trouvaient à ses côtés. Une caméra tournait.

Grace les entendit décliner la date et l'heure. Ball confirma qu'il était d'accord pour que l'interrogatoire soit enregistré. Batchelor demanda à Ball de décrire les circonstances de la disparition de sa fiancée, Logan Somerville.

Ball raconta les événements exactement comme il l'avait fait la veille. Le commissaire trouva ça un peu étrange. Avait-il appris son texte par cœur ?

— Comment décririez-vous votre relation avec Mlle Somerville ? demanda le lieutenant Seward.

Grace observa le comportement du témoin. Celui-ci répondit d'une voix calme, alors qu'il ne l'était pas du tout.

— Nous étions très amoureux, nous prévoyions de nous marier. Je pensais que tout allait bien.

— Et en êtes-vous sûr, maintenant ? demanda Guy Batchelor. Êtes-vous sûr qu'elle ressent la même chose que vous ?

— Je le croyais.

Jamie Ball semblait de plus en plus mal à l'aise. Il leva les yeux vers la caméra, se gratta l'oreille droite et ajusta son nœud de cravate.

— Connaissez-vous une jeune femme du nom de Louise Brice ? demanda le lieutenant Seward.

— Oui, très bien.

— Comment décririez-vous sa relation avec Logan ?

— C'est sa meilleure amie. Elles se connaissent depuis la crèche. Elles sont très proches.

— À quel point ?

— Elles se parlent et s'envoient des messages tout le temps. Plusieurs SMS par jour.

— Donc Louise Brice connaît bien Logan ?

Il hésita. Grace remarqua un changement dans son expression.

— Oui.

— L'un de mes collègues a discuté avec Louise Brice ce matin. J'ai la retranscription de leur conversation devant moi.

L'enquêtrice survola un document imprimé.

— Louise Brice lui a dit la même chose qu'à une journaliste de l'*Argus* : « Logan avait rompu vos fiançailles. » Avez-vous un commentaire à faire ?

— Nous étions très amoureux, dit-il avec une certaine défiance. Il y avait un peu de friction entre nous, ces derniers temps. Logan s'est mise à douter.

— Pourquoi, à votre avis, sa meilleure amie a-t-elle fait cette déclaration ?

— J'en sais rien. Avec Louise, on ne s'est jamais vraiment entendus, si vous voulez tout savoir. Elle dirige une agence immobilière. Elle a dit un jour à Logan qu'elle méritait mieux.

— Mieux que quoi ? demanda Guy Batchelor.

— Mieux que moi.

— Comment Logan a-t-elle réagi ?

— Elle m'a répété les paroles de son amie.

— Et comment avez-vous réagi ?

Ball se caressa la barbe, puis les cheveux.

— Je lui ai dit que c'était des mots très durs.

— J'ai rencontré Louise Brice dans la matinée, poursuivit le lieutenant Seward. Selon elle, Logan n'était plus très sûre de vouloir rester en couple avec vous. Qu'avez-vous à ajouter ?

Jamie Ball perdit patience.

— C'est n'importe quoi ! Louise est snob, elle ne m'a jamais aimé, elle a toujours essayé de me dévaloriser. Avec Logan, on n'était pas toujours d'accord, comme tous les couples.

— À propos de quoi ?

— Logan est parfois solitaire. J'avais envie qu'on fasse plus d'activités ensemble.

— Est-ce que Louise Brice a réussi à nuire à votre relation ?

— Logan m'a dit qu'elle m'aimait.

— Donc elle n'a pas rompu vos fiançailles ?

Jamie Ball garda le silence un instant.

— On traversait une période difficile, reprit-il, mais le calme était en train de revenir. Je veux dire… On a beaucoup discuté. Tous les couples traversent des périodes difficiles, n'est-ce pas ?

— Je me suis entretenue avec Mme Tina Somerville, la mère de Logan, continua Liz Seward. Elle m'a dit que Logan avait passé le week-end dernier chez eux, sans vous, et que sa fille était déstabilisée parce que vous n'acceptiez pas que votre relation était terminée. Auriez-vous quelque chose à ajouter à ce sujet ?

— Je suis surpris sans vraiment l'être. Il y a toujours eu des différends entre Logan et ses parents. Ils sont métayers. Vous savez comment fonctionnent les métairies en Angleterre ?

— Pourriez-vous nous l'expliquer ?

— La plupart des fermes anglaises dépendent d'un système étrange, que je qualifierais de féodal. Les propriétaires des terres et des fermes les louent à des familles de fermiers, sur trois générations, à un prix relativement bas. En retour, les fermiers exploitent les terres et gagnent leur vie ainsi. C'est donc un bon deal pour eux. Ils ont des hectares à cultiver, peuvent se lancer dans l'élevage. Le problème, c'est qu'ils ne sont pas propriétaires. Au bout de la troisième génération, ils doivent renouveler leurs baux. Ça ne fonctionne que si la génération suivante accepte de travailler selon les mêmes conditions, si j'ai bien compris. Ses parents n'étaient pas ravis, parce que je n'avais pas du tout envie de devenir fermier. Ils espéraient que Logan épouserait soit quelqu'un qui reprendrait l'affaire.

— Leur métayage arrivait-il à terme ?

— Oui. Ils ont une soixantaine d'années et ne sont pas propriétaires par ailleurs. Ils risquent de se faire mettre à la porte. Ils en veulent à leur fille de ne pas trouver un mari qui correspond à leurs attentes. La vérité, c'est que Logan n'est pas intéressée non plus. La vie à la ferme, ce n'est pas facile.

Grace regarda l'enregistrement jusqu'au bout, mais Jamie Ball ne révéla rien de particulier.

Logan Somerville avait rompu leurs fiançailles et il ne l'acceptait pas. Selon lui, ils étaient sur le point de se réconcilier. Ce n'était pas l'avis des parents, ni de la meilleure amie.

Était-il derrière cette disparition ?

Grace n'avait pas assez d'informations pour prendre une décision pour le moment.

28

VENDREDI 12 DÉCEMBRE

Edward Crisp prit congé de son dernier patient de la semaine, Rob Lowe, un ancien promoteur immobilier convaincu, depuis vingt-cinq ans, d'être en phase terminale.

Rob Lowe faisait partie de ses premiers patients. Il lui avait été recommandé par son médecin généraliste qui avait atteint l'âge de la retraite. L'homme était d'abord venu le consulter pour des douleurs chroniques dans la nuque, persuadé de souffrir d'un cancer de la gorge. Crisp avait réussi à lui démontrer qu'il s'agissait de douleurs musculaires dues au tennis. Depuis, tous les deux mois environ, parfois accompagné de sa femme Julie, Rob Lowe le consultait pour de nouvelles douleurs. À la poitrine. Aux lombaires. À l'aine. De nouveaux symptômes. Perte d'appétit. Perte de poids.

Un jour, s'il ne mourait pas d'un infarctus, d'une crise cardiaque, d'un accident ou d'une pneumonie, Rob Lowe aurait un cancer. Mais pour le moment, à 83 ans, il était toujours robuste. Sa dernière plainte, concernant des troubles de la vision dus, selon lui, à une tumeur au cerveau, avait donné lieu à une simple opération de la cataracte.

Jenni, la secrétaire de Crisp, passa la tête à la porte pour lui dire au revoir, puis le fixa, comme si elle attendait quelque chose de lui.

— Qu'est-ce que vous avez prévu ce week-end ? lui demanda-t-il, davantage par politesse que par intérêt.

— J'accompagne ma nièce et mon neveu, Star et Ashton, au parc d'attractions. Rien d'autre.

Ce soir, sa présence l'agaçait prodigieusement. Ces jours-ci, tout l'agaçait. Pourquoi cette bonne femme le fixait-elle ainsi ? Espérait-elle qu'il se lève et lui déclare un amour éternel ?

Jolie, visage typiquement anglais, cheveux bruns coupés court, elle incarnait une figure triste et tragique. Il savait tout de sa vie. Quelques années auparavant, alors qu'ils partageaient leur traditionnel déjeuner de Noël, elle lui avait avoué avoir une liaison avec un homme marié, flanqué de trois enfants, un célèbre avocat de Brighton, qui lui promettait monts et merveilles depuis des lustres. Un jour, quand ses enfants seraient assez grands pour comprendre, il quitterait sa femme… Crisp avait tout de suite senti que cela n'arriverait jamais.

Il lui avait, plus d'une fois, conseillé de le quitter et de passer une petite annonce tant qu'elle était encore jeune. Elle n'avait pas suivi son conseil. Au final, il avait eu raison. Les enfants avaient, depuis un bail, quitté le foyer familial, et l'étincelle entre eux avait faibli. Jenni n'avait plus que son neveu et sa nièce, qui cesseraient sans doute de la voir dès qu'ils commenceraient à s'intéresser au sexe opposé.

— Quels sont vos projets ? lui demanda-t-elle.

— Faire de longues balades avec Smut. Puis je suis invité à dîner avec des collègues. Un proctologue, un oncologue, un dermatologue et un anesthésiste, ainsi que leurs épouses. Ils veulent essayer de me caser.

— Vous allez bien vous amuser ! lança-t-elle, presque déçue.

— Hum, grommela-t-il, indifférent.

— Appelez-moi si vous avez besoin de moi.

Il esquissa un sourire. Elle prononçait les mêmes mots tous les vendredis soir.

— Merci, je n'hésiterai pas.

En vingt ans, il ne l'avait jamais appelée.

Elle ferma la porte derrière elle et il se rassit, agité.

Un certain nombre de choses le contrariaient, dont sa femme, Sandra, qui baisait avec un chirurgien esthétique, Rick Maranello. Un collègue le lui avait confié, comme pour lui rendre service, il y avait quelques mois de cela. Il n'était pas surpris. Après la naissance de leur deuxième enfant, elle n'avait plus montré aucun intérêt pour le sexe.

Mais il avait des problèmes plus importants à gérer que la relation entre sa femme et un chirurgien narcissique.

Son mode de fonctionnement était menacé par de nouvelles réglementations.

Jusqu'à présent, les médecins du Royaume-Uni pouvaient choisir d'exercer seuls. Or, depuis que l'un d'entre eux, Harold Shipman, avait assassiné quinze de ses patients – le chiffre non officiel étant d'une centaine –, les choses avaient changé. Les médecins devaient être « validés ». Leurs cabinets étaient désormais sous surveillance. Ceux qui ne travaillaient pas à plusieurs devaient être soumis à l'approbation d'un jury composé, à parts égales, de médecins et de patients. Par conséquent, tous les médecins de la santé publique travaillaient désormais dans des centres médicaux.

Les généralistes privés, comme lui, n'étaient pas encore obligés d'obéir à cette nouvelle législation, ce qui lui permettait de poursuivre ses activités sans être inquiété. Mais plus pour longtemps.

Pourquoi réglementer à tout-va ?

Qui étaient ces fonctionnaires demeurés, ces élus corrompus, qui avaient décidé, à cause d'un dégénéré, que les médecins n'étaient plus fiables ? Demander à des patients et à des collègues de valider ses compétences, quelle humiliation !

On ne pouvait pas faire plus bureaucratique.

La seule alternative était de rejoindre un centre médical. Mais cela impliquait de confier ses patients, qu'il aimait tant, à un incompétent, quand il serait indisponible. La situation était ridicule ! Tous ses patients l'adoraient et il les aimait en retour. Ceux qui venaient de naître, les femmes enceintes, pleines d'espoir et de joie, ceux en phase terminale, qu'il accompagnait jusqu'à leurs funérailles.

La médecine n'est pas une science exacte. Personne ne le savait mieux que lui. L'un des médicaments les plus efficaces est le placebo. Il avait soigné de nombreux patients souffrant de diverses maladies, de la dépression à des choses plus graves, en leur conseillant de faire de longues promenades à la campagne ou en bord de mer.

Aujourd'hui, des « experts de la santé » demandaient aux médecins de s'adapter et mettaient en doute leur moralité.

Qu'ils aillent se faire foutre.

Qu'ils aillent tous se faire foutre.

Sa femme et ses filles, arrogantes, ingrates.

Le monde entier lui en voulait.

Il en voulait au monde entier.

29

VENDREDI 12 DÉCEMBRE

Jacob Van Dam recevait son dernier patient de la semaine. Niel Fisher, un ancien militaire ayant été démobilisé pour dépression, après sa troisième mission en Afghanistan, un an plus tôt.

Lors d'un assaut, son meilleur ami avait été grièvement blessé par des éclats d'obus au niveau du ventre. Fisher l'avait porté sur ses épaules pour le mettre en sécurité, tandis que les tripes se déversaient sur son visage. Son meilleur ami venait de se marier. Il était mort dans ses bras, hurlant de douleur, pleurant sa femme. Depuis, Niel Fisher souffrait de stress post-traumatique.

Le psychiatre était incapable de se concentrer sur ce que l'ancien soldat lui disait, tout comme il avait été incapable de se concentrer sur quoi que ce soit depuis qu'il avait reçu l'étrange anesthésiste, qu'il n'arrivait pas à cerner.

Il avait appelé sa sœur, Tina, qui lui avait confirmé que Logan avait disparu. Il avait passé son heure de pause-déjeuner à chercher des informations sur l'anesthésiste, sur Internet. Le seul Harrison Hunter qu'il avait trouvé était directeur du Canadian Pacific et la photographie ne collait pas.

Le Dr Crisp l'avait rappelé. Il avait simplement répété que son patient souffrait de troubles délirants et qu'il avait besoin d'un suivi psychiatrique. Il avait, par ailleurs, conseillé à Van Dam de contacter la police.

Après le départ de Fisher, à qui il avait prescrit de nouveaux antidépresseurs, Van Dam resta assis en silence à son bureau. Devait-il appeler la police ? Il fallait d'abord qu'il croie Hunter, quelle que soit sa véritable identité. Il pensait lui aussi que ce patient délirait. Il avait déjà reçu des gens qui lui avaient confessé des crimes imaginaires. Une fois, il avait prévenu la police, alors que le crime n'existait pas. Son patient lui avait avoué son mensonge à la séance suivante.

S'il appelait la police pour rien, il ralentirait sans doute le travail des enquêteurs.

Logan était une jeune femme adorable, rayonnante, simple, avenante.

Il remarqua une lumière rouge qui clignotait sur son téléphone. Sa secrétaire était partie depuis deux heures. Il décrocha.

— Docteur Van Dam !

— Docteur Hunter ? demanda-t-il en reconnaissant la voix.

— Les nouvelles ne sont pas bonnes concernant Logan Somerville, hein ?

Le psychiatre s'était préparé. Il avait un certain nombre de questions à poser à son patient.

— Connaissez-vous bien ma nièce ? demanda-t-il.

— Je ne la connais pas du tout, docteur Van Dam, mais je connais l'homme qui l'a enlevée.

— Allons bon.

— Cet homme est perturbé. Il va falloir être subtils, si nous voulons la retrouver en vie.

— Pourquoi devrais-je vous croire ?

— Parce que je peux vous dire quelque chose d'elle que la police ne sait pas.

— Quel est son deuxième prénom ?

— J'en sais rien.

— Sa date de naissance ?

— À quoi jouez-vous, docteur Van Dam ?

— Dans les circonstances actuelles, alors que ma nièce a peut-être été enlevée, sachez que je ne joue pas.

— Vous voyez, vous n'êtes même pas sûr qu'elle ait été enlevée ! Peut-être s'est-elle juste enfuie, pour se protéger de son petit ami. Désolé, son « fiancé ».

Van Dam sursauta. Sa sœur lui avait communiqué cette information.

— Pourriez-vous me dire comment vous êtes au courant de sa situation sentimentale ?

— C'est sur sa page Facebook !

— Désolé, mais je ne m'intéresse pas aux réseaux sociaux.

— Eh bien, Logan a posté deux messages, dernièrement. Le premier pour annoncer qu'elle avait rompu ses fiançailles avec Jamie Ball, le second, il y a quelques jours, qui dit : « Pour reprendre les mots d'Henri II : personne ne va-t-il me débarrasser de lui ? »

— « Personne ne va-t-il me débarrasser de ce prêtre turbulent ? » précisa le Dr Van Dam.

— Je vois que vous suivez !

— Voulez-vous dire que Logan a disparu pour échapper à son fiancé ?

— C'est vous l'expert en psychiatrie. La demoiselle change d'avis et son compagnon ne l'accepte pas. Elle choisit de disparaître. De faire profil bas. Le temps qu'il se calme.

Était-il possible que Logan ait orchestré sa disparition ? Avant de l'envisager, il fallait qu'il teste son interlocuteur, qu'il écarte l'hypothèse du délire.

— Connaissez-vous vraiment bien l'homme qui prétend avoir kidnappé ma nièce ?

— Voilà une question difficile. À quel point connaissez-vous vos patients ? Vous ne savez d'eux que ce qu'ils vous laissent voir. À quel point se connaît-on soi-même ? Je ne suis pas sûr de bien me connaître. Je ne me reconnaîtrais pas si quelqu'un parlait de moi sans mentionner mon nom. Qu'en dites-vous ? Vous connaissez-vous vous-même ?

— Je ne pense pas que ce soit le moment de philosopher, docteur Hunter. Il y a des personnes qui sont convaincues que ma nièce est en danger. Si vous pouvez me prouver le contraire, parlez !

— Vous me semblez très sceptique.

— Je n'aime pas les gens qui jouent aux devinettes. Il est 18 heures, on est vendredi. Je suis fatigué et j'aimerais rentrer chez moi.

— J'imagine que Logan aussi aimerait rentrer chez elle.

— Vous venez juste de me dire qu'elle a peut-être fait une fugue.

— Et que je suis la seule personne capable de la sauver.

Le psychiatre prit son temps avant de répondre. Ses années d'expérience ne l'avaient pas préparé à affronter un personnage aussi étrange. Hunter avait-il enlevé Logan ? Était-il ami ou complice du ravisseur ? Ou Logan avait-elle fugué ?

— Très bien. Imaginons que Logan ait décidé de disparaître. Quelle est la prochaine étape ?

— Je ne peux pas spéculer sur ce point.

Son interlocuteur le perturbait. C'était comme s'il se réjouissait de quelque chose. Comme s'il en savait plus que lui. Il décida de le provoquer.

— Diriez-vous que vous connaissez bien ma nièce, docteur Hunter ?

— Je n'irais pas jusque-là.

— Mais vous la connaissez, c'est ça ?

Il y eut un long silence. Van Dam sentit que les rôles s'étaient inversés. Il fallait qu'il conclue, mais il ne savait pas comment. Autant enfoncer le clou.

— J'ai l'impression que vous ne connaissez ni Logan, ni son ravisseur. Selon moi, vous essayez de compenser un manque maladif. Soit vous me dites quelque chose de convaincant à propos d'elle, soit vous cherchez quelqu'un d'autre à déstabiliser, quelqu'un de plus crédule.

— Vous voulez vraiment tout faire foirer ?

— Pas du tout. Je pense juste que vous n'êtes pas en mesure de la sauver. Répondez à la question que je vous ai posée. Dites-moi quelque chose de significatif.

— O.K., docteur Van Dam, écoutez-moi bien. Si vous me dénoncez à la police, je ne vous adresserai plus jamais la parole et vous ne reverrez jamais votre nièce. Gardez ceci pour vous : votre nièce a une marque sur la cuisse droite.

— Une marque ?

— Trois lettres.

— Lesquelles ?

— DCD.

30

VENDREDI 12 DÉCEMBRE

Il était 18 h 15 quand Roy Grace, une tasse de café à la main, quitta son bureau, et emprunta un dédale de couloirs, passant devant le CO1, qu'il partageait avec l'opération Mona Lisa. Comme c'était la tradition à la police judiciaire du Sussex, un petit plaisantin de chaque équipe avait accroché des photos au dos de la porte. Pour l'opération Charrette de foin, une réinterprétation du tableau à la Banksy, avec la photo d'un chariot de supermarché jeté dans la rivière, trouvée dans un magazine, et pour l'opération de Branson, une Joconde souriante tenant un iPad.

Grace entendit une voix familière derrière lui.

— Chef, vous auriez deux minutes à me consacrer ? lui demanda Norman Potting, très abattu.

Le capitaine de 55 ans semblait encore plus misérable que d'habitude, avec sa veste en tweed chiffonnée, sa cravate de travers et son pantalon gris froissé.

— Bien sûr, Norman, dit-il amicalement. Comment tu t'en sors ?

— C'est dur, surtout quand je suis ici.

— Tu es sûr d'être en état ?

— Je veux rester actif. Je ne veux pas me retrouver tout seul à la maison.

Lundi aurait lieu les funérailles de la fiancée de Potting, Bella Moy, qui avait trouvé la mort en sauvant une enfant et un chien, dans l'incendie d'un immeuble à Brighton, quelques semaines plus tôt.

— Je comprends, Norman.

— Il y a une autre chose, sur laquelle j'aimerais votre avis.

— Quoi donc ?

Trois membres de l'équipe passèrent à côté d'eux en hochant la tête pour saluer Roy Grace. L'un d'eux tapota l'épaule de Norman. Quand ils furent passés, Potting reprit.

— C'est à propos de mon cancer de la prostate. Il faut que je prenne des décisions. Maintenant que ma vie sexuelle passe au second plan, toutes les options s'ouvrent à moi. J'aimerais pouvoir en discuter avec vous. Je n'ai personne d'autre à qui parler, personne de confiance.

— Ça peut attendre la semaine prochaine, Norman, ou est-ce urgent ?

— Ça peut attendre, merci, Roy.

Les larmes aux yeux, Potting tourna les talons.

Grace l'observa avec une grande tristesse. Certains n'avaient vraiment pas de chance dans la vie. Norman Potting faisait partie de ces gens-là. Il avait traversé trois, voire quatre divorces, avant de trouver l'amour. Et de le perdre. Et on venait de lui annoncer qu'il avait un cancer.

Ce diagnostic inquiétait Grace. Il avait lu quelque part qu'un traumatisme pouvait affecter le système immunitaire. Il espérait que la mort de Bella n'aurait pas de telles conséquences sur Norman. Au fil du temps, Grace avait développé une véritable affection pour ce collègue, qui était par ailleurs un détective doué.

Il se reconcentra sur sa mission : retrouver Logan Somerville. Alors qu'il se dirigeait vers la salle de conférences, il s'arrêta devant l'un des tableaux accrochés au mur. Il s'agissait d'un récapitulatif à l'intention des officiers de la police judiciaire, concernant les procédures et protocoles des enquêtes pour homicide.

La plupart du temps, tout le monde passait devant sans les remarquer. Grace aimait bien les relire parfois. C'est quand on est trop sûr de soi qu'on fait des erreurs. Il se planta devant le panneau intitulé « Résumé de la procédure ». Il chercha, en vain, un tableau dédié aux disparitions. Il s'arrêta sur la liste « Analyse standard ».

1. Proches des victimes
2. Chronologie des événements
3. Emploi du temps des suspects
4. Comparaison entre enquêtes

Il réfléchit, puis reprit.

5. Géographie des lieux
6. Scènes de crime
7. Porte-à-porte.

Quand il eut terminé, il repartit. Il avait décidé d'organiser la réunion là-bas, pour ne pas déranger Glenn Branson et son équipe d'une part, et parce qu'ils étaient de plus en plus nombreux à travailler sur son opération. Il avait le sentiment, sans pouvoir se l'expliquer pour le moment, que l'enquête de Glenn et la sienne n'étaient pas aussi éloignées l'une de l'autre que trente années pouvaient le laisser imaginer.

Une grande partie de son équipe, composée de vingt-cinq membres, était déjà installée autour de la grande table rectangulaire. Plusieurs tableaux blancs avaient été transférés du CO1 et fixés sur des chevalets. Sur l'un d'eux étaient accrochées deux photos de Logan Somerville, dont une avec son fiancé, sur une plage.

Il y avait également deux photos d'empreintes de pas. Sur la première, la trace était entière, sur la seconde, on pouvait voir un gros plan d'une semelle en forme de zigzag.

Sur un deuxième tableau figuraient les liens entre les proches de Logan Somerville et Jamie Ball. Sur le troisième, une chronologie. Grace s'assit à sa place, en bout de table, dos aux écussons de la police du Sussex. Il salua ses partenaires réguliers, et souhaita la bienvenue à sa dernière recrue, Kevin Taylor, un grand gaillard de 45 ans, qui venait de passer deux ans à la police des polices.

Il survola les notes que son assistante, Tish Hannington, lui avait préparées. Il attendit qu'il soit 18 h 30 pour commencer.

— Ceci est la deuxième réunion de l'opération Charrette de foin, enquête sur la disparition de Logan Somerville. Selon son fiancé – qui ne l'était plus –, Logan a disparu depuis 17 h 30 environ, hier soir. On ne peut pas affirmer qu'elle a été enlevée, même si tout le laisse à penser. Jamie Ball n'est pas le témoin le plus fiable. La meilleure amie de Logan et sa mère nous ont informés que la jeune femme avait rompu ses fiançailles, qu'elle l'avait annoncé sur Facebook, mais Jamie Ball a encore du mal à l'admettre. Ce qui est préoccupant, c'est que nous n'avons pas de nouvelles d'elle depuis plus de vingt-quatre heures. Il est peu probable qu'elle ait été enlevée en vue d'une demande de rançon. Sa famille n'est pas particulièrement aisée et nous aurions déjà été contactés par le kidnappeur. S'il s'agit d'un enlèvement, il est fort probable que le mobile soit de nature sexuelle.

Il fit une pause et but une gorgée de café.

— J'aimerais faire une remarque qui pourra – ou non – s'avérer pertinente. Logan Somerville a 24 ans. Comme nous le voyons sur les photos, elle a de longs cheveux bruns. Il y a deux semaines, une jeune femme de la région, Emma Johnson, fugueuse occasionnelle, a été portée disparue. Elle a les mêmes cheveux longs et bruns, presque le même âge. On sait que les ravisseurs ont pour habitude d'enlever des femmes qui se ressemblent. Les victimes de Ted Bundy, violeur et tueur en série américain, exécuté en 1989, avaient toutes le même genre de chevelure. Hier soir, j'ai assisté à l'autopsie d'une victime retrouvée près du lagon de Hove. Il semblerait qu'elle aussi avait de longs cheveux bruns. Je ne veux pas tirer de conclusion hâtive, mais c'est une piste à suivre. J'aimerais que l'on liste toutes les personnes portées disparues ressemblant à Logan Somerville. Sur les douze derniers mois dans un premier temps, puis sur les cinq dernières années.

Il se tourna vers une enquêtrice spécialisée.

— Annalise, je te confie cette tâche.

— C'est noté, chef.

Cette mission était colossale.

— Guy, dit-il au capitaine Batchelor, Glenn Branson dirige l'enquête sur le squelette du lagon. Je veux que tu sois en contact avec lui jusqu'à ce qu'on élimine tout lien entre nos deux enquêtes.

— Qu'est-ce qui vous fait croire qu'il y a un lien, chef ?

— Pour le moment, c'est un simple pressentiment. Tu nous communiqueras l'identité de la victime dès qu'elle sera connue.

Il se tourna vers Norman Potting, qu'il voulait occuper.

— Norman, quand Annalise t'aura confié les noms, j'aimerais que tu obtiennes un maximum de renseignements sur les jeunes femmes portées disparues. Commence par celles âgées entre 16 et 45 ans.

Soudain le générique de James Bond retentit. Norman Potting sortit son portable de sa poche et s'éloigna, en s'excusant. Il revint quelques instants plus tard.

— Désolé, chef, c'étaient les pompes funèbres au sujet de la musique, pour lundi.

S'ensuivit un silence respectueux. Potting se rassit, plongé dans ses pensées.

Grace attendit que son collègue ait repris ses esprits avant de se tourner vers le lieutenant Jane Wellings, à qui il avait demandé de visionner les bandes de vidéosurveillance.

— Du nouveau du côté de la Volvo ? Lecture des plaques d'immatriculation ? Caméras de surveillance ?

— Nous cherchons d'autres vidéos dans la zone qui nous intéresse.

John Morgan montra les photos des empreintes de pas.

— Ces deux images correspondent à une seule et même semelle. J'ai envoyé des copies aux collègues de la base de données nationale, qui nous communiqueront le nom du fabricant.

— Et la pointure ? demanda le capitaine Exton.

— Le fabricant nous la donnera, répondit Roy Grace. Quand il y a un motif en zigzag, il n'y a pas le même nombre de lignes, selon la taille de la chaussure.

— Est-ce que vous allez faire appel à Haydn Kelly, le podologue ?

Grace hocha la tête.

— Je lui ai envoyé les photos pour avoir son avis.

— En avons-nous assez pour réinterroger Jamie Ball ? intervint Exton.

— Tout à fait. Je ne suis pas satisfait de ses réponses, mais je ne suis pas non plus convaincu qu'il soit derrière tout ça. Ses posts sur les réseaux sociaux ne nous apprennent rien de particulier. Son alibi, c'est qu'il roulait sur la M23, non loin de l'aéroport de Gatwick, quand Logan l'a appelé. Nous savons que le téléphone de Logan a appelé son téléphone alors qu'il se trouvait près de leur immeuble. Nous savons aussi que le téléphone de Ball a été décroché alors qu'il se trouvait là où il prétend, mais nous ne pouvons pas être sûrs que ce soit Logan Somerville qui ait passé l'appel. Nous n'avons que le témoignage de Ball. Nous ne pouvons pas être certains non plus que c'est lui qui a décroché et qui lui a parlé.

En regardant les visages de ses coéquipiers, Roy Grace ressentit une pointe de tristesse. Bella Moy leur manquait. Il n'y avait plus ce bruit de Maltesers qu'elle grignotait sans arrêt.

— Vous voulez dire que Ball a peut-être orchestré tout ça ? demanda Guy Batchelor. Que celui qui a enlevé Logan Somerville a passé le coup de téléphone – imaginons que ce soit Jamie Ball – et qu'un complice ait décroché, alors qu'il se trouvait sur l'itinéraire qu'il emprunte pour rentrer chez lui ?

— Ce n'est pas impossible. C'est peu probable, mais il faut qu'on vérifie, dit Grace. Je vais demander à l'un de nos indics si Jamie Ball n'a pas cherché à engager un tueur à gages. Les gens qui se font plaquer ont parfois des envies de meurtre. J'aimerais l'éliminer de la liste des suspects.

Le lieutenant Jack Alexander, l'un des plus jeunes de l'équipe, leva la main.

— Pourrait-on demander un mandat de perquisition, afin de fouiller l'appartement du couple ? Si nous trouvons une chaussure avec une semelle en zigzag, cela voudra dire que Jamie Ball était dans le parking, n'est-ce pas ?

Grace esquissa un sourire. Il avait fait preuve, lui aussi, de naïveté dans sa jeunesse.

— Je ne suis pas sûr de comprendre où tu veux en venir, Jack, dans la mesure où c'est son appartement et son parking.

Certains gloussèrent. Le jeune lieutenant rougit, mais persévéra.

— Ce serait tout de même intéressant de savoir si Jamie Ball a récemment marché dans une flaque d'huile de vidange.

Grace hocha la tête.

— Pas mal, Jack. Et il faudra aussi qu'on vérifie si l'empreinte n'appartient pas à l'un de nos officiers !

Le capitaine Tanja Cale, qui remplaçait Bella Moy, se manifesta. Elle avait été chargée de diriger l'équipe d'enquête externe.

— Chef, nous avons un élément intéressant. Une vieille dame sur Chesham Avenue, à cinq numéros du parking de Chesham Gate, dispose d'une caméra de vidéosurveillance tournée vers la rue. Si j'ai bien compris, elle a eu des soucis avec les gamins du quartier, elle les a engueulés alors qu'ils jetaient des trucs dans la rue, ils se sont vengés, ont couvert sa voiture de graffitis, puis ont laissé un chat mort dans son jardin et une lettre de menace.

— La caméra fonctionnait-elle hier soir ?

— Oui. Elle est orientée vers le bas, elle couvre principalement son petit jardin et le trottoir. Juste après

17 h 30, hier, on voit une voiture passer à vive allure. L'image est en noir et blanc, on ne peut donc pas connaître la couleur, mais c'est une voiture sombre. Deux gars de la circulation l'ont identifiée comme un break Volvo, vieux de 10 ans à peu près.

— On voit la plaque d'immatriculation ?

— Malheureusement non.

Grace sentit une pointe d'espoir.

— Beau travail. J'aimerais maintenant que tu listes tous les breaks Volvo, entre 5 et 15 ans, dont le propriétaire est domicilié à Brighton. Vois s'il y a d'autres images dans le quartier, à l'heure qui nous intéresse.

— Oui, chef.

Grace poursuivit la réunion pendant vingt minutes, explorant toutes les pistes. Il termina à 19 h 05. Logan avait disparu depuis vingt-cinq heures. À en croire les statistiques, elle était sans doute morte, mais Grace ne pouvait pas se résoudre à accepter cette hypothèse. Il fallait qu'il reste persuadé qu'elle était toujours vivante, et qu'il la retrouve, vivante. Le commissaire principal et la directrice de la police judiciaire régionale lui mettaient la pression. Le commissaire divisionnaire Tom Martinson était sur le point de partir à la retraite. Quand il serait remplacé, son successeur exigerait des résultats. L'office de tourisme attendait de lui une résolution rapide du problème. Personne n'avait envie que Brighton fasse de nouveau la une des journaux pour des raisons morbides. Logan Somerville devait être retrouvée vivante à tout prix.

Il n'avait jamais été défaitiste, mais il connaissait les chiffres.

31

VENDREDI 12 DÉCEMBRE

Jamie Ball était assis dans l'un des canapés, ordinateur ouvert, un verre de vin rouge à la main. Il regardait tantôt sa page Facebook, tantôt un cadre numérique, sur lequel défilaient des photos – quelques paysages, le chien des parents de Logan, un labrador noir, leur fête de fiançailles avec les quatre parents et tous leurs frères et sœurs. Les autres photos le montraient lui, avec Logan.

Il termina son verre d'une main tremblante. Il commençait à être épuisé. Au lieu de le calmer, l'alcool le mettait sur les nerfs. Il avait mal à la tête et les yeux rougis. Sans s'en rendre compte, il n'arrêtait pas de pianoter sur la table basse du bout des doigts.

Ses parents lui avaient proposé de les rejoindre, mais il n'avait pas envie de se retrouver dans leur maison sombre et déprimante. Les parents, le frère et la sœur de Logan l'avaient contacté. Sans être ouvertement hostiles, ils s'étaient montrés distants. Ils avaient des doutes. Deux de ses amis l'avaient invité au Coach House, sur Middle Street. C'était un pub où ils allaient souvent, avec Logan. Pour le moment, il préférait rester seul.

Il rafraîchit sa page Facebook. La veille, il avait posté le message suivant : *Aidez-moi à retrouver Logan, ma fiancée, qui a disparu*, accompagnant son message de plusieurs photos d'elle. Quinze personnes de plus avaient liké pendant la dernière demi-heure, et il avait reçu six nouvelles demandes en ami.

— Bon, dit-il à voix haute.

Son téléphone sonna. Il l'attrapa d'une main tremblante. L'appareil lui échappa et tomba sur le parquet. Une pièce se détacha. Il s'agenouilla pour le ramasser.

— Pourrais-je parler à James Ball ? demanda un homme d'un certain âge, d'un ton poli mais ferme.

Rares étaient ceux qui l'appelaient James. Tout le monde l'appelait Jamie.

— C'est moi. Qui est à l'appareil ?

Il avait déjà reçu plusieurs coups de fil d'inconnus. Une médium lui avait annoncé qu'elle avait vu Logan dans un bateau transportant du bois. Un détective privé lui avait promis de la retrouver, contre 1 000 livres réglées à l'avance. *Ouais, c'est ça.*

— Je suis l'oncle de Logan. Je m'appelle Jacob Van Dam. Vous a-t-elle parlé de moi ?

— Oui, je vois qui vous êtes.

Elle avait, de fait, mentionné son oncle psychiatre à de nombreuses occasions, même si elle ne l'avait pas vu depuis plusieurs années. C'était une célébrité parmi les membres de sa famille.

— Je vais vous poser une question personnelle sur Logan, James, et j'ai une bonne raison pour cela, ne m'en voulez pas.

Ball fronça les sourcils. Le psy allait-il le soumettre à un interrogatoire en règle ?

— O.K., dit-il, sur ses gardes.

— Est-ce que Logan a une marque ou un tatouage sur le corps ?

Le jeune homme se demanda d'où sortait cette question.

— Un tatouage ?
— Oui.
— Non, elle n'en a pas.
— Vous en êtes certain ? Rien sur sa cuisse droite ?
— Oui, je suis sûr.
— Pas d'écriture, de mot, de texte ?
— Non. Pourquoi est-ce que vous me demandez ça, monsieur Van Dam ?
— J'ai mes raisons.
— Eh bien, elle n'a pas de tatouage.

L'insistance de son interlocuteur l'avait exaspéré.

— Merci beaucoup. C'est bon à savoir. Je suis désolé de vous avoir dérangé.

Ball regarda son téléphone, interloqué. De quoi s'agissait-il ?

Jacob Van Dam resta longtemps derrière son bureau, en silence. Ball avait réagi comme un homme inquiet pour sa fiancée, mais il cachait quelque chose.

Quoi ?

32

VENDREDI 12 DÉCEMBRE

Après la réunion, Roy Grace retourna dans son bureau pour y réfléchir au calme. Lundi, il prononcerait une oraison pendant les funérailles de Bella. Il savait par avance que la cérémonie serait très émouvante. La tâche qui l'attendait serait ardue. Mardi, des déménageurs apporteraient des cartons chez Cleo et chez lui, en vue du déménagement prévu vendredi. Il allait devoir trouver du temps pour aider Cleo à tout empaqueter et pour superviser le déménagement de la maison qu'il avait partagée avec Sandy.

Or, il n'avait qu'une chose en tête : les disparitions de Logan Somerville et d'Emma Johnson. Y avait-il un lien avec les ossements retrouvés près du lagon ? Il essaya de rejeter cette hypothèse. Il n'avait vraiment pas envie que ces deux affaires soient connectées.

Un meurtre est une tragédie, mais on trouve toujours une raison : agression sexuelle, vengeance, œuvre d'un déséquilibré, différend conjugal, cambriolage, amant jaloux…

À partir de trois meurtres, commis à différents endroits, à différents moments, on avait par définition affaire à un tueur en série. Il n'y en avait pas eu à Brighton depuis très longtemps. Lui-même n'en avait jamais rencontré. Jusqu'à présent.

Il avait prévenu Cleo qu'il rentrerait tard. Elle avait tenté de l'amadouer en lui annonçant qu'elle prévoyait de cuisiner une entrée à base de crevettes et d'avocat, puis une sole grillée. C'était l'un de ses plats préférés. Il avait faim, il aurait adoré rentrer chez lui, voir Noah, boire un verre ou deux, déguster un bon repas et passer la soirée avec Cleo.

Son téléphone sonna.

C'était Glenn Branson.

— Ça va ?

— Pas terrible, et toi ?

— J'ai du nouveau, dit le commandant. C'est peut-être pas grand-chose, mais j'aimerais t'en parler.

— Dis-moi.

— Tu ne veux pas qu'on prenne un verre ? J'en ai besoin. J'ai fini ma journée.

— Et tu ne vas pas retrouver la journaliste de l'*Argus* ? Comment s'appelle-t-elle déjà... Siobhan Sheldrake ?

— Ha, ha, très drôle.

— Moi aussi, j'ai besoin d'une pause, mais je ne boirai pas d'alcool. Rendez-vous au Black Lion ?

— Dans quinze minutes ?

— Trois quarts d'heure. Il faut que je passe chez moi trier les affaires que je compte donner à une association caritative.

— Ça ne doit pas être facile, dit Branson.

— Je confirme. C'est triste.

— Mais tu as tourné la page. Tu es heureux. La vie recommence et je suis très heureux pour toi.

— Merci, mec. Moi aussi, je suis heureux.

Roy Grace avait pourtant le cœur lourd. Il raccrocha, descendit et se mit en route vers chez lui. Ils avaient installé un siège-bébé dans son Alfa Romeo, et Roy conduisait désormais la voiture de Cleo. Des moments heureux l'attendaient, mais celui-ci n'en était pas un. Il n'avait pas du tout envie de retourner dans son ancienne maison.

Dix minutes plus tard, il quitta New Church Road et s'engagea sur Kingsway, vers le bord de mer. Des illuminations de Noël brillaient aux fenêtres.

Il s'engagea dans l'allée d'une maison faux Tudor et s'arrêta devant le garage. À l'intérieur se trouvait la voiture de Sandy. Sous une couche de poussière, elle attendait depuis dix ans le retour de sa propriétaire.

Grace ouvrit la porte d'entrée. Comme cela faisait plus d'une semaine qu'il n'était pas venu, une montagne de prospectus, factures et publicités s'était amoncelée.

Il alluma les lumières, se rendit dans la cuisine et trouva un rouleau de sacs-poubelles noirs sous l'évier. Il monta dans leur chambre, qui n'avait pas beaucoup changé. Il ouvrit l'armoire de Sandy et entreprit de mettre ses vêtements dans un sac. Il décela des odeurs familières, malgré la poussière. Était-ce possible ? Des souvenirs refirent surface. Il remplit un premier, puis un deuxième sac, hanté par le passé. Il décrocha tous les manteaux, s'agenouilla et remplit un troisième sac avec ses chaussures, avant de se rappeler qu'il y avait d'autres manteaux au rez-de-chaussée. Il se leva et observa la chambre. Son regard s'arrêta sur une méridienne qu'ils avaient achetée en très mauvais état, il y avait des années de cela, lors d'une vente aux enchères à Lewes, et que Sandy avait fait recouvrir d'un tissu noir et blanc moderne. Dessus se trouvait l'hermine en peluche de Sandy. Il la mit dans le sac, puis la ressortit et la replaça sur la méridienne. Il n'avait pas le courage de la donner. Dans le même temps, il ne pouvait pas non plus l'emporter dans leur nouvelle maison.

Dieu, que les choix étaient difficiles à faire…

Et si…

Et si elle revenait ?

Il réalisa qu'il ne se souvenait plus de son visage. Il s'approcha de la coiffeuse en noyer et observa une photo encadrée, placée entre deux flacons de parfum.

Elle avait été prise au restaurant d'un sublime hôtel près d'Oxford, The Bear at Woodstock, où ils avaient célébré un anniversaire de mariage, peu de temps avant sa disparition. Il portait un costume et une cravate. Sandy était en robe de soirée. Comme d'habitude, elle souriait au serveur qui les avait pris en photo.

Ses yeux étaient d'un bleu cristallin. Il fut impressionné de se rendre compte à quel point son visage s'était effacé de sa mémoire. Il ne pouvait pas donner cette photo, il ne pouvait pas non plus la jeter. Il l'emballerait et la mettrait dans une valise, dans le grenier de leur nouvelle maison.

Il se tourna vers une pile de livres, posée sur le chevet de Sandy, et d'autres alignés sur le manteau de la cheminée qui avait été occultée par les propriétaires précédents, et que Sandy avait fait remettre en état, parce qu'elle trouvait cela romantique d'allumer un feu, de temps en temps. Il prit l'un des livres, *Hôtel du lac*, d'Anita Brookner, l'ouvrit et lut la dédicace.

« À mon amour, à Sandy.
Pour notre quatrième Noël.
À l'amour de ma vie. »

Que t'est-il arrivé ? Où es-tu aujourd'hui ? J'espère que tu reposes en paix.

Il embrassa le livre et le mit, avec tous les autres, dans un sac-poubelle.

33

VENDREDI 12 DÉCEMBRE

L'infirmière en chef, Anette Lippert, avait commencé son service de nuit aux urgences de l'hôpital depuis un peu plus d'une heure. La clinique Munich Schwabing était réputée pour posséder, à juste titre selon elle, l'un des services neurologiques les plus performants d'Allemagne, avec une infirmière par patient aux urgences.

Anette Lippert commençait en général le matin, pour superviser les transferts et les opérations. Ces jours-ci, une épidémie de grippe, qui avait décimé son service, l'obligeait à travailler jour et nuit.

Le service de nuit était long et pénible, souvent trop calme. Les salles étaient en permanence chauffées à 24 °C, ce qui était beaucoup, mais les patients qui occupaient les quinze lits ne se plaignaient jamais. La plupart d'entre eux ne pouvaient pas parler. Une patiente faisait exception : celle du lit 12, non identifiée, dans un semi-coma, qui laissait parfois échapper des phrases sans queue ni tête.

Accompagnée de deux docteurs, Anette Lippert fit sa tournée, s'arrêta devant chaque patient et demanda des nouvelles à chacune des infirmières. Elle arriva devant le lit 12, qui était occupé par une femme de 35-40 ans, brune aux cheveux courts, le visage couvert de bandages.

Elle avait été renversée par un taxi, il y avait un mois de cela, sur Widenmayerstrasse, l'avenue la plus fréquentée d'un des quartiers chic de Munich.

Un témoin de l'accident avait raconté à la police qu'un motard sans scrupule s'était arrêté à son niveau, alors qu'elle était inconsciente, et lui avait arraché son sac. Elle avait été admise aux urgences en tant qu'*Unbekannte Frau.*

Elle était restée non-identifiée pendant quarante-huit heures. Puis un garçon était rentré d'un stage de football en larmes parce que sa maman n'était pas venue le chercher. La police lui avait demandé s'il connaissait cette femme. Il l'avait identifiée comme étant sa mère, Frau Lohmann. Malgré cet élément d'information, elle représentait toujours une énigme.

La police avait expliqué à l'hôpital que Frau Lohmann avait tout fait pour effacer son passé. Son appartement, son ordinateur et son téléphone portable ne révélaient aucun indice sur son identité. Elle avait au moins deux fausses identités, des faux passeports et des faux numéros de Sécurité sociale, des cartes bancaires sous des noms d'emprunt. Elle possédait plus de trois millions d'euros dans une banque munichoise, sur un compte ouvert neuf ans plus tôt, grâce à de faux papiers.

Il faudrait à Interpol plusieurs semaines avant d'obtenir des résultats à partir de ses empreintes digitales et de son ADN. Si tant est qu'ils trouvent quelque chose. La police avait demandé qu'elle soit, dès que possible, transférée dans une chambre individuelle.

Lippert l'observa. La victime avait les yeux fermés, comme toujours depuis qu'elle était arrivée. Elle était nourrie par des cathéters au niveau de sa poitrine.

Qui es-tu vraiment ? se demanda Anette Lippert. *Où allais-tu quand tu as été renversée par le taxi ? D'où venais-tu ? Que fuyais-tu ?*

La police menait l'enquête. Cette femme possédait plusieurs pseudonymes. À un moment de sa vie, avant la naissance de son fils, elle avait changé au moins deux fois de nom. Personne ne savait pourquoi. Pour fuir un époux violent ? Un passé criminel ? Un passé de terroriste ?

Frau Lohmann dormait, sous perfusion.

Anette Lippert la fixa avec une grande tristesse.

Quelqu'un t'a aimée, un jour. Tu as un fils. Reviens à la vie. Réveille-toi ! Ton fils a besoin de toi.

De temps en temps, Frau Lohmann prenait une grande respiration, sans ouvrir les yeux. Elle n'avait pas de parents, du moins c'est ce que son fils, Bruno, leur avait dit. Il avait été accueilli par la famille d'un ami. Il rendait régulièrement visite à sa mère.

Qu'est-ce qui est bloqué dans ton cerveau ? se demanda Anette Lippert. *Comment faire pour le débloquer ?*

Lors de sa quatrième tournée, peu après minuit, alors qu'elle l'observait, la femme ouvrit soudain les yeux.

— Dites-lui que je lui pardonne, dit-elle, avant de refermer les yeux.

— À qui ?

Elle n'eut pas de réponse.

Dans son coma, Sandy entendait les voix, comprenait ce qui se disait, mais elle ne pouvait pas répondre, comme si elle nageait sous l'eau.

— À qui ? répéta l'infirmière.

Mais la femme était de nouveau inconsciente.

Lippert attendit quelques instants, puis passa au lit suivant.

34

VENDREDI 12 DÉCEMBRE

Le pub The Black Lion, à Patcham, possédait un passé rocambolesque, que Grace aimait bien. Plus que le pub, d'ailleurs. En 1973, Barbara Gaul, la femme d'un promoteur immobilier, fut abattue d'une balle sur le parking du Black Lion, alors qu'elle était en pleine procédure de divorce. Cette affaire devint l'une des plus marquantes de l'histoire de Brighton, car liée aux Kray, célèbre famille de gangsters londoniens, et à deux des plus gros scandales sexuels découverts en Grande-Bretagne : les affaires Profumo et Lambton. Dommage, songea Grace, que ce passé tragique, mais original, ne soit pas mieux reflété dans la décoration du pub, qui faisait, depuis longtemps, partie d'une chaîne.

Roy avait pris place dans un coin tranquille, tandis que Glenn Branson patientait au bar, dépassant d'une tête les autres clients. Roy était au téléphone avec Cleo, à essayer d'organiser une soirée qui ferait à la fois office de réveillon et de pendaison de crémaillère. Il avait du mal à quitter des yeux une enveloppe kraft épaisse que Branson avait laissée sur la table.

— Je pense qu'on devrait commander ce crémant de Ridgeview, celui de notre mariage. C'est bien de soutenir un producteur local.

— Très bonne idée ! On ferait bien de commander rapidement. Combien de gens pensais-tu inviter ? demanda-t-il.

— Oh, mon Dieu ! s'exclama Cleo, avant d'éclater de rire.

— Quoi ?

— Noah vient de plonger la main dans la gamelle de Humphrey. Humphrey est juste devant lui. C'est incroyable ! Attends, je vais sauver ton fils !

— Génial ! On va faire des économies, si on le nourrit avec des croquettes pour chien.

— Excellente idée, dit-elle d'une voix distraite. Envoie-moi un SMS quand tu décolles, je préparerai ton dîner.

— J'espère que ce ne sera pas de la pâtée pour chien !

— Ça, ça dépendra de l'heure de ton arrivée…

— Je t'aime.

— Moi aussi, dit-elle d'un ton légèrement plus froid que d'habitude.

Il remarqua la distance dans sa voix.

— Je sais que je ne suis pas très présent en ce moment, je suis désolé.

— Je comprends, Roy, ce n'est pas facile, ni pour toi, ni pour moi.

Grace vit Glenn apporter leurs boissons. Il sourit et dit à Cleo :

— Il faut que je te laisse !

Il lui envoya un baiser, qui resta sans réponse.

Branson s'assit en dodelinant de la tête.

— C'est beau, l'amour, mais ça ne rime pas avec toujours.

Il tendit à Roy Grace son Coca Light et but une gorgée de Guinness.

— Je pense qu'on sera amoureux toute notre vie, répliqua Grace.

— Tout change, crois-moi.

— Qu'est-ce que tu peux être cynique, parfois.

— Ouais.

— Alors comment ça se passe avec la journaliste de l'*Argus* ?

— Pourquoi tu me parles d'elle ? fit Branson, soudain timide.

— Elle te plaît, non ?

— N'importe quoi !

— Je te connais depuis trop longtemps, dit Grace. Tu aimes bien jouer avec le feu. Je sais que tu étais attiré par Red Westwood. Fais attention, mec. J'aimerais beaucoup que tu rencontres une fille, mais… police et presse ne font pas bon ménage.

— On boit un verre demain soir. Elle est cool. On se connaissait déjà avant qu'elle soit recrutée par l'*Argus*. On était amis. Après la mort d'Ari, on s'est rapprochés, mais on ne s'emballe pas.

— Souviens-toi de ce qu'on dit : « Il suffit d'une indiscrétion pour faire couler un navire. »

— Tu as vu ce film génial, *Das Boot* ?

— Si je me souviens bien, il sombre à la fin.

— Ah bon ? Je pense que ta mémoire te joue des tours.

— Fais gaffe à ne pas réfléchir avec ta bite. Méfie-toi de Siobhan Sheldrake.

— Je mettrai un préservatif.

— Bon. Tu m'as fait venir parce que tu avais du nouveau. Dis-moi.

— Tu te souviens de ce que je t'ai montré à la morgue ou est-ce que tu es trop vieux ?

— Très drôle !

— Le tatouage sur le crâne.

— DCD.

— C'est ça. Maintenant, regarde ça.

— D'où ça sort ?

— Lucy Sibun a estimé que la femme était morte il y a trente ans et qu'elle avait 20 ans.

— Tout à fait.

— J'ai demandé à mon équipe de lister les personnes portées disparues et les affaires classées concernant des femmes d'une vingtaine d'années. Et voici ce que j'ai trouvé. Allez, ouvre.

Il but une gorgée de bière.

— Dis donc, tu as fait vite.

— On me surnomme Flash.

— Qui ?

Grace ouvrit l'enveloppe et sortit les documents jaunis. Il y avait plusieurs photos entourées de deux élastiques. Il lut, écrit à la main au marqueur noir : Opération Yorker.

Le premier document était le rapport du médecin légiste. Il concernait Catherine (Katy) Jane Mary Westerham. Elle était âgée de 19 ans. Elle étudiait la littérature anglaise à l'université du Sussex et était domiciliée sur Elm Grove, à Brighton. Elle avait été portée disparue en décembre 1984. Sa dépouille avait été retrouvée dans la forêt de Ashdown en avril 1985 par un homme qui promenait son chien.

Roy Grace se demanda combien de cadavres avaient été retrouvés par des gens qui promenaient leur chien, aux quatre coins du monde. Un jour, il ferait des recherches, s'il avait le temps.

Il survola le document. Le corps était décomposé au moment de sa découverte, certains os avaient disparu, sans doute emportés par des animaux. Le médecin légiste avait conclu à une asphyxie, mais il n'y avait pas assez d'éléments pour déterminer les causes de la mort.

Grace sortit les photos. La première était un portrait d'une jolie jeune fille avec de longs cheveux bruns. Il la fixa quelques instants. Elle ressemblait à Emma Johnson. C'était le sosie de Logan Somerville.

Il sortit les photos du cadavre. Plusieurs gros plans du crâne, de la cage thoracique et des os.

Il saisit la dernière et s'immobilisa.

C'était un gros plan du front. Trois lettres apparaissaient nettement sur un fragment de chair.

Le tatouage était beaucoup plus distinct que sur les ossements découverts au lagon.

C'était le même : DCD.

35

VENDREDI 12 DÉCEMBRE

— Je te trouve très silencieux, ce soir, mon chéri, dit Rachel Van Dam, la femme du psychiatre.

Tous deux s'étaient habillés pour dîner. Même quand ils ne recevaient pas et ne sortaient pas, ils se faisaient beaux l'un pour l'autre.

Le psychiatre avait pris place en bout de table, dans l'élégant salon de leur hôtel particulier sur Regent's Park. Il tenait dans ses mains un verre en cristal et contemplait les lumières qui se reflétaient dans le lustre à pampilles. Il n'avait pas touché aux côtelettes d'agneau grillées, dans son assiette en porcelaine, ni aux petits pois et au gratin dauphinois que Rachel avait amoureusement préparés pour lui.

— Disons que j'ai eu une journée intéressante.

— Voudrais-tu partager tes pensées avec moi ?

Elle patienta, puis reprit :

— C'est horrible, ce qui est arrivé à Logan. Je n'arrive pas à y croire. Personne ne sait où elle est. La police la cherche. J'ai appelé Tina, elle est dans tous ses états. Elle m'a expliqué que ce n'était sans doute pas une question de rançon. Étant donné l'âge de Logan, le ravisseur est certainement un pervers sexuel. Les chances de la retrouver vivante diminuent d'heure en heure. Je suis effondrée.

Obsédé par le Dr Harrison Hunter – si tant est que ce soit son vrai nom –, le psychiatre l'écoutait à peine.

DCD.

L'homme lui avait menti. Sa nièce ne portait pas ce genre de tatouage. Elle n'en avait d'ailleurs aucun. Elle avait disparu la veille. Quel était le lien entre son patient et Logan ?

La logique voulait qu'il appelle la police, mais il prenait la menace de Hunter au sérieux. Tout ce qu'il souhaitait, c'était que Logan soit retrouvée vivante. Il fallait pour cela que son patient revienne et qu'il trouve un moyen de le piéger. De lui faire dire la vérité. Demain ? Ce week-end ? Disposerait-il du temps nécessaire ?

Et si Harrison Hunter souffrait de troubles délirants ? S'il s'agissait d'un simple quidam, lecteur de l'*Argus* ?

Sa preuve ne tenait pas. Logan n'avait pas de tatouage.

Il but une gorgée de vin, puis découpa la première côtelette. La chair était rosée, comme il l'aimait.

— C'est délicieux, ma chère, dit-il.

Elle l'observa attentivement.

— Y a-t-il quelque chose dont tu aimerais me parler ?

— Non, non. Pas vraiment.

— C'est si tragique. Que lui est-il arrivé ? Elle a rompu ses fiançailles. Tu penses que son petit ami est impliqué ?

Il fixa de nouveau les lumières dansant sur le cristal, puis piqua un morceau de viande, l'enroba de sauce à la menthe et mâcha.

— Rachel, as-tu déjà dû, dans ta vie, prendre une décision pour laquelle tu n'étais pas qualifiée ?

— Tu t'exprimes par énigmes, mon amour… Comme d'habitude.

— Excuse-moi. Je me régale, au fait.

— Bien.

Il s'essuya les lèvres avec une serviette en lin.

— Secret professionnel, dit-il. J'ai une décision à prendre.

— Quel genre de décision ?

— Imagine que tu sois à ma place, dans mon cabinet. Un nouveau patient arrive, il avoue tuer des gens. Selon moi, il affabule. Peut-être que je me trompe. Si c'est un tueur, il faut que je le dénonce à la police. S'il est mythomane, j'échoue dans ma mission, car je ne réussis pas à l'aider. Il ne fera plus jamais confiance à personne.

— C'est ce qui t'est arrivé aujourd'hui ?

— Oui.

— Est-ce que cela a quelque chose à voir avec Logan ? T'a-t-il dit qu'il avait enlevé ta nièce ?

— Non, mais il prétend connaître le ravisseur.

— Que peux-tu me dire de lui ?

Le psychiatre but une gorgée de vin.

— Pas grand-chose. Il m'a assuré avoir de quoi prouver sa bonne foi. Après son départ, j'ai vérifié – c'est pour ça que je suis rentré si tard ce soir –, et son information est incorrecte. Ce qui me laisse à penser qu'il est…

— Mythomane ?

— Ce serait la conclusion la plus simple. Je suis piégé.

— Pourquoi ne pas appeler la police ?

Le psychiatre réfléchit.

— Et mettre la vie de Logan en danger ?

— Pourquoi cela aurait-il des conséquences sur elle ?

— L'homme m'a interdit d'aller parler aux policiers.

— Tu le prends donc au sérieux.

— Oui.

— Je n'ai jamais pu pénétrer cet étrange cerveau qui est le tien, mais je pense que, au fond de toi, tu crois ce qu'il t'a dit.

Van Dam sourit. Il aimait sa femme, qui faisait preuve de tant de sagesse.

— Oui, je le crois.

36

VENDREDI 12 DÉCEMBRE

Roy Grace quitta le pub, retourna à la Sussex House et examina une nouvelle fois le contenu de l'enveloppe que Glenn Branson lui avait donnée. Il sortit une feuille jaunie en format A4, sur laquelle était inscrit :

POLICE JUDICIAIRE DU SUSSEX – MEURTRE
Le mercredi 3 avril 1985, à 8 h 35, un cadavre a été retrouvé dans la forêt de Ashdown. Les causes de la mort sont indéterminées, sans doute s'agit-il d'une asphyxie.

Il regarda de nouveau la photo de la jolie jeune femme avec de longs cheveux bruns, raides, des taches de rousseur et des lunettes. Il se demanda où elle avait été prise. La femme souriait avec une profonde expression de confiance et de sérénité.

Il lut le rapport.

Manquent les éléments suivants, propriétés de la victime :

1) Une paire de chaussures noires, pointure 37, avec, sur la semelle, l'indication : « Made in UK, cuir véritable, dessus cuir, semelles faites main. »

2) Un trousseau avec un porte-clés en cuir « Chandlers of Brighton BMW » contenant une clé de BMW, une clé de type Yale et possiblement une troisième clé.

3) Un sac à main – contenu inconnu.

Sur la feuille suivante se trouvait un agrandissement d'une carte. En haut, à droite, on avait dessiné un cercle rouge pour indiquer la localisation du corps.

Le document suivant était une photo en couleur d'un groupe d'hommes en bottes en caoutchouc, pull et jean, tenant chacun un grand bâton, dans une clairière.

Il secoua la tête. Quelle différence ! Aujourd'hui, ces techniciens seraient en combinaison, afin d'éviter toute contamination de la scène de crime.

La photo suivante montrait une forme allongée dans des buissons. Puis un jean bleu. Il les regarda toutes, les unes après les autres, en reprenant son souffle – il avait toujours du mal, quand il découvrait un nouveau cadavre. Il y avait quelque chose de terriblement triste. Grace ne pouvait pas s'empêcher de se sentir comme un voyeur. Découvrirait-il un jour le squelette de sa femme disparue ? se demandait-il chaque fois.

La personne assassinée ne choisissait pas celle qui la trouvait. Le respect s'imposait. C'était ce qu'il ressentait devant le visage tuméfié de cette jeune femme, comme maquillée pour une représentation, les yeux dévorés par des oiseaux, les cheveux en bataille, qui portait un pull gris tricoté à la main. Qui l'avait tricoté ? Sa mère ? Sa grand-mère ?

Le pull dans lequel elle avait été assassinée.

Il regarda une photo prise de face. La peau marbrée et les orbites oculaires vides donnaient l'impression qu'elle portait une sorte de cagoule.

Mon Dieu, songea-t-il. *Tu étais étudiante à l'université du Sussex. Ton père t'avait prêté sa voiture pour la soirée parce qu'il te faisait confiance et ne voulait pas que tu rentres avec un étudiant ivre. Mais tu n'es jamais rentrée.*

Il appela Tony Case sur son portable, sans savoir s'il serait encore joignable à cette heure-ci, un vendredi soir. Il fut surpris d'avoir une réponse positive. Tony Case, qui gérait les locaux, était en train de réorganiser les centres opérationnels.

Cinq minutes plus tard, il suivait, au sous-sol de la Sussex House, son collègue qui tenait à la main un gros trousseau de clés.

Après trente ans de carrière dans la police, Tony Case avait repris du service en tant que civil, comme de nombreux officiers.

Ils s'arrêtèrent devant un portail à barreaux. Case ouvrit et alluma les lumières. Plusieurs ampoules nues se mirent à clignoter dans cet immense entrepôt rempli d'étagères en métal, du sol au plafond, de boîtes et de cartons contenant des scellés, des dossiers et des piles de documents.

Quand il entrait dans cette pièce, Grace avait toujours l'impression qu'elle était hantée. Toutes les affaires non résolues étaient, tour à tour, réexaminées pour exploiter les avancées technologiques relatives aux empreintes digitales et à l'ADN. La police du Sussex ne classait jamais une affaire non résolue. Certains cartons contenaient des éléments datant de la Seconde Guerre mondiale, voire avant. Une enquête comptait une vingtaine de cartons. Chaque fois qu'il s'était penché sur un *cold case*, Grace avait eu conscience d'être la dernière chance pour que justice soit faite.

Il passa devant les caisses OPÉRATION GALBY, OPÉRATION DULWICH, OPÉRATION CORMORAN.

Il en connaissait quelques-unes. Il se souvenait parfois de ce qui avait été retrouvé dans l'estomac de la victime.

Tant de fantômes...

Il s'arrêta devant les quarante-trois caisses étiquetées OPÉRATION YORKER. Le meurtre de Katy Westerham.

Tony Case se tourna vers l'enquêteur.

— Lesquelles veux-tu dans ton bureau, Roy ?

— Toutes, s'il te plaît.

Il s'agissait de dossiers poussiéreux scellés, avec des étiquettes blanc et bleu et un numéro de série écrit à l'encre noire.

Vers 23 h 30, ayant fait tout ce qu'il pouvait concernant la disparition de Logan Somerville, Roy Grace rentra chez lui. Cleo lui avait laissé une assiette sur la table. Il l'entendit descendre l'escalier pour le rejoindre.

— J'ai l'impression que tu as eu une sacrée journée, dit-elle.

Roy Grace lui sourit.

— On peut le dire. Une journée hallucinante. Désolé d'être si peu disponible, de te laisser seule avec le bébé et de ruminer en silence en rentrant.

— Dis-moi ce que tu as sur le cœur.

— J'ai un mauvais pressentiment sur cette affaire.

Il se servit de l'eau pétillante.

— L'opération Charrette de foin ?

Il acquiesça.

— C'est Cassian Pewe qui t'inquiète ?

— En ce moment, c'est le cadet de mes soucis.

Il aurait volontiers descendu un verre ou deux, mais il fallait qu'il reste sobre, car il était toujours de permanence.

— Nous avons été confrontés à toutes sortes de meurtres et de crimes, à Brighton, mais nous n'avons jamais connu ce que l'on considère comme un « tueur en série ».

— Quelle est la définition ? demanda Cleo.

— Quelqu'un qui commet trois meurtres ou plus, des actes distincts. En 1985, un jeune homme a assassiné son père, sa belle-mère et son beau-frère avec une batte de base-ball au Lighthouse Club, à Shoreham. La même nuit. On appelle ça un homicide multiple, pas des meurtres en série.

— Et tu penses être en présence d'un tueur en série ?

Il prit son verre, puis le reposa.

— Je ne sais pas encore. Il pourrait avoir commis un meurtre il y a trente ans, mais c'est trop tôt pour être sûr.

— L'individu est-il encore en vie ?

Roy Grace garda le silence.

— Il faut que tu manges, mon chéri.

Il contempla son ramequin d'avocat et de crevettes et hocha la tête.

— Tu as raison, je meurs de faim, merci.

Il avala une bouchée et replongea dans ses pensées.

DCD.

Il y avait trente ans de cela. Un double meurtre. Y en avait-il plus ? Une troisième victime tatouée quelque part ? Une quatrième ? Une cinquième ? Autre part, au Royaume-Uni ? D'après ce qu'il savait, les tueurs en série avaient tendance à opérer dans de grands pays, comme les États-Unis, l'Australie ou la Russie, où ils étaient libres de parcourir de longues distances sans être suspectés. Certains ne suivaient pas ce schéma.

Le temps pouvait être une forme de distance.

Catherine Westerham, retrouvée morte en 1985, avait 19 ans, de longs cheveux bruns, la raie au milieu. Emma

Johnson avait 21 ans et les mêmes caractéristiques physiques. Logan Somerville, qui venait d'être portée disparue, avait elle aussi de longs cheveux bruns.

Était-il en train de se monter la tête ?

La femme non identifiée, dont les ossements avaient été retrouvés près du lagon de Hove, avait elle aussi de longs cheveux bruns.

Il était de plus en plus urgent de connaître l'identité de cette victime.

Trente ans, c'était long. Mais il savait, pour avoir assisté à plusieurs conférences de l'Association des enquêteurs pour homicide, aux États-Unis, que de tels écarts existaient. Vingt ans, ce n'était pas inhabituel. Dennis Rader à Wichita, dans le Kansas, qui s'était lui-même surnommé BTK pour *bind* (attacher), *torture* (torturer) et *kill* (tuer), avait interrompu ses activités criminelles pendant quinze ans, avant de repasser à l'acte. Son arrêt coïncidait avec la naissance de son premier enfant. Il y avait quelque temps de cela, Grace avait enquêté sur un violeur en série fétichiste de chaussures. Celui-ci avait interrompu ses méfaits pendant plusieurs années avant de reprendre. L'enquête avait révélé que la période correspondait à celle de son mariage.

Trente ans, était-ce trop long ?

37

SAMEDI 13 DÉCEMBRE

Il appelait ça « chasser ».

Il aimait bien ce mot.

La ville entière était son terrain de chasse. L'été, en blazer et chapeau de paille, il se promenait sous les arcades, puis sur la jetée. Ensuite, il montait dans le petit train de Brighton, le Volks Railway. Il appréciait la proximité des sièges durs… Il discutait avec les autres passagers, leur racontait que c'était le plus vieux train électrique du monde et les ennuyait avec un millier de détails techniques.

Pendant qu'il chassait, au milieu des touristes, il prenait discrètement des photos de celles qu'il considérait comme un « projet » potentiel.

C'était désormais si simple de prendre des photos, grâce aux smartphones. Ses projets potentiels pensaient qu'il passait un coup de fil. Elles ne pouvaient pas deviner qu'elles entraient dans son panthéon personnel. Il aimait bien passer du temps à les observer, à prévoir, à griffonner des pages et des pages et à glisser ses documents dans des dossiers qu'il conservait dans son endroit ultra-secret, sa *Very Secret Place* ou VSP, comme il l'appelait. Il y allait souvent pour réfléchir, s'éloigner de ses projets en cours, profiter de ce lieu totalement reclus.

Il adorait ça, avoir une VSP ! Ses projets préférés étaient celles qui trahissaient la plus grande vulnérabilité. Tout le monde est vulnérable, à un moment, dans sa vie, mais certaines personnes le sont tout le temps. Elles dégagent de la peur. Il aimait ça, leur faire peur. Rien ne l'excitait plus. Il aimait voir, entendre, toucher, sentir, respirer, goûter la peur.

Ses projets potentiels restaient sous observation pendant longtemps. Des mois, le plus souvent. Il aimait les suivre. Certaines prenaient le train en fin de journée ou montaient dans une voiture, et il les perdait de vue pour toujours. D'autres rentraient chez elles à pied ou prenaient un bus. Celles-là lui facilitaient la vie.

Ses soirs préférés étaient le jeudi, le vendredi et le samedi. Il aimait en particulier West Street, car il se fondait dans la masse. Le segment le plus animé, qu'il avait surnommé « Wesh Avenue », allait de la Tour de l'horloge au bord de mer. Il y avait là des salles d'arcade et des boîtes de nuit, et des centaines de jeunes légèrement vêtus, souvent ivres, bruyants, parfois déguisés dans des tenues ridicules, pour des enterrements de vie de jeune fille ou de garçon, qui s'ébrouaient sous l'œil vigilant de la police. Selon lui, ces gens représentaient la lie de l'humanité.

Il était toujours partant pour en éliminer un ou une.

Comme celle qu'il suivait à présent, qui zigzaguait sur son vélo, sans lumière, sur King's Road.

Il était 0 h 50. Elle s'appelait Ashleigh Stanford et avait 21 ans. Il la surveillait depuis six mois. Les vendredis et samedis soir, elle était barmaid dans un pub du quartier des Lanes. À la fin de son service, elle rentrait chez elle à vélo, dans l'appartement qu'elle partageait avec son petit ami, dans une rue calme de Hove.

Elle avait toujours l'air un peu saoule. Elle étudiait la mode à l'université de Brighton.

Il avait découvert au cours de ses recherches qu'Ashleigh Stanford était issue d'une dynastie de propriétaires terriens. Au XVIIe siècle, ses ancêtres possédaient d'immenses propriétés autour de ce qui s'appelait à l'époque Brightelmstone. Il aimait bien le fait qu'elle ait un lien historique avec la ville.

Et il y avait quelque chose qu'il aimait encore plus : Ashleigh Stanford était parfaite !

Il démarra son break Skoda, aux couleurs d'un taxi Streamline, jeta un coup d'œil dans ses rétroviseurs et roula très lentement, n'allumant que ses feux de croisement. Il sourit. Il était important de changer souvent de véhicule. Les taxis étaient passe-partout et ce modèle était l'un des plus communs à Brighton. Il avait acheté le break d'occasion, chez un concessionnaire, dans la campagne du Yorkshire, avait fait repeindre le capot en turquoise, comme tous les véhicules de la compagnie, par un artisan du coin. Il avait commandé les insignes sur Internet et n'avait pas eu de mal à trouver une lampe de toit. Ashleigh, avec son petit sac à dos, pédalait de toutes ses forces, en zigzagant.

Rentrait-elle chez elle ? Il aurait la réponse dans peu de temps.

Il y avait une sorte de symétrie dans le chiffre trois. Deux c'est bien, trois c'est trop ! Felix serait d'accord avec lui. Harrison, comme toujours, aurait des doutes. Marcus, le râleur, serait contre. Ce qui voulait dire qu'il avait raison. Deux c'est bien, trois c'est trop !

Comme l'aurait dit son ancien professeur de maths : C.Q.F.D.

Il suivait Ashleigh de loin, de façon à ce que ses plaques réfléchissantes ne soient pas éclairées. Elle passa devant la statue de la Paix et bifurqua vers la piste cyclable qui longeait les pelouses de Hove. Il regarda dans le rétroviseur. Personne. Il n'y avait que lui et son joli nouveau projet, qui rentrait retrouver son petit ami. Parfait !

Elle quitta la piste cyclable, revint sur la route pour éviter un détour, et tourna à un feu rouge au croisement avec Grant Avenue, sous le regard sévère de la statue de la reine Victoria. Quelques minutes plus tard, elle grillait un autre feu au croisement avec Hove Street.

Bonté divine, qu'est-ce que tu peux être culottée ! Il va falloir t'apprendre la sécurité routière. Dire que tu ne portes même pas de casque !

Il était impatient. Il tremblait d'excitation. Il avait envie de passer à l'action maintenant, mais ce tronçon de route était sous vidéosurveillance. Soudain, sans crier gare, elle tourna à droite sur Carlisle Road.

Parfait, ma poupée, merci !

Il éteignit ses phares, tourna à droite et accéléra. Au moment de la doubler, il passa au point mort et resta quelques secondes à son niveau, en sueur. Il était si près d'elle qu'il pouvait voir ses longs cheveux bruns éclairés par les réverbères.

Ils étaient près de l'intersection avec New Church Road. Il passa la seconde en silence, appuya très légèrement sur l'accélérateur et vit son visage. Elle semblait épuisée.

Il donna un coup de volant à gauche, entendit un bruit métallique et sentit l'impact. Il freina sans faire crisser les pneus pour ne pas réveiller le quartier. Il sortit la seringue de sa poche, descendit de sa voiture et courut vers elle.

— Mon Dieu, je suis désolé…

Mais il n'avait pas besoin de s'excuser. Elle était allongée sur le trottoir, les bras en croix, et râlait, sous le choc. Il regarda tout autour de lui pour vérifier que personne ne les observait.

Il s'agenouilla, fit semblant de prendre son pouls, lui ouvrit la bouche, puis enfonça l'aiguille dans sa langue et vida la dose de kétamine. Il emballa la seringue et la remit dans sa poche, avant de jeter un nouveau coup d'œil alentour.

Il tira et porta Ashleigh tant bien que mal jusqu'à l'arrière de sa voiture, ouvrit le coffre et la déposa à l'intérieur. Le siège arrière était baissé. Il ouvrit le sac à dos de la jeune femme de ses mains gantées et trouva un iPhone. Il le jeta discrètement dans un épais laurier et alla ramasser son vélo. Il le mit dans le coffre, sur elle, ferma et repartit.

Il avait un nouveau projet ! Il avait envie de chanter à tue-tête, de partager sa joie avec le monde entier.

« I got you, babe ! Oh yeah ! »

Regardant par-dessus son épaule, il lança :

— Tu vas être un super projet ! Fais-moi confiance ! La chance est avec moi !

38

SAMEDI 13 DÉCEMBRE

Logan était allongée, incapable de se concentrer, alternant entre terreur et colère.

Elle priait pour que ce ne soit qu'un cauchemar.

La peur s'était emparée de son esprit, son cœur, ses poumons, son ventre. Elle avait la gorge sèche, tremblait et gémissait, aveuglée par ses larmes salées, incapable de trouver un moyen de s'échapper. Depuis qu'elle avait réalisé que la voix n'était pas celle de Jamie, elle était complètement perdue. Qui était son ravisseur ? Où était-elle ? Depuis combien de temps ?

Sa douleur à la cuisse était exacerbée, comme si sa chair était rongée par de l'acide. Elle avait mal à l'orteil, mais essayait d'ignorer ces messages et de réfléchir.

Elle avait une envie irrépressible de se gratter le nez, depuis une éternité.

Jamie avait dû signaler sa disparition. Les flics étaient-ils à sa recherche, en train de ratisser les champs, les bois et les lacs, comme elle l'avait vu dans des films ?

Elle avait tenté, en vain, de regarder l'heure à sa montre – ses liens étaient trop serrés. Elle repensa à l'appel qu'elle avait passé à Jamie. Était-ce aujourd'hui ? Hier ? La semaine dernière ? Il avait entendu l'inquiétude dans sa voix, juste avant que l'individu cagoulé ouvre la portière et se jette sur elle.

Le souvenir raviva sa terreur.

Jamie avait dû la rappeler. Qu'avait-il fait quand il n'avait pas pu la joindre ? Il avait dû aller à la police. Il savait qu'elle ne plaisantait pas. Que se passait-il, dehors ? Elle était prisonnière. Captive. Elle explosa de colère.

De quel droit m'as-tu enlevée ? Comment oses-tu me traiter comme ça ?

Elle tira de toutes ses forces sur ses liens. Ce n'était pas le moment, elle avait tellement de choses à faire. Ses patients avaient besoin d'elle. Une soirée était prévue samedi. Les copines de son ancienne école se retrouveraient à la salle des fêtes d'Exeter Street, qu'elles avaient réussi à arracher aux griffes de promoteurs immobiliers. Il y en aurait qu'elle n'avait pas vues depuis plus de cinq ans.

Paniquée, elle se rendit compte qu'elle ne savait pas si samedi soir était passé ou pas.

Elle pensa à des films d'horreur, où des détraqués kidnappaient des gens pour les torturer, puis les tuer. *Hostel*. *Bone Collector*. *Le Silence des agneaux*. Était-ce ce qui lui arrivait ? Pas ici. Pas à Brighton. Pas dans cette ville qu'elle aimait tant et où elle se sentait en sécurité.

Elle repensa aux cris de la femme qui s'était noyée, juste à côté d'elle. Sa respiration entrecoupée, son dernier râle et puis plus rien. Était-elle la prochaine sur la liste ?

Elle lutterait. Trouverait un moyen. Comment fait-on pour se sortir d'une situation comme celle-ci ?

Elle essaya de bouger les bras, de lever la tête – le lien lui cisailla la gorge.

Elle avait la cuisse droite en feu, mais ne pouvait pas la toucher. Allongée sur le dos, dans le noir, elle était sur le point de faire une hypoglycémie. Elle entendit un bruit qui la fit tressaillir. Le son était étouffé, mais les mots lui parvenaient distinctement.

Une femme cria :

— Lâche-moi, connard !

Un homme se mit à hurler de douleur et de colère.

Elle reprit espoir.

— Tu m'as fait mal, salope !

Il y eut un bruit de chute.

— Enlève tes mains de là, pervers !

Vas-y, l'encouragea Logan.

Elle entendit un bruit sourd. La femme hurla. Un deuxième, comme un coup de marteau contre un sac. Un troisième, puis la voix de l'homme, enragé :

— Regarde ce que tu m'as fait faire, connasse ! Tu as tout gâché. Tu te rends compte ? Tu as tout gâché.

— À l'aide ! hurla la femme, terrorisée.

Nouveau coup.

Silence.

Logan tremblait.

L'homme vociféra et frappa plusieurs fois.

Logan tendit l'oreille. Silence.

Elle était en train de perdre connaissance.

La vitre s'ouvrit et un faisceau lumineux l'aveugla. On enfonça un morceau de chocolat dans sa bouche.

— Mange ça, je ne veux pas te perdre, toi aussi. Nous ne sommes pas encore prêts pour ça.

— Dites-moi qui vous êtes, dit-elle la bouche pleine. Dites-moi ce que vous voulez.

— J'ai tout ce que je veux, répliqua-t-il.

Et le couvercle se referma.

39

SAMEDI 13 DÉCEMBRE

Roy Grace se réveilla à 5 heures, vingt minutes avant l'alarme programmée sur son réveil et celle, en back-up, sur son iPhone. De dos, lovée contre lui, Cleo dormait profondément. Il pleuvait. Il tendit l'oreille, comme à chaque fois qu'il se réveillait pendant la nuit, pour écouter Noah respirer, grâce au Babyphone. Son fils semblait, lui aussi, endormi. Épuisé, Roy Grace aurait volontiers dormi vingt minutes de plus, mais il fallait qu'il prenne des forces pour ce qui se présentait comme une journée longue et difficile. Il essaya de ne pas réveiller Cleo – Noah l'avait déjà fait deux fois cette nuit – et retira doucement son bras qui se trouvait sous son oreiller. Elle s'étira.

— Tu te lèves déjà, mon chéri ? murmura-t-elle à moitié endormie.

— Je vais aller faire un jogging avec Humphrey.

— Je t'aime.

Il l'embrassa sur l'épaule.

— Moi aussi.

Il sortit du lit, nu, et frissonna.

— Ça ne te dérange pas si j'allume une seconde ?

— Je suis réveillée.

Il alluma la lampe de chevet, se dirigea vers la salle de bains, ferma la porte et alluma la lumière. Il bâilla et se lava les dents avec sa brosse électrique.

Cinq minutes plus tard, en survêtement et casquette de base-ball, il sortit, essayant d'empêcher Humphrey d'aboyer. Il prit un sac plastique au cas où son chien se soulagerait en chemin.

Il traversa la cour pavée jusqu'au portail, attacha Humphrey à sa laisse, puis s'engagea en courant dans la rue, passant devant des maisons silencieuses et des cafés fermés, en direction du bord de mer. Il adorait Brighton à cette heure-ci, quand la ville était encore endormie. Il adorait se sentir en avance sur le reste du monde. Il dormait peu, ce qui lui rendait service dans son boulot, où c'était la norme de grappiller quelques heures par-ci, par-là, d'autant que son fils ne faisait toujours pas ses nuits. La pluie et les embruns salés le mirent de bonne humeur. Il traversa King's Road, déserte, éclairée par des réverbères blafards, puis libéra Humphrey, qui courut vers les arcades, vers la silhouette sombre de Brighton Pier, ou plutôt du Palace Pier, comme il préférait l'appeler. Il se dirigea ensuite vers l'ombre dépouillée du West Pier, qui avait été ravagé par un incendie il y avait de cela plus de dix ans et s'écroulait petit à petit dans la mer.

Ses idées devenaient plus claires, sa journée se dessinait dans sa tête. Avant de se coucher, vers minuit, il avait consulté ses e-mails et appris que l'équipe de rugby de la police du Sussex, dont il était président, aurait besoin d'un remplaçant pour une rencontre qui avait lieu cette après-midi même. Pourrait-il jouer ou trouver un joueur à la dernière minute ? C'était une tâche mineure, comparée à l'enquête, mais il fallait qu'il s'en occupe. Pour le moment, les deux rugbymen qu'il avait contactés ne lui avaient pas répondu. Guère surprenant, vu qu'il n'était pas encore 6 heures.

Il se concentra sur Logan Somerville, qui avait disparu depuis maintenant trente-six heures. Le commissaire principal et la directrice de la police régionale l'avaient appelé la veille pour lui demander des nouvelles. Il n'avait pas besoin qu'ils le motivent. Il l'était assez. Depuis que Sandy avait disparu, il savait l'angoisse des proches. Il l'avait vécue chaque jour. Malgré son amour immense pour Cleo, la disparition de Sandy était toujours présente dans son cœur et dans son âme. Il n'avait pas confié à Cassian Pewe, ni à Nicola Roigard, sa préoccupation principale à propos d'un lien possible avec d'autres disparitions.

Humphrey sembla déçu quand il dut faire demi-tour au niveau du West Pier. Il aboya, comme pour lui signaler qu'il courait plus longtemps d'habitude, au moins jusqu'au lagon de Hove.

— Désolé, mon gars, il faut que j'aille bosser. J'ai une jeune femme à retrouver, compris ?

Humphrey fonça bille en tête vers la plage.

— Qu'est-ce qui se passe ?

Le chien stoppa soudainement, s'allongea sur le dos et se roula vigoureusement dans quelque chose.

Grace comprit.

— Humphrey, non, ne fais pas ça !

Il sortit son téléphone de sa poche, alluma la torche et courut sur les galets en criant au chien d'arrêter.

Il arriva à son niveau et le gronda. Humphrey se releva à contrecœur et lui jeta un regard contrit. Quelques secondes plus tard, l'odeur putride parvint aux narines de Roy. Dans le faisceau lumineux, il découvrit un crabe déchiqueté, mort depuis longtemps.

Il envisagea d'accompagner le chien jusqu'à la mer, afin de l'obliger à se rincer, mais les vagues étaient trop hautes. Il dut se résoudre à rentrer chez lui avec son chien puant, mais fier comme un paon.

— J'avais vraiment pas besoin de ça ! murmura Roy Grace en montant dans la salle de bains, tenant Humphrey par le collier.

Il ferma la porte derrière eux, mit le chien dans la baignoire et entreprit de le savonner pour le débarrasser de ces relents fétides.

Trente minutes plus tard, douché et rasé, Grace avala un bol de porridge et quelques gorgées de thé, embrassa Cleo qui s'était rendormie et sortit. Couché dans son panier, dans le salon, Humphrey ne daigna même pas lever la tête. Il se contenta d'ouvrir un œil, comme si un inconnu quittait son domicile.

40

SAMEDI 13 DÉCEMBRE

Jacob Van Dam avait passé une nuit sans sommeil, dans la chambre d'ami où il dormait la plupart du temps, depuis ces dix dernières années, avec un masque délivrant de l'air comprimé. Il souffrait d'apnée du sommeil, ronflait fort et se retournait sans cesse. Un jour, sa femme lui avait demandé de faire chambre à part.

En général, il dormait bien. Le désordre émotionnel dans lequel l'avait plongé l'étrange Dr Harrison Hunter l'avait maintenu éveillé.

Cet homme l'inquiétait.

Qui êtes-vous, docteur Hunter ?

À quel jeu jouez-vous avec moi ?

Il essayait de réfléchir, malgré son épuisement.

DCD.

De quoi s'agissait-il ? Il avait rencontré une multitude de mythomanes. Certains tombaient sur un fait divers dans les médias et s'empressaient d'appeler la police pour passer aux aveux. Dans la plupart des cas, les policiers évitaient de divulguer les informations que seul l'assassin pouvait connaître. Cela leur permettait d'éliminer les importuns.

Et pourtant, il prenait au sérieux ce Dr Hunter, dont le comportement erratique le mettait mal à l'aise.

Aiderait-il à retrouver Logan en prévenant la police ou la condamnerait-il à mort ? Hunter savait quelque chose d'important. Il avait payé sa séance 500 livres, en liquide, avant le rendez-vous. Un mythomane aurait-il agi ainsi ?

Il regarda les chiffres lumineux de son radioréveil. 6 h 05. Logan était une jeune femme intelligente, gentille et belle. Elle dégageait une sorte d'innocence enfantine. Ce n'était pas le genre de personne à disparaître sans raison.

D'où venait cette idée de tatouage ?

Il s'endormit et fut réveillé peu de temps après par sa femme, Rachel, qui lui apporta une tasse de thé fumante. Elle lui rappela que c'était le jour du baptême de leur petite-fille, Hannah, à Chichester.

Le psychiatre hocha la tête, toujours aussi indécis au sujet de son étrange patient.

41

SAMEDI 13 DÉCEMBRE

Logan était étendue sur une plage de sable blanc, devant un océan d'un bleu paradisiaque. Elle était vêtue d'une robe blanche légère et Jamie portait un costume blanc. Tous deux se trouvaient devant une chapelle. Leur famille et leurs amis étaient à leurs côtés, sous le soleil de Phuket.

Jamie l'embrassa sur la joue.

— Nous avons surmonté bien des obstacles, pas vrai, mon ange ?

Elle l'embrassa.

— On peut le dire, mon chéri, murmura-t-elle. C'est avec toi que je veux vivre. Je t'aime tellement. Je suis si heureuse avec toi. Je veux l'être toute ma vie.

Le ciel s'obscurcit. Son père leva les yeux et déclara :

— Il va pleuvoir.

— Oh, non, pas ça !

Elle se réveilla dans l'obscurité totale. Elle transpirait. Les souvenirs lui revinrent. Les bruits. Les cris. Elle se mit à trembler.

— À l'aide !

Elle ressentit soudain la douleur atroce au niveau de sa cuisse. Elle essaya de bouger les bras. Fut prise d'une crampe douloureuse aux jambes. Son orteil lui faisait souffrir le martyre.

Elle, qui n'avait plus prié depuis ses 13 ans, ferma les yeux et murmura :

— Mon Dieu, je vous en supplie, aidez-moi.

L'homme dans le parking. Qui était-il et pourquoi faisait-il cela ? Elle se souvint du syndrome de Stockholm. Certains tissent des liens avec leur ravisseur. Il fallait qu'elle se calme et qu'elle l'amadoue, d'une façon ou d'une autre.

— Il y a quelqu'un ? demanda-t-elle. Il y a quelqu'un ? répéta-t-elle, criant à pleins poumons.

À quelques mètres de là, hors de son champ de vision, un homme souriait, attendri par son « projet ».

J'adore quand tu fais ça. Crie autant que tu veux.

Comme si elle l'avait entendu, elle continua à s'égosiller.

Il sourit.

Personne ne t'entendra. Personne ne connaît l'existence de cet endroit.

42

SAMEDI 13 DÉCEMBRE

Roy Grace convoqua ses coéquipiers dans la salle de conférences de la Sussex House une heure plus tôt que d'habitude, à 7 h 30. D'une part, ils avaient du pain sur la planche, et d'autre part, il voulait terminer l'éloge funèbre pour Bella dans la foulée. Il informa son équipe que, même s'il était encore trop tôt pour être formel, il voyait des parallèles troublants entre les opérations Mona Lisa et Charrette de foin. Il demanda que son intuition reste confidentielle.

Norman Potting leva la main. Il était pâle et avait les yeux rouges. Grace savait que le capitaine ne dormait plus guère.

— Oui, Norman ?

— Chef, j'ai du nouveau. Je suis allé au service d'immatriculation des véhicules. On a passé en revue les breaks Volvo dont les propriétaires sont domiciliés à Brighton et Hove, et dans la région. On a trouvé un véhicule au nom de Martin Horner, à Portslade, 62, Blenheim Street.

Potting étouffa un bâillement avant de reprendre.

— J'ai visionné les bandes des caméras de vidéosurveillance. Ce véhicule a été filmé sur Dyke Road, non loin de Chesham Gate, où la victime a été localisée pour la dernière fois, à une heure qui correspond. Nous avons pu lire la plaque d'immatriculation. C'est bien le même véhicule dans les deux cas.

— Fantastique, Norman ! Maintenant, tu devrais rentrer chez toi et te reposer.

Potting secoua la tête.

— Je veux qu'on termine cette opération, chef.

— Tu n'as pas beaucoup dormi.

— Je dormirai après…

Il cacha son visage entre ses mains.

Grace savait qu'il voulait dire « après les funérailles de Bella ». Il attendit. Regarda l'heure. 7 h 35. C'était un bon moment pour les raids, le petit matin. En début de week-end, avec un peu de chance, la cible serait tranquillement chez elle. Grace réfléchit. La priorité, c'était la sécurité de Logan Somerville. Une action ratée ou bâclée pouvait mettre en danger la victime. D'un autre côté, le temps jouait contre eux et cela faisait trente-six heures que la jeune femme avait disparu.

Il se tourna vers le lieutenant Alec Davies.

— Alec, il nous faut un mandat de perquisition de toute urgence. Va voir le magistrat de permanence. Je fais mettre une brigade de la force locale d'intervention en stand-by. Bien joué, Norman.

Le lieutenant Cale leva la main.

— Chef, dit-elle, comme vous le savez, j'ai reçu un appel juste avant le début de cette réunion de la part du commandant de garde au commissariat principal. Il y a eu un enlèvement potentiel cette nuit.

Grace redoutait que son intuition ne soit confirmée. Son cauchemar allait-il devenir réalité ?

— Dis-nous tout ce que tu sais.

Tanja Cale regarda ses notes.

— La jeune femme s'appelle Ashleigh Stanford, elle a 21 ans, elle étudie la mode à l'université de Brighton. Elle partage un appartement situé sur Carlisle Road avec son petit ami. Celui-ci a appelé la police à 3 heures, car elle n'était toujours pas rentrée. Le vendredi et le samedi, elle travaille au pub The Druids Head, dans le quartier des Lanes. En général, elle est de retour vers 1 heure. Elle ne l'a pas appelé. Quand il a essayé de la joindre, il est tombé directement sur la boîte vocale.

— Peut-être qu'elle a pris du bon temps avec un client, suggéra Guy Batchelor.

— C'est possible, dit Cale, mais son petit ami est inquiet parce qu'elle rentre chez eux à vélo. Il a appelé les hôpitaux. Quand il a été certain qu'elle n'était pas aux urgences, il a téléphoné à la police.

Grace réfléchit. Encore une jeune femme, en couple, qui rentrait chez elle. Y avait-il un schéma récurrent ?

— A-t-on une photo d'elle ?

— Non, chef.

— Trouvez-en une récente, c'est urgent.

43

SAMEDI 13 DÉCEMBRE

Une heure plus tard, dans une Ford Mondeo grise banalisée, Roy Grace et Tanja Cale tournaient à gauche sur Blenheim Street, une rue étroite bordée de maisons des années 1950.

Ils passèrent devant des voitures garées, des camionnettes, deux taxis, ainsi qu'une vieille ambulance reconvertie en véhicule privé. Ils trouvèrent le numéro 62, une maison vétuste, à la façade décrépite, avec un petit bout de jardin mal entretenu. Il n'y avait qu'une seule Volvo dans la rue : un petit modèle récent, avec une plaque d'immatriculation différente de celle qu'ils cherchaient.

Grace avait le trac à chaque fois qu'il participait à un raid. À quels dangers exposait-il son équipe ?

— La voiture doit être dans un garage, dit Tanja Cale. Il n'est sans doute pas assez bête pour la laisser dans la rue.

Grace hocha la tête. Il repensa à la jeune femme enlevée la nuit dernière, Ashleigh Stanford. Il vérifia sur son iPhone s'il n'avait pas reçu de photo d'elle. Son téléphone sonna. C'était le commissaire Steve Curry, qui dirigeait l'opération.

— On est en position, Charlie Un. Vous êtes prêts ?

Grace se tourna vers Cale, qui acquiesça.

— Oui, c'est parti.

L'adrénaline monta. Il fit demi-tour et appuya sur l'accélérateur. Deux camionnettes blanches apparurent au bout de la rue. Elles foncèrent vers lui et s'arrêtèrent en double file devant le numéro 62. Il se gara près de la première, dont sortirent deux maîtres-chiens, tout en noir, avec des casquettes noires estampillées POLICE. Ils ouvrirent les portes arrière et firent descendre deux bergers allemands. Ils se postèrent sur les côtés et à l'arrière de la maison.

De la seconde camionnette, un Transit beaucoup plus imposant, descendirent huit membres de la force locale d'intervention en combinaison pare-balles bleue et casque, visière baissée. Les deux premiers portaient le matériel pour forcer la porte.

Grace et Cale sortirent de leur véhicule, mais restèrent en arrière, comme le protocole l'exigeait, jusqu'à ce que la propriété soit déclarée sécurisée par le commandant Anthony Martin, le chef de la brigade.

Six officiers se postèrent devant la porte d'entrée et attendirent les ordres. Les deux autres rejoignirent les maîtres-chiens.

Le commandant donna le signal. Les six officiers hurlèrent : « Police ! Police ! Police ! »

Le premier membre de l'équipe défonça les montants de la porte, le second donna un coup de bélier. La porte céda immédiatement. Ils entrèrent en vociférant : « Police ! Ne bougez pas ! »

Les deux enquêteurs patientèrent sur le trottoir. Deux minutes plus tard, Anthony Martin réapparut, visière levée, perplexe, et leur fit signe de le rejoindre.

— Je ne suis pas très convaincu, Roy. Tu es sûr de ton coup ?

— Qu'est-ce qu'on a ?

— Viens voir.

La maison sentait la poussière et le chat. Il entra dans un séjour meublé d'un vieux canapé et d'une petite table à manger, sur laquelle se trouvaient les restes d'un repas et le *Daily Express* du jour. L'étroite cuisine, un peu vieillotte, lui rappela son enfance. Deux officiers ouvraient les placards et soulevaient les coussins du canapé et des fauteuils. Accompagné de Tanja Cale, il suivit Martin en haut des marches. Au moment où ils arrivèrent sur le palier, deux gros chats rayés filèrent entre leurs jambes, et dévalèrent l'escalier.

— C'est l'ambulance ? Je pensais que vous étiez les ambulanciers, dit une femme d'un ton plaintif. Je les ai appelés, je dois aller à l'hôpital de Worthing, j'ai un rendez-vous, voyez-vous. Je pensais que c'était vous, l'ambulance.

Grace contempla la couleur inidentifiable de la moquette tachée, parsemée de crottes de chat. Il fronça les sourcils. Ça sentait l'urine et la transpiration. C'était le genre d'endroit dont les officiers disaient, pour plaisanter, qu'il fallait s'essuyer les pieds en sortant. Au-dessus de sa tête, une trappe était ouverte et on avait installé l'échelle pour accéder au grenier.

Roy Grace entra dans la chambre en prenant garde de ne pas marcher dans des excréments. Une dame entre 75 et 85 ans était allongée dans un lit. Son crâne rose, très dégarni, était couvert de taches brunes. Elle était tellement obèse qu'il était impossible de différencier le bas de son visage et son triple ou quadruple menton. On aurait dit une carte en relief, comme celles des cours de géographie, à l'école.

— Ils m'ont dit que l'ambulance serait là à 9 heures. Je ne peux pas me lever, je suis malade.

Roy Grace tourna sa langue sept fois dans sa bouche pour éviter de lui dire ce qu'il avait sur le cœur. À côté du lit se trouvaient une boîte de donuts et une énorme boîte de chocolats Cadbury quasiment vide. Une télévision ancestrale était posée sur une table, au pied du lit. À l'écran, James Martin cuisinait. L'image n'était pas nette.

Roy se contenta de lui montrer son badge et de retenir sa respiration.

— Je suis le commissaire Grace, police judiciaire du Surrey et du Sussex. Nous ne sommes pas votre taxi, nous cherchons Martin Horner.

— Qui ?

— Martin Horner. Sa Volvo est enregistrée à cette adresse.

— Jamais entendu ce nom-là. Est-ce que l'ambulance est en route ? Je vais être en retard à mon rendez-vous. Je ne peux pas sortir du lit toute seule. Je suis très malade.

— Quel est votre nom, madame ? demanda Tanja Cale.

— Anne. Anne Hill.

— Quelqu'un s'occupe de vous, madame Hill ? demanda Grace.

— Non, je suis seule. J'ai bénéficié d'une aide à domicile, pendant un certain temps, mais ce monsieur n'est jamais revenu.

Sans doute parce qu'il avait lu dans son petit jeu, songea Grace.

— Quel est votre nom complet, madame Hill ? insista-t-il en la fixant droit dans les yeux.

— Juste Anne Hill.

— Quelqu'un a déjeuné au rez-de-chaussée, madame Hill, et a acheté le *Daily Express*. Comment expliquez-vous cela ?

— Je l'ignore. Je ne peux pas me lever, comme vous pouvez le voir.

Grace insista.

— Si vous ne pouvez pas vous lever, qui était chez vous ?

La vieille dame, cherchant une réponse, lançait des regards à droite et à gauche.

— Juste moi, jeune homme.

— Le grenier est vide, annonça un officier de la force locale d'intervention, en descendant l'échelle.

— Qui a pris le petit déjeuner ce matin, madame Hill ? répéta Tanja Cale. Martin Horner ?

La vieille dame grimaça.

— Qui est ce Martin Horner ?

Les deux enquêteurs échangèrent un regard.

— Dans la mesure où vous êtes clouée au lit, je me dis que Martin Horner est l'homme qui a acheté l'*Express* du jour et qui a pris son petit déjeuner en bas. À moins que vous ayez une meilleure proposition.

La vieille dame rougit. Ses yeux roulaient dans leur orbite.

— Non, non… je… Je n'ai pas d'explication.

— Madame Anne Hill, je vous arrête pour tentative d'obstruction. Vous avez le droit de garder le silence, mais cela pourra nuire à votre défense lors de votre procès si elle repose sur des éléments sur lesquels vous aurez refusé de vous expliquer. Tout ce que vous direz pourra être retenu contre vous. Est-ce clair ?

Avec plus d'agilité encore que ses deux gros chats, la vieille dame sauta du lit. Ses innombrables bourrelets s'agitèrent sous sa chemise de nuit transparente. Elle faillit perdre l'équilibre, attrapa une robe de chambre sale accrochée derrière sa porte et l'enfila.

— Bon, d'accord, c'était moi. Je me suis levée, j'ai acheté le journal et j'ai pris mon petit déjeuner.

— Pourquoi nous avoir menti ? soupira Tanja Cale, consternée.

Grace pensa que ses amis infirmiers, qui se plaignaient de faire office de taxi pour des gens qui n'en avaient pas besoin, n'exagéraient pas.

— Voulez-vous que j'annule l'ambulance, madame Hill ? dit-il. Préférez-vous que je vous arrête pour fraude à la Sécurité sociale ou pour obstruction à l'enquête ?

— Faites, faites, mon garçon, annulez. J'appellerai un taxi.

Elle descendit les marches à toute allure. Grace et Cale secouèrent la tête.

— Alors, où est Martin Horner ? demanda le commandant.

— Pas ici, répondit Grace, dépité. Il n'a jamais vécu ici. Nous avons été menés en bateau.

Alors qu'il se dirigeait vers sa voiture, il reçut un message accompagné d'une photo. C'était le commandant de permanence au commissariat principal.

Roy, on m'a dit que c'était urgent. Voici une photo d'Ashleigh Stanford.

Il cliqua sur la petite pièce jointe pour l'agrandir.

Et s'arrêta net.

44

SAMEDI 13 DÉCEMBRE

Logan pleurait de frustration. Ses larmes salées lui piquaient les yeux, mais elle ne pouvait pas les essuyer. Elle tirait en vain sur ses liens. Allongée dans l'obscurité, elle n'arrivait pas à se calmer.

Est-ce que quelqu'un était à sa recherche ?

Était-elle en enfer ?

Adepte d'un courant religieux rigoriste, sa grand-mère maternelle était une femme pieuse. Elle lui avait expliqué le péché et ses conséquences, l'avait mise en garde contre l'enfer et la damnation.

La vieille dame avait-elle raison ?

Qui était ce détraqué qui la maintenait prisonnière ?

Que se passait-il dans le reste du monde ?

Elle était en train de comprendre ce que c'était, l'enfer. Pas un donjon biblique fait de flammes et de soufre. L'enfer, c'était le noir. Entendre des gens crier sans pouvoir les voir. Les entendre hurler et mourir.

L'enfer, c'était la peur éternelle.

Ses prières n'avaient pas eu d'effet.

Elle avait la gorge sèche. Il fallait qu'elle trouve un moyen de communiquer avec son ravisseur, de tisser un lien avec lui.

Un peu plus tôt, – quelques minutes ou quelques heures ? – elle avait entendu des oiseaux chanter, au loin. Était-ce le matin ? Étaient-ce des moineaux, des grives, des étourneaux, des merles ?

Était-elle en ville ou à la campagne ?

Elle perçut une sirène et reprit espoir. La police était-elle en route ?

Le bruit se rapprocha.

Mon Dieu, pourvu que ce soit la police !

Puis s'éloigna.

Je vous en prie, revenez.

Elle avait toujours aussi mal à la jambe droite, mais elle avait peur de l'homme, trop peur pour appeler à l'aide.

Il fallait qu'elle soit maligne et forte, mais comment faire ?

Elle repensa à la voix terrifiée qu'elle avait entendue un peu plus tôt.

Les coups. Le silence. L'homme qui l'avait enlevée devait vouloir quelque chose. Que pouvait-elle lui offrir ? Son corps ? De l'argent ?

Jamie était fasciné par les documentaires sur les tueurs en série.

Elle frissonna.

Les psychopathes qui prennent un plaisir fou à torturer et à tuer des femmes.

Pourvu que ce ne soit pas ce qui est en train de m'arriver.

Elle entendit un glissement. Le couvercle. Elle vit une lueur verte, puis une torche l'éblouit. Elle sentit dans sa bouche un goût de miel. Elle avala rapidement. On lui offrit une gorgée d'eau fraîche.

— Voulez-vous qu'on parle ? Puis-je vous parler ?

Elle entendit le même crissement et le couvercle fut refermé.

Silence.

45

SAMEDI 13 DÉCEMBRE

Ce matin, c'est assemblée générale extraordinaire, bordel ! Cette connasse d'Ashleigh Stanford n'aurait pas dû me frapper, n'aurait pas dû me résister. Mes « projets » doivent être passifs. C'est moi qui décide, pas elles. Tout fout le camp, voilà. J'ai l'impression d'être entouré de gens pas fiables. Ashleigh Stanford est morte avant que je puisse m'amuser avec elle, la pute.

Felix me dit que ce n'est pas grave, que ça arrive. Je ne fais plus confiance qu'à lui. Je ne pense pas que Harrison nous ait rendu service en allant voir un psy à Londres. Où avait-il la tête ? C'est un sadique. Il est ingérable. Il aimerait y retourner, mais je ne pense pas que ce soit une bonne idée. Il dit qu'il aime pousser les gens dans leurs retranchements, parler par énigmes. Je dois avouer que ce que le psy a dit m'a fait sourire. Et ça faisait longtemps que je n'avais pas souri.

Maintenant, j'ai deux « projets » sur les bras et il faut que je me débarrasse de ces corps. Marcus m'en veut. Il pense que j'aurais dû me contrôler, lui filer une raclée sans la tuer. Maintenant, tout est déréglé. Logan Somerville aurait dû être la prochaine. Il faut que j'en trouve une autre cette semaine, pour m'occuper de Logan.

La bonne nouvelle, c'est que j'ai plein de projets potentiels. Et en ce moment, tous les quatre, on les passe en revue, dans mon *Hall of Fame* !

Il projeta sur grand écran les photos des trente-cinq jeunes femmes qu'il avait repérées et prises en filature ces derniers mois. Il disposait du nom et de l'adresse de chacune d'elles. Il les avait classées : deux croisées dans le train électrique, une dans le train fantôme, sur le Brighton Pier, une autre devant le café Lovefit, sur Queen's Road, une assise avec deux copines sur les pelouses du Pavillon royal, une dans le parc Hove Lawns, une devant le Big Beach Café. Une autre l'excitait pour des raisons qu'il ne s'expliquait pas vraiment, si ce n'est qu'elle ressemblait à sa femme, jeune. Il l'avait photographiée en train de manger des crevettes devant un stand connu pour ses fruits de mer, le Brighton Shellfish and Oyster Bar.

Elle mangeait debout.

Selon ses critères à lui, c'était un péché. Il haïssait les gens qui mangeaient debout. La nourriture n'était pas simplement un carburant, il fallait la savourer, l'apprécier, la partager avec des amis, manger assis. C'était comme ces traînées qui fumaient en marchant. Fumer assis, ça peut être élégant, mais les femmes qui fumaient en marchant étaient des salopes.

Des épaves à éliminer.

Il ne pouvait pas nettoyer la ville tout seul. Sur ce point, Felix, Marcus et Harrison étaient d'accord avec lui – parfois, c'est agréable d'avoir un consensus.

Consensus qu'ils trouvèrent d'ailleurs à l'image suivante.

— Elle ! s'exclama Felix.

Harrison l'observa quelques instants.

— Oui, elle.

Même Marcus, le rebelle, acquiesça.

— Cette fois, je suis avec vous, les gars. Elle !

— Tout le monde est content ?

Tout le monde était content. Un vote unanime. C'était rare ! Repérée récemment, elle était parfaite, il fallait que ce soit elle !

Elle s'appelait Freya Northrop. Il en savait beaucoup à son sujet. Cela lui procurerait un grand plaisir de l'enlever. Elle constituerait un magnifique projet.

Sa bonne humeur revint. *On est forts*, pensa-t-il. *On est comme les Quatre Cavaliers de l'Apocalypse. Conquête. Guerre. Famine. Mort*. Il sourit. Cette idée lui plaisait beaucoup. *Les Quatre Cavaliers !*

46

SAMEDI 13 DÉCEMBRE

Roy Grace déposa Tanja Cale à la Sussex House, puis se rendit à toute allure au commissariat central, sur John Street, en pilotage automatique. Son déménagement le stressait, il aurait voulu le décaler, mais c'était impossible parce que les nouveaux propriétaires de la maison de Cleo emménageaient le week-end d'après. Il aurait aimé aider Cleo à faire les cartons, mais, vu le tour que prenait l'enquête, ce serait mission impossible.

Il était ravi de s'installer à la campagne, même s'il n'avait pas anticipé ce que cela changerait pour eux. Sa priorité était de retrouver Logan Somerville et Ashleigh Stanford, qui avait sans doute été enlevée, elle aussi. Son mauvais pressentiment semblait se confirmer.

Martin Horner.

Les spécialistes du logiciel Holmes, membres de l'opération Charrette de foin, avaient identifié des centaines de Martin Horner au Royaume-Uni. L'un d'eux, 93 ans, souffrait de la maladie d'Alzheimer et vivait dans une maison de retraite de Bradford. Un autre, 17 ans, était scolarisé à Newark, dans le Nottinghamshire. Un troisième, 73 ans, était pasteur à Oldham, dans le Lancashire, et disposait d'un solide alibi. Il était de plus en plus convaincu qu'il s'agissait d'une fausse identité.

Pourquoi avoir choisi le domicile d'Anne Hill ? Connaissait-elle le ravisseur ? La connaissait-il ? Connaissait-il quelqu'un qui la connaissait ou avait-il choisi cette adresse au hasard ? Quand la vieille dame avait nié le connaître, Grace avait eu l'impression qu'elle disait la vérité. Il demanderait toutefois à son équipe de vérifier.

Il arriva dans le quartier de Whitehawk et tourna à droite. Il trouva une place libre sur le parking du commissariat, sortit de son véhicule et observa quelques instants le bâtiment à cinq étages où il avait commencé sa carrière, vingt ans plus tôt. Il salua deux jeunes officiers qui fumaient dehors et se dirigea vers l'entrée de service. Ce commissariat bruissait d'une hyperactivité. C'était là que travaillaient, entre autres, la brigade anticriminalité, la police de proximité, la brigade de protection des mineurs et la direction de l'ordre public.

On lui avait récemment proposé de devenir directeur de la police judiciaire. Cela impliquait de passer le plus clair de son temps dans un bureau et en réunion, alors que ce qu'il préférait, c'était le terrain. La seule promotion qui l'intéresserait un jour, peut-être, c'était directeur de la police de Brighton et Hove. Nev Kemp, qui occupait ce poste, et Graham Barrington, son prédécesseur, étaient, comme lui, des officiers de police judiciaire. Nev Kemp ne partirait que dans plusieurs années. Quand l'occasion se présenterait, Grace postulerait peut-être. Pour le moment, c'était le cadet de ses soucis.

Il passa devant l'ascenseur et s'engagea dans la cage d'escalier en béton. Il tourna à droite dans un couloir qu'il connaissait bien, puis de nouveau à droite. Avant d'aller voir le commissaire, il s'arrêta devant une porte ouverte. Wayne Brookes, commandant de permanence, légèrement efféminé, prenait des notes sur une tablette électronique, téléphone calé entre l'épaule et l'oreille.

Grace attendit qu'il ait terminé et entra.

Brookes, petit homme sec en costume gris, le crâne rasé, leva les yeux.

— Roy, mon ami, comment vas-tu ?

— J'ai connu mieux. Félicitations pour ta promotion.

— Ça fait quatre mois, mais merci. C'est merveilleux, j'adore ce poste. Je suis ravi de te revoir, je peux faire quelque chose pour toi ?

— Je l'espère. Tu as signalé la disparition d'une jeune femme hier soir, une certaine Ashleigh Stanford.

— Oui, j'étais au téléphone avec son petit ami.

— Quelles sont les dernières nouvelles ?

— Elles ne sont pas bonnes. Personne n'arrive à la joindre, ni ses parents, ni ses deux meilleures amies. Elle est équilibrée, raisonnable, pas du genre à découcher. Moi qui croyais qu'on passait son temps à s'amuser, quand on étudiait la mode.

— Qu'est-ce qu'on a, comme éléments ?

— Les photos envoyées par sa mère et par son copain, dont celle que tu as reçue. J'ai envoyé des copies aux gars de la vidéosurveillance. Ils n'auront pas de mal à localiser une femme seule, à vélo, à 1 heure du matin.

— Je peux voir les autres ?

— Bien sûr.

Brookes pianota sur son clavier. Plusieurs portraits d'une jolie jeune femme apparurent. Sur l'un d'eux, Ashleigh souriait, insouciante, devant le Brighton Pier et une plage bondée.

Grace observa le visage qu'il avait découvert un peu plus tôt. Pommettes saillantes, bouche pulpeuse, longs cheveux bruns : Ashleigh Stanford, Logan Somerville et Emma Johnson auraient pu être sœurs. Tout comme

Kathy Westerham, abstraction faite des trente ans qui les séparaient.

— J'imagine qu'on a essayé de la joindre sur son portable ? demanda Grace.

— Oui, son ami l'appelle régulièrement. Nous avons demandé à l'opérateur de nous communiquer les résultats de la triangulation, mais nous ne les aurons pas tout de suite.

— Est-ce que le petit ami a été interrogé ?

— Pas encore.

— Pourquoi ? bondit Grace, plus agressif qu'il ne l'aurait voulu.

Il était presque midi.

— Parce que je manque de personnel depuis les coupes budgétaires, mon cher. Voilà pourquoi.

Grace hocha la tête.

— O.K., donne-moi son adresse, je vais envoyer quelqu'un de mon équipe.

— Il y a quelque chose que je devrais savoir, Roy ?

— Je pense que l'affaire est plus complexe qu'on le pense. J'aimerais qu'on mobilise tout le monde, qu'on annule les jours de repos et les congés.

Le commandant fronça les sourcils.

— L'heure est grave ?

Roy Grace jeta un coup d'œil à la photo d'Ashleigh Stanford.

— J'en ai bien l'impression.

47

DIMANCHE 14 DÉCEMBRE

— C'est servi, ça va refroidir ! cria Zak. Et il faut qu'on se mette en route !

Freya Northrop était encore au lit, un livre à la main. Elle lisait « La chanson d'amour de J. Alfred Prufrock », qu'Edward Crisp, son nouveau médecin excentrique, mais aimable, avait évoquée lors de son rendez-vous, vendredi. Après avoir quitté le cabinet, elle avait descendu Church Road, tourné à gauche au niveau de Western Road, et était entrée dans la librairie City Books pour demander s'ils avaient de la poésie de T. S. Eliot.

Elle bâilla.

— Presque fini, j'arrive dans une minute !

Les odeurs de pain grillé étaient envoûtantes. Il était 9 h 40.

— Il y a cinq minutes, tu as dit que tu arrivais dans une minute ! Tu voulais des œufs brouillés, ils vont être glacés !

Il y a des choses qu'on ne découvre que quand on vit avec quelqu'un, songea Freya. Elle pouvait dire adieu à ses grasses matinées dominicales. Zak détestait perdre son temps. Debout depuis des heures, il avait fini par comprendre que le seul moyen de la sortir du lit serait de l'attirer avec son petit déjeuner préféré : des œufs brouillés et du saumon fumé. De toute façon, les dimanches à la maison, c'était bientôt terminé.

Zak Ferguson était un chef en vue. Elle l'avait rencontré six mois plus tôt, quand il avait déjeuné au Notting Hill, restaurant où elle était serveuse. Il était revenu une nouvelle fois seul et avait passé son temps à bavarder avec elle. Au moment de lui servir un double expresso, elle s'était rendu compte qu'elle était en train de tomber amoureuse.

Elle, qui ne savait pas cuisiner, avait acheté plusieurs livres de cuisine. Le plus accessible, rempli de recettes faciles et délicieuses, signé par un certain Nicholas Clee, s'appelait *Don't Sweat the Aubergine*. Il se trouvait à côté de son lit.

Zak avait de grands projets. Grâce à un héritage, qui leur avait permis d'acheter cette petite maison de style Tudor edwardien, dans une impasse arborée près de Hove Park, il avait démissionné d'un restaurant londonien ultra-cool, situé dans le quartier de Hoxton, pour racheter un restaurant de Brighton qui avait fait faillite, et qu'il était en train de retaper. Quand ils ouvriraient, dans deux mois, Freya s'occuperait de l'accueil et de la salle.

D'ici là, Zak avait mille choses à faire, dont tester les meilleurs restaurants de fruits de mer du pays, leur piquer quelques idées et les optimiser. Aujourd'hui, ils avaient prévu de faire deux heures de route jusqu'à Whitstable, dans le nord du Kent, à l'estuaire de la Tamise. Célèbre pour ses huîtres, cette ville était devenue à la mode avec l'ouverture d'un certain nombre de très bons restaurants. Ils avaient réservé un déjeuner dans deux d'entre eux. Et il voulait découvrir deux pubs gastronomiques sur la route, d'où ce projet de départ aux aurores.

Zak, qui avait parcouru trente kilomètres à vélo à 5 h 30 le matin même, restait maigre comme un clou, malgré le marathon culinaire dans lequel ils s'étaient embarqués. Freya avait déjà pris plus de deux kilos. Ses seins, plutôt discrets, avaient pris du volume, ce qui n'était pas pour déplaire à Zak. Elle avait par ailleurs remarqué que ses cuisses étaient devenues potelées, ce qui en revanche ne lui plaisait pas du tout, à elle. Elle savait qu'elle devait se mettre au sport. Le Dr Crisp lui avait demandé quelles étaient ses activités sportives et avait froncé les sourcils quand elle avait avoué fumer dix cigarettes et boire une bouteille de vin par jour.

« Vous devriez arrêter de fumer et vous buvez trop pour quelqu'un de votre âge », l'avait-il admonestée.

Elle savait qu'il avait raison. Mais elle aimait ça. Elle partageait ces petits plaisirs avec Zak. Après avoir été brutalement plaquée par son ex par texto, un an plus tôt, elle avait enfin retrouvé le sourire. Elle aimait l'énergie de Zak, son humour et son ambition. Elle adorait le fait qu'il semblait prendre un véritable plaisir à cuisiner pour elle, à tester ses recettes. Ce qu'elle avait moins apprécié, hier soir, c'était qu'il renverse une casserole et que deux homards entreprennent de traverser la pièce. Elle avait hurlé et sauté sur une chaise.

Elle se pencha sur le poème de T. S. Eliot. Le Dr Crisp avait eu du flair. Ce texte ne parlait que de nourriture ! Restaurants à huîtres, goûters et petits déjeuners, gâteaux et glaces… Ils se trouvaient dans une station balnéaire et iraient dans une autre dans la journée. Le poème parlait également de vieillir ensemble et de se promener, pantalon retroussé.

Est-ce que Zak serait comme ça, un jour ? Allaient-ils vieillir ensemble, se promener, pantalon retroussé, pieds nus, au bord de l'eau ? Pour la première fois, elle avait l'impression d'avoir rencontré quelqu'un avec qui partager une vie entière.

Elle posa le livre, sortit nue du lit et enfila sa robe de chambre. Elle descendit dans la cuisine, où Zak, douché, rasé, vêtu d'un jean et d'un tee-shirt, parfumé de cet après-rasage qu'elle adorait, étudiait les pages cuisine de l'*Observer*. Elle l'enlaça et l'embrassa sur la joue.

— Tu sens bon, mon amour, dit-elle.

Le petit déjeuner était présenté de façon artistique, comme dans un grand restaurant. Les œufs étaient agrémentés de copeaux de truffe, le saumon fumé était roulé et décoré de tranches de citron et de tomates cerises. Les toasts étaient glissés dans un présentoir en argent, et le beurre dans un beurrier design.

— Ça a l'air délicieux. Presque autant que toi, lui murmura-t-elle à l'oreille.

— Tes œufs vont être durs !

Elle glissa une main de sa cuisse à son entrejambe.

— Ce ne sont pas les seuls à être durs.

— Mange ton petit déjeuner, coquine ! dit-il en esquissant un sourire, avant de se retourner et de l'embrasser dans le dos.

Une heure plus tard, ils sortaient de chez eux. La vieille MX5 de Zak était garée devant le garage, à côté de la vieille Ford Fiesta de Freya. La MX5, qui n'avait pas été nettoyée depuis des années, était couverte de guano. La capote déchirée avait été raccommodée avec du ruban adhésif noir.

— Combien de temps est-ce qu'on va devoir s'en occuper, de ce chien ?

— Il s'appelle Bobby et il est adorable. Tu verras, tu voudras un chiot, après !

— Les Coréens mangent les chiens. Ils ont des bonnes recettes, d'ailleurs.

— Zak, c'est horrible ce que tu dis.

— Désolé. La vérité, c'est que je n'ai pas envie de te partager avec un chien.

— Tu vas l'adorer, promis, et ce n'est que pour une semaine.

Freya avait accepté de garder le chien de ses amis Emily et Steve, un genre de fox-terrier, pendant qu'ils étaient en vacances. Elle n'avait pas anticipé la réaction de Zak.

L'homme à l'intérieur de la petite Renault gris métallisé garée dans la rue, le visage caché par le *Sunday Times*, vit la MX5 faire marche arrière et partir.

Il lisait la une consacrée à Logan Somerville avec un intérêt non feint. Sur le siège côté passager se trouvait un gilet fluorescent. Il savait qu'avec, il passerait complètement inaperçu.

48

DIMANCHE 14 DÉCEMBRE

— Merde, alors ! C'est une arnaque vieille comme le monde, dit Glenn Branson.

Assis dans le petit bureau de Roy Grace, il tenait une cannette de Coca Zéro dans son énorme main.

— Qu'est-ce que tu veux dire ? demanda Roy.

— Je repense à ce nom, Martin Horner. Je suis sûr qu'il a usurpé l'identité d'un défunt.

Roy Grace aurait dû rentrer chez lui pour déjeuner et terminer son oraison funèbre, mais Bella aurait compris pourquoi il ne prenait pas le temps. Elle aurait détesté l'idée que sa mort nuise à une enquête, d'une façon ou d'une autre.

Il but une gorgée de jus de pomme et croqua, affamé, dans son sandwich aux œufs et au bacon, acheté au supermarché Asda, de l'autre côté de la rue. Il était soulagé que Cleo ne soit pas dans les parages. Elle aurait été furieuse de le voir manger ce qu'elle aurait qualifié de repas « déséquilibré ». Un sandwich et des chips à la crème et aux oignons… Le jus de pomme, qu'il considérait comme sain, apaisait sa conscience.

Il redoutait les tâches qui l'attendaient le lendemain.

— C'est aussi ce que je me dis, répliqua-t-il.

— *Chacal*. Tu as vu ce film ?

— Avec James Fox ?

— Non, son frère, Edward Fox. Il joue un tueur à gages embauché pour liquider Charles de Gaulle. Après un détour par un cimetière, il se fait faire un faux passeport au nom d'un petit garçon décédé, qui n'a jamais eu de passeport. C'est un film génial.

— Jamais vu, dit Grace en buvant une gorgée, avant de croquer son sandwich.

Il proposa des chips à Branson, qui enfonça sa main dans le paquet et le vida à moitié.

— Tu sais ce que c'est, ton problème ? dit celui-ci. Tu es inculte. Comment est-ce que tu as fait pour devenir un bon enquêteur ?

— J'ai évité de collaborer avec des imbéciles comme toi, plaisanta Roy Grace. En fait, j'ai lu le roman, il y a des années de ça.

— C'est tiré d'un roman ?

— Un roman de Frederick Forsyth.

— Ah bon ?

— Eh ouais. Tu ne le savais pas ? Tu ne l'as pas lu ?

— Non.

— Alors, qui c'est l'inculte ?

— Tu n'es qu'un branleur, mais un branleur de première classe.

— Merci pour le compliment.

Ignorant que c'était tout ce que Grace avait pour son repas en plus de son sandwich, Branson finit le paquet de chips, bruyamment.

— Comment est-ce que tu te sens à propos des funérailles ?

— Je serai content quand ce sera terminé. Maintenant, faisons le point sur l'opération Mona Lisa. Tu vas bientôt réussir à identifier la victime ?

— Peut-être bien. J'ai suivi les conseils de Lucy Sibun pour analyser les cas de personnes portées disparues dans la région. On a pu en éliminer plusieurs en fonction de la couleur de leurs cheveux. On aura un portrait-robot demain. Quand on aura identifié la victime, avec un peu de chance, on pourra retrouver des membres de sa famille et, si c'est le cas, accéder à des relevés dentaires ou à son ADN.

Roy hocha la tête. Il pensait à la disparition de Sandy.

— Quand quelqu'un disparaît, dit-il, surtout s'il s'agit d'un enfant, la chambre reste en l'état, comme un mausolée. Il y a de fortes chances que l'on nous confie une brosse à cheveux, une brosse à dents, ou autre, qui nous permettra de prélever son ADN.

— On a aussi du nouveau sur Catherine Westerham, ajouta Branson, retrouvée dans la forêt d'Ashdown. Tu te souviens ?

— Oui, 19 ans, de longs cheveux bruns et le même tatouage, DCD.

— Tu es pâle, on dirait que tu as vu un fantôme.

Grace acquiesça.

— J'ai un mauvais pressentiment, mec. J'ai l'impression que ces meurtres sont liés entre eux. Le tatouage, les cheveux, l'âge, le profil de la victime.

— C'était il y a longtemps.

— C'était il y a longtemps. « C'était dans un autre pays : et du reste la fille est morte. »

— Quelle fille ?

— C'est une citation de Christopher Marlowe.

— De qui ?

— Il a écrit ça en 1590. Qui c'est l'inculte ?

Grace termina son sandwich et son jus, tapa dans le dos de son ami et se leva.

— Il faut que j'y aille, on se retrouve à l'église demain matin.

Glenn Branson ne répondit pas. Il faisait des recherches sur Christopher Marlowe sur son iPhone.

Grace espérait, dès que la fille du lagon serait identifiée, être en mesure de déterminer le lien entre ces deux jeunes femmes. Soudain, son téléphone vibra. C'était le lieutenant Liz Seward, au CO1.

— Chef, je viens d'avoir l'appel d'un individu qui voudrait discuter avec le directeur de l'enquête, un homme âgé qui dit avoir des informations importantes. Il insiste pour vous parler directement. Je peux vous communiquer son nom et son numéro de téléphone ?

49

1974

— Hé, la Taupe, comment tu fais pour être aussi gras ?

— Je ne m'appelle pas la Taupe ! répondit-il d'une voix aiguë, qui n'avait pas encore mué.

Il était nu, dans la salle de bains de son nouvel internat, The Cloisters, dans le Surrey. C'était le début de la deuxième semaine du semestre.

— Tu es dégueulasse, la Taupe, dit Gossage.

Un des garçons le pinça à la taille, si fort qu'il hurla de douleur.

— Comment tu appelles ça ?

— Tu m'as fait mal, pervers !

— Qui tu traites de pervers ? s'offusqua Gore-Parker. Moi ?

— Tu traites Gore-Parker de pervers ? reprit Chaffinch, avec sa tête de porcin.

Chaffinch était plus gros que lui, sauf que personne ne semblait le remarquer.

— Laissez-moi tranquille.

Il rentra dans la douche et ouvrit les robinets.

— Au fait, grosse baleine, dit Gore-Parker, tu nous as empêchés de dormir hier soir, tellement tu te branlais.

— Je ne me suis pas branlé.

— Je suis étonné que tu arrives à trouver ta bite, au milieu de toute cette graisse, dit Gossage.

Les garçons éclatèrent de rire.

— Si tu aimes tant les tunnels, la Taupe, pourquoi est-ce que tu n'en creuses pas un dans les bois, pour aller te branler tranquillement ? suggéra Chaffinch.

— Tant que tu es là-bas, restes-y, ajouta Gore-Parker.

— On n'aime pas les gros branleurs ! conclut Gossage, entouré de sa bande.

— Laissez-moi tranquille.

Il avait les larmes aux yeux.

— La pionne a dit que tu avais mouillé ton lit hier soir, reprit Gore-Parker. Qui c'est le bébé qui pleure sa maman ?

— Je vais aller le dire à M. Hartwell.

Hartwell était le directeur.

— Ah ouais ? Tu vas nous dénoncer pour quoi ? demanda Chaffinch.

— Je sais que vous lisez des magazines pornos.

Feignant le choc, Gossage se tourna vers Chaffinch et Gore-Parker.

— Mon Dieu, c'est horrible, s'il fait ça, pas vrai ? La Taupe va nous dénoncer parce qu'on lit des pornos. Qu'est-ce que tu lis, toi, pour te branler toute la nuit ? Des livres sur les tunnels ?

Le groupe s'esclaffa une nouvelle fois.

— C'est toi, le branleur, dit-il en passant sous le jet d'eau.

Il se savonna et ferma les yeux, le visage couvert de mousse.

Soudain, on l'attrapa aux poignets et on le tira hors de la douche.

— Eh ! hurla-t-il.

Il ouvrit les yeux, aveuglé. Il glissa sur le linoléum. On le releva et le plongea dans une baignoire.

Il sentit l'eau tiède des robinets couler sur sa tête, sur son visage.

— Stop !

Il essaya de crier, mais ne fit qu'avaler plus d'eau. Des mains le maintenaient en immersion.

— À l'aide !

Il eut l'impression de ne plus pouvoir respirer. Il se débattit, affolé. Il était en train de se noyer.

On le releva soudain. Il inspira une bouffée d'air, puis fut de nouveau placé sous le torrent d'eau qui coulait dans son nez et sa bouche.

Il gigota, donna des coups de pied, essaya par tous les moyens de se libérer, mais les garçons le maintenaient fermement.

— Tu n'es qu'un sale bâtard, la Taupe ! dit Gossage. Les taupes se cachent pour vivre.

— Peut-être qu'on devrait te couper la bite et les couilles pour que tu arrêtes de te branler, dit Gore-Parker.

Alors qu'il était sur le point de suffoquer, il entendit une voix familière, furieuse et autoritaire.

— Qu'est-ce que vous fichez là, Gossage, Gore-Parker, Chaffinch ? Vous vous croyez où ? Habillez-vous et venez immédiatement dans mon bureau !

C'était la voix de Ted Hartwell, qui intimidait la Taupe depuis qu'il était arrivé dans cet internat.

En ce dimanche soir, il venait de lui sauver la vie.

50

DIMANCHE 14 DÉCEMBRE

Grace regarda le morceau de papier sur lequel il avait griffonné : « Dr Jacob Van Dam ». L'homme avait insisté auprès de Liz Seward pour lui parler personnellement. Son nom lui disait quelque chose.

Il retourna dans son bureau, entra le nom du médecin dans Google et comprit pourquoi il lui était familier. Van Dam avait été, à une époque, l'un des meilleurs experts judiciaires en psychiatrie du pays. Il avait, depuis longtemps, passé l'âge de la retraite. Impressionné et curieux, Grace composa son numéro.

— Docteur Van Dam ?

— Qui est à l'appareil ? répondit son interlocuteur d'une voix fébrile, méfiante.

— Je suis le commissaire Roy Grace, je dirige l'enquête sur la disparition de Logan Somerville. J'ai cru comprendre que vous vouliez me parler.

— Oui, merci de me rappeler. Je ne voudrais pas vous faire perdre votre temps, mais il y a quelque chose qui me tracasse depuis près de deux jours.

— De quoi s'agit-il ?

— Il faut d'abord que vous sachiez que je suis l'oncle de Logan Somerville.

— D'accord.

— J'ai reçu un patient très particulier, vendredi. Un dénommé Harrison Hunter. Est-ce que ce nom vous dit quelque chose ?

— Harrison Hunter ? répéta Grace en notant le nom. Ça ne me dit rien.

— Il m'a dit qu'il était anesthésiste, mais je n'ai pas pu le vérifier, dit le psychiatre, qui parlait très lentement.

Grace nota cet élément.

— Il m'a fait un aveu étrange. Si je ne vous ai pas contacté plus tôt, c'est parce que je pensais qu'il délirait. J'ai rencontré de nombreuses personnes comme lui dans ma carrière. Il prétend savoir des choses sur l'enlèvement de Logan. Il m'a dit, pour me prouver sa bonne foi, que Logan avait un tatouage ou une marque sur sa cuisse droite.

L'intérêt de Grace s'emballa.

— Sur sa cuisse droite ?

— C'est ce qu'il m'a dit. Après son départ, j'ai demandé à ma sœur le nom du fiancé de Logan et je l'ai appelé pour vérifier si Logan avait un tatouage. Il m'a affirmé qu'elle n'en avait pas. J'en ai discuté avec ma femme. Les parents de Logan sont très inquiets.

— Ça se comprend, répondit Grace.

— Apparemment, Logan avait rompu ses fiançailles et son ami a du mal à l'accepter. Il est donc possible qu'il m'ait menti à propos du tatouage.

— Pourquoi vous mentirait-il à propos d'un tatouage ?

— Je n'en sais rien. Sauf, bien sûr, comme le pensent les parents de Logan, s'il est derrière tout cela.

— Le Dr Hunter a-t-il décrit le tatouage ?

— Oui, il m'a dit qu'il s'agissait de trois lettres : DCD.

Roy Grace le remercia pour son appel et réfléchit, seul, plusieurs minutes.

Puis il passa trois coups de fil. Le premier à Glenn Branson pour lui demander d'envoyer un membre de leur équipe à Londres, sur-le-champ, pour interroger le psychiatre. Le deuxième à son supérieur, Tom Martinson, et le troisième à Cassian Pewe, pour fixer un rendez-vous avec eux au plus vite.

Cette information venait de transformer son enquête en un phénomène majeur, que ni lui ni la police du Sussex n'avaient jamais connu. Les médias nationaux et internationaux seraient sur le pied de guerre, il allait falloir garder le contrôle des événements. Gérer la réaction de l'opinion publique, éviter toute forme de panique. Il demanderait à Martinson et à Pewe d'ouvrir une cellule de crise.

Les cellules de crise n'étaient constituées que dans des circonstances extrêmes, lors d'un meurtre particulièrement grave ou d'une catastrophe naturelle. Le groupe serait composé de gradés de la police, de représentants du conseil municipal, du directeur de la police, d'élus locaux, d'un groupe de conseil indépendant, et, bien sûr, d'un responsable des relations publiques. Ils discuteraient des détails juste après la réunion.

C'était une série noire : un enterrement, une enquête inédite, un déménagement. Il respira un grand coup et décrocha son téléphone pour prévenir Cleo.

51

DIMANCHE 14 DÉCEMBRE

Roy Grace dirigea la réunion du dimanche soir, consacrée à l'opération Charrette de foin, sans être véritablement concentré. Il pensait à Martinson et à Pewe, qu'il devait rencontrer juste après pour les informer sur le retentissement potentiel de l'affaire. Après sa conversation avec le Dr Van Dam, et d'autres coups de fil passés cette après-midi, il avait des mauvaises nouvelles à leur annoncer.

Un portrait de Logan Somerville avait été envoyé à tous les journaux du dimanche. Plusieurs l'avaient mis en une. L'opération de police en cours depuis jeudi soir, impliquant des officiers spécialisés et un hélicoptère, entraînait des coûts faramineux. Elle évoluait en permanence en fonction des renseignements recueillis par les enquêteurs. Les recherches menées autour de la résidence de Logan n'avaient rien donné.

Le petit ami d'Ashleigh Stanford était un jeune homme bien sous tous rapports. Il avait passé la majeure partie de l'après-midi à visionner les bandes de vidéosurveillance, au commissariat principal, avec Jon Pumfrey. Ils avaient d'abord examiné son trajet habituel, sur West Street, puis le bord de mer. Le jeune homme avait identifié sa petite amie pédalant sur Duke Street à 0 h 52, sur West Street, et sur King's Road.

À huit minutes d'intervalle, quatre caméras l'avaient filmée roulant vers l'ouest. Elle était passée devant la statue de la Paix, le long des pelouses de Hove, avait grillé un feu rouge en bas de Grand Avenue, puis traversé Hove Street. Une caméra installée à l'entrée du port de Shoreham aurait dû enregistrer son passage. Ce n'était pas le cas. La jeune femme avait été enlevée soit sur cette route, soit dans l'une des rues de son quartier, comme Carlisle Road, à trois cents mètres seulement de son domicile.

Ils avaient cependant une piste. Un taxi Skoda avait été filmé par chacune des caméras, roulant très lentement, à distance du vélo. Lui aussi avait disparu de la circulation avant la cinquième caméra, celle du port de Shoreham. Lui non plus ne réapparaissait nulle part. Sa plaque d'immatriculation avait été enregistrée sur le bord de mer, ce qui leur avait permis d'obtenir le nom du conducteur, un certain Mark Tuckwell.

Tuckwell avait été localisé et interrogé. C'était bien la plaque de son taxi, mais lui participait à un mariage à Lewes, avec une centaine de témoins potentiels pour confirmer son alibi. Son véhicule était dans un garage.

Quelqu'un avait pris la peine de dupliquer une plaque d'immatriculation, ce qui n'était pas facile, de nos jours, au Royaume-Uni.

Il y avait un parallèle avec la Volvo qui avait quitté le parking de Logan Somerville à l'heure de son enlèvement. Cette coïncidence inquiétait Roy Grace.

— Il y a peut-être un lien, dit-il à son équipe. Ashleigh et Logan ont sans doute été kidnappées par une personne conduisant un break. Dans les deux cas, les véhicules disparaissent des radars, ce qui me fait dire deux choses.

Il but une gorgée d'eau avant de reprendre.

— Un, le ravisseur sait où se trouvent les caméras et connaît suffisamment bien les petites rues pour les éviter. Deux, je pense qu'il vit à Brighton. J'ai étudié les emplacements des caméras cette après-midi, autour des deux endroits qui nous intéressent. Il est impossible qu'un véhicule ait quitté la ville sans être localisé soit par les caméras de vidéosurveillance, soit par le système de lecture automatique des plaques d'immatriculation. Le quartier dans lequel Ashleigh a été vue pour la dernière fois a été passé au peigne fin, mais rien n'a été trouvé pour le moment.

Il se tourna vers le capitaine Exton.

— Jon, qu'a donné l'interrogatoire du psychiatre, Jacob Van Dam, oncle de Logan Somerville ?

— Pour être tout à fait honnête, chef, il y a une énigme. Le Dr Harrison Hunter affirme avoir été envoyé par un généraliste de Brighton, le Dr Edward Crisp, qui lui a fourni une lettre de recommandation. J'ai joint ce médecin chez lui. Il prétend n'avoir jamais entendu parler de ce Dr Harrison Hunter. Hunter s'est présenté comme étant anesthésiste dans un hôpital universitaire de Londres, mais Van Dam n'a rien trouvé sur Internet. Il décrit un personnage étrange, de 55 ans environ, avec des lunettes noires et une perruque blonde, à la Boris Johnson. Il ne l'a pris au sérieux que quand son patient a affirmé que Logan avait un tatouage DCD.

Grace hocha la tête. Il avait un mauvais pressentiment.

— Est-ce que le Dr Van Dam sait pourquoi cet homme lui a rendu visite ?

Exton hocha la tête.

— Selon lui, ce patient cherchait de l'aide. Soit il voulait que quelqu'un lui dise que ce n'était pas si grave que ça, de tuer des gens, soit c'était un mythomane, soit…

L'enquêteur devint soudain pensif.

— Soit quoi, Jon ? le relança Grace.

Exton consulta ses notes.

— Je vais essayer de retrouver la citation du Dr Van Dam. C'était peut-être, selon lui, une confession alambiquée. Comme s'il devait en parler à quelqu'un, partager ce secret pour s'en délivrer. Une sorte d'appel au secours.

— Nous pourrions lui rendre service, intervint Norman Potting. L'enfermer quelque part et jeter la clé.

Certains sourirent.

Grace demanda à Exton de se procurer la lettre du généraliste, puis il se tourna vers le capitaine Cale.

— Tanja, tu as dirigé l'enquête en porte-à-porte sur Carlisle Road, où vit Ashleigh Stanford. As-tu découvert quelque chose ?

— Non, rien pour le moment. Quatre policiers sont encore sur place. Nous avons interrogé les résidents de Carlisle Road et des rues environnantes, mais personne n'a rien vu, rien entendu la nuit de l'enlèvement. Nous élargissons la zone de recherche. Avec le lieutenant Seward, nous avons cherché un taxi ou un vélo, en vain. C'est un vélo assez particulier, bleu foncé, avec un autocollant au nom du magasin South Downs Bikes, collé sur le cadre.

— Bon travail, Tanja. Quelqu'un a eu les résultats de la triangulation du téléphone de Ashleigh ?

— Les nouvelles ne sont pas bonnes à ce sujet, chef, dit le lieutenant Emma-Jane Boutwood. Juste avant le début de la réunion, une voisine, à deux maisons de celle d'Ashleigh, a appelé la police. Ce matin, elle a trouvé un téléphone dans son jardin et elle vient de faire le rapprochement avec la présence policière dans son quartier.

— On se réveille ! plaisanta Jack Alexander.

— Elle pensait avoir un arbre à téléphones ou quoi ? renchérit Potting.

— À deux maisons de là ? répéta Grace.

— Oui.

— Il se trouvait dans son jardin, de l'autre côté de la haie ?

— Oui.

— Quelque chose me dit qu'Ashleigh ne l'a pas perdu en pédalant. Les téléphones ne sautent pas par-dessus les haies. Le ravisseur l'aurait jeté ? Le téléphone de Logan Somerville était resté dans sa voiture. Celui d'Ashleigh Stanford a été abandonné. Je pense que nous avons affaire à quelqu'un d'intelligent. Quelqu'un qui sait que les téléphones peuvent être localisés. Quelqu'un qui connaît la ville, qui sait qu'il ne faut pas utiliser le même véhicule deux fois. J'imagine que le téléphone est en cours d'analyse.

Il se tourna vers le lieutenant Alexander.

— Jack, quoi de neuf du côté de Martin Horner ?

— J'ai trouvé une adresse, chef, la date de naissance correspond à celle fournie par le propriétaire du véhicule, mais ça ne va pas vous plaire.

Le jeune lieutenant relut ses notes en esquissant un drôle de sourire.

— Il est domicilié sur Old Shoreham Road, au cimetière de Hove.

— Quoi ? dit Guy Batchelor. Il est SDF ?

— Non, j'ai son adresse complète : emplacement 3472, cimetière de Hove, Old Shoreham Road, Hove.

Certains membres de l'équipe étouffèrent un rire discret, mais Batchelor ne comprenait toujours pas.

— De quoi parle-t-on, là ? demanda-t-il en fronçant les sourcils, avec l'impression d'être le seul à ne pas avoir saisi.

Jack Alexander se leva et désigna une photo accrochée au tableau blanc, sous les portraits de Logan Somerville, Ashleigh Stanford et Emma Johnson. C'était un gros plan d'une petite tombe modeste. Le texte était sobre.

MARTIN WILLIAM HORNER
3 OCTOBRE 1964 – 12 JUIN 1965
À NOTRE FILS ADORÉ, KEVIN ET BEVERLY

— Le bâtard a usurpé l'identité d'un bébé décédé, dit Tanja Cale.

— Et a enregistré la voiture à son nom ? fit Grace.

— C'est ça.

— Pourquoi l'avoir domiciliée au 62, Blenheim Street ? demanda Grace. Quel est le lien ?

— J'ai demandé à une équipe d'interroger Anne Hill, dit Cale. Maintenant qu'elle a peur qu'on la dénonce pour fausse infirmité, elle est très coopérative. Elle affirme ne rien savoir sur ce véhicule, mais elle nous a dit quelque chose d'important. Il y a six semaines, un homme s'est présenté chez elle et lui a annoncé qu'il était chargé de s'occuper d'elle. Il est venu quelques jours, puis a disparu. Elle a appelé son médecin pour savoir ce qui s'était passé. Il lui a répondu qu'il n'avait jamais envoyé personne pour s'occuper d'elle. Le timing est déterminant, selon moi.

— Peut-elle le décrire ? demanda Guy Batchelor.

— Plus ou moins : entre deux âges, des cheveux relativement longs et des lunettes noires. Il semblait avoir des notions en médecine.

— Il nous faut un portrait-robot, déclara Grace.

— Oui, dit Cale, c'est prévu. Quelqu'un est en train de le réaliser, avec Anne Hill.

Elle consulta ses notes et reprit.

— La Volvo a été achetée par Martin Horner le 2 novembre. Il est possible que cet acheteur se soit introduit chez Mme Hill pour emprunter les documents dont il avait besoin pour la faire domicilier.

— A-t-on une description de l'homme qui a acheté la Volvo, notre imposteur ? demanda Grace.

— Pas vraiment, chef, dit Guy Batchelor. Nous avons localisé le vendeur, un antiquaire du nom de Quentin Moon. Il ne nous a pas dit grand-chose. Il n'a pas assez bien vu le visage de son acheteur pour le reconnaître. La vente a eu lieu la nuit, dans un parking mal éclairé de Worthing. Moon n'a gardé aucun numéro de contact. Il se souvient que Horner portait une casquette en tweed, une écharpe et des lunettes noires, et qu'il a payé en petites coupures. Mille cinq cents livres.

— Peut-être a-t-il encore certains de ces billets, auquel cas nous pourrions prélever une empreinte digitale ou l'ADN, suggéra Jack Alexander.

— Bien vu, Jack. Vérifie ça.

— Le vendeur ne s'est-il pas étonné que Horner porte des lunettes noires la nuit, dans un parking ? souligna le lieutenant Davies.

— J'imagine qu'il voulait avant tout voir l'argent, dit le capitaine Batchelor. N'oubliez pas qu'il est antiquaire. Il a dû croiser des personnes plus louches que ça, dans sa carrière.

Grace sourit. Lors d'une précédente affaire, il avait enquêté dans le milieu des antiquaires. Il savait désormais que la remarque de Batchelor n'était pas dénuée de fondement.

— Y a-t-il une caméra dans ce parking ou à sa sortie, Guy ?

— Oui, à l'intérieur et à l'extérieur, dit Batchelor. La transaction a eu lieu il y a six semaines. Très peu de systèmes gardent les enregistrements aussi longtemps.

Vu que les équipements étaient de plus en plus souvent numériques, songea Grace, cela valait cependant le coup de vérifier. Toutes les informations qu'il venait de collecter confirmaient la conversation qu'il avait eue avec Glenn Branson un peu plus tôt, au sujet de l'identité de Martin Horner.

Pâle comme un linge, Norman Potting leva la main.

— Je suis allé voir le médecin d'Anne Hill, un certain Simon Elkin, qui reçoit au centre médical de Portslade. Je voulais connaître l'identité de la personne qu'il avait dépêchée en tant qu'aide à domicile. Il n'est pas fan de Mme Hill. Il se doutait qu'elle était tout à fait capable de s'occuper d'elle-même. J'ai discuté avec certains de ses voisins. Elle n'est pas appréciée dans le quartier. Un jeune couple m'a confirmé qu'elle sortait régulièrement, mais qu'ils l'évitaient, parce qu'elle est très bavarde, et se plaint d'être malade, abandonnée de tous. J'ai l'impression qu'elle est du genre à râler tout le temps. Personne n'a vu cette aide à domicile, ni la Volvo.

— Tu devrais rentrer chez toi, Norman, fit Grace.

— Je préfère continuer à travailler, si ça ne vous dérange pas, chef.

Grace lui sourit.

— Tu bosses bien, mais on a tous besoin de se reposer, pour demain.

— Allez dire ça aux filles qui ont été enlevées, lâcha Potting.

52

DIMANCHE 14 DÉCEMBRE

Martinson habitant Brighton, et Cassian Pewe, Hove, il fut décidé que la réunion se tiendrait dans le bureau de Roy, à la Sussex House, plutôt qu'à Lewes, au Q.G. de la police, à vingt-cinq minutes de là.

Peu après 19 h 30, les deux hommes arrivèrent dans le bureau de Grace. Martinson portait un jean et un pull en laine. Pewe se présenta en pantalon de cavalerie, richelieus en daim, pull col roulé fin et veste en tweed chic, avec épaulettes et coudières en cuir. Pewe pensait sans doute que ce look lui donnait l'air d'un grand propriétaire terrien. Grace trouvait qu'il ressemblait surtout à un bookmaker véreux.

Grace fit du café, puis rejoignit ses deux supérieurs autour d'une petite table. Il les remercia d'être venus un dimanche soir et entra dans le vif du sujet.

— Je pense que nous avons un tueur en série à Brighton.

Martinson se raidit. Pewe grimaça.

— Tu sais ce que ça implique, Roy ? dit Martinson.

— Brighton n'a pas de tueur en série, asséna Pewe. Du moins, plus depuis l'affaire dite « des malles », au début des années trente. Es-tu sûr de toi ?

Grace leur résuma les opérations Mona Lisa et Charrette de foin. Quand il eut terminé, une chape de plomb s'abattit sur eux. Ils décidèrent de constituer une cellule de crise et chargèrent Pewe de ce volet.

— Avant de vous rencontrer, j'ai discuté avec Jonathan Atkins, de l'Agence nationale contre la criminalité. Il m'a détaillé la marche à suivre à partir de maintenant et m'a donné des conseils pour gérer l'opinion publique. Il pense qu'il faut être honnête et impliquer les médias dès le début. J'attends l'appel d'un collègue qui enseigne à l'École nationale de police. Il a déjà eu affaire à deux tueurs en série.

— L'impact sur l'opinion publique va être terrible, dit Martinson.

— Je sais, dit Grace. Je mets en place une stratégie préventive qui inclura les mesures à prendre pour réduire le risque de nouveaux enlèvements.

— À Londres, nous avons eu à gérer un cas semblable, déclara Pewe, pensif.

— Brighton n'est pas Londres, rétorqua Grace. Il y a plus de huit millions d'habitants là-bas. Ici, deux cent cinquante mille. Notre communauté est très unie. Les gens ne sont pas habitués au crime. Notre stratégie devra faire en sorte d'éviter toute panique.

— Nous venions de nous débarrasser de notre titre de « capitale des drogues dures du Royaume-Uni », après plus de onze ans. Et nous voilà avec un tueur en série… soupira Tom Martinson.

— Je sais, chef. Les conséquences seront lourdes tant que nous n'aurons pas mis le meurtrier derrière les verrous, dit Grace.

— Tu imagines le scandale si tu te trompes, Roy ? souligna Cassian Pewe d'un ton cassant, presque sarcastique.

— Je sais qu'il y aura des conséquences à court terme sur le tourisme, chef, ainsi que sur le niveau de stress des habitants. D'un autre côté, ne pas informer l'opinion publique pourrait provoquer un autre décès, voire plusieurs.

— Tes conseillers t'ont-ils dit jusqu'à quel point il faut divulguer nos informations ? s'enquit Martinson.

— J'ai discuté aussi avec Jordan Finucci, du FBI, à Quantico, que j'ai rencontré lors d'une formation, il y a quatre ans. Il a bien connu deux des pires tueurs en série américains : Ted Bundy et Dennis Rader, surnommé BTK. Il m'a expliqué comment ils avaient réussi à interpeller BTK.

— Comment ? le pressa Pewe.

— Il a été démontré que la majorité des tueurs en série ont un ego démesuré. Certains enquêteurs américains ont obtenu de bons résultats en partant de ce principe. Il m'a conseillé de faire en sorte que le meurtrier sorte de ses gonds.

— Si on le provoque, on risque de le pousser à tuer les femmes qu'il a enlevées, non ? s'inquiéta Martinson.

— Les statistiques jouent en notre défaveur, chef. On n'est pas sûrs qu'elles soient encore vivantes. La plupart des victimes sont tuées dans l'heure. Rares sont celles qui survivent plus de vingt-quatre heures. Mais nous devons rester positifs, partir du fait qu'elles sont vivantes, tout en ayant à l'esprit les autres victimes potentielles. Nous savons qu'il est organisé et méticuleux – c'est du moins ce qu'il pense. Il a tué au moins deux femmes, il y a trente ans, sans être inquiété. Il se croit sans doute invincible.

— Roy, cela me semble très étrange qu'il ait arrêté et repris des années plus tard, remarqua Pewe.

— Sauf votre respect, j'ai dirigé une enquête sur un violeur en série, fétichiste des chaussures. Il a interrompu ses activités criminelles pendant plusieurs années, car il s'était marié et avait eu des enfants. BTK, aux États-Unis, avait fait de même pour des raisons similaires.

— Roy a raison, Cassian, intervint Martinson. En plus, nous ne sommes pas sûrs qu'il ait arrêté. Nous savons juste qu'il n'a pas été actif dans le Sussex. Peut-être a-t-il sévi ailleurs, au Royaume-Uni, ou même à l'étranger, avant de revenir à Brighton.

— Je suppose que tu recherches des affaires similaires, dans tout le pays, en remontant sur trente ans, n'est-ce pas ? demanda Pewe.

— Oui, mon équipe est dessus, mais sans succès pour le moment. Aujourd'hui, j'ai contacté Tony Balazs, qui est expert psychiatre. Il a travaillé sur deux cas comparables : le violeur de la M25, Antoni Imiela, et le tueur de prostituées d'Ipswich, Steve Wrigth. Il m'a donné le même conseil que Jordan Finucci : le provoquer par média interposé.

— Roy, il y a à la police de Londres un gradé avec lequel j'ai travaillé, Paul Sweetman, qui connaît bien l'affaire Ipswich. Sans vouloir marcher sur tes plates-bandes, accepterais-tu qu'il rejoigne ton équipe ?

Grace le dévisagea. La relation entre la police du Sussex et celle de Londres n'avait jamais été simple. De nombreux éléments performants du Sussex avaient été débauchés par Londres, où le salaire était plus intéressant.

— Roy, dit Martinson, diplomatique. Je suis sûr que Cassian veut le bien de notre ville et n'a pas l'intention de t'évincer.

Il se tourna vers le commissaire principal pour obtenir confirmation.

— Tout à fait, Tom.

Pewe décocha à Grace un sourire obséquieux.

— Roy, je sais qu'on n'a pas toujours été en bons termes, mais c'est du passé. Le commandant Sweetman est un type bien. Il sera un simple conseiller. Je ne le ferai venir que si tu es à l'aise avec cette proposition. Sinon, on oublie.

Grace réfléchit, puis comprit qu'il n'avait guère le choix. S'il refusait et si l'opération tournait mal, Pewe le pendrait haut et court.

— Je suis sûr que son aide sera précieuse, dit-il.

— Bien, dit Martinson. Roy et Cassian, vous travaillerez ensemble sur cette affaire. Tenez-moi au courant, trouvez une stratégie. Je vais prévenir la directrice régionale de la police, qui prendra cette information très au sérieux. Je pense que des membres de la communauté locale devraient être invités à rejoindre la cellule de crise demain. Je sais que les funérailles de Bella Moy ont lieu demain matin, mais je vous demande de rester concentrés sur l'enquête. Je suggère une conférence de presse en fin de matinée, après l'enterrement, et une première réunion de la cellule de crise. Mais je ne me fais aucune illusion : les réactions seront difficiles à gérer. Cette nouvelle va ébranler la ville et toute l'activité de la région en souffrira.

— Je pense que tu devrais fusionner les opérations Mona Lisa et Charrette de foin, dit Cassian Pewe.

— C'est fait, lui annonça Grace. Je dirigerai l'enquête et j'ai demandé au commandant Ain Maclean d'être mon adjoint. Chaque victime aura aussi sa propre enquête.

Pewe hocha la tête et jeta un coup d'œil à son portable, qui venait de biper.

— Autre chose, reprit Grace. Il faudrait que l'on trouve un surnom au meurtrier, avant que la presse ne le fasse. Je n'ai pas envie que l'*Argus* débarque avec un truc du genre « l'Éventreur de Brighton » ou « l'Étrangleur du Sussex ».

— Tu as des suggestions, Roy ? demanda Tom Martinson.

— Oui. Avec Tony Balazs, nous avons cherché quelque chose de sobre. Nous sommes tombés d'accord sur « le Tatoueur de Brighton ».

Les deux gradés réfléchirent quelques instants.

— Je trouve ça bien, dit Martinson.

— Oui. Demandons l'avis de la cellule de crise pour être sûrs que les membres de la communauté sont d'accord.

Pendant les dix minutes qui suivirent, ils discutèrent des ressources humaines et des coûts. Martinson leur annonça que le budget serait illimité, dans un cas comme celui-ci, et qu'ils auraient accès à tout ce dont ils auraient besoin.

Avant la réunion, Roy Grace connaissait le poids de ses responsabilités. Désormais, il se sentait écrasé.

— Emplacement 3472, cimetière de Hove… dit soudain Pewe en regardant ses notes.

— Eh oui, dit Grace.

Pewe sembla s'étouffer. Grace pria pour qu'il y reste.

— C'est l'arnaque la plus vieille du monde, souffla Pewe.

— Oui, dit Grace. Le commandant Branson a fait la même remarque.

53

DIMANCHE 14 DÉCEMBRE

Freya Northrop avait tellement mangé que son ventre était sur le point d'exploser. Vers 22 h 30, elle se gara juste devant leur maison et bâilla, épuisée. Zak dormait sur le siège passager. Il s'était assoupi juste après leur dernière étape dans un pub gastronomique, The Cat Inn, à West Hoathly. Ils n'avaient pas été déçus par leur dîner. Zak avait photographié et détaillé dans son carnet l'entrée, un fromage de chèvre, éclats de noisettes, figues rôties au miel et jambon de Parme, ainsi que le dessert, un parfait au café servi dans une tasse à cappuccino, avec de la mousse et des cubes de chocolat en gelée, qu'il prévoyait de réaliser et d'ajouter peut-être à la carte de son restaurant.

Elle était impressionnée par la quantité de nourriture que Zak pouvait ingurgiter. Ils avaient déjeuné deux fois, dans deux restaurants différents – entrée, plat, dessert, parce qu'il voulait goûter à tout. Elle avait picoré, tandis que lui avalait ses plats et finissait les siens. Au dîner, en trois services aussi, il avait tout terminé. Et il restait maigre comme un clou ! Ça la rendait dingue.

Son père lui avait dit un jour que ce n'était pas bon signe quand le chef était trop mince. Zak était pourtant un excellent cuisinier. Il disait en plaisantant qu'il était doté d'un métabolisme supersonique. Ce n'était pas faux. Où stockait-il toutes ces calories ? Elle lui caressa les cheveux pour le réveiller.

— On est arrivés, mon amour.

Il sursauta et bâilla. Il lui prit la main et l'embrassa.

— Merci d'avoir conduit, dit-il.

— Tu veux dormir dans la voiture ? fit-elle en souriant.

Il détacha sa ceinture, ouvrit la portière et sortit lentement dans la nuit froide.

— J'ai trop mangé, constata-t-il en se tapotant le ventre.

— Venant de toi, ce n'est pas rien !

— Mais je vais me faire une petite collation avant de me coucher, blagua-t-il.

Freya rit.

— Tu veux que je sorte un cochon de lait du congélateur et qu'on allume le barbecue ?

Elle ouvrit la porte d'entrée et chercha la lumière. Ça sentait encore la peinture fraîche, la colle à moquette et le bois coupé.

Zak la suivit et ferma la porte derrière lui. Ils entrèrent dans une cuisine ultramoderne – la pièce qu'ils avaient fait rénover en premier. L'*Observer* était posé sur un immense billot qui leur servait de table.

— Comme je n'ai pas bu de la journée, je mérite un verre de vin, dit-elle en ouvrant le frigo.

Elle sortit une bouteille à moitié pleine de sauvignon blanc.

— Tu en veux ?

Il secoua la tête.

— Non merci, j'ai trop bu.

— Sans commentaire ! gloussa-t-elle en sortant un verre et un cendrier du lave-vaisselle.

Elle se servit, puis chercha du tabac, des filtres et du papier à rouler à la réglisse dans son sac.

Zak fronça les sourcils.

— Qu'est-ce qu'il y a ? demanda-t-elle.

— Un courant d'air. Tu le sens ?

Elle hocha la tête.

— D'où ça peut venir ? reprit Zak.

— Je ne l'avais jamais remarqué avant, dit Freya. Il fait toujours bien chaud ici.

Leur cuisine était très agréable à vivre grâce au chauffage au sol que Zak avait installé. Ce soir, il y faisait froid.

Zak se leva et se dirigea vers la porte de derrière.

— Freya, ma chérie, on a verrouillé cette porte en partant, n'est-ce pas ?

— C'est moi qui l'ai fait, je m'en souviens très bien, pourquoi ?

Il désigna les verrous du haut et du bas. Ils étaient ouverts. Puis il montra du doigt la clé dans la serrure.

— Tu es sûre d'avoir aussi tourné la clé ? C'est ouvert, là.

— À 90 %, oui.

— Merde alors, dit-il en baissant les yeux.

— Quoi ?

Un carreau de 15 cm sur 15 cm gisait au sol. Il avait été détaché du panneau en verre qui jouxtait la porte.

Elle se leva et vit le morceau de verre.

— Comment est-ce possible ?

Elle regarda autour d'elle, affolée.

— Les carreaux ne se détachent pas seuls, dit Zak. Surtout, ils ne tombent pas sans se casser. Les verrous ne s'ouvrent pas seuls non plus.

Il se dirigea vers la cuisine, ouvrit un tiroir et empoigna un grand couteau, qu'il brandit.

— On devrait appeler la police, asséna-t-elle, nerveuse.

— Vas-y !

Il s'avança dans l'entrée.

— Ne va pas par là, Zak, s'il y a quelqu'un…

Elle prit le téléphone, mais faillit le lâcher. Elle composa le numéro d'une main tremblante.

54

LUNDI 15 DÉCEMBRE

Une pluie fine tombait en silence sur la foule assemblée devant l'église néogothique de Saint-Peter. Il s'agissait de la plus grande église de la ville. Elle avait été choisie pour accueillir tous ceux qui voulaient rendre un dernier hommage à Bella. Grace avait avancé sa réunion à 7 h 30, puis confié l'enquête aux quelques membres de son équipe qui restaient sur place, sous la direction de son adjoint, Iain Maclean. Il retournerait travailler juste après la messe.

Tout semblait gris, en ce lundi matin. Même le ciel avait la teinte d'une pierre tombale. Grace avait revêtu son uniforme de cérémonie. La dernière fois qu'il l'avait mis, c'était quatre ans plus tôt, pour l'enterrement d'un autre collègue mort dans de tragiques circonstances.

Il était un peu plus de 10 h 30 quand il arriva sur les lieux avec Cleo, sous un parapluie. Une place de parking leur avait été réservée sur London Road. Ce quartier de la ville, autrefois malfamé, était aujourd'hui convoité. Grace répétait dans sa tête le discours qu'il allait faire. Lui qui d'habitude dévisageait tous ceux qu'il croisait, était plongé dans ses pensées. Il pensait à l'enterrement et aux disparitions de Logan Somerville, Ashleigh Stanford et Emma Johnson.

Cleo, qui lui serrait fort la main, le réconfortait beaucoup. Son soutien était précieux. Il n'avait jamais été aussi nerveux. Il tremblait. Il avait été confronté à de nombreuses et difficiles épreuves, au cours de sa vie, mais n'avait jamais été dans cet état-là. Il avait peur que ses nerfs lâchent quand il monterait à la chaire.

— Tout va bien se passer, mon chéri, dit Cleo en l'embrassant.

Il vérifia une énième fois s'il avait bien son discours dans sa poche intérieure. Il le sortit, le déplia, puis le rangea au même endroit.

Les policiers à moto, suivis des officiers en uniforme, formaient une haie d'honneur. Tout était déjà en place, alors que la cérémonie ne commencerait que dans vingt minutes. Des photographes de presse, des cameramen de télé et des équipes de radio s'agitaient autour d'eux.

Grace distingua Cassian Pewe, en pleine conversation avec Tom Martinson et Nicola Roigard, qui, comme Cleo et la plupart des femmes, étaient tout en noir. Le trio salua Grace et Cleo avec respect. Cassian Pewe lui tendit la main et la lui serra mollement.

— Tu sais à quel point je compatis, Roy.

Le problème, avec Pewe, c'était que sa voix geignarde pouvait passer pour sarcastique, même lorsqu'il présentait ses condoléances.

— Merci, chef, dit-il. Je pense que vous n'avez pas encore rencontré ma femme, Cleo.

Pewe serra sa main gantée et se fendit d'un compliment sirupeux.

— Quel ravissement ! On m'a dit que la morgue attendait votre retour avec impatience. Appréciez-vous votre nouvelle vie de mère ?

— Beaucoup, mais je pense retourner travailler dès que possible.

— Je vous avoue que vous nous manquez, dit-il en affichant un sourire carnassier.

Cassian Pewe était resté toute la journée devant le bâtiment en flammes dans lequel Bella Moy avait péri. Grace respectait son vieil adversaire pour cela.

— Ce doit être difficile pour toi, Roy, dit Nicola Roigard.

— Oui, dit-il d'une voix brisée. Je vous présente mon épouse, Cleo.

Les deux femmes se serrèrent la main. Pewe en profita pour s'approcher de Roy Grace et lui demander :

— Du nouveau depuis hier soir ?

Grace vit Shioban Sheldrake se diriger vers eux.

— Rien depuis notre réunion, chef.

— Excusez-moi, messieurs, les interrompit la journaliste en tendant un petit micro. Pourrais-je avoir un commentaire de chacun de vous sur la disparition tragique du capitaine Bella Moy ?

Au bord de la nausée, Roy Grace entendit Cassian Pewe se lancer dans un discours dithyrambique sur l'assiduité, l'engagement et le courage extraordinaires de la policière. Il termina par ces mots :

— Le capitaine Bella Moy est l'une des personnes les plus remarquables avec lesquelles j'ai eu le privilège de travailler.

Sauf qu'il n'avait jamais travaillé avec elle. Roy Grace bouillonnait de colère, mais ce n'était pas le moment de remettre les pendules à l'heure. Il laissa Pewe terminer, fit l'éloge de sa collègue, puis accompagna Cleo vers l'entrée de l'église, où se trouvaient Glenn Branson et Guy Batchelor, qui était accompagné de sa jolie femme suédoise, Lena.

Ils échangèrent un sourire, mais aucun d'entre eux n'avait envie de parler. Grace remarqua une odeur de cigarette. Il en aurait volontiers fumé une pour se calmer. Glenn le serra dans ses bras. Grace renifla et sortit un mouchoir.

— Bonne chance, mec, dit Branson.

Ils s'entrechoquèrent les poings. Grace s'était toujours demandé ce que ça ferait de recevoir un vrai coup de poing de son ami, qui semblait taillé dans le roc.

Un silence presque irréel s'abattit soudain sur la ville, interrompu par la sirène d'une ambulance qui se frayait un passage sur London Road. Le véhicule s'éloigna et le silence fut encore plus impressionnant. C'était comme si toute la ville de Brighton et Hove était en suspens. Même les mouettes avaient disparu. Ils entendirent le *clop-clop* des sabots des chevaux et le cortège apparut enfin. Recouvert d'un drapeau aux couleurs de la police du Sussex, entouré de fleurs, sous une casquette de policière, le cercueil était visible derrière les fenêtres du corbillard tiré par quatre chevaux noirs. Une limousine noire le suivait. Tous s'arrêtèrent devant l'église.

Roy Grace passa son bras autour de la taille de Cleo et l'accompagna à l'intérieur. Ils prirent les livrets de messe qu'on leur tendit et s'avancèrent vers l'autel, en saluant les gens qu'ils connaissaient. Ils s'assirent. La mère de Bella, une vieille dame fragile qui se déplaçait avec un déambulateur, et plusieurs membres de la famille de Bella, dont trois enfants, prirent place sur le banc devant eux.

Roy Grace tendit l'un des livrets à Cleo et observa la couverture. Il découvrit la photo d'une enfant angélique avec des boucles dorées, légendée par sa date de naissance et de mort. Bella Kathleen Moy. Elle était décédée à 35 ans à peine. En ouvrant, il fut agréablement surpris de retrouver l'un de ses chants favoris : « Jérusalem ».

Cleo lui avait dit qu'elle croyait en Dieu, sans être pratiquante. Ils avaient eu plusieurs discussions sur la foi, notamment après la naissance de Noah, pour décider s'ils le feraient baptiser ou pas. Cleo était pour. Elle aimait les traditions et l'idée d'avoir un parrain et une marraine. Grace n'était pas aussi sûr de lui. D'un côté, il aurait préféré ne pas faire baptiser Noah, pour que celui-ci décide lui-même, quand il serait grand. De l'autre, si c'était ce que Cleo souhaitait, il était heureux d'accepter.

Lui aussi avait été croyant, à une époque. Après la mort de ses parents, sous l'influence de Sandy, qui dénigrait les religions, il était devenu athée, presque militant. Aujourd'hui, il était ouvert sur le sujet. Il avait du mal avec la notion biblique de Dieu, mais il n'aimait pas non plus les athées modernes comme Richard Dawkins.

Selon lui, il existait quelque chose de supérieur, quelque chose qu'on ne pouvait pas encore comprendre.

En entrant dans l'impressionnante église, il se souvint de l'attrait mystique que ces lieux pouvaient exercer sur les gens. Il respira des odeurs de bois et de poussière, tandis que Cleo s'agenouillait, visage baissé, pour prier. Il l'imita et posa ses mains sur son visage. Il essaya de se souvenir du Notre Père, prière qu'il avait récitée chaque soir de son enfance, jusqu'à 15 ans environ.

— Notre Père qui êtes aux cieux, que votre nom soit sanctifié, murmura-t-il, mais il avait oublié la suite.

Une musique s'éleva. C'était « Leaving on a jet plane », de John Denver. Tout le monde se leva.

Les porteurs entrèrent avec le cercueil. Comme tout le monde, il se retourna pour suivre du regard les quatre hommes, parmi lesquels Norman Potting, en larmes. Le cercueil fut déposé sur le catafalque.

L'assemblée se rassit et la messe commença, conduite par le père Martin qui, il n'y avait pas si longtemps que ça, avait marié Roy et Cleo. Roy Grace sortit une nouvelle fois son discours de sa poche pour le relire. Le curé dit quelques mots d'introduction, et tous se levèrent pour entamer le premier chant, « Abide with me ». Le curé lut ensuite des versets des Corinthiens, puis Norman Potting se leva et se dirigea vers la chaire.

Le visage couvert de larmes, il reprit ses esprits dans un silence absolu.

— Ceci est un hommage à Bella, dit-il d'une voix blanche. La musique qu'elle aimait. Les gens qu'elle aimait. Personne ne l'a aimée comme moi.

Il éclata en sanglots.

— Pendant toutes ces années où j'ai eu la chance de la connaître, et de devenir son fiancé, quelqu'un, à la police du Sussex, savait à quel point c'était une bonne personne.

Il désigna Roy Grace.

— Vous, chef. Venez dire quelques mots. Je ne peux pas continuer.

Il chancela et descendit. Grace se leva et le rejoignit. Il le prit dans ses bras et l'embrassa sur les deux joues. Il s'installa à la chaire, sortit son discours, et attendit que Norman se soit rassis au premier rang.

— Ces dernières années, la police a été la cible de nombreuses critiques, dit-il en regardant Cleo, pour trouver un point d'appui.

Puis il contempla l'assemblée composée d'une centaine de personnes.

— La presse s'est fait un plaisir de parler des idiots, des brebis galeuses. Il y a plus de 135 000 officiers au Royaume-Uni. Quand une communauté est aussi importante, impossible de ne pas tomber sur des incompétents. Peut-être représentent-ils 1 % des officiers, peut-être moins. *Quid* des 99 % ? Bella Moy faisait partie de ceux-là. Elle a contribué au travail de mon équipe sur de nombreuses affaires. Dévouée à l'égard de sa mère, elle n'a pourtant jamais posé un jour de congé, ne s'est jamais plainte, n'est jamais rentrée chez elle plus tôt. La police judiciaire du Sussex, c'était sa vie. C'est d'ailleurs au travail qu'elle avait récemment rencontré l'amour en la personne de Norman.

Il fit une pause, chancelant. Il croisa le regard de Potting. Il prit une grande respiration et survola l'océan de visages attentifs, familiers pour la plupart.

— J'ai le privilège de servir dans la police du Sussex depuis vingt et un ans, ce qui fait que je connais la majorité d'entre vous. Rares sont les officiers à n'avoir jamais mis leur vie en danger. Qu'il s'agisse d'interpeller un ivrogne armé à 3 heures du matin, dans le quartier des Lanes, d'arrêter un suspect en voiture, dans une allée sombre, après un cambriolage à main armée, d'intervenir dans une rixe ou d'approcher un candidat au suicide prêt à sauter dans le vide. Je sais que vous tous, présents ici, ne pensez pas à votre sécurité, mais à servir et à protéger la communauté.

Il marqua un temps d'arrêt pour que tout le monde réfléchisse à ses paroles.

— Bella Moy est morte ainsi. Ce qui rend sa disparition encore plus poignante et héroïque, c'est qu'elle n'était pas en service. Elle aurait pu passer à côté du bâtiment en flammes sans s'arrêter. Ce n'est pas ce qu'elle a fait. Quand elle a entendu qu'une enfant était piégée à l'intérieur, elle est entrée et a sauvé cette fillette. Les pompiers n'étaient pas encore arrivés. Il est probable que, si Bella n'était pas intervenue, l'enfant serait morte. Cet acte de courage lui a coûté la vie. Elle savait qu'elle prenait des risques, mais n'a pas hésité. Elle savait qu'elle pouvait sauver cette enfant.

Il reprit son souffle.

— Je pense aux mots de cet auteur américain, Jack London, qui pourraient s'appliquer à Bella.

« Je préférerais être cendres plutôt que poussière.
Je préférerais que mon étincelle s'épuise dans une flamme brillante au lieu d'être étouffée par de la pourriture sèche.
Je préfère être un météore superbe, chaque atome de moi brillant d'une incandescence magnifique, plutôt qu'être une planète endormie et permanente.
La fonction de l'humain est de vivre et non d'exister.
Je ne gaspillerai pas mes jours à essayer de les prolonger.
Je vais utiliser mon temps. »

Il sentit sa voix défaillir.

— Bella a utilisé son temps. Nous l'avons perdue, mais nous avons la chance de l'avoir connue.

Les larmes aux yeux, il fit un pas en arrière et retourna s'asseoir.

Dix minutes plus tard, à la fin du dernier hymne, « Jérusalem », tout le monde s'agenouilla. Le curé prononça sa dernière bénédiction. Soudain, une musique très différente s'éleva : « A Good Heart » de Feargal Sharkey.

Les porteurs, dont Norman Potting, mirent le cercueil sur leur épaule et sortirent, suivis de la famille de Bella.

Lentement, Roy Grace se releva et prit le bras de Cleo. Il attrapa son parapluie et s'engagea dans l'allée, luttant pour ne pas craquer. Dehors, parmi la foule qui se tenait dans le froid, une jeune femme en noir, avec un petit chapeau posé sur ses cheveux blonds, accompagnée d'une enfant timide, aborda Norman Potting.

— Excusez-moi, vous êtes bien le commandant Potting ?

— Oui.

— Je m'appelle Maggie Durrant. Votre fiancée, Bella… Je voulais juste vous dire qu'elle avait sauvé la vie de Megan, ma fille, et de notre chien aussi, Rocky. Je… Je ne sais pas quoi vous dire. Je voulais juste que vous sachiez à quel point je suis reconnaissante, et à quel point je suis affectée.

Elle renifla, les joues inondées de larmes.

— Merci, dit Norman Potting, la voix nouée par l'émotion. Merci.

Il regarda la petite fille, qui esquissa un sourire triste.

55

LUNDI 15 DÉCEMBRE

Logan entendit le couvercle s'ouvrir. Dans la lumière verte, une tête apparut. Un masque en cuir intégral, avec des lunettes protectrices. Un faisceau lumineux l'aveugla.

— C'est un peu le bordel en ce moment, dit l'homme d'une voix distinguée, mais regarde le bon côté des choses. Il y a toujours un bon côté. Tu es encore vivante, même si tes jours sont comptés. Ce qui est le cas de tout le monde, pas vrai ? Tout le monde finit par mourir !

En hyperventilation, elle l'entendit glousser comme une sorcière.

— J'ai soif, dit-elle. Et il me faut plus de sucre. S'il vous plaît, pourquoi je suis là ? Que voulez-vous ? Je vous donnerai tout ce que vous voulez. Si vous voulez coucher avec moi, je ne vous résisterai pas. Je ferai n'importe quoi.

— Je sais bien que tu feras n'importe quoi ! Tu veux de l'eau ? demanda-t-il d'une voix douce.

— S'il vous plaît.

Soudain, un jet d'eau glacée aspergea son visage. Elle but une petite quantité, mais le jet ne s'arrêta pas. Tout son visage était arrosé. L'eau coulait des deux côtés, dans son cou. Elle secoua la tête, but quelques gorgées, narines bouchées. Elle essaya de respirer, mais suffoqua.

Elle tourna la tête pour se libérer et se mit à étouffer. Elle allait se noyer. Elle voulut crier, mais seul un gargouillis sortit de sa gorge. Elle tira de toutes ses forces sur ses liens, en vain.

Ses poumons étaient sur le point d'exploser. Et, d'un coup, l'eau s'arrêta de couler.

Elle toussa, reprit sa respiration et ferma les yeux.

— Tu parles quand je te le dis, sale pute.

Le couvercle se referma.

Elle se mit à prier en silence.

Mon Dieu, aidez-moi, je vous en supplie.

Elle rouvrit les yeux et réalisa que le couvercle avait glissé de nouveau. L'homme masqué la fixait.

— Dieu n'aime pas les salopes qui rompent leurs fiançailles.

Le couvercle se referma.

Jamie était-il derrière tout ceci ? L'avait-il piégée ? Où se trouvait-elle ?

Elle cherchait désespérément un indice sonore. Elle n'avait pas réentendu les chants d'oiseaux, ni les sirènes, ni même le passage d'un avion. Le silence était complet, sauf quand son ravisseur venait lui rendre visite. Elle cria, mais personne ne répondit.

56

LUNDI 15 DÉCEMBRE

Roy conduisait en silence, derrière le cortège qui roulait au pas. La pluie tombait dru, le ciel était aussi sombre que son humeur.

— Je n'ai jamais assisté à un enterrement aussi triste, dit soudain Cleo, assise à ses côtés.

Il hocha la tête, trop ému pour parler.

— En général, il y a quelque chose de l'ordre du soulagement. Dans la plupart des cas, il s'agit de personnes âgées, qui ont vécu une vie bien remplie. Il y a deux ans, je suis allée à l'enterrement d'un ancien ami d'école qui était mort d'un cancer à 27 ans. Même cette fois-là, je n'ai pas été aussi affectée qu'aujourd'hui.

— Dans la police, on connaît tous les dangers. Glenn s'est fait tirer dessus en essayant de libérer un couple kidnappé. À quelques centimètres près, la balle aurait pu le tuer ou le laisser paralysé. Emma-Jane a failli mourir écrasée par une camionnette qu'elle essayait d'arrêter.

— Et toi, mon chéri, combien de risques as-tu pris vraiment ?

— Quelques-uns. L'année dernière, ma voiture est tombée de la falaise de Beachy Head alors que je sauvais la vie de Cassian Pewe. Pourtant, Dieu sait que je le détestais, ce con.

— Non sans raison. Je ne lui pardonnerai jamais ce qu'il t'a fait.

Grace repensa à l'humiliation que Pewe lui avait fait subir en organisant des fouilles dans son propre jardin pour démontrer que c'était lui qui avait tué Sandy.

— Il était déterminé à prouver que je l'avais assassinée, alors que j'avais mis ma vie en danger pour sauver la sienne. Aujourd'hui, c'est mon patron. Génial, non ?

— Peut-être qu'il fera preuve de gratitude.

Grace posa sa main sur sa cuisse.

— Tu sais ce que j'aime chez toi ? Tu as toujours envie de voir le bon côté des gens.

— Toi, tu cherches toujours le mauvais ?

— Vingt ans dans la police, ça forge un caractère.

— N'oublie jamais de voir les qualités, Roy. Il y en a chez chacun de nous. Parfois, il faut creuser profond.

— J'aimerais te croire, surtout quand je pense à quelqu'un comme Bella, qui adorait son métier et s'occupait de sa vieille maman. C'était vraiment une bonne personne. J'ai rencontré trop de gens malintentionnés.

— Ont-ils eu la moindre chance dans la vie ? Combien sont issus d'un milieu familial violent ? Combien ont grandi sans éducation, sans repères ?

— C'est souvent le cas, mais est-ce que ça les excuse pour autant ? « Désolé, j'ai battu à mort une vieille dame pour la cambrioler, mais ce n'est pas ma faute, ma mère était alcoolique et me frappait. »

Il roula quelques instants en silence.

— Je suis désolé, ma chérie, je ne veux pas être cynique. Jamais. Bella est morte en héroïne. Je ne sais pas combien de voyous seraient capables d'être héroïques. Ou ne serait-ce que de faire une bonne action.

Ils arrivèrent au cimetière, perché en haut d'une colline, et repérèrent le cortège. Ils passèrent devant des tombes et s'arrêtèrent devant un caveau familial qu'on venait d'ouvrir. Le père de Bella y avait été enterré quelques années auparavant. Deux planches en bois avaient été installées.

Indifférents au vent et à la pluie, ils se dirigèrent vers la limousine qui s'était arrêtée derrière le corbillard tiré par des chevaux. Désorienté, le visage inondé de larmes, Norman Potting sortit du véhicule, un sac en plastique à la main.

Grace passa un bras autour des épaules de son collègue, qui était inconsolable.

— Sois fort pour elle, Norman, dit-il d'une voix douce. Encore un petit peu.

— Je ne sais pas si je vais réussir à vivre sans elle.

— Il va le falloir, parce que j'ai besoin de toi.

Il l'accompagna vers le père Martin, qui se tenait, imperturbable malgré le déluge, près de la tombe. Les amis et la famille de Bella prirent place autour d'eux.

On porta le cercueil jusqu'à la tombe et on passa des cordes aux poignées. Il y eut un long silence, interrompu par le bruit du vent et de la pluie, et les sanglots de Norman.

— Je suis la résurrection et la vie. Celui qui croit en moi vivra, quand même il serait mort, entonna le père Martin. Chers amis, merci d'être parmi nous pour dire un dernier adieu à Bella. Les écritures nous rappellent que nous n'avons rien apporté dans le monde, et nous n'en pouvons rien emporter. Le Seigneur donne et le Seigneur reprend. Que le nom du Seigneur soit sanctifié. Récitons notre première prière.

En entendant ces mots, aveuglé par ses propres larmes, Grace se souvint de la messe du père Martin. Il tenait toujours Norman Potting, qui tremblait. Il perçut le discours du curé par bribes.

— Mais quelqu'un dira : comment les morts ressuscitent-ils et avec quel corps reviennent-ils ? Ainsi en est-il de la résurrection des morts. Le corps est semé corruptible ; il ressuscite incorruptible. Ô mort, où est ta victoire ? Ô mort, où est ton aiguillon ?

Potting se mit à pleurer plus fort. Grace essaya de le réconforter.

— Nous allons confier Bella à Dieu, dit le père Martin.

Les porteurs baissèrent la tête et descendirent lentement le cercueil.

— Le Seigneur est tendresse et pitié, lent à la colère… Il se souvient que nous sommes poussière, nos jours sont comme l'herbe, comme la fleur des champs, nous fleurissons. Dès que souffle le vent, elle n'est plus, même la place où elle était l'ignore. Mais l'amour du Seigneur est éternel… Nous confions notre sœur Bella Kathleen Moy à Dieu et nous livrons son corps à la terre. Ce qui fut tiré de la terre retourne à la terre. Ce qui fut tiré des cendres retourne en cendres, que la poussière retourne à la poussière, dans le ferme espoir d'une résurrection à la vie éternelle, par notre Seigneur Jésus-Christ.

Après la prière finale, la mère de Bella s'avança, chancelante, au bras d'un membre de la famille et jeta une poignée de terre.

Quelques instants plus tard, Norman Potting lâcha Grace, marcha jusqu'à la tombe et s'agenouilla.

Il sortit du sachet une petite boîte rouge.

Ivre de douleur, il déclara :

— Bella en aura besoin, j'en suis sûr.

Il se pencha en avant et lança une boîte de Maltesers sur le cercueil.

Il se releva tant bien que mal, aidé par Roy.

— J'en suis sûr, dit Potting. Elle les distribuera au Paradis, à chaque personne qu'elle rencontrera.

57

MARDI 16 DÉCEMBRE

— Salut les gars, c'est l'heure de faire un choix ! « L'heure-de-faire-un-choix ! » martela-t-il en gloussant. Qui se souvient de cette réplique ? Felix, Harrison, Marcus ?

— C'était Cilla Black dans l'émission de télé « Blind Date », lança Felix, toujours prompt à donner son avis.

— Non, c'était Hughie Green dans « Opportunity Knocks », il l'a utilisée d'abord, riposta Marcus.

— Qu'est-ce que tu en penses, Harrison ?

— Je n'en sais rien, mais ça me dit quelque chose.

— C'était dans « Blind Date », j'en suis sûr, répéta Felix.

— Je n'ai jamais regardé « Blind Date », objecta Marcus.

— Dis donc, tu as vécu dans une grotte, ou quoi ?

— La vie était plus belle qu'ici, répliqua Marcus, remonté.

— Et la gratitude, Marcus ?

— De quoi est-ce que nous devrions t'être reconnaissants ? poursuivit-il.

— Hou, quelle insolence ! J'aime quand tu te rebelles, Marcus. Ça titille mes phéromones ! Tu n'as jamais vu « Blind Date » ? Tu as passé les années 1990 sur Mars ?

La terre entière a regardé cette émission. Sauf toi, bien sûr.

— Et les 25 % de la population qui n'ont accès ni au téléphone, ni à la télévision, s'entêta Marcus.

— Oh, j'adore ton engagement ! J'aime les personnes qui ont des principes, mais je crois que les chiffres ont baissé. Tes connaissances datent un peu. Je ne sais ce que tu faisais, franchement. Il va falloir qu'on enrichisse ta culture générale. Je vais essayer de trouver des émissions de « Blind Date » pour toi !

— Je pense que Felix a raison, dit Harrison. C'était Cilla Black dans « Blind Date ».

— Eh oui, jubila-t-il. C'est donc Felix qui gagne le prix aujourd'hui ! Félicitons-le ! Felix, le Mars est pour toi ! Je sais qu'il est un peu tôt, mais comme disait ma maman : « Il n'y a pas d'heure, quand on est Irlandais, pas vrai ? »

Il sortit un Mars de sa poche, le déchira et laissa tomber le papier d'emballage.

— Oh, mes aïeux, quel manque de civisme !

Il tendit la barre chocolatée.

— Voilà, Felix, c'est pour toi, et les autres n'ont plus que leurs yeux pour pleurer. Avant que tu mordes dedans, parce que tu ne l'as pas encore tout à fait gagné, donne-moi le vrai nom de Cilla Black.

Il agita le Mars pour le faire saliver.

— Aucune idée, avoua Felix.

— Elle s'appelait Priscilla White ! cria-t-il d'une voix triomphante. Oh, mon cher ami, tu as perdu… Laisse-moi réfléchir. Soit j'offre la barre chocolatée à l'un d'entre vous, soit on la partage. D'abord, j'aimerais connaître votre opinion à propos de mon nouveau projet, Freya Northrop. On est tous d'accord ?

Il brandit une photo.

— Elle est parfaite, pas vrai ?

— Oui, dit Felix.

— Harrison, qu'est-ce que tu en penses ?

— Felix est d'accord parce qu'il veut le Mars, rétorqua Harrison.

— C'est ton genre de fille, dit Marcus.

— Toi, tu essaies d'être gentil pour avoir du chocolat, pas vrai ? Remarque, tu n'as pas tort : c'est mon genre. Elle cuisine, le soir, tandis que son petit ami, Zak, reste au restaurant qu'ils sont en train de rénover. Quand il rentrera à la maison, un soir de cette semaine… Surprise ! Pas de dîner, plus de Freya !

— Tu as quelque chose contre les couples qui vivent dans le péché ? le provoqua Harrison.

— Tu me fais la morale ou quoi ?

— C'est juste une remarque.

— Simple coïncidence, mon vieux. J'ai l'impression que tu es très remonté, ce matin. Il est 6 h 15 et je n'ai pas encore pris mon petit déjeuner.

Il mordit dans le Mars.

— Miam, ça faisait longtemps que je n'en avais pas mangé, baragouina-t-il la bouche pleine. Qu'est-ce que c'est bon ! Trop bon pour que je le partage ! Je vais être très occupé, aujourd'hui, il faut que je prenne des forces. Désolé, tout le monde ! les nargua-t-il en enfonçant le dernier bout dans sa bouche.

— Bâtard ! lâcha Marcus.

Il acquiesça.

— Tu n'as pas tort, Marcus. Tu ne t'es d'ailleurs jamais trompé sur mon compte…

58

MARDI 16 DÉCEMBRE

Peu après 7 heures, Roy Grace s'installait dans son bureau, une tasse de café à la main. Il réfléchit aux événements de la veille, en particulier à la première réunion de la cellule de crise, organisée après les funérailles et avant la conférence de presse et la réunion du soir. Dehors, il faisait encore noir et il pleuvait. Le supermarché Asda et la ville de Brighton étaient à peine visibles.

Entre deux piles de documents à lire se trouvait un petit sandwich aux œufs et aux tomates que Cleo lui avait préparé pour son petit déjeuner et emballé dans du papier aluminium. Elle avait ajouté six grains de raisin, après avoir lu dans un magazine que six grains de raisin par jour étaient le nouveau truc anti-âge. Et la tomate protégeait apparemment des cancers. Depuis la naissance de Noah, Cleo était plus attentive que jamais à leur régime alimentaire. Elle, qui n'avait jamais été angoissée, était devenue un peu anxieuse. *L'instinct maternel, sans doute*, songea-t-il.

Épuisé, il regarda une photo de la personne non identifiée accrochée à son tableau. DCD… Il n'était pas ravi d'accueillir le commandant Paul Sweetman, l'officier de Londres. Cassian Pewe ne lui inspirait toujours pas confiance.

Certains l'avaient félicité pour son oraison funèbre, mais ces compliments ne l'avaient guère apaisé. Il n'était certes pas responsable de la décision de Bella d'entrer dans l'immeuble en feu, mais cela ne l'empêchait pas de se sentir coupable. L'incendie avait été déclenché par Bryce Laurent, l'homme qu'il traquait. S'il l'avait arrêté plus tôt, Bella serait encore vivante.

Il n'arrêtait pas de repenser à l'opération Tamanoir, initiée pour protéger Red Westwood de son ex. Celui-ci avait depuis péri dans l'incendie de sa cellule, à la prison de Lewes – un suicide, apparemment. Cette information l'avait soulagé. Il aurait aimé que l'homme soit jugé, il aurait aimé comprendre comment quelqu'un pouvait agir ainsi, mais, d'un autre côté, Red Westwood était désormais à l'abri du danger.

Comme tous les matins, il ouvrit le fil d'informations interne et passa en revue les incidents de la nuit. Une tentative de viol à l'encontre d'un homosexuel à Kemp Town, une évasion de la prison de Ford – le détenu avait été retrouvé à Hollingbury –, un vol à l'arraché, une effraction dans une maison de Hove, où rien n'avait été volé selon les propriétaires, un chef cuisinier et sa petite amie, un cambriolage dans une résidence universitaire près de Elm Grove, où deux ordinateurs portables avaient été dérobés.

Il se concentra sur la réunion du matin. Il entreprit de déballer son sandwich et remarqua, posé sur son bureau, un dossier avec un Post-it jaune sur lequel Glenn Branson avait écrit : « Jette un œil ! »

Il reposa son petit déjeuner et ouvrit le document. Il sentit une décharge électrique lui traverser le corps.

Il s'agissait du portrait-robot de la victime du lagon, dessiné par ordinateur à partir de la structure du crâne. Il y avait plusieurs versions, avec différentes coupes de cheveux. Il avait devant lui une jolie jeune femme d'une vingtaine d'années avec de longs cheveux bruns.

— Merde ! s'exclama-t-il.

— Pas mieux, renchérit Branson, que Grace n'avait pas entendu arriver.

Son collègue avait l'air beaucoup plus frais que lui et il dégageait un parfum musqué plus fort que d'habitude.

— Pour la coupe de cheveux, c'est une simple projection, bien sûr. Les quelques mèches retrouvées n'offrent pas beaucoup d'informations.

— Elles se ressemblent toutes.

Grace regarda le visage inexpressif.

— Emma Johnson, Logan Somerville, Ashleigh Stanford, Katy Westerham et maintenant cette jeune femme non identifiée. Deux sont mortes il y a trente ans. Trois ont disparu ces dernières semaines.

Branson s'assit à califourchon sur une des chaises et croisa les bras sur le dossier, pensif. Il fixa son collègue et mentor.

— Comment s'est passée la réunion de la cellule de crise ?

— Bien. Nous sommes tombés d'accord sur trois principaux objectifs : la sécurité des citoyens de Brighton et Hove, l'enquête et la stratégie avec les médias.

— Tu veux que je sois à tes côtés pendant la conférence de presse ?

— J'aurais bien aimé, mec, mais le Mister Crâneur veut être là pour pouvoir récolter tous les honneurs si nous réussissons et me faire porter le chapeau si c'est la Bérézina.

Grace jeta un nouveau coup d'œil aux photos et repensa aux conseils que les spécialistes lui avaient donnés. Ne négligeait-il aucune piste ?

— J'ai eu quelques infos dans la nuit : les noms des gars qui ont coulé le sentier du lagon. Ils étaient sept au total. Trois vivent en Angleterre. Deux d'entre eux ont été localisés et seront interrogés ce matin, dit Glenn Branson. Trois sont décédés depuis et l'un d'eux a émigré en Australie.

— Il faut qu'on le trouve et qu'on l'interroge, s'il est toujours en vie. C'est un suspect potentiel.

— Norman Potting connaît quelqu'un à la police de Melbourne. Le type s'est installé en Australie il y a près de vingt ans. Il va nous falloir plusieurs jours pour le retrouver.

— Nous n'avons pas plusieurs jours, Glenn.

— Je veux bien faire l'aller-retour !

— J'ai besoin de toi. Si on envoie quelqu'un, et il n'y a rien de moins sûr, ce sera Norman, pour lui changer les idées. Au fait, comment ça se passe avec l'irrésistible journaliste de l'*Argus* ?

Glenn Branson leva les mains en l'air.

— Qu'est-ce que c'est que ce geste ?

— Je suis prudent, avec Shioban.

— Dans quel sens ?

Branson fit mine de zipper sa bouche.

— Ne change rien, alors.

— Elle comprend.

— C'est une journaliste, mec. Les journalistes bouffent leurs petits. O.K. ?

— Les journalistes et les flics de la circulation.

— Sauf que je ferais davantage confiance à un flic de la circulation qu'à une journaliste.

— Elle est cool, promis. Je la connais bien, depuis le temps.

Grace lui jeta un regard de travers. Mais à vrai dire, il n'était pas contre l'idée d'avoir un reporter à leur botte.

Il observa de nouveau la photographie avec la marque au fer rouge.

— Quelqu'un appelle tous les forgerons et maréchaux-ferrants de la région pour savoir qui a forgé ce fer ? Une commande de ce genre, ça ne s'oublie pas.

— Il n'y a plus beaucoup de forgerons, de nos jours. Et oui, j'ai une équipe sur le coup, mais aucun résultat pour le moment. Peut-être que le meurtrier l'a fabriqué lui-même.

Grace hocha la tête. Comment un assassin pouvait-il en venir à marquer ses victimes ainsi ? Quelle était la symbolique ? Pouvoir ? Possession ? Les moutons et les vaches étaient souvent marqués, pour qu'on sache à qui ils appartenaient. Les esclaves aussi. Les juifs, dans les camps de concentration, avaient également été tatoués pour être identifiés. Le *branding* était un symbole de pouvoir.

Tu m'appartiens, je peux faire de toi ce que je veux. Tu n'es rien de plus que du bétail.

Il avait une idée derrière la tête et avait bien envie de la confier à la journaliste de l'*Argus*.

— Mec, j'aimerais que tu demandes à Shioban de nous rendre service.

Branson fut surpris.

— Pas de problème.

— Sur un plan strictement professionnel, on est d'accord ?

Le commandant sourit.

59

MARDI 16 DÉCEMBRE

Adrienne Macklin aimait bien son boulot de réceptionniste du camping Roundstone Caravan, dans la banlieue de Horsham, ville prospère située à trente-cinq kilomètres au nord de Brighton, disposant d'un centre commercial moderne, au beau milieu de la sublime campagne du Sussex. Elle était chargée de vendre des caravanes, qu'il s'agisse de caravanes d'occasion ou de mobil-homes de luxe et de gérer le camping, qui comprenait deux cents mobil-homes.

Certains propriétaires étaient des résidents permanents, mais la plupart venaient juste pendant les vacances, plusieurs fois par an. Pas forcément de la région, parfois de plus loin. Et puis il y avait ce monsieur de l'unité R-73.

Veuve, Adrienne était à l'affût d'un partenaire potentiel et ce gentleman lui plaisait beaucoup. Il était bel homme, charmant, toujours de bonne humeur, mais chaque fois qu'elle avait essayé d'engager la conversation avec lui, il avait poliment esquivé. Elle ne savait donc rien sur lui. Depuis plusieurs années, il possédait un luxueux mobil-home, qu'il gardait dans un état impeccable. Ses visites étaient sporadiques. Tantôt il venait pendant la semaine, tantôt le week-end. Il lui arrivait de rester quelques jours, même si, la plupart du temps, ce n'était que quelques heures. Il était toujours seul, arrivait avec des piles de journaux et de magazines et un sac de victuailles Waitrose, duquel dépassait souvent une bouteille de vin.

Un jour, elle lui avait demandé ce qu'il faisait dans la vie.

— Oh, je suis dans l'informatique, ce genre de chose, rien de passionnant.

— Moi, je trouve ça passionnant, avait-elle rétorqué en essayant d'engager la conversation.

— Croyez-moi, ma chère, ça ne l'est pas du tout.

La fois où elle avait essayé de savoir où il habitait, il avait répondu d'un ton enjoué :

— Çà et là… Je prévois de prendre ma retraite ici et cela ne saurait tarder !

Elle espérait donc le voir un jour s'installer dans son camping et avoir l'occasion de faire enfin connaissance avec lui.

En attendant, elle menait son enquête et épiait son mobil-home en son absence. Un jour, elle avait même tenté d'y entrer, car elle possédait la plupart des doubles des clés, mais sans succès. Il y avait trois verrous et la porte était blindée. Les fenêtres, stores baissés, n'apportaient aucun indice. Impossible de voir à l'intérieur. C'était de toute évidence, un homme très secret.

Parfois, elle se demandait s'il n'était pas un peu pervers. Qu'est-ce qu'il faisait, dans son mobil-home, avec tous ses journaux et magazines ?

Deux ans auparavant, sa fille Hayley, étudiante, était venue lui donner un coup de main, l'été, pour se faire un peu d'argent de poche. C'était la seule fois où Adrienne avait pu discuter avec lui. L'homme avait flashé sur Hayley. Il était resté à l'accueil pendant des heures, à discuter musique avec elle. Ils étaient tous les deux fans des Kings. Il lui avait parlé d'un pub, dans le nord de Londres, que Ray Davies avait fréquenté. C'était la première fois qu'elle avait été jalouse de sa fille. Mais Hayley l'avait remise à sa place après qu'il avait quitté le bureau, une pile de magazines sous le bras.

— Qu'est-ce qu'il est bizarre, ce mec ! s'était exclamée Hayley.

— Je le trouve plutôt séduisant…

— Tu délires complètement !

60

MARDI 16 DÉCEMBRE

Après la réunion de la cellule de crise, qui avait eu lieu à 11 heures, Cassian Pewe entra d'un pas exagérément assuré dans la salle de conférences de la Malling House, au quartier général de la police du Sussex. Il portait une chemise blanche amidonnée à épaulettes et une cravate noire.

Roy Grace, qui avait opté pour un costume bleu marine, le rejoignit sur le podium et se retrouva face à une foule de journalistes. Un déluge de flashes s'abattit sur eux. Il y avait des années de cela, on lui avait conseillé de respirer profondément plusieurs fois de suite pour se calmer et relancer son énergie, avant de prendre la parole en public.

Il y avait au moins cinquante personnes. Il reconnut les équipes de télévision de Skynews, Latest TV, BBC Sud et des reporters de Radio Sussex et de Juice FM. Une demi-douzaine de visages ne lui étaient pas familiers. À leur gauche prit place la directrice de la police régionale, vêtue d'un tailleur gris et d'un chemisier blanc, ainsi que la présidente du conseil municipal de Brighton et Hove, Philippa Tomsett, elle aussi tirée à quatre épingles. Le silence se fit. Pewe prit la parole, mais personne ne l'entendit.

— Rapprochez-vous du micro, lui chuchota Grace.

Il y eut des craquements et des grésillements.

— Merci à tous d'être venus. Je suis le commissaire principal Cassian Pewe, responsable de la brigade judiciaire du Sussex. À ma droite, le commissaire Roy Grace, qui dirige l'opération Charrette de foin. À ma gauche, la directrice de la police régionale et la présidente du conseil municipal. Je vais demander au commissaire Grace de faire le point sur l'enquête, puis vous pourrez nous poser vos questions.

Dès que Grace eut terminé, un océan de mains se leva. Shioban Sheldrake fut la plus rapide.

— Commissaire Grace, pouvez-vous nous confirmer que vous pensez que la disparition de deux femmes à Brighton, ces dernières semaines, Mlles Logan Somerville et Ashleigh Stanford, a un lien avec la disparition, il y a deux semaines, de Mlle Emma Johnson ?

Grace respira un grand coup et s'approcha du micro.

— Oui, et nous suspectons le ravisseur de ces trois jeunes femmes d'avoir tué à deux reprises, il y a trente ans environ. Je veux parler du meurtre non élucidé de Catherine Jane Marie Westerham, étudiante de 19 ans à l'université du Sussex, qui n'est pas rentrée chez elle en décembre 1984 et dont la dépouille a été retrouvée dans la forêt de Ashdown en avril 1985. Nous pensons également que la jeune femme dont le squelette a été retrouvé près du lagon de Hove date de la même époque.

Il désigna un écran derrière lui, sur lequel étaient projetées les photos d'Emma Johnson, Logan Somerville et Ashleigh Stanford.

— Notre priorité aujourd'hui est de retrouver ces trois jeunes femmes, c'est pourquoi nous passons un appel à témoins. Nous invitons tous ceux possédant des informations à contacter la plate-forme Crimestopper ou à appeler le centre opérationnel, aux numéros que vous voyez derrière moi.

Un journaliste mal fagoté, entre deux âges, que Grace ne connaissait pas, l'interpella.

— Commissaire, êtes-vous en train de nous dire qu'un tueur en série, qui avait disparu de la circulation pendant trente ans, est de retour à Brighton et Hove ?

Grace sentit le poids du silence. Il avait soigneusement préparé sa réponse.

— Nous sommes à la recherche d'un homme d'une cinquantaine d'années qui présente des penchants sadiques, qui cible un certain type de jeunes femmes et qui connaît bien la ville. Il a déjà commis quelques erreurs, que je ne peux pas vous révéler. Nous savons qu'il marque ses victimes au fer rouge des lettres DCD.

Celles-ci apparurent à l'écran.

— Je vous informe donc que nous l'appelons « le Tatoueur de Brighton ».

Une vague de questions s'abattit sur lui.

— Où sont-elles marquées ?

— Avec quoi est-ce qu'il les marque ?

— Quelle est la taille du tatouage ?

— Qu'est-ce que cela veut dire ?

Roy tenta de calmer le public d'un geste rassurant.

— Nous ne connaissons pas le sens de ce tatouage, mais je peux vous dire qu'il mesure approximativement un centimètre sur deux.

Une autre question lui parvint, du fond de la pièce.

— Comment expliquez-vous les trente ans d'écart, commissaire ?

— Tout ce que nous savons, c'est qu'il n'a pas frappé dans notre ville. Il est possible qu'il ait déménagé. Il y a de nombreux exemples dans notre pays et à l'étranger.

— Êtes-vous sûr que le tueur soit un homme ? demanda une femme au visage anguleux, placée à l'avant.

— Oui, nous avons des preuves médico-légales.

— Lesquelles ? Du sperme ?

— Nous ne pouvons pas divulguer cette information pour le moment, dit Grace. Nous aimerions que d'éventuels témoins ayant aperçu un vieux break Volvo gris ou bleu foncé à Kemp Town ou sur Dyke Road, près de la résidence Chesham Gate, entre 17 et 18 heures, jeudi dernier, se manifestent.

Il ne révéla pas la plaque d'immatriculation.

Un homme aux cheveux gris, avec une casquette de base-ball, qui se trouvait à côté du cameraman de Latest TV, l'interpella.

— Avez-vous un ou plusieurs suspects pour le Tatoueur de Brighton, commissaire ?

Grace fut agréablement surpris d'entendre le surnom choisi.

— Pas pour le moment. Nous travaillons avec des experts psychiatres et un psychologue. Cette situation est exceptionnelle, mais nous ne voulons pas créer d'inquiétude inutilement. Nous donnerons des conseils aux jeunes femmes de Brighton et Hove et augmenterons la présence policière dans les rues.

Pewe se pencha soudain en avant et prit la parole.

— Ce qu'il faut retenir, c'est que nous ne voulons pas créer de panique. Nous pensons être sur le point de procéder à une arrestation.

Grace le fusilla du regard. Son supérieur était un cas désespéré. Il venait de prononcer le mot que Roy avait pris soin d'éviter. « Panique ». Et il venait de promettre une arrestation imminente, ce qui tenait du vœu pieux.

— Commissaire principal, pensez-vous que les habitants de Brighton devraient prendre des précautions particulières pour se protéger contre le Tatoueur de Brighton ?

Une avalanche de questions s'ensuivit.

— Commissaire principal, conseillerez-vous à toutes les femmes de rester chez elles jusqu'à ce que le Tatoueur de Brighton soit arrêté ?

— Commissaire, quels conseils donnez-vous aux jeunes femmes de la ville ?

— J'aimerais demander à la directrice de la police régionale si elle entend réhabiliter le budget et le nombre de policiers dont cette ville disposait autrefois ?

Nicola Roigard donna les chiffres correspondant aux efforts que la police faisait pour cette enquête et pour assurer la sécurité de la communauté.

— Commissaire, pouvez-vous nous dire exactement quelles sont les mesures prises pour arrêter cet homme, que vous appelez le Tatoueur de Brighton ?

— Commissaire, y a-t-il un message que vous aimeriez faire passer pour rassurer les résidentes du Sussex ?

Grace se pencha vers le micro et essaya plusieurs fois de parler, mais sa voix était inaudible. Quand le brouhaha faiblit, il expliqua comment la population pouvait les aider dans cette enquête.

Une heure après la fin de la conférence, l'*Argus* titra sur son site : LE CHEF DE LA POLICE NE VEUT PAS DE PANIQUE MALGRÉ LA PRÉSENCE D'UN TUEUR EN SÉRIE À BRIGHTON.

Aux informations nationales, aussi bien à la radio qu'à la télévision, les titres furent consacrés à la panique à Brighton, suite au retour d'un tueur en série.

Le visage fermé, Grace rejoignit son équipe à la réunion de 18 h 30. Sur son carnet, ouvert devant lui, il avait écrit « branleur » et souligné le mot plusieurs fois.

Pour le moment, il devait rester maître de ses émotions.

61

MARDI 16 DÉCEMBRE

— Monsieur le Tatoueur de Brighton ! gloussa Harrison.

Felix rugit de plaisir.

— Le Tatoueur de Brighton, qu'est-ce que c'est drôle ! J'adore ton nouveau nom. Tu es une marque déposée, maintenant !

Il regardait les informations télévisées de 22 heures, consacrées au vent de panique qui soufflait sur Brighton.

— Vous allez me lâcher un peu ? grogna-t-il.

— Il faut que tu admettes que c'est marrant.

— Va te faire foutre, Harrison.

— Merci pour la proposition, je le ferais si je pouvais.

— Tu veux que je te mette un ananas dans le cul ?

— Une nana ?

Felix rigola.

— Ça te fait rire, Felix ?

— Hé oh, dit Felix, du calme, mec ! Tu ne vois pas le but de la manœuvre de M. Je-Sais-Tout, alias inspecteur Grace ?

— *Commissaire* Grace, aboya-t-il. Si, il essaye de me faire passer pour un homme cruel et sadique.

— Dans ce cas, il ne va pas avoir trop de mal, murmura Marcus.

— Répète, Marcus ? Répète ce que tu viens de dire ?

— Regarde, dit Harrison. Tu es tout chamboulé et c'est exactement ce que le commissaire Grace espère. Il te provoque, il veut te mettre en colère. Tu ne t'en rends pas compte ? Ce qu'il attend, c'est que tu fasses une erreur. Et quand ça arrivera, qu'est-ce qu'on deviendra, nous ? « Nous sommes à la recherche d'un homme d'une cinquantaine d'années qui présente des penchants sadiques, qui cible un certain type de jeunes femmes et qui connaît bien la ville. Il a déjà commis quelques erreurs, que je ne peux pas vous révéler », poursuivit Harrison, reprenant le discours diffusé à la télévision.

— Tu as commis des erreurs ? Lesquelles ? Je pense qu'il va falloir que l'on te punisse, pas vrai, les amis ? Qu'est-ce qu'on fait maintenant ?

— Je sais très bien ce qu'on va faire. Cette petite merde de commissaire va se voir infliger le supplice de l'ananas. Je n'ai pas fait d'erreur. Je vais m'en occuper, de ce flic.

— Ah oui ? Et comment ?

— Je vous confie la maison, les gars.

— Pourquoi pas ? dit Felix. Ce n'est pas comme si on avait autre chose de prévu !

— On va te laisser faire ta prochaine erreur, dit Harrison.

Il le fusilla du regard, puis se tourna vers le visage satisfait de Roy Grace, à la télé.

— Tu vas le regretter, commissaire. Tu vas regretter ce que tu viens de dire sur moi.

— On sait que tu es plutôt doué pour la vengeance, dit Felix.

— Je confirme, dit Harrison.

— Et moi donc, dit Marcus.

62

MARDI 16 DÉCEMBRE

À 22 h 30, épuisé, Roy Grace déposa Paul Sweetman devant la Limehouse Guesthouse, maison d'hôtes où ce dernier résidait pendant son séjour à Brighton.

Pour le moment, tout se passait bien. Grace appréciait cet homme aux cheveux bouclés, discret et sérieux, mais doté d'un solide sens de l'humour, et pas du tout agressif, contrairement à la plupart des policiers londoniens qu'il avait croisés dans sa carrière.

Sweetman était arrivé en milieu d'après-midi, ils avaient parcouru ensemble le livre d'enquête, puis il avait assisté à la réunion de 18 h 30. Grace l'avait invité à dîner dans un restaurant de poissons traditionnel et ils étaient retournés travailler à la Sussex House pendant deux heures.

Il passerait le prendre le lendemain à 7 heures. Ils poursuivraient leur analyse avant la réunion, où il retrouverait l'expert psychologue Tony Balazs pour discuter stratégie. Comme prévu, la fièvre s'était emparée des médias. Il n'avait pas réussi à faire le point avec Glenn Branson et Iain Maclean, qui avançaient sur l'enquête. Le centre d'appels qu'il avait ouvert, à grand renfort de personnel supplémentaire, avait reçu des centaines de témoignages. Cette équipe était exténuée, à force de filtrer les informations et d'identifier les priorités.

Il tourna à droite sur Marine Parade, vers les lumières du bord de mer, la grande roue de Brighton et la jetée, qui flottaient dans un brouillard vaporeux. Il ne savait pas trop comment Cleo allait le recevoir. Elle avait dû annuler un atelier pour bébés auquel elle avait inscrit Noah, parce que les déménageurs étaient arrivés plus tôt que prévu avec les cartons.

Son téléphone sonna.

Il décrocha avec son kit mains libres. C'était Andy Anakin, qui, comme d'habitude, était stressé au dernier degré.

— Roy, le cadavre d'une femme a échoué sur la plage devant le centre de loisirs King Alfred. Voudrais-tu te rendre sur place avant qu'il soit transféré à la morgue ? Il a été découvert par un jeune couple.

Qui se balade en amoureux sur la plage par ce temps, à cette heure-ci ? ne put s'empêcher de penser Grace.

Il n'en avait aucune envie. Le centre de loisirs se trouvait non loin du lagon de Hove. Il se demanda si c'était là-bas que le Tatoueur se débarrassait de ses victimes.

— Que sait-on pour le moment, Andy ? Quel âge a-t-elle ? Dans quel état est-elle ? À quoi ressemble-t-elle ?

— Un agent est sur place avec le représentant du coroner. Le corps est décomposé. Son visage a été dévoré par les poissons.

— Et ses cheveux, ils sont de quelle couleur ? Courts ou longs ?

— Je n'ai pas posé ces questions.

— Ce serait bien de le faire et de me tenir au courant, Andy.

— La couleur de ses cheveux et leur longueur ?

Nom de Dieu, qu'est-ce qu'il peut être énervant quand il s'y met, songea Grace.

— Oui, et son âge, même approximatif.

Anakin lui promit de le rappeler dans les meilleurs délais.

Dix minutes plus tard, Grace se gara, traversa la rue et composa le code de la résidence que Cleo et lui s'apprêtaient à quitter à la fin de la semaine. Un panneau de l'agence immobilière, « Vendu », était planté non loin. Il passa dans la cour pavée, puis entendit Humphrey aboyer quand il enfonça la clé dans la serrure.

Le chien lui sauta dessus. Cleo était allongée sur le canapé. Un verre de vin rouge à la main, elle fixait la télévision – une scène de dévastation en Irak. En temps normal, elle se levait et se jetait dans ses bras quand il arrivait. Cette fois, elle ne prit même pas la peine de tourner la tête.

— Bonsoir, ma chérie, je suis désolé d'être en retard.

— Je t'ai laissé de quoi dîner.

— J'ai déjà mangé, je te l'ai dit. J'ai été coincé toute la soirée avec le commandant de Londres.

— Non, dit-elle froidement, tu ne me l'as pas dit. Tout ce que je sais, c'est que tu devais rentrer avant 20 heures pour m'aider à faire les cartons.

— Oh, merde.

Il se rendit soudain compte qu'il avait oublié de la prévenir.

— Je suis désolé.

Il se pencha et l'embrassa sur la joue. Elle ne réagit pas.

— Ma chérie, je suis vraiment navré. Cette journée a été un enfer.

— Donc toi, tu as le droit d'avoir une journée de merde, mais pas moi ?

— Qu'est-ce que tu racontes ? Il faut que je boive un truc. Où est le vin ?

Elle désigna la table. La bouteille était vide.

— Tu as tout bu ?

— Oui.

— Je pensais que… L'allaitement…

— Tu n'as pas tort, je ne suis pas censée boire quand j'allaite. Et alors, qu'est-ce que tu vas faire ?

— Doucement…

Il s'assit sur le canapé et passa un bras autour d'elle. Elle le repoussa.

— Je n'en peux plus, Roy. Comment est-ce que tu veux que je tienne le coup ? Noah a pleuré toute la journée et je ne peux pas faire les cartons toute seule.

— On va trouver de l'aide, dit Grace. Demander à ta sœur et à tes parents.

Elle se détendit un peu. Elle n'y avait pas pensé.

— Je vais aussi contacter Rosie et Caroline.

Rosie et Caroline étaient ses meilleures amies.

— Je pensais que c'étaient les déménageurs qui feraient les cartons ?

— Oui, mais il faut quelqu'un pour les guider. C'est tellement dur. Je sais que tu ne peux rien faire à cause de cette affaire, mais ça tombe vraiment mal.

Son téléphone sonna. Il se leva pour répondre. C'était Anakin.

— Roy, la victime a les cheveux gris, coupés court. Elle doit avoir une cinquantaine ou une soixantaine d'années.

— On en est sûrs ?

— Le corps est resté longtemps dans l'eau, mais l'âge est fiable.

Grace fut soulagé.

— C'est une bonne nouvelle, Andy.

— Une bonne nouvelle ?

— Enfin, je me comprends.

— Je suis content pour toi.

— Je pense qu'on ne peut rien faire de plus ce soir. Attendons l'autopsie. On saura demain matin si les causes de la mort sont suspectes.

— On n'est pas à l'abri d'une autre bonne nouvelle, dit Anakin, sarcastique.

Il n'était pas rare que des corps échouent sur les plages de Brighton et Hove. Les marées et les courants de la Manche faisaient que les suicidés dérivaient vers l'ouest. Pour le moment, Grace était soulagé que ce ne soit pas une jeune femme aux longs cheveux bruns.

Il raccrocha et se tourna vers Cleo. Elle avait disparu. Son verre vide était posé à côté de la bouteille.

Il monta à l'étage. Arrivé sur le palier, il entendit Noah hurler.

63

MERCREDI 17 DÉCEMBRE

À la réunion de 18 h 30, Sarah Milligan, spécialiste du logiciel Holmes, annonça que son équipe avait identifié la victime du lagon et qu'ils attendaient une confirmation de l'ADN. Il s'agissait de Denise Patterson, qui avait disparu de son domicile, à Aldwick Bay, Bognor Regis, une trentaine d'années auparavant, à l'âge de 19 ans. Comme les autres victimes, elle avait sans doute de longs cheveux bruns à l'époque.

Roy Grace montra son portrait en noir et blanc. En l'observant, il repensa à sa propre vie. Il y a trente ans, il avait 10 ans et jouait à faire voguer des petits bateaux sur le lagon de Hove.

Il culpabilisait de laisser Cleo se débrouiller avec le déménagement et leur bébé. Elle gérait plutôt bien, malgré tout. Elle se mettait rarement en colère, en dépit de ce qu'elle devait endurer. Il ne pouvait pas s'empêcher de la comparer à Sandy, qui piquait sans arrêt des crises, sous prétexte qu'il travaillait trop. Les meurtres étaient commis n'importe quand. De jour, de nuit, au milieu d'un anniversaire, les officiers de la police judiciaire devaient tout lâcher pour se consacrer à l'enquête. Les premiers jours, c'était non-stop.

Les conjoints n'appréciaient guère. Cleo, elle, était régulièrement de permanence, à la morgue. Elle savait et acceptait.

Norman Potting faisait peine à voir. Il avait revêtu un costume que Bella l'avait aidé à choisir. Leurs regards se croisèrent. Potting esquissa un sourire stoïque.

Devant Grace se trouvait un exemplaire de l'*Argus* du jour. Le journal ne faisait rien pour minimiser la dangerosité de la situation. La une annonçait : LE TATOUEUR DE BRIGHTON PRÊT À FRAPPER DE NOUVEAU ?

Tous les tabloïds nationaux avaient repris l'information. *The Mirror* se demandait, par exemple, si Brighton allait récupérer son titre de capitale du meurtre.

Roy Grace ouvrit son carnet.

— Pour les nouveaux membres de cette équipe, je vais résumer les deux enquêtes.

Il fit le récapitulatif des circonstances de la disparition d'Emma Johnson.

— Nous communiquons très peu à propos d'Emma. Ce n'est pas la première fois qu'elle disparaît, mais cette fois les circonstances sont plus mystérieuses. Je suis sûr qu'il y a une connexion avec celui que nous avons surnommé le Tatoueur de Brighton. Son profil a été ajouté à l'opération parce qu'elle ressemble aux autres filles.

Il tourna une page et reprit :

— Nous allons maintenant aborder les nouvelles informations dont nous disposons sur le squelette du lagon. La victime a été identifiée comme étant Denise Patterson, disparue en septembre 1984. Lucy Sibun pense qu'elle a été déplacée et réenterrée au lagon au milieu des années 1990.

Il détailla le rapport médico-légal, ainsi que les autres analyses en cours.

Il résuma ensuite l'enquête consacrée au meurtre de Catherine Westerham, en 1984, aussi. Cette affaire avait été rouverte deux ans plus tôt, mais aucun nouvel élément n'était apparu. Il présenta les pistes explorées par les différents membres de son équipe.

— Je vais maintenant vous parler des deux cas les plus récents, Logan Somerville et Ashleigh Stanford, en commençant par Logan. Il est à peu près certain désormais que son fiancé, Jamie Ball, n'est pas impliqué. Il n'y a que très peu de témoignages au sujet de sa disparition. C'est son apparence physique qui la connecte au tueur en série.

Il but une gorgée de café.

— Pour finir, je vais aborder la cinquième victime, Ashleigh Stanford, qui n'a pas été vue depuis samedi matin. Il semblerait qu'elle ait été enlevée alors qu'elle rentrait chez elle à vélo. Son téléphone portable a été retrouvé. Elle aussi ressemble aux autres jeunes femmes.

Il détailla cette affaire, puis marqua une pause pour laisser aux membres de son équipe le temps de prendre des notes.

— Dans les jours à venir, nous allons être très occupés et les journées vont être longues. J'espère que nous réussirons à déstabiliser le tueur grâce à nos déclarations dans les médias. Nous publierons des portraits-robots et tiendrons deux conférences de presse par jour. L'opinion publique va réagir, il ne faut pas se laisser distraire. Tenez-vous prêts à passer à l'action rapidement, il est possible que l'on procède à un raid, à des perquisitions, et, je l'espère, à des interrogatoires. Les circonstances sont difficiles, et je suis sûr que Bella serait aussi fière de vous que je le suis.

Grace remarqua que Tish Hannington, sa nouvelle assistante, patientait à l'entrée de la salle de conférences.

— Excusez-moi, dit-il en se dirigeant vers elle.

Trente-huit ans environ, elle était bien habillée, mince et imperturbable. Elle tenait à la main une petite enveloppe kraft.

— Roy, le rédacteur en chef de l'*Argus* vient de nous faire parvenir ceci. Il a trouvé ce pli en arrivant au bureau ce matin. Quelqu'un l'a mis dans leur boîte aux lettres cette nuit.

— Je ne suis pas très content d'eux… La façon dont ils ont monté l'affaire en épingle, avec leurs gros titres… On n'a pas besoin de ça. Qu'est-ce qu'il y a là-dedans ?

— Je pense que vous devriez regarder tout de suite.

Il glissa une main dans l'enveloppe. À l'intérieur se trouvaient deux pochettes en plastique. Il les examina, puis leva les yeux vers son assistante.

— Nom de Dieu !

64

MERCREDI 17 DÉCEMBRE

Vingt minutes plus tard, Roy Grace prenait place autour de la table de conférences de son bureau aux côtés du commandant Sweetman et de Tony Balazs. Les deux enquêteurs avaient les cheveux courts et des cravates sombres, tandis que l'expert arborait des cheveux argentés, ondulés, et une lavallière de couleur vive. Grace trouvait parfois qu'il ressemblait plus à un antiquaire qu'à un psychologue.

Tous trois observèrent les deux permis de conduire verts, abîmés, vieux de trente ans. Le premier avait été délivré à Catherine Jane Marie Westerham. Le second à Denise Lesley Anne Petterson. Il y avait aussi une feuille A4 imprimée.

Dites au commissaire Grace qu'il a, de toute évidence, besoin d'aide pour identifier la Dame du Lagon. Demandez-lui qui est le plus malin quand il aura reçu ce cadeaux. Je ne fais pas d'erreurs.

— Il a mis un « x » à « cadeau », fit remarquer Balazs.

— Est-ce que ça a une signification particulière ? lui demanda Grace.

— Oui, ça veut dire qu'il est mauvais en orthographe !

— Et qu'il fait des erreurs ! dit Grace.

Les trois hommes esquissèrent un sourire.

— Est-ce qu'il y a des caméras devant l'*Argus* ? A-t-on les bandes d'hier soir ? demanda Sweetman.

— Oui.

— On voit qui a déposé cette enveloppe ?

— C'est l'homme invisible. Il porte un chapeau, des lunettes noires et une écharpe qui lui couvre le nez. Haydn Kelly, assisté d'un technicien, est sur place pour voir s'il y a des empreintes à relever et si elles sont similaires à celles du parking de Chesham Gate. Il n'y a pas tant de passage que ça, la nuit, devant l'*Argus*. Nous allons aussi visionner toutes les bandes des caméras des alentours, au cas où on verrait une voiture roulant au ralenti.

Grace alla chercher un dossier sur son bureau, l'ouvrit et dit :

— Denise Patterson figurait sur notre liste de personnes portées disparues. Son âge et sa description physique correspondent. Avec un peu de chance, nous confirmerons son identité grâce à son ADN ou à des radios dentaires. Le fait que l'on reçoive ces permis de conduire prouve qu'elle est liée à notre enquête. Que peux-tu nous dire à propos de cette note ?

Balazs hocha la tête.

— Il a un ego démesuré, mais fragile. Quand tu as suggéré qu'il avait fait des erreurs, il a pris la mouche comme on l'espérait. Le fait qu'il ait gardé les permis indique qu'il conserve des souvenirs. Je me demande s'il collectionne aussi des trophées.

Les trophées pouvaient être des cheveux de la victime, un bijou, un vêtement ou un bout de peau. Ils montraient parfois que la personne était très seule et que ces objets lui servaient d'amis.

— Il veut reprendre la main, avec ce message, fit remarquer le commandant Sweetman.

— Tout à fait d'accord, dit Balazs. Il pense l'avoir, maintenant. Égotiste comme il l'est, il doit être certain de nous avoir aidés à l'identifier. Selon moi, il faut remettre les pendules à l'heure.

— Et si, lors de la conférence de presse de la mi-journée, on minimisait l'importance de son geste dans l'espoir qu'il nous envoie davantage de trophées ? Je pourrais par exemple annoncer que l'*Argus* a reçu un courrier d'un expéditeur qui prétend être le Tatoueur.

— S'il est aussi intelligent que nous le pensons, il va comprendre que l'on fait exprès de le rabaisser. Cela va le pousser à passer à l'action, dit Sweetman.

— Quel genre d'action, Paul ? Tu penses qu'il va tuer de nouveau ? demanda Grace.

— C'est très possible. Nous savons qu'il va le faire de toute façon. C'est juste une question de temps. Avec un peu de chance, s'il agit dans la précipitation, il sera moins bien préparé, commettra une erreur et nous pourrons l'arrêter.

Après la réunion, Grace appela Cassian Pewe et l'informa des initiatives qu'il comptait prendre, avec l'accord du commandant Sweetman. Il voulait l'aval du commissaire principal. Pewe lui répondit d'une voix glaciale :

— Roy, je pense que tu as pris une mauvaise décision en rendant cette affaire publique. Comme le commissaire divisionnaire et moi-même le craignions, la ville est en panique.

— Chef, le commissaire divisionnaire, vous et moi avons décidé de cette stratégie ensemble, dimanche soir.

— Tu ne peux pas imaginer la terreur que tu as provoquée, hier, à la conférence de presse, poursuivit

Pewe d'une voix encore plus nasillarde que d'habitude. Nous sommes à une semaine à peine de Noël. Le directeur de l'office de tourisme de Brighton m'a appelé ce matin. Les hôtels et les restaurants reçoivent des dizaines d'annulations. Tu as foutu la trouille à tout le monde.

— Avec tout le respect que je vous dois, c'est le tueur qui crée la panique, pas moi.

— Nicola Roigard m'a appelé il y a quelques minutes pour me dire à quel point elle était inquiète de la réaction de la communauté.

— Je ne suis pas surpris que la directrice de la police régionale soit inquiète. Cela me semblerait étrange qu'elle ne le soit pas.

— N'essaie pas de jouer au petit malin avec moi.

Grace éloigna le combiné de son oreille, incapable d'écouter davantage cette voix pleurnicharde. Un an plus tôt, il avait mis sa vie en danger pour sauver Pewe. Dans son métier, il fallait enfreindre les règles et prendre des risques. Pewe voulait se dérober à la première déconvenue.

— Si vous voulez me donner des instructions, je les suivrai, dit Grace.

Il y eut un long silence.

— C'est toi qui diriges cette opération, c'est toi qui dois prendre les décisions, dit Pewe à contrecœur.

— Je serais beaucoup plus à l'aise si j'avais votre accord, chef.

— De quel accord parles-tu ?

— J'aimerais annoncer à la conférence de presse de midi que l'*Argus* a reçu les permis de conduire de Kathy Westerham et Denise Patterson. Ils ont, apparemment, été déposés par notre suspect. Si le Tatoueur veut communiquer avec nous, nous aimerions qu'il nous apporte la preuve que c'est bien lui. Je compte minimiser l'importance de son geste et annoncer que nous avions déjà identifié la victime du lagon.

Grace termina son exposé et Pewe valida sa stratégie du bout des lèvres, en ajoutant qu'il en informerait le commissaire divisionnaire et la directrice de la police régionale. Grace raccrocha et nota scrupuleusement dans son carnet d'enquête l'heure, la date et la teneur de la discussion qu'il venait d'avoir.

65

MERCREDI 17 DÉCEMBRE

Les crampes étaient de plus en plus insupportables. Parfois, les douleurs étaient si intenses que Logan poussait un cri. Sa jambe droite était toujours en feu.

Les spasmes reprirent. Elle avait l'impression que son muscle était un élastique géant sur le point de lâcher et de déchirer la chair. Il fallait qu'elle se lève et s'étire.

Pour lutter contre la douleur, elle respira de plus en plus vite, jusqu'à ce que celle-ci disparaisse. Elle finit exténuée, en larmes – des larmes qu'elle ne pouvait pas essuyer.

Depuis combien de temps ? Depuis combien de temps se trouvait-elle ici ? Elle frissonna de froid et de peur. Elle se souvint qu'il fallait respirer à fond pour se relaxer. Elle remplit lentement ses poumons. Lentement… Elle n'avait rien d'autre à faire, de toute façon. Incapable de se concentrer, elle se mit à gigoter, à défaut de pouvoir soulever ses jambes, ses bras ou même sa tête.

Elle essaya de se projeter dans l'avenir. Un jour, le salopard la libérerait et elle tenterait de lui donner un coup de tête. Elle avait les mains musclées, de par son métier. Peut-être parviendrait-elle à l'étrangler.

Et si elle échouait ?

Elle n'arrêtait pas d'y penser. Il allait devoir dénouer ses liens, n'est-ce pas ?

Pour passer le temps, et pour essayer de se mettre dans un état d'esprit positif, elle se remémora les moments heureux de sa vie. Les vacances d'été, quand elle était enfant, ses parents louaient un cottage en Cornouailles, le même chaque année. Elle faisait du canoë sur la rivière, pique-niquait avec ses parents, son frère et sa sœur. Écaillait des œufs durs, les trempait dans un petit tas de sel, sur une assiette en papier. Se régalait de tartines de pain beurrées, croquait dans des tomates ramassées dans la serre, le matin même…

Elle se mit à saliver. Elle eut soudain très envie d'un œuf dur avec du pain, du beurre et du sel. N'importe quoi, à part le milk-shake protéiné, insipide, que son ravisseur lui donnait.

Elle pensa à Jamie. Aux jours heureux, à leur rencontre, lors de cette fête lugubre à l'étage d'un pub. C'était l'anniversaire d'un ancien ami d'école. Elle ne connaissait personne, ou presque, et tous ceux à qui elle avait parlé lui avaient semblé inintéressants au possible. Elle s'était calée contre une table couverte de petits cubes de cheddar, de pickles et de bout de baguette rassis, un verre de vin blanc en plastique à la main. Elle allait sortir fumer une cigarette quand une connaissance, John Southern, lui avait présenté Jamie, avant d'aller se chercher une bière.

— Tu as l'air de t'ennuyer autant que moi, avait-il dit.

— Je prévois de m'éclipser, tu peux me suivre, avait-elle répondu.

— Volontiers, mais je pense que ce serait malpoli de partir avant les discours.

— Je vais aller fumer une cigarette dehors. Tu fumes ?

— Non, mais je t'accompagne.

Logan eut, l'espace d'un instant, l'impression de sentir une odeur de cigarette. Le souvenir de Jamie s'évanouit. Elle entendit un bruit.

Un froissement, un crissement de pas. Un faisceau lumineux virevolta. Il se passait quelque chose. L'espoir ressurgit. La police l'avait-elle trouvée ?

La lumière s'éteignit. Elle se retrouva dans le noir.

— Il y a quelqu'un ? À l'aide ! Pitié !

66

MERCREDI 17 DÉCEMBRE

À 15 heures, soit une demi-heure après sa conférence de presse, Roy Grace ouvrit le site de l'*Argus* et soupira d'aise. Shioban Sheldrake avait tenu sa promesse : elle avait publié le titre qu'il lui avait donné.

LE TATOUEUR DE BRIGHTON FOURNIT DES INDICES ESSENTIELS À LA POLICE

L'article citait des extraits de la conférence de presse. La police avait reçu des objets supposément envoyés par l'assassin de Kathy Westerham et Denise Petterson.

Le tueur avait commis une grossière erreur car ces objets comportaient des traces permettant une expertise médico-légale.

Les mots prononcés par Grace avaient été soigneusement choisis par le psychologue Tony Balazs. Ils espéraient une réaction. En attendant, le labo analyserait les permis de conduire et l'enveloppe dans laquelle ils se trouvaient.

Grace n'avait pas eu le temps de déjeuner. Il courut vers sa voiture, garée devant la Sussex House, et décida de faire un saut chez lui pour discuter avec Cleo et lui donner un petit coup de main avec les cartons.

Il trouva un vieux Twix dans la boîte à gants, au milieu d'une dizaine de tickets de parking. Le chocolat avait blanchi, mais Roy n'en avait rien à faire. Il était affamé, il aurait mangé n'importe quoi. Une fois chez lui, il ouvrit la porte d'entrée et brandit un gros bouquet de fleurs acheté en route. Il s'arrêta net, surpris. Deux amies de Cleo, sa sœur Charlie et ses parents étaient là, occupés à emballer leurs objets dans des cartons. À l'étage, Noah pleurait.

— Salut, Roy ! lui dit Charlie en l'embrassant sur les joues.

Il aimait bien la sœur de Cleo, qui était une version plus jeune, plus potelée et toujours bien lunée de sa femme.

— Noah est dans tous ses états. Je pense qu'il fait ses dents, pauvre chou.

Elle jeta un coup d'œil aux fleurs.

— C'est toi qui les as achetées ?

— Oui.

— Bonne idée. Tu vas peut-être réussir à sauver ton couple, dit-elle en souriant.

Il salua et remercia les parents de Cleo et ses deux amies, puis monta à la hâte l'escalier et entra dans la chambre de Noah. Il n'avait jamais vu Cleo aussi fatiguée. Assise sur une chaise à côté du berceau, elle serrait Noah dans ses bras et le berçait, pour essayer de le calmer. Elle leva à peine les yeux.

— Ces fleurs sont pour toi, ma chérie.

— Super ! répondit-elle sans enthousiasme. Un truc de plus à emballer.

— Dis pas ça…

Il s'approcha de son fils, dont le visage était comme froissé, et embrassa Cleo sur le front.

Elle esquissa un sourire.

— Je suis désolée, mais c'est trop pour moi en ce moment. En plus, je ne sais pas si on ne fait pas une bêtise en déménageant à la campagne. Ici, quand je ne sais plus quoi faire, je peux sortir Noah en poussette, me promener dans les rues, voir des gens, de l'animation. Qu'est-ce que je ferai, à Henfield ? Je parlerai aux vaches et aux moutons ?

— Tout le monde dit que les villages sont plus accueillants que les villes.

Noah se mit à hurler. Le téléphone de Grace sonna. Il sortit de la pièce pour répondre. Son interlocuteur parlait un anglais approximatif. Préoccupé par la déprime de Cleo et les cris de son fils, il ne reconnut pas cette voix pourtant familière.

— C'est bien à Roy Grace que je parle ?

— Oui, qui est à l'appareil ?

— Marcel Kullen ! C'est l'âge, tu ne reconnais plus ton vieil ami allemand ?

Grace ferma la porte de la chambre de Noah et se réfugia dans la leur, au calme.

— Marcel ! Comment vas-tu ? Ravi de t'entendre.

Marcel Kullen était officier à la Landeskriminalamt de Munich, la police judiciaire allemande. Grace s'était lié d'amitié avec lui cinq ans auparavant, quand l'enquêteur allemand avait passé six mois à la Sussex House. Ils s'étaient revus un an et demi plus tôt, quand Roy Grace avait fait un aller-retour à Munich pour vérifier si Sandy n'y était pas. Des amis avaient cru l'apercevoir là-bas. Au final, ce n'était pas elle.

— Tout va bien.

— Comment vont tes enfants ?

— Mon fils Dieter a 2 ans et il nous rend fous. C'est l'âge du « non » !

— Moi aussi, j'ai un fils maintenant. Tu l'entends certainement crier.

— Tu as un fils ? Tu t'es remarié ?

— Je suis très heureux et j'aimerais beaucoup te présenter ma femme !

— Venez à Munich ensemble. Comment s'appelle-t-elle ?

— Cleo.

— Et ton fils ?

— Noah.

— Je t'appelle à propos de ton ex-femme, Sandy.

Grace sentit son estomac se nouer.

— Sandy ?

— Une femme a été admise à l'hôpital, ici, à Munich, après un accident. Elle a été renversée par un taxi. Alors qu'elle était inconsciente, un homme à moto s'est arrêté, a pris son sac à main et est reparti. Il y a des gentlemen partout, ou bien… ?

— Oui, on en a quelques-uns ici aussi. Est-on sûr que c'était un accident, pas un règlement de comptes ?

— Oui, sûr. Il y a des témoins. Elle a traversé en regardant du mauvais côté. C'est le genre d'erreur que font les Anglais, parfois, parce que vous conduisez du mauvais côté de la route !

Grace eut un rire nerveux. Chaque fois que le nom de Sandy était prononcé, c'était comme si un fantôme entrait dans la pièce.

— Vas-y, raconte-moi.

— Elle est dans le coma, son identité n'est pas confirmée, mais on pense qu'elle se fait appeler Lohmann. C'est le nom que son fils nous a donné. Alessandra Lohmann.

— Quel âge a-t-il ?

— Dix ans.

— Marcel, nous n'avions pas d'enfant quand elle a disparu et c'était il y a plus de dix ans.

— Oui, comme tu dis, ce n'est pas sûr du tout, mais l'âge de la femme pourrait être celui de Sandy. J'ai vu quelques similarités sur les photos, mais elles remontent à plus de dix ans. Elle est brune aujourd'hui, pas blonde, mais je voudrais t'envoyer une photo pour que tu me dises. Je peux ?

— Bien sûr, dit-il avec un enthousiasme feint.

Il ferma la porte, pour que Cleo n'entende pas cette conversation. Se pouvait-il que le cauchemar qu'il redoutait depuis qu'il était tombé amoureux de Cleo soit sur le point de se réaliser ?

— O.K., Roy, je t'envoie des photos par e-mail dans quelques minutes.

— *Danke* !

— De rien ! Désolé pour le dérangement.

— Il n'y a pas de quoi, tu as bien fait de m'appeler, Marcel.

— On se voit bientôt, pas vrai ?

— J'aimerais beaucoup que Cleo voie Munich. C'est une ville magnifique.

— Viens avec Cleo et Noah. Tu es chez moi comme chez toi.

— On fait comme ça !

— Viens pendant l'Oktoberfest.

— Pourquoi pas !

— Je vais repasser mon *lederhosen* !

Grace raccrocha et s'assit sur le lit, en proie au tourment. Chaque fois qu'il pensait que le fantôme de Sandy l'avait enfin lâché, il réapparaissait.

La porte s'ouvrit et Cleo entra. Elle lui sourit.

— Je suis désolée, mon chéri, c'est juste très compliqué en ce moment. Je m'en veux de m'en prendre à toi.

Il se leva et la serra dans ses bras.

— J'ai l'impression d'avoir été complètement inutile ces derniers temps, reprit-elle. J'ai toujours veillé à ne pas t'empêcher de bien bosser. Je pense que je ne réalisais pas à quel point c'est difficile de s'occuper d'un bébé. Mais je ne regrette rien.

— Moi non plus, je ne m'attendais pas à ce que ce soit aussi difficile. Ça ira mieux quand on aura trouvé une nounou. On va s'en sortir.

— Je sais.

Le téléphone de Grace vibra pour signaler l'arrivée d'un e-mail. Il s'excusa, dit qu'il devait aller aux toilettes et ferma la porte avec un sentiment de culpabilité.

C'était le message de Marcel Kullen.

Il l'ouvrit et observa le visage de la femme pendant une bonne minute. Il tremblait. C'était elle ? C'était Sandy ?

Le visage était tuméfié, couvert d'hématomes, en partie bandé et le nez était plâtré. Il y avait une ressemblance. Il ne pouvait pas voir la couleur des yeux, car ceux-ci étaient fermés et très gonflés. Il vit des rides que Sandy n'avait pas, dix ans avant. Ses cheveux courts, bruns, rendaient la comparaison difficile. Il agrandit la photo. C'était possible, mais...

Qu'est-ce que cela signifierait pour lui, si c'était elle ?

Qu'est-ce que cela signifierait pour Cleo et Noah ?

En plus, il ne pouvait pas faire un aller-retour pour vérifier. Il répondit à son collègue allemand.

Merci, Marcel. Je comprends pourquoi tu m'envoies ces photos, mais je ne pense pas que ce soit elle. Quand tu en sauras plus sur son identité, tiens-moi au courant. D'ici là, joyeux Noël et j'espère te revoir bientôt.

Il tira la chasse, fit couler de l'eau dans le lavabo, mit son portable dans sa poche et retourna dans la chambre.

Cleo le regarda bizarrement.

— Tout va bien, mon chéri ?

— Oui, pourquoi ?

— On dirait que tu as vu un fantôme.

67

JEUDI 18 DÉCEMBRE

Le lendemain matin, Roy Grace relut les notes qu'il avait prises lors de la réunion de la cellule de crise, la veille au soir, et prépara celle de 8 h 30. La cellule de crise avait validé la stratégie média.

Sur son bureau, il trouva un mot de Glenn Branson concernant Denise Patterson. Les parents de la victime avaient été localisés. Ils habitaient toujours dans la même maison, à Aldwick Bay. La chambre de Denise était restée en l'état. Une brosse à cheveux avait été envoyée au labo. Ils avaient aussi le nom du dentiste qui la soignait et espéraient obtenir confirmation de son identité dans la journée.

On frappa à la porte. Le capitaine Tanja Cale entra, essoufflée. Elle tenait à la main une enveloppe matelassée.

— Chef, désolée de débarquer comme ça, mais je pense que c'est important.

— Pas de souci, dis-moi.

— Nous avons reçu un appel de l'*Argus*, il y a une demi-heure. Ce paquet se trouvait devant leur porte ce matin. Il vous est adressé. Jetez-y un coup d'œil.

Elle lui tendit l'enveloppe.

Il en sortit un sac en plastique dans lequel se trouvaient deux feuilles, une page de journal, et une feuille

A4 imprimée. Le journal était la une de l'*Argus* de la veille. Sur la deuxième page étaient inscrits ces mots :

VOICI UN CADEAUX QUI VOUS FERA SÛREMENT PLAISIR, ROY. RENDEZ-VOUS CHEZ LE GRAND INDIEN POUR UNE SURPRISE À EMPORTER !

Grace remarqua l'orthographe de « cadeau ».

— Soit il est nul en orthographe, soit il le fait exprès.

Le capitaine fronça les sourcils.

— Exprès ?

— C'est une façon pour lui d'être identifié. Dans le message d'hier, il y avait la même faute. J'ai le sentiment que le tueur n'est pas illettré.

Il survola le message une nouvelle fois.

— Le « grand Indien » ?

— Ça m'a l'air d'être un message codé, dit-elle. Voulez-vous que je cherche tous les restaurants indiens qui proposent des menus à emporter à Brighton ?

— Oui, c'est ce que je me disais. Il s'amuse à nous faire des devinettes.

Il lut la fin à voix haute.

— « Rendez-vous chez le grand Indien pour une surprise à emporter. »

Pendant sa grossesse, Cleo s'était mise aux mots croisés, en particulier ceux du *Times*, et il avait pris plaisir à l'aider.

Il hésita à appeler sa femme.

Soudain, il comprit.

Il repoussa son fauteuil et se leva.

— Je pense savoir de quoi il parle. En route.

68

29 DÉCEMBRE 1976

Il avait 15 ans et il était rentré chez lui pour les vacances de Noël. Il détestait l'école où il était interne, The Cloisters, à Godalming, dans le Surrey. Tout le monde disait que c'était un merveilleux établissement, installé dans un site superbe. Pour ceux qui voulaient devenir joueurs de cricket professionnels, il n'y avait pas de meilleur endroit. Le terrain séchait rapidement, même après des pluies torrentielles, car il était situé en haut d'une colline. La liste des anciens devenus des gloires du cricket était une immense source de fierté.

Lui n'avait aucun intérêt pour le cricket, ni pour aucun autre sport collectif. Tout ce qui l'intéressait, c'était la spéléologie, et cette activité ne figurait pas sur la liste. Il aimait aussi les grottes et tout ce qui avait trait aux tunnels.

C'est pour cela qu'ils le surnommaient la Taupe.

Personne ne l'aimait. Tout le monde le trouvait bizarre et effrayant. Et snob.

Il se vantait d'avoir des parents riches, des voitures de sport, une piscine en forme de cœur et un énorme yacht.

Même les professeurs ne l'aimaient pas. Il n'avait pas d'amis. Il avait l'habitude. Il n'avait jamais eu de véritable ami, ce qui ne le dérangeait pas le moins du monde.

Il avait ses amis imaginaires, qui étaient beaucoup plus amusants. Et il pouvait leur faire confiance.

À la Saint-Valentin, il avait reçu une carte de la part d'une admiratrice secrète, anonyme. Il l'avait montrée à tous ses camarades. « J'ai une copine, vous voyez ? » Il s'avéra que c'était une mauvaise blague du groupe de garçons qui le harcelait. Ils l'avaient ensuite raillé pendant des jours, chantant : « La Taupe a une copine, la Taupe a une copine ! »

La Saint-Valentin, ce n'était rien comparé à la nuit où ils s'étaient glissés jusqu'à son lit, dans l'obscurité, et avaient tiré sur les draps, alors qu'il se branlait, un Playboy dans la main gauche et une lampe torche entre les dents.

Ça, ça l'avait blessé. Il était déterminé à se venger.

Ce serait différent l'année prochaine. Depuis le début des vacances de Noël, il avait une petite amie. Enfin... presque. Pas une fille correspondant aux standards de son école élitiste, mais elle avait de gros seins. Ou plutôt... ils avaient l'air gros sous son chemisier. Quand il les regardait, il arrivait presque à deviner ses tétons. Il les imaginait rouges et généreux. Il bandait rien que d'y penser. Il fallait qu'il mette une main dans une poche, pour cacher son érection, quand il se promenait avec Mandy White, le long des lagons de Hove. Même si Mandy était partante, ça, il en était sûr. Sa mère faisait le ménage chez ses parents. Mandy n'était qu'une petite pute à gros seins.

Personne ne le saurait, à son école.

Ils étaient allés prendre un cours de danse de salon chez Marjorie Bentley, quelques jours plus tôt, près de la gare de Hove. Ils avaient dansé l'un contre l'autre. Elle avait senti son sexe dressé et lui avait chuchoté à l'oreille qu'elle aimerait bien lui tailler une pipe. Sauf que sa mère l'attendait après le cours pour le ramener à la maison. Ce soir, c'était différent. Il l'avait emmenée dans un pub près du bord de mer et avait commandé de l'alcool – il faisait plus que son âge. Ensuite, il lui avait proposé de la raccompagner à pied chez elle – elle vivait en face du port de Shoreham.

Il faisait très froid, les températures étaient négatives depuis quinze jours. Il lui avait tendu une cigarette et ils avaient fumé en marchant, ce qui lui avait donné la sensation d'être très adulte et très en rut. Malgré l'alcool, elle semblait réticente, distante, pas du tout comme le jour où ils avaient dansé ensemble.

Il avait quand même réussi à la convaincre de quitter la promenade pour rejoindre le parc qui longeait le lagon de Hove. Il était 22 heures et l'endroit était désert. Les deux lacs gelés étincelaient, éclairés par les lumières de la ville. Les seins de Mandy pointaient sous son manteau. Tendus vers lui. Son désir était impérieux.

Il s'arrêta soudain et pressa ses lèvres contre les siennes.

Elle se détourna et le repoussa fermement.

— Non !

— Ne t'inquiète pas, j'ai des préservatifs.

Il enfonça son visage entre ses seins, vorace.

Elle le repoussa si fort qu'il faillit tomber en arrière, sur la glace. Elle tourna les talons et partit.

— Je veux rentrer chez moi.

Il lui attrapa le bras.

— Tu m'as dit que tu voulais me tailler une pipe, la semaine dernière, au cours de danse !

— Oui, mais tu n'avais pas des boutons partout, la semaine dernière. Et tu ne puais pas l'après-rasage.

Elle se libéra et s'éloigna.

La poussée d'acné sur son visage l'embarrassait beaucoup. Il avait tenté de masquer plusieurs pustules avec des traitements Clearasil et s'était aspergé de Brut de

Fabergé, comme il l'avait vu dans une pub à la télé. Les femmes en étaient dingues.

— Espèce d'allumeuse !

Il lui courut après.

— Lâche-moi ! dit-elle d'une voix plus forte.

Il essaya de nouveau de l'embrasser. Elle lui donna un coup de genou dans les parties.

— Aïe !

Elle s'enfuit et il la rattrapa par la ceinture de son manteau.

— Lâche-moi, espèce de pervers acnéique !

— Fais-moi juste une branlette, alors.

— Tu es dégueulasse. Lâche-moi.

Il la serra contre lui. Elle le repoussa et lui fit perdre l'équilibre. Accroché à elle, il l'entraîna dans sa chute. Ils brisèrent la glace et plongèrent dans l'eau froide du lagon.

Mandy se mit à appeler au secours.

— À l'aide, police, au viol !

Il enfonça sa tête sous l'eau, en hurlant de rage.

— Ta gueule, connasse !

Elle se débattit, mais il maintint sa tête sous l'eau de ses deux mains. Malgré la fatigue, il continua à appuyer.

La résistance diminua, puis elle arrêta de bouger. Il demeura immobile, tétanisé, les mains dans l'eau, engourdi par le froid.

Quand il fut certain qu'elle était restée sous l'eau assez longtemps, il remonta sur la terre ferme, traversa les pelouses en courant et rejoignit la promenade. Sur la route, il agita les bras en hurlant :

— À l'aide, à l'aide !

Une voiture s'arrêta. Il s'avança jusqu'à la vitre du conducteur.

— Merci, venez m'aider.

69

JEUDI 18 DÉCEMBRE

Grace confia la réunion de 8 h 30 à Iain Maclean et prit la route avec le capitaine Cale. Quittant l'A27, ils grimpèrent une côte et se garèrent devant un portail. Grace remarqua que la chaîne qui le verrouillait avait été coupée. Évitant de nombreux crottins de cheval, ils entreprirent, d'un bon pas, l'ascension de la colline verdoyante. La journée était froide, ensoleillée, ventée. Il ne pleuvait plus.

Après dix minutes de marche dans l'herbe détrempée, Roy vit un petit temple sur sa droite. Des traces de pneus le menèrent jusqu'à lui. Le Chattri était l'un des monuments de Brighton les plus beaux et les plus méconnus. C'était un petit temple blanc, rond, sis en haut de plusieurs marches, dans l'environnement magnifique des South Downs. Son dôme circulaire était soutenu par plusieurs colonnes.

Pendant la Première Guerre mondiale, de nombreux soldats indiens s'étaient battus pour l'Empire britannique et avaient été rapatriés dans des hôpitaux de fortune en Angleterre. L'un de ces hôpitaux avait été installé dans le Pavillon royal de Brighton. Le Chattri avait été construit à l'endroit où ceux qui avaient trouvé la mort avaient été incinérés. Alors qu'il s'approchait du grillage qui entourait le monument, Roy Grace s'arrêta net. Deux jeunes femmes aux longs cheveux bruns étaient allongées, immobiles, l'une à côté de l'autre. Les bras croisés derrière la tête au pied du grand escalier, devant une rangée de bancs, on aurait pu croire qu'elles dormaient. Sauf qu'elles étaient trop immobiles. Il fit signe au capitaine de le suivre et avança de quelques pas.

Il avait vu assez de cadavres au cours de sa carrière pour les identifier au premier coup d'œil.

Ces deux jeunes femmes étaient mortes.

La première portait un jean et des baskets, une doudoune sur un pull en laine. L'autre un jean et un tee-shirt sale. Toutes deux avaient de longs cheveux bruns.

La mort change les expressions, le teint. Leur visage était livide. D'après les photos qu'il avait vues, il s'agissait d'Emma Johnson et d'Ashleigh Stanford. Elles avaient les yeux ouverts, mais ne voyaient pas les traces que les avions laissaient dans le ciel.

Il n'avait pas besoin de s'approcher davantage, ni même de les toucher. Il resta où il était pour ne pas contaminer la scène de crime et sortit son téléphone. Il n'avait jamais ressenti un tel désespoir.

Soudain, il remarqua que quelque chose flottait au vent, derrière le cou de la jeune femme qui devait être Emma Johnson. Il fit signe au capitaine Cale de ne pas bouger, s'approcha et s'agenouilla. Un message était glissé entre ses doigts. Il enfila des gants et le saisit.

VOICI UN AUTRE CADEAUX, ROY. L'INCONVÉNIENT, C'EST QUE JE DOIS MAINTENANT LES REMPLACER. LA VIE EST UNE CHIENNE, PAS VRAI ? UNE AUTRE CHIENNE DOIT MOURIR. BONNE ENQUÊTE, SHERLOCK ! VOUS POUVEZ DEVINER QUI SERA MA PROCHAINE VICTIME ? VOUS POUVEZ LA SAUVER ? N'HÉSITEZ PAS À PUBLIER CE MESSAGE DANS LES JOURNAUX. BIEN CORDIALEMENT. MONSIEUR LE TATOUEUR.

70

JEUDI 18 DÉCEMBRE

Six heures plus tard, à la morgue, Roy Grace voyait ses craintes confirmées. Les deux jeunes filles avaient été marquées au fer rouge à l'intérieur de la cuisse droite, des lettres DCD.

Nadiuska De Sancha, la médecin légiste, se trouvait à côté du corps dénudé d'Ashleigh Stanford. Elle effectuait des prélèvements de son estomac et de sa vessie, même si elle avait d'ores et déjà des indices sur la cause de la mort des deux jeunes femmes. Toutes les deux avaient des petits points rouges dans le blanc des yeux, sur leurs paupières et leurs pommettes, ce qui indiquait une mort par asphyxie. Elles n'avaient pas de marque de strangulation, l'os hyoïde n'était pas endommagé, mais leurs poumons étaient pleins d'eau. Elles étaient mortes noyées. Les deux femmes avaient été agressées sexuellement, mais aucune trace d'ADN n'avait été retrouvée.

Ashleigh Stanford avait des égratignures et des hématomes, ce qui pouvait coïncider avec une chute de vélo. Elle avait également un bleu sur le front, qui indiquait qu'elle avait dû être assommée. Elle présentait dix-sept contusions sur son corps, ce qui laissait penser qu'elle avait été frappée avec un instrument contondant. Les traces sur ses poings tendaient à prouver qu'elle avait essayé de se défendre.

Emma Johnson avait des marques de ligature au niveau du cou, du ventre, des cuisses, des chevilles et des poignets. Elle avait été prisonnière.

Aucune marque de strangulation n'avait été signalée sur les dépouilles des deux femmes mortes trente ans plus tôt, mais il ne restait pas assez de chair pour déterminer la cause de leur décès. Si elles avaient été poignardées, il y aurait eu des traces sur les os, selon toute vraisemblance. Idem si elles avaient été tuées par arme à feu. Peut-être avaient-elles été empoisonnées. Des tests toxicologiques étaient en cours. La difficulté résidait dans le fait qu'il fallait connaître le poison pour l'identifier.

S'étaient-elles noyées ? se demanda Rog.

Le même tueur avait-il marqué, violé et noyé toutes ces jeunes femmes ?

Que pouvait-il avoir dans le crâne ?

Logan Somerville était-elle toujours vivante, toujours prisonnière ?

Les photos des marques au fer rouge avaient été envoyées à un analyste. En moins d'une heure, il avait confirmé que c'était, selon lui, les mêmes que sur Kathy Westerham et Denise Patterson.

La piste du *copycat* pouvait désormais être exclue. Le Tatoueur, ce tueur intelligent et arrogant, avait refait surface. Dieu seul savait ce qu'il avait fait pendant trente ans.

Grace décala la conférence de presse à 19 heures.

Peu avant 16 h 30, Roy Grace confia à Glenn Branson le soin d'assister à la fin de l'autopsie, qui durerait encore plusieurs heures.

De retour dans son bureau, avec le commandant Sweetman et Tony Balazs, il relut le message trouvé entre les doigts d'Emma Johnson, le matin même. Il avait pris l'initiative d'inviter un représentant du mémorial du Chattri à rejoindre la cellule de crise, pour gérer les éventuelles conséquences sur l'opinion publique.

VOICI UN AUTRE CADEAUX, ROY. L'INCONVÉNIENT, C'EST QUE JE DOIS MAINTENANT LES REMPLACER. LA VIE EST UNE CHIENNE, PAS VRAI ? UNE AUTRE CHIENNE DOIT MOURIR. BONNE ENQUÊTE, SHERLOCK ! VOUS POUVEZ DEVINER QUI SERA MA PROCHAINE VICTIME ? VOUS POUVEZ LA SAUVER ? N'HÉSITEZ PAS À PUBLIER CE MESSAGE DANS LES JOURNAUX. BIEN CORDIALEMENT. MONSIEUR LE TATOUEUR.

— Il est en colère, dit le psychologue. Et il ne laisse aucun doute sur ses intentions.

— Il va tuer de nouveau ? demanda Grace.

— Oui, deux fois, dit Tony Balazs.

Sweetman hocha la tête.

— Comment va-t-on faire pour l'arrêter avant qu'il repasse à l'attaque ? demanda Grace.

— Le point positif, dit le psychologue, c'est que nous avons réussi à le faire sortir de ses gonds. Les gens calmes ne font pas d'erreurs, les gens furieux en font. Il va frapper de nouveau, très bientôt, pour affirmer sa supériorité. Nous devons espérer qu'il commettra une erreur, dans son empressement.

Le psychologue s'exprimait parfois avec une telle suffisance que Grace avait du mal à le supporter. Il n'aimait pas, par principe, les gens qui portaient des lavallières. Balazs et son costume flamboyant lui tapaient sur les nerfs.

Mais il était assez intelligent pour savoir que c'était parce qu'il disait une vérité qu'il n'avait pas envie d'entendre que son interlocuteur l'irritait tant.

— D'accord, Tony, c'est un point important, mais il faut qu'on l'attrape avant qu'il tue une autre fille. La presse va annoncer le double meurtre, ce qui ne va pas rassurer les habitants de Brighton et Hove. Les journalistes vont poser des questions gênantes du genre : « La police n'aurait-elle pas provoqué la mort de ces deux jeunes femmes ? » Et il faudra qu'on y réponde.

— Je suis d'accord avec toi, Roy, dit Balazs. Comment vas-tu gérer ça ?

Sweetman parcourut le livre d'enquête.

— Ton enquête est parfaitement menée, Roy. J'ai tout vérifié, les moyens que tu as déployés… Tout est en place. Je pense que Tony a raison.

— Tu veux dire qu'il faut qu'on attende que l'assassin fasse une connerie ? répliqua Grace, à fleur de peau. C'est comme ça qu'on fait, quand on a affaire à un tueur en série ? Moi, ça ne me satisfait pas.

— Qu'est-ce que tu veux faire, Roy ? demanda Sweetman. Mettre un policier sur le dos de chaque jeune femme de Brighton, vingt-quatre heures sur vingt-quatre, sept jours sur sept, si elle a entre 18 et 30 ans et des longs cheveux bruns ? Tu en as les moyens ?

— Le devise de la police du Sussex, c'est « Servir et protéger », répondit Grace.

— Tu veux demander à toutes les femmes correspondant à ce profil de rester chez elles tant que le Tatoueur n'est pas derrière les barreaux ? Et provoquer un affolement encore plus grand ?

Grace secoua la tête.

— Non, bien sûr qu'on ne peut pas faire ça. Je vais profiter de la conférence de presse pour annoncer que l'enquête continue, que nous disposons de nombreuses pistes. Utiliser les médias pour provoquer le tueur n'est qu'un aspect de l'affaire. Nous ne saurons jamais si la mort de ces deux jeunes femmes a été précipitée par les événements actuels, mais nous savons que leur ravisseur avait déjà tué au moins deux fois auparavant.

Le commandant et le psychologue acquiescèrent.

— Bordel, qu'est-ce qui nous échappe ? Il doit y avoir quelque chose d'évident et on passe à côté. Il a fait quoi, ce bâtard, pendant trente ans ?

Il prit son visage entre ses mains.

— Les spécialistes du logiciel Holmes ont passé en revue tous les meurtres, dans tout le Royaume-Uni, ces trente dernières années. Aucun suspect potentiel. Tous ceux qui ont tué des jeunes femmes sont, soit en prison, soit morts, soit domiciliés en dehors du Sussex. Interpol n'a personne en Europe, le FBI a fait chou blanc aussi. Notre suspect est malin.

— Il y a des similarités avec l'affaire BTK, dit Sweetman.

— D'après ce que j'ai pu comprendre, il aimait bien provoquer la police, comme le fait le Tatoueur, ajouta Roy Grace. Nous savons qu'il conduit différents véhicules et qu'il dispose d'un endroit pour les cacher, ce qui me fait dire qu'il est à l'aise, financièrement.

— En général, les tueurs en série ont entre 15 et 45 ans la première fois qu'ils passent à l'acte, dit Balazs. Et entre 18 et 60 ans au moment de leur dernier meurtre.

— Ce qui correspond exactement au profil de notre tueur, dit Grace. Si ses premiers meurtres ont été commis alors qu'il avait une vingtaine d'années, il y a trente ans, il doit avoir entre 50 et 60 ans aujourd'hui.

— Je suis d'accord avec toi, confirma Sweetman.

— Envisagerais-tu d'utiliser un appât, Roy ? proposa le psychologue.

— Pas dans ce contexte, dit Grace. C'est trop dangereux.

— Absolument, dit Sweetman, et je pense qu'il a déjà sélectionné sa prochaine victime. Il nous faut attendre une erreur de sa part. À mon avis, il va frapper dans les heures qui viennent.

— Dans les heures qui viennent ? s'exclama Grace.

— J'en mettrais ma main à couper.

71

JEUDI 18 DÉCEMBRE

À 17 h 30, Roy Grace participa à la réunion de la cellule de crise. À la fin, il s'assit avec Sue Fleet, l'attachée de presse, pour préparer en détail la conférence de presse, prévue pour 19 heures.

— Notre priorité est de protéger le public, Sue. Nous voulons que les gens soient conscients qu'il y a un risque majeur pour les jeunes femmes dans les rues de Brighton. Je vais demander à Nev Kemp de mobiliser tous les agents disponibles et de les faire patrouiller avec un gilet fluorescent.

Grace aimait bien travailler avec Sue Fleet. C'était une femme impassible, pragmatique et sensible, qui avait toujours un coup d'avance, voire deux.

— Il faut que tu prépares un message très concis, Roy. Je te suggère quelque chose de ce genre : « La sécurité des femmes est menacée dans le Sussex, en particulier à Brighton et Hove. Nous leur conseillons d'éviter, dans la mesure du possible, d'être seules dans les rues à toute heure du jour et de la nuit. De rester en contact avec un tiers pour signaler où elles sont. Toute personne témoin d'une activité suspecte, ou pensant connaître l'identité du tueur, est priée de contacter la police immédiatement. »

Grace griffonna ses suggestions.

— Je te conseille aussi de préparer des réponses aux questions qui vont t'être posées. Tu ne peux pas te permettre d'esquiver, ni même d'hésiter. Il faut que tu donnes l'impression que tu maîtrises la situation, que tu es confiant. Le public veut être rassuré.

— Oui, répondit-il.

Il n'était pas aussi confiant qu'il allait devoir le laisser paraître.

— Lors de la réunion de la cellule de crise, il a été décidé que le commissaire divisionnaire serait aussi présent sur le podium. Cela montrera à la presse et aux habitants à quel point la police est mobilisée. Si tu as le temps, je pense que tu devrais rendre visite aux familles d'Emma Johnson et d'Ashleigh Stanford. Cela les réconforterait et enverrait un message positif. J'imagine que des officiers spécialisés sont à leurs côtés.

— J'ai envoyé des officiers spécialisés dans les deux familles et je prévois de leur rendre visite dans la soirée.

Dès qu'ils eurent terminé, Grace appela Cleo pour lui annoncer, dépité, qu'il n'avait aucune idée de l'heure à laquelle il rentrerait.

72

JEUDI 18 DÉCEMBRE

Peu après 20 heures, Freya Northrop quitta le restaurant où elle avait aidé Zak à déballer et installer les nouveaux meubles. Elle se sentait sale, elle avait besoin d'une douche. Elle gara sa Ford Fiesta dans l'allée devant leur maison, près du parc de Hove, éteignit le moteur et descendit.

Bobby, le petit chien qu'elle venait juste de récupérer chez ses amis Emily et Steve, sauta sur le siège passager et posa ses pattes sur le tableau de bord. Elle ouvrit le coffre, sortit deux sacs du supermarché Waitrose pleins de victuailles, ainsi qu'un grand sac contenant des croquettes, de la viande, de la pâtée, les jouets préférés de Bobby et deux boîtes de biscuits pour chiens qu'Emily lui avait donnés. Elle coinça sous un bras le petit panier rond dans lequel le chien avait l'habitude de dormir et attrapa les sacs.

La maison était plongée dans l'obscurité. L'allée qui y menait était faiblement éclairée par les réverbères. Elle fronça les sourcils. Elle était sûre d'avoir laissé quelques lampes allumées en partant, ce matin.

Zak était resté au restaurant pour discuter avec les techniciens chargés d'installer la sono. Comme souvent, en ce moment, il prendrait un taxi et rentrerait tard dans la nuit.

Elle voulait cuisiner pour lui, mais cela la rendait nerveuse. Comment prépare-t-on un dîner pour un chef ? Elle se posait toujours la question, d'autant plus qu'il n'aimait pas les plats cuisinés, qu'ils soient frais ou surgelés. Lorsqu'elle vivait seule, elle ne mangeait que ça et Zak avait décidé de changer ses mauvaises habitudes.

Ce soir, elle lui réservait une surprise. Elle avait parcouru les recettes du livre *Don't Sweat the Aubergine* et en avait sélectionné une. « Cuire l'aubergine, mais pas trop. Râper de l'ail et du gingembre. Ajouter de la sauce soja et *teriyaki*. Veiller à ne pas trop cuire les crevettes ou les noix de saint-jacques. » Elle prévoyait d'accompagner le tout d'une salade de betteraves, fromage de chèvre, petits pois et tomates. Elle avait acheté tout ce dont elle avait besoin chez Waitrose.

Bobby tira sur la laisse en reniflant le sol, tout excité. Avant d'entrer, elle le laissa faire pipi sur la petite bande de pelouse devant chez eux. Elle ouvrit la porte, alluma le hall, posa ses sacs, ferma la porte et détacha Bobby.

Elle avait presque oublié l'épisode de la fenêtre cassée, la visite d'un enquêteur et les relevés d'empreintes digitales. Bobby faisait le fou, courant d'un bout de la pièce à l'autre, enfonçant son museau dans l'épaisse moquette.

— Ton nouveau chez-toi te plaît, Lord Bobby ? lui demanda-t-elle en souriant.

Elle sortit sa gamelle, fit couler de l'eau, la remplit et la posa par terre. Bobby se mit à laper. Elle s'agenouilla pour le caresser.

— Je vais me doucher vite fait à l'étage, et je te préparerai ton dîner. Tu as faim ?

Elle fouilla dans le sac qu'Emily lui avait donné, sortit une boîte de biscuits à la moelle, l'ouvrit et posa un biscuit au sol.

Le chien le prit dans sa gueule et l'emmena dans son panier, où il le grignota.

Elle retourna dans l'entrée et contempla les couleurs qu'ils avaient choisies. Les murs étaient d'un beige chaleureux, les boiseries, dont la rampe d'escalier, d'un gris brillant. Ils avaient accroché plusieurs photos et peintures de Londres, qui venaient de son précédent appartement.

Elle grimpa à l'étage en se demandant pourquoi cet idiot d'électricien n'avait pas pensé à installer un interrupteur en bas de l'escalier. Elle le trouva en haut des marches et l'actionna. Les portes des trois chambres étaient fermées. Elle ouvrit la leur, chercha l'interrupteur et entendit un léger tintement.

Elle s'immobilisa. Bobby, en bas, avait dû cogner son collier contre la gamelle métallique.

Il se trouvait à l'intérieur de l'armoire de la chambre, vêtu d'une combinaison intégrale, d'un masque et de gants. Collé contre le mur, invisible derrière la rangée de robes, il veillait à ce que les cintres ne s'entrechoquent pas.

Il était si excité qu'il avait du mal à se retenir. Il avait peur d'éjaculer. Il respira profondément pour se calmer.

Mon Dieu, que j'adore ces préliminaires ! Quelle merveille, quand tous vos plans se réalisent !

Il entendit des pas et vit la lumière s'allumer, dans l'interstice, sous la porte de l'armoire.

Vas-y, salope, déshabille-toi !

Freya entra dans la chambre d'un blanc immaculé et sourit en voyant ses deux ours en peluche, tous les deux borgnes, assis l'un à côté de l'autre, la patte dans la patte, contre les oreillers, comme elle les avait laissés le matin même. Elle s'avança vers la fenêtre et tira les rideaux. Les voisins avaient vue sur leur chambre. Elle se déshabilla, ouvrit la porte de la salle de bains et alluma la lumière. Elle fit couler l'eau de la douche, vérifia la température – Zak prenait des douches beaucoup plus froides qu'elle –, puis ferma la porte de la cabine derrière elle.

Elle se shampouina les cheveux, attrapa le gel douche et se savonna le corps.

C'est à ce moment-là que la lumière de la salle de bains s'éteignit.

73

JEUDI 18 DÉCEMBRE

Roy Grace quitta le quartier général de la police dans sa Ford banalisée, direction Brighton. Il était soulagé que la conférence de presse soit terminée. Il y avait eu quelques questions difficiles, mais il s'en était sorti grâce au soutien du commissaire divisionnaire et du commissaire principal. Ceci dit, il n'était pas pressé de répéter l'exercice.

Il n'était pas non plus pressé de rencontrer les gens qu'il devait rencontrer. Il quitta l'A27 au niveau de Patcham. Il était 20 h 20. Les mots de Paul Sweetman résonnaient dans sa tête.

À mon avis, il va frapper dans les heures qui viennent. J'en mettrais ma main à couper.

Il regarda les maisons, aux fenêtres illuminées pour Noël. Il aperçut des téléviseurs allumés. Certains jardins étaient décorés. Dans les rues, les gens se pressaient, pour aller retrouver des amis au pub ou rentrer chez eux, sous une pluie battante.

Le Tatoueur surveillait-il l'une de ces maisons ?

S'était-il déjà introduit à l'intérieur ?

Avait-il déjà enlevé sa prochaine victime ?

Il observa les hommes qui se promenaient seuls. Le podologue Haydn Kelly, qui l'avait aidé par le passé, avait composé un profil à partir de l'empreinte dans le parking de Logan Somerville. Kelly leur avait passé une vidéo montrant un homme à la démarche très raide, les pieds en canard. L'image avait été envoyée à l'équipe de vidéosurveillance de la police du Sussex, qui visionnait les enregistrements des trois cent cinquante caméras de la ville. Dans cette rue, personne n'avait cette démarche particulière. Encore fallait-il que l'empreinte soit bien celle du tueur.

Il tourna dans Mackie Avenue et chercha du regard le numéro des maisons. Il se rendait chez la mère d'Emma Johnson, pour lui assurer que son équipe faisait tout son possible pour trouver l'assassin de sa fille. Il irait ensuite chez les parents d'Ashleigh Stanford. On l'avait informé que le petit ami de la victime était actuellement chez eux.

Cette épreuve était l'une des plus délicates, et des plus importantes, de son métier. En tant que père, il frissonna à l'idée de se retrouver dans cette situation un jour. Sa vie ne serait plus jamais la même. Accablé, il se dirigea vers la porte, se recueillit, respira à fond et sonna chez la mère d'Emma Johnson.

74

JEUDI 18 DÉCEMBRE

Mais quel incompétent cet électricien ! songea Freya.

Dans le noir total, elle se rinça les cheveux et se tourna face au jet d'eau.

La porte de la cabine de douche s'ouvrit.

— Zak ?

On lui attrapa le bras et la tira sur le tapis de bain.

— Zak, mais qu'est-ce que tu… ?

— Ta gueule, connasse, ce n'est pas Zak.

Cette voix, elle l'avait déjà entendue quelque part, mais où ? Elle frissonna. Qu'est-ce qui était en train de se passer ? Elle entrevit une petite lueur verte. Sentit sous ses doigts du latex ou du caoutchouc, un matériau de combinaison de plongée.

— À l'aide ! hurla-t-elle.

Une main l'étrangla.

Elle se souvint d'une technique d'autodéfense vue à la télévision ou au cinéma. Elle fonça en avant, tête baissée. Elle heurta quelque chose de dur et de mou à la fois. Il y eut un craquement.

La personne gémit. Elle réussit à se libérer. Elle poussa son assaillant, qui se cogna contre la porte de la salle de bains en l'insultant. Dans l'obscurité totale, elle se retrouva face à un mur, alors qu'elle pensait se diriger vers la porte. Elle tâtonna, trouva la poignée et se mit à hurler :

— Au secours, à l'aide !

Elle descendit l'escalier quatre à quatre, talonnée par son agresseur. Le chien se mit à aboyer, tout excité, croyant qu'il s'agissait d'un jeu. Elle traversa l'entrée nue, tandis que le chien bondissait. Elle sentit un bras autour de sa gorge.

Cette fois, Bobby se mit à grogner.

— Dégage ! dit la voix.

Bobby sortit les crocs.

— Lâche-moi, espèce de…

L'agresseur la libéra. Elle se cogna contre le mur, près de la porte d'entrée. Elle y était presque.

Le chien aboya et grogna de nouveau.

— Aïe !

Elle ouvrit la porte et sortit en hurlant à pleins poumons :

— Au secours !

Bobby ne lâchait pas.

— Dégage, sale clébard !

Sans se soucier de la douleur et du froid, elle piqua un sprint vers Hove Park Road. Elle entendit des pas derrière elle, de plus en plus proches.

Elle prit la décision de tourner à gauche et courut aussi vite que possible vers Goldstone Crescent, une artère plus passante, le long du parc de Hove. Elle vit des phares approcher. Toujours nue, aveuglée, elle se mit en travers de la route et entendit un crissement de pneus.

La voiture s'arrêta. Une femme sortit, côté conducteur.

— Mais qu'est-ce que… ?

Freya se jeta dans ses bras.

— Par pitié, aidez-moi.

Quelqu'un klaxonna.

— On vient d'essayer de me tuer, dit-elle en un souffle.

Elle se retourna et regarda, terrorisée, la rue derrière elle.

Non loin, une voiture démarra.

75

JEUDI 18 DÉCEMBRE

Il n'y a pas d'école pour expliquer comment annoncer à quelqu'un la mort d'un proche. C'était quelque chose que les policiers apprenaient sur le tas. Les plus jeunes s'inspiraient des plus expérimentés. Certains adoptaient une méthode douce, d'autres préféraient être directs.

Aucun policier n'aimait cela.

À ses débuts, un supérieur avait conseillé à Roy d'être franc, de donner l'information sans détour pour ne pas créer d'ambiguïté.

C'était le lieutenant Linda Buckley qui avait annoncé la triste nouvelle à la famille d'Emma, un peu plus tôt dans la journée, et qui était restée auprès d'eux. La mère d'Emma Johnson ne voulait pas y croire, alors même que la sœur d'Emma avait identifié le corps à la morgue. La mère était ivre et vindicative. Elle avait infligé à Grace vingt minutes de cris et de reproches.

De retour dans sa voiture, celui-ci s'apprêtait à programmer l'adresse des parents d'Ashleigh Stanford dans son GPS quand Anakin l'appela.

Une femme avait été agressée à son domicile, près du parc de Hove.

Elle s'était défendue, avec l'aide d'un chien. Deux officiers se trouvaient avec elle.

— Où sont-ils, Andy ?

— Dans une voiture de police, devant chez elle. Elle était nue.

— Ne laisse entrer personne.

— Un officier monte la garde, Roy.

— Je me mets en route, lui annonça Grace en allumant son gyrophare.

76

JEUDI 18 DÉCEMBRE

— Dis donc, tu as vraiment merdé, cette fois ! s'exclama Felix. Tu t'es laissé bouffer par ton orgueil démesuré.

— Et tu nous as tous mis en danger, ajouta Harrison. Le commissaire Roy Grace t'a provoqué et tu as fait une grosse erreur, alors qu'avant, malgré tout ce qu'il a pu dire, tu n'en avais jamais fait. On est tous menacés.

— On est foutus, oui, enchaîna Marcus. On n'a rien demandé, mais on risque tous de se faire arrêter pour complicité de meurtres.

— Ne soyez pas ridicules.

— C'est toi qui es ridicule, répliqua Marcus. BTK s'en serait sorti s'il n'avait pas mordu à l'hameçon du FBI. On t'avait prévenu. Il fallait que tu gardes ton calme, que tu fasses profil bas, que tu arrêtes quelque temps. Mais non. Toi et ton ego, il a fallu que vous la rameniez !

— Tu savais qu'elle avait un chien, n'est-ce pas ? l'interrogea Felix.

— Je te dis qu'elle n'en avait pas !

— Ah ! fit Harrison. Tu as donc été mordu par un chien imaginaire…

— Très drôle.

— Tu vas peut-être attraper la rage imaginaire, songea Marcus, pensif. Une rage d'origine psychosomatique...

— Il paraît que les gens qui se font amputer gardent la sensation de leur membre pendant des années, remarqua Harrison.

Marcus et Felix gloussèrent.

— Absolument !

— C'est pas marrant, les gars, j'ai été mordu, il y a du sang sur mon pantalon, ce qui veut dire que j'en ai peut-être laissé dans l'appartement.

— Tu te souviens de l'acteur Tony Hancock ? intervint Felix. *La demi-heure de Hancock* à la télévision. Son meilleur sketch était « Le donneur de sang ». Il va pour donner son sang, il demande combien on va lui en prélever. On lui répond une pinte. Il fait le calcul. Le corps humain est composé de neuf à dix pintes de sang. Il se rend compte qu'une pinte égale un bras. « Hors de question, je ne veux pas rentrer chez moi avec un bras vide ! » s'écrie-t-il.

— Je vois ce qu'il veut dire ! Nous, on n'a plus de souci à se faire de ce côté-là, pas vrai ? lâcha Harrison.

Felix et Marcus rirent jaune.

— Prends la vie du bon côté ! lança Marcus.

Felix se mit à chantonner la chanson du film *La Vie de Brian* des Monthy Python.

— « Prends la vie du bon côté ! »

— Vos gueules !

— La question, dit Felix, c'est : comment as-tu pu passer à côté du chien ?

— J'avais fait un repérage. Il n'y avait pas de gamelle. Je l'aurais vue sinon, non ?

— Apparemment pas, dit Marcus.

— Fais gaffe, toi, dit-il en le dévisageant.

— Oh, je suis mort de trouille ! À l'aide, maman, j'ai peur. Mister Big a été mordu par un chien enragé et il bave !

— Je te préviens une fois, je ne te préviendrai pas deux fois.

Il y eut un moment de silence.

— Il n'y avait pas de chien dans la maison. Il a dû arriver en même temps qu'elle.

— Et maintenant, on est foutus, dit Felix.

— Tu veux mon poing dans la gueule ?

— Si ça peut déloger la dent qui me fait mal, volontiers.

— Vous n'êtes que des branleurs, tous les trois. On est en situation de crise et tout ce que vous trouvez à faire, c'est des blagues.

— Désolé, dit Marcus.

— Pardon, dit Felix.

— Moi aussi, je m'excuse, ajouta Harrison.

— Je ne vous crois pas une seconde.

— Du calme, dit Felix. Respire un bon coup et souviens-toi de ce que disait Nelson Mandela : « Le ressentiment est le poison que l'on boit en pensant tuer son ennemi. »

— Allez au diable, tous autant que vous êtes !

— Impossible.

— Pourquoi ?

— Parce que l'enfer, c'est ici.

77

VENDREDI 19 DÉCEMBRE

Roy Grace rentra enfin chez lui, quelques minutes après minuit. Humphrey était assis au milieu d'un océan de cartons, un œil ouvert, l'autre fermé. Contrairement à son habitude, il ne lui sauta pas dessus pour le saluer. Noah et Cleo dormaient.

Éreinté, Roy programma son réveil pour 3 heures du matin et, par mesure de précaution, activa aussi l'alarme de son téléphone. Il se brossa les dents, se déshabilla, se mit sous les draps et glissa un bras sous l'oreiller de Cleo. Elle bougea, puis se rendormit. Il l'embrassa sur l'épaule.

Son réveil se mit à sonner. Il avait l'impression de n'avoir dormi que quelques minutes. L'alarme de son téléphone se déclencha.

Il se réveilla d'un seul coup, aussi fatigué que quelques heures plus tôt, accablé d'un immense sentiment de culpabilité. Aujourd'hui, c'était leur déménagement et il ne serait pas là pour donner un coup de main.

Il s'assit au bord du lit, tête baissée, et reprit ses esprits. L'agression manquée de la veille signifiait-elle un échec pour le tueur ? Une jeune femme avec de longs cheveux bruns avait été attaquée sous sa douche. Plusieurs taches de sang avaient été prélevées. Sans doute du sang de l'assaillant. Avec un peu de chance, ils connaîtraient son ADN dans la journée.

Une centaine de personnes avaient assisté à la conférence de presse. Heureusement, ce n'était pas la haute saison touristique. Six mois plus tôt, les conséquences financières pour la ville auraient été désastreuses. Cela ne le soulageait pas pour autant. Brighton était sous les feux des projecteurs. Tous les regards étaient tournés vers lui. Les gens attendaient un retour à la normale.

Il fallait qu'il trouve un suspect, pour commencer.

Il arriva à la Sussex House à 4 heures. Pour son petit déjeuner, il avala une tasse de café et une banane. Les dossiers relatifs à l'opération Yorker, la mort de Catherine Jane Marie Westerham, étaient empilés à même le sol.

Dans la matinée, il organiserait une nouvelle conférence de presse, détaillerait l'agression de Freya Northrop et ferait un autre appel à témoins. Il allait aussi devoir consulter la cellule de crise et revoir les conseils de sécurité à l'intention des jeunes femmes. Peut-être que cet épisode allait enfin changer les choses. Il espérait obtenir une bonne description de l'agresseur.

Il lut le résumé de l'enquête sur Denise Patterson. Elle était issue d'un milieu moins aisé que Kathy Westerham. Après le lycée, elle avait été embauchée par l'usine de fabrication de gants de Cornelia James, à Brighton.

Il regarda sa photo et celle de Kathy Westerham. Elles auraient pu être sœurs. Tout comme Emma Johnson ressemblait à s'y méprendre à Ashleigh Stanford.

Il se leva, se dirigea vers la petite table de conférences et étala les portraits de toutes les femmes.

Il s'assit et observa.

Pourquoi elles ?

Qu'avaient-elles en commun, au-delà du fait qu'elles étaient jeunes et jolies, avec de longs cheveux bruns ?

Passait-il à côté de quelque chose ?

D'après toutes les études de cas réalisées sur les tueurs en série, et en discutant avec Tony Balazs, il avait compris qu'il y avait toujours un élément déclencheur. Un père violent. Une mère alcoolique, abusive. Ou, comme dans le cas de Ted Bundy, un sentiment de rejet de la part d'une petite amie.

Était-il sur la mauvaise piste ?

Il bâilla, puis but une gorgée de café. Il était épuisé, mais ne dormirait pas de sitôt. Et il se souvint soudain d'une chose qui l'avait interpellé.

On toqua à la porte. Norman Potting entra et s'assit en face de lui.

— Tu es debout tôt, Norman !

Potting secoua la tête.

— Non, chef, je ne me suis pas couché. Je n'arrive pas à dormir. Autant venir bosser.

Grace sourit avec compassion.

— Tu tombes à pic !

Il lui proposa de prendre place à la table.

Potting observa les photos.

— Denise Patterson, Kathy Westerham, Emma Johnson, Ashleigh Stanford, Logan Somerville et Freya Northrop, dit-il.

— Et qui d'autre ?

— Qui d'autre ?

— Qui d'autre, ces trente dernières années ? précisa Roy. Pourquoi le tueur est-il repassé à l'attaque ?

— Nous n'avons pas d'autre victime pour le moment, chef.

— « Pour le moment ». Un nombre incalculable de personnes ont été portées disparues ces trente dernières années. Nous savons que notre agresseur est intelligent. Nous ne savons pas combien il en a tué. Peut-être ne le saurons-nous jamais.

Une bourrasque tambourina contre la fenêtre.

— Sans vouloir vous vexer, vous avez l'air épuisé, chef, dit Potting.

Grace esquissa un sourire.

— Ça va aller, merci. Je serai moins fatigué quand nous aurons un suspect en garde à vue. Quelque chose me dérange à propos d'une personne dont tu as recueilli une déclaration, Norman. Je sais qu'il t'a posé beaucoup de questions sur l'enquête et qu'il t'a contacté plusieurs fois pour savoir si elle avançait.

— Qui ça, chef ?

Grace saisit une feuille de papier, griffonna le nom de l'homme en question et la lui tendit.

78

VENDREDI 19 DÉCEMBRE

Peu avant 9 heures, au volant de son Austin Mini aux couleurs de l'agence immobilière Mishon Mackay, Red Westwood grimpait l'allée qui menait à une villa rouge brique à colonnades, de style néo-géorgien. Elle s'apprêtait à la faire visiter. Le vent soufflait fort et le ciel était menaçant. *Ce n'est pas le meilleur jour de l'année pour une visite*, songea-t-elle. Cette jeune femme d'une trentaine d'années, rousse, mince, jolie, était nerveuse de se retrouver dans ce quartier. Six semaines plus tôt, elle avait été enlevée par un ex, qui s'était fait passer pour un client, à quelques centaines de mètres seulement. Même s'il ne représentait plus une menace, il la hantait, tel un fantôme. Elle révisa la fiche technique qu'elle avait rédigée. Quelques instants plus tard, une Porsche noire se gara juste devant elle. Un homme de 38 ans environ, vêtu d'un blouson en cuir de marque et arborant une Rolex en or, descendit du côté conducteur, tandis qu'une femme beaucoup plus jeune, enceinte d'au moins six mois, sortait de l'autre.

Red descendit de son véhicule pour les accueillir.

— Monsieur et madame Middleton ? Je suis Red Westwood, de Mishon Mackay. Ravie de vous rencontrer !

Elle leur serra la main. Il s'appelait Darren et elle Isabel.

Ils levèrent les yeux pour observer la façade.

— C'est une demeure magnifique, dit Red avec enthousiasme.

— Les fenêtres, c'est n'importe quoi, objecta Darren.

— La villa n'a que 20 ans. Elle est en excellent état. Comme elle n'est pas classée, vous pourrez faire changer toutes les fenêtres, si c'est ce que vous souhaitez.

— Qui fait changer toutes les fenêtres ? Vous vous rendez compte du coût, pour une bâtisse aussi grande ?

— Le budget n'est pas négligeable, mais commençons par l'intérieur, je vous montrerai le jardin après ! dit-elle d'un ton enjoué. Le parc est spectaculaire. J'aime beaucoup ce quartier et cette rue est la plus cotée de Brighton et Hove. Il y règne un calme incroyable.

— Abstraction faite des auto-écoles qui roulent comme des escargots. Il a fallu qu'on attende, à deux reprises, que des débutants terminent leur demi-tour sur route.

— La vue est magnifique, dit sa femme pour essayer de le calmer.

— Absolument, madame Middleton. De ce côté de la rue, les maisons sont en hauteur et disposent des vues les plus spectaculaires.

Ils observèrent les toits et la Manche, à l'horizon.

— Les jours de beau temps, c'est à couper le souffle, dit l'agent immobilier.

— Combien de jours de beau temps a-t-on par an ? rétorqua Darren Middleton.

— 272 sur 365, répliqua Red.

— Vous plaisantez !

— Non, je vous assure. Ce sont les statistiques. Il n'y a que 93 jours de précipitations par an, à Brighton. C'est l'un des endroits les plus ensoleillés des îles Britanniques !

Il leva les yeux.

— On ne dirait pas.

Red les conduisit jusqu'à la porte d'entrée.

Quinze minutes plus tard, elle leur montra le jardin d'hiver et le parc. Les Middleton firent le tour de la piscine à débordement, avec toit rétractable, et des pelouses en terrasse, ornées de statues romaines.

Tandis que sa femme s'émerveillait en silence, imaginant sans doute les fêtes qu'elle pourrait donner ici, Darren Middleton se dirigea vers le mur de gauche, en partie couvert de végétation, écarta les branches d'un grand figuier et grimpa sur le mur.

Il se retourna, horrifié.

— Pardonnez-moi, mais qu'est-ce que c'est que cette monstruosité ?

C'était ça, le vrai problème. Red en était consciente. La maison en ruine et la jungle, juste à côté. Mais, à moins de monter sur le mur, comme l'avait fait M. Middleton, elle était invisible. Sauf depuis quelques fenêtres à l'étage, qu'elle avait soigneusement évitées.

— Cette propriété est inoccupée depuis de longues années. Le jardin est un paradis pour les papillons et les oiseaux.

— Et les renards, ajouta-t-il. À qui appartient-elle ?

— À une société étrangère. La propriété mitoyenne appartient à un médecin, une figure respectée de la communauté locale, ajouta-t-elle, pensant qu'il pouvait s'agir d'un argument de vente.

Middleton sauta du mur.

— C'est un paradis pour les rats ! J'imagine que quelqu'un va finir par racheter la parcelle et y faire construire un immeuble.

Consciente que ce couple ne constituait plus vraiment des acheteurs potentiels, Red riposta :

— Je ne pense pas que le service d'urbanisme de la mairie autorise ce type de construction dans cette zone résidentielle.

— J'ai déjà eu affaire à l'urbanisme. Autant vous dire qu'ils sont imprévisibles.

— Je suis d'accord, mais je ne les vois pas autoriser la construction d'un immeuble de plusieurs étages. Voulez-vous me rejoindre à l'intérieur ?

— Je pense que nous en avons assez vu, mademoiselle Westwood. Nous allons réfléchir.

79

VENDREDI 19 DÉCEMBRE

Edward Crisp aimait bien arriver tôt à son cabinet. Alors que la plupart des gens ont besoin de sept à huit heures de sommeil, cinq heures lui suffisaient. Parfois, avec l'aide de ses « amis », comme il surnommait les médicaments de son armoire à pharmacie, il restait debout toute la nuit, si nécessaire. Il était l'un des rares médecins à apprécier les gardes.

Avant l'arrivée de son premier patient, à 9 heures, il avait eu le temps de répondre à tous les e-mails et de remplir les innombrables formulaires qu'il avait à fournir en tant que médecin.

Les nouvelles directives l'exaspéraient. Il n'en fallait pas beaucoup pour l'énerver, ce matin, d'autant que sa femme venait de lui faire parvenir une multitude de nouvelles exigences, alors qu'il croyait le divorce entériné. Il avait l'impression que la terre entière était contre lui.

Il ne laissait jamais rien paraître devant ses patients. Avec eux, il était M. Poli, M. Attentif, M. Bonnes Manières. Enfin, il faisait tout pour. Un jour, il serait obligé de défendre ses acquis, mais pour le moment, il avait l'intention de ne rien changer.

— Vous voulez vraiment un anneau gastrique, Rosamund ? demanda-t-il à la patiente d'une quarantaine d'années, échevelée, vêtue d'une robe boule, qui était assise devant lui.

Cela faisait quinze ans qu'elle le consultait. Il l'avait vue grossir au fil du temps. Elle lui évoquait une méduse géante, couverte d'algues, aperçue un jour sur la plage alors qu'il promenait Smut.

— Je ne peux pas m'en empêcher. Je n'arrête pas de manger. Depuis que mon mari m'a quittée, je ne sais faire que ça.

Peut-être est-ce pour ça qu'il vous a quittée, songea-t-il.

Il était difficile de deviner qu'elle avait été jolie, fut un temps.

— Quand est-ce que vous avez fait de l'exercice pour la dernière fois ?

— Je ne peux pas, j'ai trop mal aux jambes.

— Vous êtes pourtant venue jusqu'à mon cabinet en marchant.

Ou plutôt en vous dandinant.

— Je me déplace en scooter électrique pour personnes invalides.

— Un scooter électrique ?

— Il me permet d'aller faire les courses.

— Et d'acheter de la nourriture ? Rosamund, un anneau gastrique réduira la taille de votre estomac. Vous mangerez moins.

— C'est ce que je souhaite.

Il lui sourit gentiment.

— Il y a autre chose qui pourrait vous permettre d'obtenir le même résultat, d'une façon bien plus simple.

— Ah bon ? Des médicaments ?

— Non. Ceci, dit-il en tapotant sa tête. La tour de contrôle.

— La tour de contrôle ?

— Votre cerveau, ma chère ! Celui qui mène la barque. Votre volonté.

— Je n'en ai pas. J'ai besoin d'aide, docteur Crisp, dit-elle en baissant les yeux.

— La dernière fois que je vous ai vue, il y a trois semaines, vous m'avez demandé un bilan complet.

Il consulta son ordinateur.

— Vous avez fait un scanner abdominal, pelvien, cardiaque, pulmonaire et un coloscanner. Votre côlon est impeccable, vos artères aussi, votre foie est normal, votre pancréas, vos reins et vos poumons aussi.

Ce qui, en soi, est un miracle.

— J'ai des patients, en surpoids comme vous, qui ne peuvent quasiment plus se déplacer. Je ne veux pas que vous deveniez comme eux. Vous êtes en bonne santé, mais vous faites tout pour aller mal. Dans cinq ans, vous aurez du diabète et des maladies cardio-vasculaires. C'est ce que vous voulez ?

— Non, je veux un anneau gastrique.

Il jeta un coup d'œil à son écran.

— Vous habitez Wilburys Villas, à 700 mètres d'ici, c'est bien ça ?

— Oui.

— Oubliez l'anneau gastrique. Rentrez chez vous en scooter, mettez-le au garage, puis en vente sur eBay. Et recommencez à marcher.

— Marcher ?

Elle le regarda comme s'il était fou.

— Vous avez préparé votre enterrement ?

— Mon enterrement ? Que voulez-vous dire ?

— Mettez-vous à la marche. Votre cœur est bien accroché. Suivez mon conseil ou planifiez vos funérailles.

— Je suis venue ici pour que vous m'aidiez, docteur Crisp. Ce que vous me dites ne me plaît pas du tout.

— La pilule est dure à avaler, pas vrai ? Revenez dans deux ans. Si vous n'êtes pas contente, nous envisagerons un anneau gastrique.

Il jeta un coup d'œil à sa montre.

— C'est tout ce que vous allez faire pour moi ?

— Rosamund, la règle numéro 1 en médecine, c'est : « D'abord, ne pas nuire ». Pas d'intervention chirurgicale alors que votre cerveau peut faire un bien meilleur travail. Il faut juste le laisser prendre les commandes !

En milieu de matinée, alors qu'il venait de recevoir une jeune femme enceinte, sa secrétaire l'appela par l'Interphone :

— Docteur Crisp, un enquêteur aimerait s'entretenir avec vous. Dois-je lui dire de revenir en fin de journée ?

— Un enquêteur ? À quel sujet ?

— Apparemment, vous étiez au lagon de Hove jeudi dernier et vous avez offert votre aide à la police.

— Ah oui ! Bien sûr, Jenni, faites-le entrer, ce ne sera sans doute pas long.

La porte s'ouvrit et sa secrétaire fit signe à Norman Potting d'entrer. Le médecin se leva, rayonnant, lui tendit la main par-dessus son bureau et la serra fermement.

— Ravi de vous revoir, capitaine.

— Merci de me recevoir sans rendez-vous.

— Pas de souci. Asseyez-vous. Nous allons devoir faire vite, de nombreux patients m'attendent. Comment elle avance, cette enquête ?

Norman Potting prit place dans l'un des deux fauteuils face au bureau du médecin. Jetant un bref coup d'œil au squelette, il se demanda s'il était en plastique ou pas.

— Elle avance bien. Vous avez un vilain hématome au visage, docteur.

Crisp fit mine de rire.

— Oh, je suis tombé dans ma douche ! Un ami m'a conseillé de ne jamais tomber dans la douche, car c'est ce que font les petits vieux !

L'enquêteur le dévisagea d'une façon qui le mit mal à l'aise.

— C'est tout.

Potting hocha la tête.

— Je vois. Désolé de vous déranger durant votre journée de travail. Jeudi dernier, vous avez eu l'amabilité de dresser un certificat de décès pour nous.

— Oui, ce n'était pas grand-chose. Quand j'étais expert auprès de la police, on m'appelait souvent pour ça. Des certificats de décès. Dans le cas présent, ce n'était pas nécessaire, mais je sais que ces choses sont devenues très réglementées.

L'enquêteur sortit un carnet de la poche intérieure de sa veste et prit quelques notes.

— J'ai d'autres questions à vous poser. Pourriez-vous me dire, docteur Crisp, si vous allez souvent promener votre chien près du lagon de Hove, comme jeudi dernier ?

— En hiver, oui. Pas en été, il y a trop de monde, des gosses partout. Ma chienne adore la plage.

Potting sourit et jeta un coup d'œil au chien endormi.

— Elle vous accompagne toujours au travail ?

— Depuis que ma femme m'a quitté, oui.

Il montra une photo encadrée sur son bureau, représentant une jolie femme aux longs cheveux bruns, flanquée de deux adolescentes qui lui ressemblaient.

— Je n'aime pas laisser la chienne seule à la maison. La plupart de mes patients l'aiment bien. C'est aussi un bon moyen de briser la glace avec les plus jeunes.

— Je suis passé par là, moi aussi. Je me suis fait quitter plusieurs fois.

— N'est-ce pas Oscar Wilde qui a dit que perdre une femme pouvait être considéré comme un malheur, mais qu'en perdre deux ressemblait à de la négligence ? plaisanta Crisp.

— Je pense qu'il l'a dit à propos des parents, répliqua Potting. *De l'importance d'être constant.*

— Ah, je vois que vous êtes cultivé ! Et vous avez tout à fait raison !

— Quand votre femme est-elle partie ?

— Il y a six mois. Avec un autre homme… C'est la vie, pas vrai ?

— Ah, les femmes ! soupira Potting.

— On est d'accord.

Changeant de sujet, l'enquêteur demanda :

— Votre chienne doit se dégourdir les jambes souvent ?

— Je lui fais faire le tour du jardin le matin. J'ai un grand jardin qu'elle adore. À midi, je l'emmène à la plage et je déjeune à mon club de pêche ou au Big Beach Café.

— Votre club de pêche est près du lagon, n'est-ce pas ?

— Juste à côté.

— Et où vivez-vous, docteur Crisp ?

— Sur Tongdean Villas.

— Très beau quartier. Si je gagnais au loto, je m'installerais bien là-bas. Ça rapporte, la médecine.

— Certaines spécialités, oui, mais je suis généraliste. Je dispose d'une fortune personnelle, expliqua Crisp en souriant.

— En hiver, vous allez donc jusqu'au lagon deux fois par jour ?

— Oui, le midi et le soir.

— Qu'il pleuve, qu'il neige ou qu'il vente ?

— Vous semblez très intéressé par les habitudes de mon chien. Puis-je vous demander pourquoi ?

Potting grimaça.

— Ma fiancée vient de mourir dans un incendie. J'aimerais adopter un chien, mais je ne sais pas si j'aurais le temps de m'en occuper correctement.

— Un incendie ? Était-elle policière ?

— Absolument.

— J'ai lu son histoire dans les journaux. C'était il y a quelques semaines, n'est-ce pas ? Elle essayait de sauver un enfant… Toutes mes condoléances.

Potting hocha la tête en reniflant.

— Ça va aller ? Quelqu'un vous soutient ? lui demanda le Dr Crisp, inquiet. Vous dormez ?

— Pas vraiment, dit Potting.

— Oh là là ! Un docteur vous suit ?

Potting répondit par la négative.

— Je peux vous prescrire un somnifère, si vous voulez. Il est important de se reposer, pendant une période de deuil. Je peux vous conseiller quelque chose de doux, qui vous permettra de retrouver un rythme naturel.

— C'est très gentil, mais je vais m'en sortir. Enfin, je crois.

— Y a-t-il autre chose que je puisse faire pour vous ?

Potting hésita.

— En fait, oui. Je ne devrais pas vous en parler, ce n'est pas très professionnel de ma part, mais on m'a diagnostiqué un cancer de la prostate et je suis un peu perdu. Je ne sais pas quel traitement choisir.

Il marqua une pause.

— Le problème, c'est que certains traitements affecteront ma…

— Votre fonction érectile ? devina Crisp, bienveillant.

— C'est ça.

— Quel âge avez-vous ?

— Cinquante-cinq ans.

— Je connais de très bons oncologues. Si vous voulez, vous pouvez m'envoyer votre dossier médical et le nom des personnes que vous avez vues jusqu'à présent. Je vous aiderai volontiers, à titre gracieux, bien entendu.

— C'est très gentil de votre part, docteur, mais je ne voudrais pas m'imposer.

— Pas du tout. Comme je vous l'ai dit, j'ai travaillé pour la police, il y a de nombreuses années de cela, et j'ai un grand respect pour ce que vous faites. Je serai ravi de vous aider. J'ai votre carte, vous me l'avez laissée la fois dernière. Je vous enverrai les coordonnées d'organismes auxquels vous pourrez demander des informations sur le cancer de la prostate.

— Je vous remercie. Accepteriez-vous de me donner votre numéro de téléphone portable ?

— Bien sûr.

Crisp le nota sur un Post-it, se lécha l'index pour le détacher et le tendit à l'enquêteur, qui le plia soigneusement et le glissa dans une poche.

80

VENDREDI 19 DÉCEMBRE

Vers 13 heures, Roy Grace, au volant de sa voiture, quitta l'A27, puis prit la deuxième à droite vers Dyke Road Avenue, rue résidentielle abritant manoirs et grandes demeures, dont certains avaient été convertis en maisons de retraite. Il freina et patienta à un barrage routier.

Nev Kemp faisait du bon boulot. Il avait déployé des policiers en gilet fluorescent partout. Il avait l'impression d'entrer dans une zone de guerre.

Quand arriva son tour, il montra son badge et doubla une voiture garée, coffre ouvert, qu'inspectaient deux policiers. Il écoutait Radio Sussex. Danny Pike, le présentateur, interviewait la directrice de la police régionale, de façon courtoise mais incisive, comme à son habitude. Nicola Roigard s'en sortait bien.

— Ne pensez-vous pas que vous devriez ordonner un couvre-feu ? demanda Pike.

— Danny, nous ne sommes pas encore sûrs que l'incident d'hier soir ait un lien avec les autres affaires. Qui plus est, la police n'a pas le pouvoir d'ordonner un couvre-feu.

— Pourquoi pas ? J'ai cru comprendre que la jeune femme présente le même profil que les autres victimes.

Craignez-vous les conséquences économiques d'un couvre-feu pour la ville ?

— Notre seule et unique priorité est la sécurité de nos citoyens. La police fait tout ce qui est en son pouvoir pour trouver le tueur et l'arrêter.

— N'est-il pas en train de se moquer de vous ? Le commissaire en charge de l'affaire l'a provoqué, lors d'une conférence de presse. En réponse, le tueur a fait deux victimes de plus. Roy Grace est-il l'homme de la situation ? Est-ce que la police sait ce qu'elle fait ?

— Roy Grace a toute ma confiance. Je tiens à vous rappeler qu'il n'opère pas seul. Nous avons dépêché auprès de lui un spécialiste des tueurs en série de la police de Londres, ainsi qu'un psychologue très expérimenté.

— Vous êtes en train de nous dire que vous allez procéder à une arrestation ?

— Je n'ai pas dit ça, mais j'accorde toute ma confiance à mon équipe. La brigade criminelle du Surrey et du Sussex fait du bon travail. Inutile de paniquer, que ce soit à Brighton ou dans la région. J'aimerais cependant répéter les mises en garde énoncées lors de la conférence de presse d'hier soir : nous demandons aux femmes d'éviter de se promener seules dans les rues de Brighton, à toute heure du jour et de la nuit. De rester en contact permanent avec un tiers pour indiquer où elles se trouvent. De se faire accompagner, dans la mesure du possible. J'aimerais aussi inviter tout témoin d'un comportement suspect, ou toute personne croyant connaître l'identité du tueur, à appeler la police du Sussex ou la plate-forme Crimestopper.

Elle répéta les numéros.

Grace tourna à droite et se dirigea vers le parc de Hove, dans une rue arborée. Il vit les camionnettes de Radio Sussex, de la BBC South et Latest TV garées le long du trottoir. Il les dépassa et tourna à gauche, dans une ruelle.

Il vit le camion de l'unité spéciale de recherches, celui de la police technique et scientifique et deux voitures de police. La zone avait été sécurisée et un agent montait la garde devant la maison où Freya Northrop avait été attaquée. Plusieurs journalistes, photographes et cameramen faisaient les cent pas.

Il se gara et appela Cleo.

— Comment ça va ? lui demanda-t-il.

— L'un des déménageurs vient de casser l'aquarium de Marlon, dit-elle d'une voix morne.

Il sentit sa gorge se serrer. C'était ridicule, mais il ne considérait pas Marlon comme un simple poisson rouge.

— Il va bien ?

— Oui, ton poisson, la prunelle de tes yeux, est en pleine forme. Il est dans un seau.

— Dieu soit loué !

Elle lui envoya un baiser.

— Retourne sauver le monde. On s'en sort. Marlon adore son nouveau seau.

Roy Grace sourit. Il sortit de son véhicule.

Shioban Sheldrake, Tim Ridgway, un journaliste de Latest TV et un cameraman se jetèrent sur lui.

— Commissaire, lui cria Sheldrake, êtes-vous sur le point d'arrêter l'agresseur de Freya Northrop, celui que vous appelez le Tatoueur de Brighton ?

— Je n'ai rien à déclarer pour le moment. Nous organiserons une autre conférence de presse dès que nous en saurons plus.

Il se fraya un passage jusqu'à la camionnette des techniciens en identification criminelle et enfila une combinaison bleue et une paire de gants. Il signa le registre et s'avança vers la maison. Sa priorité était d'établir si l'attaque était liée à l'enquête. Selon Tony Balazs, une agression ratée aurait un impact psychologique majeur sur le tueur. Soit il choisirait de faire profil bas pendant quelque temps, soit il anticiperait son agression suivante. Aucun des deux scénarios ne plaisait à Roy.

David Green lui confirma qu'il avait relevé la présence de plusieurs taches de sang sur la moquette, dans l'entrée, et qu'il obtiendrait l'ADN de l'agresseur. Sauf que cela ne leur apporterait pas grand-chose si celui-ci n'était pas fiché.

La maison grouillait de techniciens qui relevaient des empreintes dans chaque pièce, sur chaque objet. Green le conduisit à l'étage, selon l'itinéraire mis en place pour éviter toute contamination. Ils entrèrent dans la chambre, puis dans la salle de bains attenante. Le technicien lui montra la cabine de douche dans laquelle Freya Northrop s'était fait agresser. Ils retournèrent ensuite dans la chambre. Une armoire à portes coulissantes était ouverte ; plusieurs robes gisaient au sol.

— Il semblerait qu'il se soit caché là-dedans.

— Comment va le chien ?

— Bien. Il est petit mais il a l'air farouche.

Grace le remercia et observa l'armoire. D'après ce qu'on lui avait dit, Freya Northrop était rentrée chez elle seule, avec des courses et un chien qu'elle avait accepté de garder.

L'animal lui avait peut-être sauvé la vie. Allait-il aussi leur permettre d'identifier le tueur ?

Freya Northrop avait fait preuve d'une insouciance stupéfiante. Dimanche soir, le couple avait constaté que quelqu'un s'était introduit chez eux en leur absence. Ils n'avaient pas pris la peine de changer les verrous. Alors qu'elle était sûre d'avoir laissé des lumières allumées, elle avait remarqué que la maison était plongée dans le noir, la veille au soir, ce qui ne l'avait pas empêchée d'entrer.

Il poussa la porte arrière, qui s'ouvrit sur un jardin mal entretenu. De grands arbres protégeaient des regards et le mur mitoyen était aveugle.

La rue voisine était tout aussi calme que le cul-de-sac. Personne n'avait vue sur la porte arrière. La femme correspondait au profil. Une victime parfaite. Pourtant, avec l'aide du chien, elle avait réussi à s'enfuir, contrairement aux autres. Que pouvait bien ressentir l'agresseur ?

Le téléphone de Roy Grace sonna. C'était Glenn Branson.

— L'interrogatoire de Freya Northrop va commencer dans une vingtaine de minutes. Tu m'as dit que tu voulais être présent…

— Oui, j'arrive dès que possible.

— Où es-tu ?

— Chez Freya Northrop.

— Au motel de Bates ?

— Quel motel ?

— *Psychose*.

— Psychose ?

— Parfois, je désespère. *Psychose*, le film. Tony Perkins et Janet Leigh. La scène de la douche.

— Ah oui, soupira-t-il en contemplant l'arrière-cour.

Il remarqua des échelles et plusieurs pots de peinture. L'agresseur avait pu accéder à une fenêtre de l'étage.

Une technicienne photographiait la pelouse, à genoux.

— Tu as trouvé quelque chose ? lui demanda Grace après avoir raccroché.

— Oui, chef, plusieurs empreintes. On les avait protégées pendant la nuit.

Elle désigna une trace de pas sous une fenêtre.

— Je les photographie avant les moulages.

— Envoie-les à Haydn Kelly, dans la foulée.

— Il est déjà passé. Il a fait les clichés et les moulages.

— Bien.

Il recula pour observer la petite maison. C'était une belle adresse, entre ville et campagne. Freya Northrop était arrivée de Londres depuis peu. Si son agresseur était bien le Tatoueur de Brighton, comment l'avait-il repérée ?

Pourquoi, se demanda-t-il à nouveau, après la tentative de cambriolage de dimanche dernier, n'avaient-ils pas fait changer les serrures, comme la police le leur avait conseillé ? Les gens devaient se montrer un peu responsables. La police ne pouvait pas tout faire.

Il rentra dans la maison et remonta dans la chambre. Elle avait été attaquée dans la salle de bains, comme dans *Psychose*, en effet. Heureusement, il n'y avait pas de vieille dame empaillée sur un rocking-chair. Juste une jeune femme terrifiée qui s'en était sortie de justesse. Pas grâce à lui ou à son équipe. Grâce à un chien.

Il observa l'ameublement moderne, le lit fait, les nombreux coussins blancs disposés contre une tête de lit argentée. Sur l'une des tables de chevets se trouvaient quelques livres de cuisine et un réveil carré ; sur l'autre un thriller de Simon Kernick et un verre d'eau.

Il se dirigea vers l'une des tables et en ouvrit le tiroir. Il trouva un petit livre avec, sur la couverture, une femme en chemise bleue, agenouillée devant un homme nu, intitulé *Sexe : un guide pour les amoureux*. Il referma le tiroir en souriant. Cleo lui avait offert le même pour son anniversaire.

Il réfléchit. Cinq femmes au physique similaire, six en comptant Freya Northrop. Le Tatoueur s'inspirait-il de Ted Bundy ?

Avant d'être exécuté, ce tueur en série avait avoué trente-neuf meurtres. Le FBI le suspectait de cent six. Toutes les victimes se ressemblaient, sauf une, tuée par erreur.

Bundy avait plongé dans une folie meurtrière après avoir été plaqué par sa première petite amie, une jeune fille aux longs cheveux bruns, avec une raie au milieu. Il n'avait tué que des jeunes femmes présentant les mêmes caractéristiques, pour se venger.

Il eut soudain une idée.

Il appela Branson.

— Glenn, je ne vais pas venir à l'interrogatoire. Je regarderai les bandes plus tard. Appelle-moi si vous apprenez quelque chose d'intéressant.

— Où vas-tu ?

— À la bibliothèque.

— La bibliothèque ?

— Oui.

— Tu crois que c'est le moment de combler tes lacunes culturelles ?

— Très drôle.

81

VENDREDI 19 DÉCEMBRE

Une demi-heure plus tard, Roy Grace était posté devant un lecteur de microfiches, à la bibliothèque Jubilée de Brighton, un bâtiment qu'il affectionnait tout particulièrement. Il avait décidé de s'accorder une heure, tout en restant joignable en cas d'urgence.

Jusqu'à présent, ils s'étaient concentrés sur les trente dernières années. Pris d'un doute, il avait décidé d'explorer le passé, de remonter bien avant les deux premiers meurtres.

Il avait à sa disposition les anciens numéros de l'*Argus*. Il choisit comme point de départ décembre 1984, date de la disparition de Kathy Westerham, et progressa à rebours. Les grands titres de l'actualité défilèrent devant ses yeux.

Un avion de ligne sud-coréen, qui avait violé l'espace aérien soviétique, avait été abattu, ce qui avait causé la mort de 269 personnes. Sally K. Ryde était devenue la première femme astronaute. Klaus Barbie avait été arrêté aux États-Unis. Brighton et Hove devaient-ils devenir une seule et même ville ? Il passa à 1983. L'équipe de foot de Brighton et Hove était allée en finale de la Coupe et avait fait match nul contre Manchester United, 2 à 2.

Il remonta jusqu'à 1976. Pol Pot avait pris le pouvoir au Cambodge et les crimes du régime n'allaient pas tarder à être découverts. Jimmy Carter avait été élu président des États-Unis. La reine d'Angleterre avait fait une visite officielle en Finlande. Björn Borg avait remporté Wimbledon. Un conseiller municipal de Brighton avait été condamné pour corruption.

Il était 14 h 30. Il avait faim et soif, il voyait flou, il avait besoin d'eau et de café. Sa concentration s'était envolée. Peut-être était-il passé trop vite sur ces derniers mois. Avait-il raté quelque chose ? Il retourna en arrière. Et soudain, il s'arrêta. Il fixa une photo sous un gros titre.

Une jeune fille avec un joli visage et de longs cheveux bruns.

L'*Argus* daté du 30 décembre 1976 annonçait :

TRAGIQUE NOYADE
DANS LE LAGON DE HOVE

Les secours n'ont pu réanimer Mandy White, 14 ans, tombée dans le plus grand lagon de Hove. Elle a été admise à l'Hôpital Royal du Sussex peu après minuit, mais déclarée morte à son arrivée.

L'appel aux urgences avait été passé par son compagnon de soirée, Edward Denning, 15 ans, qui a avoué à la police qu'ils avaient tous les deux beaucoup bu. Selon Edward Denning, Mandy, fille d'une employée de la famille Denning, avait décidé de patiner sur le lac gelé, malgré ses mises en garde.

Il a déclaré avoir essayé de la retenir et l'avoir vue passer à travers la glace, après qu'elle se fut libérée de son emprise. Il a essayé de la sortir de l'eau, mais tétanisé par le froid, est parti demander de l'aide.

La famille de Mandy est dévastée. Sa mère était trop bouleversée pour parler à l'*Argus*, hier. Son père, Ronald White, a déclaré qu'elle était la prunelle de ses yeux, une jeune fille adorable qui travaillait dur à l'école et distribuait des journaux. Au bord des larmes, il a ajouté : « C'est ma fille, notre seule fille, j'aimerais tant qu'elle me revienne. »

Le commandant Ron Gilbart, de la police de Hove, a déclaré qu'il s'agissait sans doute, malheureusement, de frasques d'adolescents ayant mal tourné, mais qu'une enquête aurait quand même lieu pour vérifier la chronologie des événements.

L'article faisait la une. Roy Grace le relut deux fois et nota les noms. Cet événement remontait à quarante ans. Il avait eu lieu bien avant les disparitions de Kathy Westerham et Denise Patterson. Grace se rappela les mots de Tony Balazs : « En général, les tueurs en série ont entre 15 et 45 ans la première fois qu'ils passent à l'acte et entre 18 et 60 ans au moment de leur dernier meurtre. »

Pouvait-il y avoir un lien entre cet accident et leur enquête ? Le timing correspondait. Cet événement pouvait-il être à l'origine de tout ?

Il photographia l'article avec son iPhone, à deux reprises, au cas où.

Le commandant Ron Gilbart…

Les ambitieux devenaient commandants entre 30 et 40 ans. Gilbart était-il toujours vivant ? Si c'était le cas, il devait avoir entre 70 et 80 ans. Grace savait à qui demander de plus amples renseignements.

Il sortit de la bibliothèque et appela son assistante, afin qu'elle trouve le numéro de David Rowland, 70 ans environ, qui coordonnait l'association des anciens de la police. Patientant sous une légère bruine, il en profita pour appeler Cleo pour lui demander si tout se passait bien. Tish lui communiqua le numéro.

Il le composa immédiatement, mais tomba sur le répondeur. Il laissa un message à Rowland, afin qu'il le rappelle de toute urgence. Il se dirigea vers le parking de Church Street, paya le prix du stationnement – très exagéré – et sortit. Au moment où la barrière se levait, son téléphone sonna.

C'était David Rowland. Sa voix était à la fois marquée par les années et d'un enthousiasme juvénile.

— Désolé, Roy, j'ai raté ton appel. J'étais au sous-sol, dans les cellules du musée de la police. Il n'y a pas de réseau en bas. Que puis-je faire pour toi ?

— Tu te souviens du commandant Ron Gilbart ?

Grace passa sous la barrière, freina et fit signe à un homme en vélo de passer, puis à un jeune couple avec un bébé dans une poussette. Rowland sembla surpris.

— Oui, très bien. Nous avons travaillé à Hove ensemble pendant plusieurs années. Ce commissariat a disparu, mais j'en garde d'excellents souvenirs. Qu'est-ce que tu veux savoir à son propos ?

— Tu sais s'il est encore vivant ?

— Oui, mais il n'est pas en forme, le pauvre. Il a eu un AVC, il y a deux ans. Il est contraint de rester chez lui depuis. Il a toute sa tête, mais du mal à s'exprimer. Sa femme l'aide à se faire comprendre. Ils ont une petite maison à Woodingdean.

— Tu n'aurais pas son numéro et son adresse, par hasard ?

La Range Rover noire qui le suivait klaxonna. Roy Grace nota le numéro dans son téléphone, ignorant la colère de l'automobiliste. Quelques instants plus tard, un petit chauve apparut à sa fenêtre.

— Dégage, ducon !

Grace colla son badge contre la vitre et composa le numéro.

Le gars leva les bras en l'air, exaspéré. Une femme décrocha. C'était l'épouse de Ron Gilbart, qui était bien chez lui.

Les lois l'empêchaient de dépasser les limitations de vitesse, sauf urgence. Selon lui, c'était une urgence. Slalomant entre les voitures, Roy roula aussi vite que possible jusqu'au domicile de Ron Gilbart.

82

VENDREDI 19 DÉCEMBRE

Logan Somerville était en hyperventilation.

— Au secours, à l'aide ! cria-t-elle d'une voix rauque.

Elle n'avait pas arrêté de crier depuis qu'elle s'était réveillée, quelques heures plus tôt, en état de choc. Elle n'avait rien entendu depuis des heures, voire des jours. Elle avait perdu toute notion du temps. Elle était affamée, assoiffée. Ses réserves en sucre étaient basses, elle tremblait et devenait paranoïaque.

Et si ? Un nombre incalculable de possibilités se présentaient à son esprit.

Et si son ravisseur était mort ?

Et s'il avait été arrêté ?

Et s'il avait simplement décidé de la laisser crever ?

Elle essaya de se libérer. Tira sur son bras, sa jambe, en vain. Elle ne faisait qu'aggraver la douleur.

Seule, elle ne réussirait pas à s'enfuir. Mais elle ne voulait pas mourir ici.

— Police ! Aidez-moi !

Mon Dieu, pourvu qu'on vienne me sauver.

Elle entrevit une lueur verte.

— Il y a quelqu'un ? souffla-t-elle d'une voix faible. J'ai besoin d'eau, de sucre. Je vous en prie.

Elle entendit la même voix étouffée.

— J'ai failli te libérer aujourd'hui, mais tout ne s'est pas passé comme prévu. Ne t'inquiète pas, j'ai des vues sur quelqu'un d'autre. Dès qu'elle sera là, tu seras libre. Libre comme l'air.

— Merci, murmura-t-elle.

— De rien.

83

VENDREDI 19 DÉCEMBRE

Dix minutes après avoir quitté le parking de Church Street, Roy Grace tourna à gauche au niveau de l'hôpital Nuffield et chercha du regard le numéro des maisons. Il était 15 h 30 et il commençait déjà à faire nuit. Des décorations de Noël brillaient à presque toutes les fenêtres. Deux maisons avaient illuminé leur jardin. Il se gara devant le numéro 82. Un petit monospace, avec un badge « handicapé », était garé dans l'allée. Il sonna à la porte. Hilary, l'épouse de Ron Gilbart, un petit bout de femme de près de 80 ans, alerte et pétillante, avec de jolis cheveux blancs, lui ouvrit.

— Il a du mal à parler et à entendre, commissaire, le prévint-elle.

Il faisait chaud comme dans un sauna. Une odeur de rôti flottait dans l'air. Le minuscule hall d'entrée était meublé d'une vitrine remplie de coupes, avec la photo d'une équipe de rugby au milieu.

— Ce sont les trophées remportés par Ron au rugby et au golf ! dit-elle fièrement. Il a joué dans les équipes de la police pendant des années. Jusqu'à son AVC, pour ainsi dire.

Un homme les interpella d'une voix un peu agressive. Ses mots étaient à peine compréhensibles.

— Qui eche ? Qu'eche qui veulent ? Véfie dentité, churtout !

— C'est l'enquêteur, mon chéri, celui qui a appelé il y a quelques minutes. Le commissaire Roy Grace. L'ami de David Rowland.

— Ah.

La femme de Ron l'invita à s'asseoir sur un canapé, face à une cheminée au gaz. Grace se mit à transpirer. La télévision était à plein volume. Au mur était accrochée une décoration de la police du Sussex. Il observa l'ancien commandant, dans son fauteuil inclinable, son déambulateur placé à côté de lui. Gilbart avait les épaules larges, des cheveux gris et plusieurs taches brunes sur le crâne. Il attrapa la télécommande et parvint, tant bien que mal, à mettre sur silencieux le match de cricket qu'il regardait. Il se tourna vers Grace avec une expression à mi-chemin entre le sourire et la grimace.

— Connaichez D-d-david Rowla ?

— Oui, depuis des années, répondit Grace. J'ai pu admirer vos coupes dans l'entrée. Je préside l'équipe de rugby de la police du Sussex.

— Peux plus chouer, dit-il d'un air triste.

Hilary Gilbart revint dans la pièce avec une tasse de thé et un sablé posé sur la sous-tasse. Elle prit place sur le canapé.

— Je vais vous aider à traduire, dit-elle.

Grace la remercia et se tourna vers l'enquêteur à la retraite.

— Ron, est-ce que les noms de Mandy White ou Edward Denning vous disent quelque chose ? Le corps de Mandy a été retrouvé dans le lagon de Hove en décembre 1976, vous étiez de permanence.

Sans lâcher du regard un lanceur qui commençait son *run*, Gilbart répondit :

— L-l-lord Denning. Un incompétent, ce juche.

— Je ne pense pas que le commissaire Grace fasse référence au juge Denning, mon amour, dit Hilary. Il veut parler d'Edward Denning.

Elle se tourna vers Grace.

— Je peux aller chercher le carnet de Ron. Je suis sûre qu'on y trouvera des informations sur cette affaire.

La balle fut renvoyée au lanceur par un joueur de l'équipe adverse. Il s'éloigna de la limite du batteur et prépara son nouveau *run*. Grace se demandait si le vieil homme ne s'était pas endormi quand celui-ci s'emporta soudain, jurant d'une voix forte :

— Tite merde !

— Petite merde ? répéta Grace. Edward Denning ? Dans quel sens ?

— Y'aurait pu chauver f-f-fille.

— Il aurait pu sauver la fille ? répéta sa femme, qui revenait dans la pièce. C'est ça que tu essaies de dire, mon amour ?

Il hocha la tête.

— Pourquoi ne l'a-t-il pas fait, Ron ? le pressa Grace.

Gilbart ouvrit et ferma la bouche, se concentra sur le match, puis dodelina de la tête.

— Parche qui y'a tuée.

84

VENDREDI 19 DÉCEMBRE

Roy Grace revint à la Sussex House juste avant le début de la réunion de 18 h 30. C'était le jour du déménagement. Cleo et Noah devaient être arrivés dans leur nouvelle maison. Il aurait tant aimé être avec eux ! Il ne savait pas à quelle heure il rentrerait le soir. Tard, très tard, sans doute. Il s'assit à la table de conférences, prit quelques notes sur son entrevue avec Ron Gilbart et ce qu'il avait trouvé dans son carnet, puis parcourut les notes que son assistante lui avait préparées.

La porte s'ouvrit et Norman Potting, bien plus vif que d'habitude, fit irruption dans la pièce. Il s'arrêta et vérifia qu'il pouvait interrompre ses collègues.

— Chef, je pense avoir quelque chose d'intéressant !

— Nous n'avons pas encore commencé, mais nous t'écoutons, Norman.

— Je suis retourné voir le Dr Edward Crisp ce matin, comme vous me l'avez demandé. Il est insaisissable. Souvenez-vous, il promenait son chien près du lagon de Hove le soir où le corps de Denise Patterson a été découvert par les ouvriers. Je n'étais pas convaincu par la façon dont il a justifié sa présence. Il affirme y promener son chien tous les soirs et déjeuner au club de pêche ou au Big Beach Café.

Potting fit une pause et sortit de sa poche intérieure une feuille de papier chiffonnée qu'il agita.

— Voici le rapport de triangulation de son opérateur téléphonique. Il confirme ses dires concernant ses habitudes entre midi et deux. Mais le Dr Crisp ment sur sa routine du soir. Après sa journée de travail, il rentre à pied jusque chez lui, sur Tongdean Villas, en passant par le parc de Hove. La nuit du jeudi 11 décembre, il a modifié son itinéraire pour passer par le lagon de Hove. Je pense qu'il nous faut en rechercher la raison. Vous m'avez demandé de retourner le voir parce qu'il vous semblait un peu trop intéressé par notre enquête. J'ai compté. Il m'a contacté sept fois.

Le capitaine Jon Exton leva la main.

— Peut-être qu'il a vu des ouvriers le midi et qu'il est retourné au lagon, le soir, par simple curiosité, non ?

— Je ne pense pas qu'une personne normalement constituée s'intéresse à des ouvriers détruisant une allée, dit Potting. Peut-être était-il intéressé parce qu'il avait enfoui quelque chose à cet endroit-là.

— Pour le moment, que savons-nous sur les ouvriers qui ont coulé cette dalle ? intervint Grace.

— Norman a discuté avec celui qui vit à Perth, en Australie, dit Guy Batchelor. Il affirme n'avoir rien remarqué.

— Comment s'appelle-t-il ?

— Tony Scudder. Nous avons discuté avec lui au téléphone. Selon moi, il n'a rien à cacher.

— Que sait-on sur son passé ?

— Il n'est pas fiché.

Grace se leva.

— Moi aussi, j'ai quelque chose de potentiellement intéressant à partager avec vous.

Il les informa de ce qu'il avait trouvé à la bibliothèque et de sa discussion avec Ron Gilbart.

— Le pauvre a du mal à parler, mais sa femme nous a aidés. Il m'a raconté cette affaire, qui remonte à décembre 1976. À l'époque, il était commandant à Hove. Une adolescente s'est noyée dans le lagon de Hove. Ce soir-là, elle était sortie avec le fils de l'employeur de sa mère, un certain Edward Denning. Sa mère était femme de ménage pour les Denning. Selon le journal, la glace s'est brisée alors qu'elle voulait patiner sur le lagon gelé. Le coroner avait conclu à une mort accidentelle. Guère convaincu, Gilbart a mené l'enquête. Les deux mineurs avaient beaucoup bu – des rhums-Coca –, dans un pub du bord de mer. Gilbart est sûr que Denning a assassiné la jeune fille, mais il n'a jamais réussi à le prouver.

— Denning n'a pas été jugé ? demanda Jon Exton.

— Il a raconté qu'elle était tombée, qu'il avait essayé de la sauver, puis qu'il avait arrêté un véhicule pour demander de l'aide. Pas de témoins.

— Pourquoi Gilbart pense-t-il que Denning l'a tuée ? demanda Guy Batchelor.

Grace haussa les épaules.

— Du flair. Et ce n'est pas rien, dit-il en souriant. J'ai retrouvé des coupures de journaux relatives à l'affaire dans un vieux carnet appartenant à Gilbart. Deux ans après la mort de la fille, qui s'appelait Mandy White, les parents d'Edward Denning ont divorcé. Devinez le nom du second mari de la mère.

— Crisp ? lança Jack Alexander.

— Bingo ! dit Grace.

— *Edward* Denning, *Edward* Crisp, souligna le capitaine Exton. Merde alors !

— Je ne veux pas tirer de conclusions hâtives, mais plus j'en apprends sur cet individu, moins je suis à l'aise, dit Grace. Je vous donne une mission, dit-il en se tournant vers Norman Potting, puis Jon Exton. Je veux tout savoir sur lui. Son passé, son enfance, ses relations, ses copains à l'école, ses professeurs, ses copines, sa femme, ses enfants et ses proches, tous ceux qui l'ont côtoyé, sur un plan professionnel ou personnel. Surtout, je veux la liste de tous ses patients, actuels et passés. C'est noté ?

Les deux enquêteurs hochèrent la tête.

— Au fait, chef, j'aimerais envoyer au labo le Post-it sur lequel Crisp a noté son numéro de portable. Empreinte digitale et ADN.

— Bonne idée, Norman.

Tanja Cale leva la main.

— Je ne sais pas si c'est important, chef, mais j'ai participé à l'interrogatoire de Freya Northrop, aujourd'hui, et il se trouve qu'elle a consulté le Dr Crisp la semaine dernière.

Grace sursauta.

— Quoi ?

— Elle l'a trouvé charmant, quoiqu'un peu bizarre.

Il y eut un long silence.

— C'est sans doute très important, dit Guy Batchelor.

Grace acquiesça.

Emma-Jane Boutwood se manifesta.

— Oui, EJ ?

— Une équipe a interrogé une dame qui habite en face de chez Freya Northrop. Elle fait partie d'un dispositif de participation citoyenne, en d'autres mots, elle garde un œil sur la rue. Après avoir lu un article dans l'*Argus*, elle s'est souvenue avoir vu un homme en gilet fluorescent se diriger vers la maison de Freya vers 11 heures, dimanche dernier. Elle n'avait pas fait le rapprochement, avant d'avoir eu connaissance de l'affaire.

— Peut-elle le décrire ? s'enquit Grace.

— Pas en détail, malheureusement. Son visage était en partie dissimulé sous une écharpe et une casquette en tweed. Et elle a été distraite par sa petite-fille.

— À quoi ressemblait-il ?

— Relativement mince, entre deux âges, de type européen, pas de barbe, des lunettes.

Cette description correspondait au Dr Crisp, se dit Grace.

Il se tourna vers Haydn Kelly, qui portait comme d'habitude un costume flamboyant et une cravate colorée. Cet esprit coûtait cher. Heureusement que son budget était illimité.

— Haydn, du nouveau du côté de l'empreinte de pas relevée dans le parking ?

— Pour tout vous dire, je pensais avoir trouvé dans le jardin de Freya Northrop une trace similaire, la même marque de basket, mais les quelques différences font que je dois renoncer à cette hypothèse. Si j'ai bien compris, de nombreux artisans ont rénové la maison, ces dernières semaines. Il se peut donc que l'empreinte appartienne à l'un d'eux.

— Je pense qu'il ne faut éliminer aucune trace trouvée dans le jardin, Haydn, dit Grace. Nous ne sommes pas sûrs que l'empreinte du parking soit celle de l'agresseur. C'est une simple spéculation.

— D'accord, dit Kelly.

— Les empreintes de pas seront intéressantes quand nous aurons un suspect en garde à vue, avança Dave Green.

Grace remercia l'expert et se tourna vers Branson.

— Glenn, tu as la liste des artisans ?

— Oui, chef. Ils sont sept au total. Tous ont été interrogés. Des électriciens, des plombiers, des peintres, un plâtrier et un menuisier. Nous les avons éliminés de la liste des suspects.

— Et si on interpellait Crisp pour l'interroger, chef ? proposa Guy Batchelor. Nous avons assez d'éléments, n'est-ce pas ?

— Non, dit Grace. Il vient tout juste de devenir un suspect potentiel. Il faut qu'on en sache davantage sur son compte, et vite.

Il prit un instant pour noter quelque chose dans son livre d'enquête.

— Nous disposons d'un certain nombre de preuves à l'encontre de Crisp, mais c'est tout pour le moment. Peut-être est-il le meurtrier, peut-être est-ce Harrison Hunter, que nous n'avons pas encore localisé, ou quelqu'un d'autre. Quoi qu'il en soit, nous recherchons un individu intelligent qui a échappé à la police pendant de longues années. Nous devons être en position de force quand nous déciderons d'arrêter Crisp. Je pense aussi qu'il est risqué de se précipiter, parce que si nous ne disposons d'aucun chef d'accusation, nous devrons le libérer. Si c'est le tueur, il pourrait disparaître. Nous pourrions le perdre de vue pendant des années, peut-être pour toujours. Je pense qu'il est préférable de le laisser en liberté pour le moment. N'oubliez pas que Logan est quelque part, en vie espérons-le. Notre priorité est de la retrouver.

Grace but une gorgée de café et reprit.

— À mon avis, l'assassin n'agit jamais spontanément. Il prévoit tout de façon méticuleuse. Tony Balazs, qui ne peut pas être présent ce soir, est du même avis que moi. Je soupçonne le Tatoueur de traquer ses victimes pendant des semaines, voire des mois. Balazs pense qu'il a déjà choisi la prochaine et qu'il va bientôt l'enlever, pour réparer son échec d'hier. Il représente un réel danger pour la communauté. Je vais demander que Crisp soit surveillé vingt-quatre heures sur vingt-quatre, d'autant que l'on a établi un lien entre Freya Northrop et lui.

Soudain, le conseil du psychologue lui revint à l'esprit. *Provoque-le. Fais-le sortir de ses gonds. Pousse-le à l'erreur !*

Il eut une idée.

C'était une stratégie dangereuse, dans le sens où elle pouvait se retourner contre eux. Il aurait besoin d'un juge pour couvrir ses arrières. Mais si, comme il l'espérait, Logan Somerville était toujours vivante, chaque minute comptait.

Il se tourna vers Dave Green.

— Dave, il me faudrait une vidéo sur laquelle on voit Edward Crisp marcher et un gros plan de lui. Pourrais-tu placer un photographe en faction devant chez lui demain matin ? En général, il sort son chien entre 7 heures et 8 heures. Fais en sorte qu'il ne repère pas ton gars et demande les autorisations nécessaires.

— Oui, chef.

Quinze minutes plus tard, Roy Grace quitta la réunion et retourna dans son bureau, plein d'espoir. Pour la première fois depuis le début de cette enquête, il ressentait une sorte d'impatience, comme quand l'affaire tourne en sa faveur, quand ils sont sur le point d'arrêter un suspect. L'étau était en train de se resserrer autour de Crisp. Le Dr Edward Crisp.

Il ne voulait pas mettre tous ses œufs dans le même panier et négliger la piste Harrison Hunter. Cela l'inquiétait d'ailleurs que ce dernier n'ait pas été localisé.

Il repensa à la soirée de jeudi, près du lagon. La plupart des gens sont choqués quand ils voient un cadavre. Crisp s'était montré jovial. D'un autre côté, les médecins ne sont pas comme tout le monde et Crisp avait collaboré avec la police. Les flics avaient, eux aussi, divers moyens de se protéger de la mort. Il fallait en rire, parfois. C'était une soupape de sécurité. Les urgentistes, par exemple, étaient connus pour leur humour noir.

Guy Batchelor entra dans son bureau.

— As-tu pu obtenir les autorisations de surveillance, Guy ? lui demanda Grace, conscient que ces procédures sensibles et complexes prenaient un certain temps.

— C'est bon, dit Batchelor.

Grace sourit, soulagé.

85

SAMEDI 20 DÉCEMBRE

Le lendemain à midi, Roy Grace rejoignit Cassian Pewe sur le podium de la salle de réunion de la Malling House, devant des dizaines de journalistes, photographes, cameramen et reporters.

Comme d'habitude, le commissaire principal prit la parole en premier.

— D'abord, un point sur les avancées de l'enquête. Nos mesures de protection ont été renforcées. Grâce au soutien de Nicola Roigard, notre directrice régionale, nous disposons d'un budget supplémentaire pour mobiliser davantage de policiers. Suite à l'agression de jeudi et grâce à un témoignage, nous pensons avoir un suspect. Le commissaire Grace, qui dirige cette enquête, va vous en dire plus.

Il recula et céda la place à Roy Grace.

En croisant le regard de son supérieur, Grace eut l'impression d'être lâché dans la fosse aux lions. Il prit sa respiration et se tourna vers l'assemblée.

— Nous disposons de deux portraits-robots. Voici celui de la personne entrevue près du parc de Hove, jeudi soir. Et voici celui de l'homme aperçu au volant d'une voiture, au moment de l'enlèvement de Logan.

Il s'attarda sur la seconde esquisse, terminée une demi-heure plus tôt, projetée sur grand écran à sa droite.

Pewe le dévisagea, mais Grace l'ignora. Le dessin avait été réalisé par un spécialiste, sous la supervision de Grace et Potting, à partir d'une photo de Crisp prise discrètement dans la matinée. Le portrait n'était pas très ressemblant. On reconnaissait juste ses traits et sa coupe de cheveux. Cette initiative avait été approuvée par le juge qui suivait cette affaire.

Il y eut un déluge de flashes. Grace garda un visage impassible et ferma les yeux, content de lui. Leur plan marchait. Crisp ne s'alarmerait pas.

— Nous lançons un appel à la communauté, en particulier aux jeunes femmes qui auraient pu être approchées par cet homme et à ceux ayant remarqué un comportement suspect.

— Avez-vous des noms à nous donner ? cria un journaliste du fond de la salle.

— Pas pour le moment, dit Grace. Mais si quelqu'un reconnaît cet homme, qu'il nous contacte de toute urgence.

— Commissaire, avez-vous reçu une demande de rançon pour Logan Somerville ?

— Non, pas de demande de rançon.

— Roy, pensez-vous que Logan Somerville est toujours vivante ?

— Nous l'espérons et nous mettons tout en œuvre pour la retrouver.

— Commissaire Grace, que conseillez-vous aux femmes ?

— Nous recommandons à toutes les jeunes femmes de faire preuve d'une extrême vigilance et leur déconseillons de sortir seules, le soir. Nous leur demandons de fermer portes et fenêtres, la nuit, et de nous appeler si elles remarquent quoi que ce soit de suspect. Quitte à déclencher une fausse alerte.

— Commissaire, est-ce que cette affaire pourrait être liée à la disparition de votre femme, il y a dix ans ?

Bien que préparé psychologiquement, Grace sentit son cœur se briser. C'était une possibilité.

— Aucune preuve ne va dans ce sens, répondit-il.

— Êtes-vous sur le point de procéder à une arrestation ?

— Nous vous avons expliqué où en était l'enquête. Nous faisons tout pour localiser et arrêter le tueur.

— Avez-vous établi un lien indubitable entre les meurtres d'Emma Johnson et Ashleigh Stanford et ceux de Kathy Westerham et Denise Patterson ?

— Nous avons remarqué certaines ressemblances, nous enquêtons toujours, dit Grace, prudent. Pour le moment, nous restons ouverts à toutes éventualités.

— Avez-vous trouvé le fer rouge ou l'endroit où il a été fabriqué ? demanda une journaliste.

— Non, pas pour le moment.

Pendant quarante minutes, Roy fut bombardé de questions. Il continua à y répondre, tout en apportant quelques informations supplémentaires.

À la fin de la conférence, Grace retourna dans son bureau, à la Sussex House. Il était vidé. Edward Crisp, qui était sous surveillance, avait dormi chez lui. Deux officiers en costume avaient sonné à sa porte, se faisant passer pour des témoins de Jéhovah. À 7 heures, il avait sorti son chien, s'était promené dans le parc de Hove et était rentré chez lui une heure plus tard. Aucun signe de vie depuis.

Dr Edward Crisp, songea Grace. Un médecin de famille entre deux âges… Était-ce possible ?

Harold Shipman, l'un des plus célèbres tueurs en série britanniques, était un médecin entre deux âges. Toutes ses victimes avaient été des patients.

Le danger – il en était conscient – était de se focaliser sur le premier suspect et de négliger le reste.

Il en avait d'ailleurs un autre, l'étrange Dr Harrison Hunter, qui s'était fait passer pour un anesthésiste auprès de Jacob Van Dam. Entre deux âges, perruque blonde, corpulence moyenne.

Dr Crisp déguisé ? Un alter ego ?

Van Dam avait été interrogé trois fois. Pourquoi le Dr Hunter était-il allé le voir ? Sans doute parce qu'il était psychotique. Tuer n'était jamais un acte rationnel. Peu de gens allaient jusqu'au bout. Mais une fois la ligne franchie, il n'y avait aucun retour en arrière possible. On ne rend pas la vie qu'on a prise. La plupart des gens finissaient par confesser leur crime à la police, incapables de vivre avec la culpabilité. Les plus dangereux étaient ceux qui s'en accommodaient. Ceux qui, au fond, avaient aimé tuer.

Pour eux, il n'y avait aucune différence entre un meurtre ou vingt. Le Rubicon avait été franchi.

De nombreux meurtriers étaient schizophrènes. Sutcliffe, l'éventreur du Yorkshire, entendait des voix qui lui ordonnaient de tuer des prostituées.

Exception faite de ceux qui tuaient sous le coup de la colère, la plupart des assassins étaient sociopathes ou psychopathes – ce qui revenait au même. Des gens nés sans empathie. Capables de tuer en ressentant peu ou pas d'émotion, peu ou pas de culpabilité.

Hunter était-il allé voir Jacob Van Dam pour se vanter ? Pour être absous ? Pour tourmenter l'oncle de Logan ?

Van Dam n'était pas particulièrement proche de sa nièce.

De quoi s'agissait-il donc ? D'un appel au secours ?

C'était la seule réponse recevable pour le moment. Peut-être que le meurtrier se sentait coupable et voulait être arrêté pour ne plus passer à l'acte.

Tony Balazs avait confirmé cette hypothèse.

Grace était persuadé qu'une des clés de l'enquête résidait dans cette consultation. À en croire la description de Jacob Van Dam, Harrison Hunter pouvait être Edward Crisp.

Grace sentit son cerveau saturer. Il posa sa tête sur ses bras croisés et ferma les yeux. Quelques instants plus tard, il fut réveillé par une vibration.

Son téléphone sonnait sur son bureau.

— Allô ? bafouilla-t-il.

Il regarda l'heure. Merde, il avait dormi près d'une heure.

— Chef, dit Jack Alexander, une femme vient d'appeler pour témoigner. Elle travaille au camping de Roundstone, à Horsham. Elle a vu le portrait-robot aux infos de midi, elle pense connaître l'homme que l'on recherche. Il serait propriétaire d'un mobil-home.

86

SAMEDI 20 DÉCEMBRE

Le ravisseur de Logan ne lui avait pas rendu visite depuis plus de vingt-quatre heures. Peut-être davantage. Elle avait perdu la notion du temps.

Et si elle avait été abandonnée ?

Et s'il avait décidé de la laisser mourir de faim et de soif ?

Avec le peu de force qui lui restait, elle tira sur ses bras. Soudain, elle sentit le lien de son poignet droit se relâcher légèrement. Elle tira de nouveau et sentit plus de lest. Elle continua, ignorant la douleur.

Elle était en train de se libérer.

Elle entendit un bruit. Le toit de sa prison coulissa. Une lumière verdâtre s'arrêta au-dessus d'elle.

— On n'en a plus pour très longtemps, grogna une voix.

Et le couvercle se referma.

87

SAMEDI 20 DÉCEMBRE

Les habitants de Horsham avaient différentes théories quant aux origines du nom de leur ville. Certains disaient qu'il s'agissait d'un dérivé de *Horse Ham*, soit « un emplacement pour les chevaux ». D'autres affirmaient qu'il provenait du nom d'un guerrier saxon, Horsa, qui s'était accaparé de nombreuses terres dans la région.

Roy Grace tenait tout ceci de son père, qui se passionnait pour l'histoire du Sussex. Il aimait bien cette ville, mais ses lotissements modernes, sans queue ni tête, l'exaspéraient, car il avait tendance à s'y perdre.

— Où est-ce qu'il se trouve, ce camping ?

— On aurait dû prendre l'A24, comme je l'avais suggéré, soupira Glenn Branson.

Grace secoua la tête en essayant de lire l'itinéraire proposé par le GPS de son téléphone.

— Ce truc devrait nous aider !

Il avait trois appels en absence. Trois appels de Cleo. Jusqu'à présent, il n'avait passé que quelques heures dans leur nouvelle maison. Il ne savait pas à quelle heure il rentrerait, ni s'il aurait le temps d'ouvrir valises et cartons.

Dix minutes plus tard, une nuée de caravanes apparut sur leur droite. Toutes étaient à vendre. Un panneau indiquait : CAMPING DE ROUNDSTONE.

Pendant le trajet, Grace avait commencé à mobiliser ses troupes. La piste était sérieuse et il espérait pouvoir passer à l'action en peu de temps. Il avait déjà demandé que différentes équipes se rassemblent non loin du camping.

Ils passèrent le portail et suivirent les panneaux jusqu'à la réception, un bâtiment moderne accolé à une grande maison edwardienne. Ils s'arrêtèrent. Une note sur la porte du bureau indiquait : EN CAS D'ABSENCE, MERCI DE SONNER À LA PORTE DE LA MAISON.

Arrivé sous le porche, Grace sonna. Un chien aboya et une belle femme blonde de 55 ans environ, vêtue d'un pull à col roulé noir, d'un jean et de bottes, apparut.

— Bonjour, dit-elle d'une voix chaleureuse, avec l'air de ne pas trop savoir à qui elle avait affaire.

Grace sortit son badge.

— Commissaire Grace et commandant Branson de la police judiciaire du Surrey et du Sussex. Nous avons été contactés par une certaine Adrienne Macklin.

— Adrienne vous a appelés de ma part. Je suis la propriétaire, Natalie Morris. Je répondrai volontiers à vos questions. Voulez-vous entrer ?

Elle les invita à s'installer dans un séjour spacieux et confortable, où brûlait un feu de cheminée. Ils s'assirent sur le canapé et elle prit place sur un fauteuil.

— Que puis-je pour vous ? Voulez-vous une tasse de thé ?

Branson était sur le point d'accepter, quand Grace le prit de vitesse.

— Ça ira, merci, madame Morris.

Il sortit de sa poche une photo d'Edward Crisp.

— Reconnaissez-vous cet homme ?

Elle l'observa.

— À la télé, j'étais quasiment sûre que c'était notre M. Hunter, mais maintenant je ne suis plus aussi catégorique. La photo n'est pas très parlante.

En entendant ce nom, Grace sursauta.

— Hunter ? Harrison Hunter ?

— Laissez-moi vérifier, dit Natalie Morris.

Elle quitta la pièce et revint avec un grand registre bordeaux qu'elle se mit à feuilleter.

— Voilà. Harrison Hunter, unité R-73.

— Unité R-73 ? répéta Grace.

— Oui, il habite un grand mobil-home. C'est l'un de nos résidents permanents.

— Depuis quand vit-il ici ?

— Depuis plusieurs années. J'espère que je ne suis pas en train de vous faire perdre votre temps. Nous n'avons pas pour habitude de surveiller nos clients, ajouta-t-elle, nerveuse.

— Bien sûr, la rassura Glenn Branson.

— Ce ne serait pas très agréable pour eux, n'est-ce pas ? Nous partons du principe qu'ils sont respectables. Nous les laissons aller et venir à leur guise.

— Tant qu'ils payent leur loyer, dit Grace.

— C'est ça.

La femme semblait de plus en plus mal à l'aise.

— Connaissez-vous M. Hunter, madame Morris ? lui demanda Grace.

— Pas très bien. Il paie rubis sur l'ongle. Il est toujours de bonne humeur. Il ne vient pas souvent. Nous ne lui posons pas de questions. Certains utilisent leur caravane pour… vous savez… recevoir des dames. D'autres pour se ressourcer. Tant que personne ne dérange personne, chacun fait ce qui lui plaît.

— M. Hunter est là en ce moment ?

— Je ne l'ai pas vu. En général, il y a une voiture garée devant chez lui, quand il est présent.

— Quelle genre de voiture ?

Elle réfléchit.

— De mémoire, un break gris foncé.

— Avez-vous un contact téléphonique ? demanda Glenn Branson.

Elle regarda dans le registre.

— Non, mais ce n'est pas inhabituel.

— Pourriez-vous nous indiquer où se trouve l'unité de M. Hunter ? demanda Grace, de plus en plus intéressé.

— Bien sûr.

Elle se leva et leur montra le mobil-home sur une carte aérienne.

— Voici l'unité R-73. Je peux vous y emmener, mais, s'il n'est pas là, vous ne pourrez pas entrer, je n'ai pas la clé.

— J'aimerais m'en approcher en toute discrétion, dit Grace. Auriez-vous un vieil imperméable ou un anorak, un chapeau ou une casquette et une poubelle que je pourrais faire rouler devant moi ?

Elle lui jeta un regard étrange.

— Pas de problème.

Le jour tombait. Dans moins d'une heure, il ferait nuit noire, songea Grace en poussant la poubelle vide sur l'herbe humide. Affublé d'une vieille casquette en tweed et d'un anorak deux fois trop grand pour lui, il zigzagua entre les caravanes et les mobil-homes, l'air nonchalant, et parvint à l'unité R-73.

Les stores étaient baissés, il y avait trois serrures à la porte, ce qui lui sembla exagéré. Il n'y avait pas de lumière à l'intérieur et Grace n'entendit aucun bruit. Pour être sûr de ne pas être vu, il se contenta de faire un tour, termina son circuit et retourna à la réception. Il passa un coup de fil pour savoir si l'hélicoptère était libre.

Son interlocuteur le lui confirma. Basé à Redhill, il serait là en cinq minutes.

Grace lui ordonna de le faire décoller immédiatement, tant qu'il faisait jour. Il enverrait une photo de la carte aérienne. Il demanda à ce que soient faites des images infrarouges pour savoir s'il y avait quelqu'un dans l'unité R-73. Il retourna dans le bureau et demanda à Natalie Morris la permission de photographier le plan.

— Avez-vous des problèmes de sécurité, ici, madame Morris ? l'interrogea Glenn Branson.

— Non, le site est sous vidéosurveillance et nous avons un gardien vingt-quatre heures sur vingt-quatre. Nous n'avons que peu d'ennuis de ce côté-là. Je crois que le dernier cambriolage remonte à plus de dix ans, mon mari était toujours vivant à l'époque.

Soudain, elle hésita, préoccupée.

— Vous ne soupçonnez quand même pas M. Hunter d'être le Tatoueur de Brighton, si ?

— Qu'est-ce qui vous ferait dire ça ? demanda Branson.

— J'aime regarder les séries policières à la télé. Parfois, je m'imagine des choses. Quand on a vu le portrait aux infos, avec Adrienne, on s'est exclamées : « On dirait M. Hunter ! »

— Comment le décririez-vous ? demanda Grace.

— Il n'est pas bizarre à proprement parler, mais… C'est quelqu'un de très secret.

— Je vais demander un mandat de perquisition, madame Morris. Je l'aurai dans une heure environ. Je ne veux pas vous déranger outre mesure, ni vous, ni vos résidents. Nous serons aussi discrets que possible.

— Je suis ravie de pouvoir aider la police.

Grace la remercia.

— Voulez-vous du thé ou du café, ou quelque chose de plus fort, en attendant ?

— Du café, volontiers, dit Grace.

— Moi aussi, merci, dit Branson.

Après qu'elle eut quitté la pièce, Grace entendit un hélicoptère à l'approche. Son téléphone sonna. On lui annonça qu'il survolerait la zone dans une minute.

Grace se tourna vers Branson et lui confia à voix basse :

— Je pense que nous allons devoir réagir rapidement, si nous trouvons quelque chose d'important, et je crois que ça va être le cas. Ce mobil-home est trop sécurisé. Une fois que nous aurons forcé la porte, si Hunter revient à ce moment-là, il saura qu'on le cherche. On ne peut pas prendre le risque qu'il disparaisse de la circulation.

— Tu penses que c'est Crisp ?

— Pour l'arrêter, il nous faut un dossier en béton. Empreintes digitales ou ADN.

Il appela le commandant Jason Tingley, lui expliqua la situation et lui demanda s'il pouvait envoyer une équipe de la force locale d'intervention en plus de l'équipe de surveillance devant le domicile d'Edward Crisp.

L'hélicoptère le rappela. Aucune présence n'avait été détectée dans l'unité R-73.

Il lui demanda de se rediriger vers Brighton, pour une surveillance en haute altitude du domicile du Dr Edward Crisp.

L'appareil survolerait la maison dans douze minutes, l'informa-t-on, assez haut pour ne pas être repéré.

88

SAMEDI 20 DÉCEMBRE

— Au fait, tu ne nous as jamais dit… C'était quoi, ton plan, quand tu es allé voir le psy à Londres, docteur Harrison Hunter ? lança Marcus.

— Encore un délire égotiste ? suggéra Felix. Ou est-ce que tu es juste fou à lier, comme on le sait tous désormais ?

— Oh, les gars, faites-moi confiance, pour une fois !

— On t'écoute, dit Marcus.

— C'était pour détourner l'attention.

— À l'époque, personne ne nous prêtait attention, souligna Felix. Maintenant, il y a une photo de toi dans les journaux.

— Elle n'est pas ressemblante du tout.

— C'est ça, dit Marcus. On t'a tous reconnu sans problème.

— Parce que vous me connaissez.

— Personnellement, je dirais que tu avais envie d'en finir, dit Marcus. De tromper l'ennui. Tu penses que la partie est terminée. Tu veux enquiquiner l'adjudant-chef une dernière fois. Je me trompe ? Tu as décidé de nous abandonner. Facile pour toi, mais pour nous ?

— Pourquoi est-ce que je devrais me soucier de vous ?

— Parce que tu n'as que nous. Ta femme t'a quitté. Tes enfants l'ont suivie. Tu n'es qu'un loser.

— Taratata. Vous n'avez jamais lu l'*Art de la guerre*, de Sun Tse ? Il a dit quelque chose qui pourrait vous aider à mettre en perspective ma visite chez le Dr Jacob Van Dam : « Assieds-toi au bord de l'eau, et bientôt tu verras passer le cadavre de ton ennemi. »

— Qu'est-ce que c'est que ce charabia ? demanda Marcus.

— Tu le sauras bien assez tôt.

— Ce suspense me tue, gloussa Felix.

— Tu ne comprends donc pas ?

— Qu'est-ce qu'il y a à comprendre ? On navigue à vue depuis des décennies. On a fini par aimer ça, et par t'aimer, toi !

— Ne vous attachez pas trop. Il y a une autre citation que j'affectionne en ce moment.

— Laquelle ?

— « Tu en chies toute ta vie et à la fin tu meurs. »

89

SAMEDI 20 DÉCEMBRE

Assis au volant d'une Ford banalisée, Norman Potting traversait une petite commune rurale du Surrey. Sur les trottoirs, les gens se pressaient dans le froid, tandis que les vitrines scintillaient. Arrêté à un feu rouge, il entendit une fanfare entonner un chant de Noël.

Des larmes se mirent à couler sur ses joues. Il les essuya d'un revers de la main. Noël… Avec Bella, ils avaient prévu de passer leur premier réveillon ensemble, avec la mère de Bella, dans un cottage qu'ils avaient loué en Cornouailles. Il n'avait plus aucun projet. Sa sœur, qu'il aimait beaucoup, l'avait invité à passer des vacances en famille dans le Devon, mais il n'était pas prêt à faire la fête. Pour le moment, il préférait se plonger dans le travail.

Sur une route sinueuse, il approcha un pont pittoresque enjambant une rivière. Avant, quand il était heureux, il aurait accéléré comme un gamin pour sentir la voiture décoller au niveau du dos-d'âne. Mais il n'était pas d'humeur. Peut-être ne le serait-il plus jamais.

Il arriva à un croisement, tourna à gauche et entama l'ascension d'une colline, suivant les panneaux THE CLOISTERS, l'une des plus célèbres écoles du pays. Il remarqua des jolis cottages et de belles demeures.

Un ensemble moderne, institutionnel, apparut à sa gauche. Au sommet de la colline, il passa sous un pont en pierre, suivit les panneaux et tourna à droite. L'entrée de l'école était signalée par une arche ornée de vitraux. Il emprunta cette allée et se retrouva au milieu de plusieurs bâtiments de style gothique, dont une immense chapelle. Des terrains de jeu s'étendaient à sa gauche. Deux adolescents en veste en tweed et pantalon gris se promenaient. Il s'arrêta à leur niveau et baissa la vitre.

— Pourriez-vous me dire où se trouve le bureau de l'intendant ?

— Bien sûr, dit l'un des garçons avec un accent de la haute.

Deux minutes plus tard, suivant les instructions qu'ils lui avaient données, Potting se gara devant un bâtiment moderne à un étage, en verre et en béton. Sur une porte bleue, il lut : BUREAU DE L'INTENDANT.

Il sortit de son véhicule, observa les alentours et alla toquer à la porte.

Un homme d'une cinquantaine d'années, à l'allure militaire, lui ouvrit. Il portait une veste en velours côtelé marron, une chemise à carreaux, une cravate en maille et un pantalon de cavalerie beige, des cheveux coupés court sur les côtés et la nuque dégagée.

— Capitaine Potting ? s'enquit-il d'un ton confiant, légèrement arrogant, aristocratique, accompagnant sa question d'un large sourire.

— Oui, confirma celui-ci en sortant son badge. Brigade criminelle du Surrey et du Sussex.

— Je suis Neville Andrew, l'intendant.

— Comment allez-vous, monsieur ? lui demanda Potting en lui serrant la main. Cet établissement est sélect, dites donc !

— Et splendide, j'ajouterais ! fit l'intendant en observant le badge plus longuement que nécessaire.

Il finit par inviter Potting à entrer dans une petite pièce avec un minuscule bureau ancien en bois, sur lequel se trouvaient un ordinateur et deux photos. La première montrait une femme d'une cinquantaine d'années, au style classique, la seconde trois enfants. Deux vieux fauteuils en bois et cuir étaient placés devant la table. La pièce était pleine de meubles de rangement en métal gris. Au mur étaient accrochés un blason encadré et la devise de l'école, en latin, que Potting fut bien incapable de déchiffrer. Ça sentait le vieux papier et la cire.

— Ce merveilleux établissement a été fondé en 1611, dit l'intendant, rayonnant. À Londres d'abord, puis ici en 1843. Un petit peu avant notre naissance… Avez-vous étudié dans le privé, vous aussi ?

— Oh que non ! fit Potting d'un ton bourru. J'étais dans le public à Tiverton. Je ne pense pas que mes parents auraient pu payer pour une école comme celle-ci. J'imagine que ça coûte bonbon.

— Entre trente-cinq et quarante mille par an, selon les options.

— Livres ?

— Oui, livres.

— C'est ce que je gagne en un an ! s'exclama Potting. Nom d'une pipe en bois, tout cet argent pour que votre sale petite vermine se fasse tabasser !

— J'ai étudié ici, précisa l'intendant. Je ne me souviens pas avoir été une sale petite vermine, ni même avoir été tabassé. Puis-je vous offrir du thé ou du café ?

— Euh… Un thé bien fort, s'il vous plaît. Avec deux sucres. Merci d'être venu un samedi, j'espère ne pas trop vous déranger.

— J'ai échappé à une après-midi au supermarché avec mon épouse. Donc non, vous ne me dérangez pas du tout. Un ou deux de nos anciens élèves ont rejoint les forces de l'ordre. Nous sommes très fiers de Stephen Rogan, qui est toujours en contact avec nous. Vous le connaissez ?

— Le commissaire Rogan ? Mais oui. Je ne savais pas qu'il avait fréquenté ce genre d'école. Vous restez en contact avec tous vos anciens élèves ?

— Nous essayons. Mon rôle consiste, en partie, à les convaincre de nous soutenir financièrement et de nous léguer quelque chose à leur mort. Ce n'est pas facile d'entretenir un domaine comme celui-ci.

— Il se trouve que je suis ici pour parler d'un ancien élève, dit Potting.

— Vous avez dit au téléphone que c'était en lien avec une enquête pour homicide, dit Andrew en haussant les sourcils.

— Pour homicide et pour enlèvement, oui. Nous pensons qu'une femme est en danger de mort.

— Vous m'intriguez. Je reviens dans une seconde.

Neville Andrew sortit de la pièce et Potting en profita pour regarder autour de lui. Il vit des photos d'équipes de foot, de cricket et de hockey, ainsi qu'un régiment. Neville Andrew devait figurer parmi ces hommes, songea-t-il, sans le trouver. Il étudia de nouveau celles de la femme et des enfants, heureux. Il songea à sa vie privée. Il avait eu plusieurs femmes, plusieurs enfants, dont il n'avait plus de nouvelles depuis longtemps, vingt ans pour certains. Et sa fiancée venait de mourir.

L'intendant réapparut avec deux mugs fumants et une assiette de sablés. Il tendit une tasse à Potting et s'assit au petit bureau.

— Que puis-je pour vous ? J'ai cru comprendre que la police du Surrey et celle du Sussex avaient fusionné.

— Oui, il y a deux ans environ.

— Et ça fonctionne ?

— Plutôt bien.

Potting ne se sentait pas à sa place, dans cette école prestigieuse. Il venait d'un autre monde, d'un autre univers. Il sortit son carnet.

— Pour passer aux choses sérieuses, monsieur Andrew…

— Appelez-moi brigadier, si vous le voulez bien.

— *Mea culpa*, brigadier Andrew !

L'intendant sembla impressionné par son usage du latin.

— Dans le cadre d'une enquête, nous nous intéressons à un élève scolarisé chez vous dans les années 1970, un certain Edward Denning, qui a changé de nom quand ses parents ont divorcé et pris celui de son beau-père, Crisp. Il est devenu médecin à Brighton. J'aimerais vous poser des questions sur son adolescence.

Andrew fronça les sourcils.

— Denning, puis Crisp ? Ça me dit quelque chose. Quand je suis arrivé ici il y a trois ans, j'ai mis en place un logiciel pour garder le contact avec tous nos anciens élèves et pour qu'ils puissent communiquer entre eux. Vous m'accordez une minute ?

— Bien sûr.

Potting prit un biscuit et le trempa dans son thé. Un morceau se détacha et se mit à flotter à la surface. Ennuyé, il essaya de le repêcher du bout des doigts et fit tomber quelques miettes humides sur son pantalon.

L'intendant sortit une paire de lunettes et pianota quelque chose sur son clavier, concentré sur l'écran.

— Voilà.

Il hésita.

— Je ne devrais rien vous dire, car ces informations tombent sous le coup du *Data Protection Act*.

Il haussa les épaules.

— Denning est arrivé dans cette école au dernier trimestre de 1974. Il a été interne à la Lark House et a quitté l'établissement au dernier trimestre 1979. Il a poursuivi ses études à l'université du Sussex, puis à la faculté de médecine du King's College, à Londres. Vous avez raison. Il a changé de nom et s'est fait appeler Crisp.

Il continua sa lecture.

— Ce n'était pas un élève particulièrement brillant. Il est devenu délégué de classe la dernière année. C'était un jeune homme solitaire, très peu intéressé par le sport, en général, mais il a participé à une sortie spéléologie au pays de Galles. Il s'en est sorti avec de bonnes notes en physique, en chimie et en biologie.

Il fronça de nouveau les sourcils.

— Je remarque quelque chose d'intéressant à propos de cet individu.

— Ah bon ? demanda Potting en sirotant son thé.

Il mourait d'envie de tremper son biscuit, mais résista à la tentation.

— Comme je vous disais, j'essaie de localiser tous nos anciens élèves, pour les inviter à nous soutenir. Je n'ai pas réussi à retrouver certains camarades de Crisp.

— Combien d'élèves compte votre école ?

— En ce moment, sept cent dix. Quatre cent huit garçons et trois cent deux filles. À l'époque, c'était différent, il n'y avait presque pas de filles.

— Combien d'anciens élèves avez-vous perdus de vue ?

— Plus de trois cents. Mais je les retrouverai. J'ai commencé ma carrière dans l'armée, aux renseignements. Je mets un point d'honneur à les chercher, pour le bien des générations futures.

Des générations de futurs rupins, songea Potting.

— Que pouvez-vous me dire, brigadier, à propos des élèves en question ?

L'intendant hésita.

— Rien, comme je vous l'ai dit, par respect pour le *Data Protection Act*.

— Il s'agit d'une enquête pour homicide. J'attends de vous que vous coopériez. Je pense que l'information que vous refusez de me communiquer n'est pas essentielle, mais je dois en prendre connaissance, pour pouvoir en juger.

— J'entends bien, capitaine, mais je ne fais qu'obéir à la loi. Le principal de cet établissement a accepté, à reculons, que je vous parle d'Edward Denning, mais il a refusé que j'aborde le cas d'autres élèves.

Potting le fixa. Roy Grace l'avait prévenu que certaines écoles prestigieuses, comme celle-ci, leur donnaient du fil à retordre. L'attitude de son interlocuteur commençait à l'irriter au plus haut point. Il détestait ce concept de caste. Il but une gorgée de thé et avala le morceau de biscuit imbibé.

— Je suis conscient que de vénérables établissements comme le vôtre obéissent à un certain code.

— Un code ? répéta Andrew.

— Vous vous croyez au-dessus des lois. Vous vous sentez privilégiés. Il peut vous arriver de renvoyer des élèves, mais vous ne les laissez jamais tomber. N'est-ce pas ?

— Je peux vous rassurer, ce n'est pas le cas.

— Ici, c'est moi qui rassure, brigadier, dit Potting en se frappant la poitrine. Je peux demander à une équipe de débarquer avec un mandat de perquisition d'ici une heure et demie. Nous confisquerons tous vos ordinateurs et tous vos dossiers. Est-ce ainsi que vous voulez procéder ? Je ne suis pas sûr que vous ayez envie que la presse s'empare de cette histoire. Certains journaux se feraient une joie de titrer quelque chose du genre : « Descente policière dans l'une des plus prestigieuses écoles du pays ».

Neville Andrew passa sa langue sur ses lèvres, mal à l'aise.

— Je suis sûr que nous pouvons trouver une solution ensemble, sans en arriver là.

— Bien, dit Potting. Il serait souhaitable, dans l'intérêt de notre enquête, que vous ne reteniez aucune information, aussi anodine soit-elle, aussi confidentielle soit-elle.

— Vous voulez parler des camarades de Crisp ?

— Nous souhaitons tout savoir à son sujet et je rencontrerai ceux qui l'ont côtoyé pendant sa scolarité. Pour commencer, y avait-il quoi que ce soit, dans son comportement, évoquant des problèmes de nature névrotique ?

L'intendant fixa l'écran.

— J'ai sous les yeux une copie de son dernier bulletin, rempli par son professeur principal – celui qui le connaissait le mieux. La tradition veut que soient rédigés deux rapports : le premier pour l'élève et ses parents, le second pour la communication interne.

— Et ?

— Je vais d'abord vous lire celui à l'intention des parents : *Énigmatique et imprévisible, comme toujours, il ne rentre dans aucun moule et a épuisé ses professeurs. Il est rancunier, a l'impression que le monde entier est contre lui. Une carrière médicale semble tout indiquée, mais il se pourrait qu'il y ait un certain nombre de faux départs.*

Potting le nota mot pour mot.

— Maintenant, dit Andrew, voici celui destiné à l'école : *Edward Crisp est un individu très étrange. Impossible de l'approcher, ou même de savoir ce qu'il pense. Il est secret et semble avoir peu d'amis. Je le trouve profondément perturbé, il a l'air incapable d'éprouver la moindre empathie. J'attribue certains traits de sa personnalité au divorce de ses parents et à un incident traumatique survenu au cours de l'hiver 1976, lorsqu'il a assisté à la noyade d'une jeune fille dans un lagon de Hove. Au début de sa scolarité ici, il a été malmené par un certain nombre de garçons. Sans vouloir entrer dans les détails, sachant que je n'ai pas de formation médicale, je dirais qu'Edward Crisp présente les symptômes classiques d'un sociopathe. Je suis sûr qu'il aura du succès, parce que cette pathologie permet de réussir mieux que quiconque, mais je ne suis pas sûr de vouloir, un jour, être l'un de ses patients, s'il devient médecin.*

— Ce portrait n'est pas flatteur, mais il a le mérite d'être ressemblant. Parlez-moi maintenant des garçons que vous n'avez pas réussi à retrouver.

— Eh bien… se lança Andrew, hésitant. La semaine dernière, je me suis penché sur les élèves de cette promotion. Il semblerait que trois garçons hébergés à la Lark House aient littéralement disparu de la surface de la Terre. C'est très troublant.

— Dans quel sens ? Des milliers de personnes disparaissent chaque année, au Royaume-Uni. Trois, cela ne me semble pas beaucoup.

Le brigadier fronça les sourcils.

— Trois coturnes ? Personnellement, je trouve ça bizarre. Certains meurent, certains partent à l'étranger, mais je suis, en général, en mesure de les localiser. Nous sommes rigoureux dans ce domaine.

Il pianota quelque chose sur son clavier et regarda l'écran.

— Ces trois-là ont été portés disparus par leur famille et n'ont jamais été retrouvés.

— Combien d'enfants y a-t-il dans la Lark House ? demanda Potting.

— C'est l'un des plus petits dortoirs. Il y avait soixante-dix-huit garçons dans la promotion de Crisp. Trois sur soixante-dix-huit, ça me semble beaucoup, comparé à la moyenne nationale.

— Disparus... morts ? demanda Potting, de plus en plus intéressé.

— Je n'en sais rien. Ils étaient tous ici en 1974 et aucun n'a donné de nouvelles depuis vingt ans. Ils avaient entre 28 et 32 ans au moment de leur disparition.

— Et tous étaient amis avec Edward Crisp ?

— Je ne sais pas si on peut parler d'amitié. Ils étaient légèrement plus âgés que lui, d'un an ou deux, ce qui, quand on a 13 ans, constitue une grande différence.

— Pouvez-vous me donner leurs noms ?

L'intendant hésita de nouveau.

— Felix Gore-Parker, Marcus Gossage et Harrison Chaffinch, lâcha-t-il enfin.

Potting prit note. Il donna son numéro de téléphone à l'intendant, au cas où il penserait à autre chose, et retourna dans sa voiture. Il s'assit et parcourut ses notes avant de démarrer. Il avait un mauvais pressentiment à propos de Crisp. Plus encore que quand il était arrivé. Il se gara et appela Roy Grace.

90

SAMEDI 20 DÉCEMBRE

À 17 h 45, Roy Grace remercia Potting et raccrocha. Il transmit à Glenn Branson les informations de leur collègue. Les deux enquêteurs avaient pris place devant un mur de moniteurs de vidéosurveillance, dans le petit bureau du camping. Ils surveillaient l'entrée et la majeure partie du terrain, bien éclairé. Ils recherchaient un homme qui, selon Haydn Kelly, avait une démarche très raide, les pieds en canard.

— « Les symptômes classiques d'un sociopathe » ? dit Branson. Comment peut-on les diagnostiquer à 18 ans ?

— Les sociopathes présentent leurs premiers troubles dès 4 ans, dit Grace. Et la plupart sont doués pour les dissimuler.

— J'ai l'impression que ce professeur était fin psychologue.

— Peut-être. Qu'est-ce que tu en penses, toi ? Trois contemporains de Crisp disparaissent sans laisser de trace. Coïncidence ?

— Ce sont des hommes. Ils ne correspondent pas au profil des filles aux longs cheveux bruns.

— Non, concéda Grace, pensif.

Il se remémora la conversation qu'il avait eue avec Ron Gilbart. Crisp avait-il tué la fille qui s'était noyée au lagon de Hove, comme l'ancien policier le suspectait ? S'était-il ensuite débarrassé de trois anciens copains d'internat ? Quel aurait été son mobile ? Avait-il été victime de harcèlement ? Sûrement pas. Les trois hommes avaient-ils organisé leur disparition pour devenir mercenaires, par exemple ? Peut-être que personne n'avait fait le lien, à l'époque.

Il appela Annalise Vineer, lui communiqua le nom des trois jeunes gens et lui demanda de faire des recherches.

La nuit était tombée et ils n'avaient pas vu âme qui vive depuis une heure. Comme Natalie Morris le leur avait expliqué, exception faite des quelques résidents permanents, le camping était désert à cette période de l'année. Quelques-uns viendraient pour les vacances de Noël, une demi-douzaine, pas plus.

Roy appela Cleo sur son portable, mais la connexion était si mauvaise qu'il avait du mal à l'entendre.

— J'essaie de déballer, mais c'est le chaos total, dit-elle, fatiguée, mais détendue. Sauf pour Marlon, qui adore son nouvel aquarium !

Grace sourit.

— Je rentrerai dès que je pourrai, mais ce sera tard, je pense.

— Comment ça se passe ?

Il reçut un double appel.

— Je te rappelle, dit-il en basculant d'un appel à l'autre.

C'était Haydn Kelly.

— Roy, j'ai terminé de comparer la démarche à partir des vidéos du Dr Edward Crisp et de l'empreinte relevée dans une flaque d'huile dans le parking de Logan Somerville. La qualité de l'empreinte n'était pas exceptionnelle, il y a donc une marge d'erreur. Je trouve assez de similarités pour établir une ressemblance, mais pas assez pour la formaliser. La probabilité est de l'ordre de 50 à 60 %.

— Ce qui veut dire qu'il y a 50 % de chances que ce ne soit pas Crisp ?

— Oui, dit le podologue, abattu. Si on voit le verre à moitié plein, il y a aussi 50 % de chances que ce soit lui.

Grace masqua sa déception.

— Merci, Haydn. Ce n'est pas concluant, comme tu le dis, mais ça reste un indice intéressant.

Il raccrocha. Dehors, une voiture se gara.

Les deux enquêteurs sortirent.

Pete Coppard, un jeune agent en uniforme, courut à leur rencontre en brandissant une feuille de papier, tout sourire.

— C'est signé, commissaire Grace ! Le mandat de perquisition. La juge Juliet Smith l'a signé sans délai.

Quelques instants plus tard, huit officiers de la force locale d'intervention, en gilet pare-balles, s'approchèrent de l'unité R-73. Derrière eux, Grace et Branson tentaient tant bien que mal de se réchauffer. Le givre recouvrait le sol. Un maître-chien s'était posté à l'arrière du mobil-home, un autre à la sortie du camping, au cas où l'hélicoptère aurait raté quelque chose. Deux officiers montèrent les petites marches et donnèrent un coup de bélier. Celui-ci rebondit contre la porte blindée. Un troisième officier installa le matériel pour forcer l'encadrement de la porte et l'actionna. Le cadran se tordit. Le premier officier donna un nouveau coup de bélier. La porte vacilla. La peinture s'écailla. Il tenta une deuxième, puis une troisième fois. En vain.

— Qu'est-ce que c'est que ce bordel ? On est à Fort Knox ou quoi ?

Il tenta une nouvelle fois et la porte céda. Deux officiers entrèrent.

Grace, en retrait, vit les faisceaux lumineux fuser.

Trente secondes plus tard, on alluma les lumières. Le commandant John Walton, un grand homme mince, expérimenté, apparut à la porte.

— Il n'y a personne, chef, dit-il à Roy Grace. Mais l'endroit est un peu bizarre…

Grace entra, suivi de Branson. L'intérieur était plus spacieux qu'il l'aurait imaginé. Il y faisait encore plus froid que dehors. On se serait cru dans un congélateur. Il remarqua une odeur de lait caillé. Il y avait un coin salon, avec une table en bois, sur laquelle se trouvaient une pile de journaux et une autre de gros classeurs. En face, un canapé sans doute convertible était lui aussi jonché de classeurs. Une télévision était fixée en hauteur, la kitchenette était propre et rangée. Par une porte accordéon ouverte, il distingua un lit. Mais son regard était aimanté par les murs.

— Merde alors, dit Branson en découvrant la date du journal posé sur le haut de la pile.

L'enlèvement de Logan Somerville faisait la une.

— C'est l'édition de samedi dernier. Il est passé récemment.

Branson enfila une paire de gants et regarda de plus près les autres journaux. Grace était obnubilé par les cloisons, qui étaient couvertes de photos de la même taille, vingt sur vingt-sept. Chacune d'elles était accompagnée d'une légende et d'une date dactylographiées. Il s'agissait de portraits de jeunes femmes entre 17 et 25 ans environ. Les photos avaient été prises en extérieur, dans des lieux publics, des endroits connus de Brighton et Hove. Il y avait un dénominateur commun : toutes avaient de longs cheveux bruns.

Grace frissonna de froid et d'horreur. Dans le silence, il entendit le frigo cliqueter et vibrer. Il observa une photo en particulier, une jeune femme d'une vingtaine d'années, souriante, lunettes noires, légendée :

23 juillet 1983. Volks Railway. Ainsley ? (NFI) T.

Un peu plus loin, il vit des photos de deux jeunes femmes prises en 1984. Un espace indiquait qu'une photo avait été décrochée. Il y avait un autre espace dans la même section. Kathy Westerham et Denise Patterson ?

Les photos étaient classées par ordre chronologique. Il en regarda une autre. Cette fille était jeune, 16 ou 17 ans maximum. L'air espiègle, elle suçait un bonbon entre ses lèvres en prenant une pose suggestive pour quelqu'un d'autre que le photographe. Certains clichés avaient été pris de loin.

21 août 2011. Brighton Pier. Megan Walters. L. Suivie. Appartement 7. 233, Havelock Street. Trois filles.

— Qu'est-ce que ça veut dire, « NFI » et « T » ? demanda Branson.

Grace fronça les sourcils. Il constata que les photos étaient légendées soit « T », soit « L ». Certaines descriptions se terminaient par « NFI », d'autres pas.

— « NFI » : « Nom de Famille Inconnu ».

Branson hocha la tête.

— Tu es perspicace pour ton âge.

— « T », c'est pour « touriste », « L » pour « locale », ajouta Grace, ignorant le trait d'humour de son ami. Il chasse. Brighton est son terrain de chasse.

— On devrait trouver le portrait de Logan Somerville, non ?

— Non, dit Grace en désignant les espaces où des photos avaient été retirées. On ne trouvera ni Denise Patterson, ni Emma Johnson, ni Kathy Westerham, ni Ashleigh Stanford, ni Logan Somerville, ni Freya Northrop. Ici, ce sont les femmes qu'il n'a pas kidnappées. Une fois qu'il les tient, il enlève la photo.

La dernière était celle d'une jolie jeune fille d'une vingtaine d'années, qui posait comme un mannequin, assise à la terrasse d'un café, cigarette à la main, l'air détaché.

17 mai 2014. Bohemia. Louise Masters. L. Suivie. Appartement 1B, Palmeira Villas. Brighton. Vit seule.

Roy Grace avait déjà vu ce visage quelque part, mais où ? Il était sûr de lui – il n'oubliait aucun visage.

Louise Masters.

Le nom aussi lui était familier.

C'était la dernière photo. La dernière cible du Tatoueur ? Il appela les renseignements et leur communiqua le nom et l'adresse de la personne. Quelques secondes plus tard, il reçut par texto un numéro qu'il s'empressa de composer. Après six sonneries, un message s'enclencha. Une voix puissante, respirant la confiance en soi.

— C'est Louise. Si vous tombez sur mon répondeur, c'est que je suis sortie. Laissez-moi un message ou, si c'est urgent, appelez-moi sur mon portable.

Elle donnait son numéro.

Grace le nota et le composa. Il tomba directement sur le répondeur et laissa un message.

— Louise Masters, pourriez-vous rappeler le commissaire Grace de la police judiciaire du Surrey et du

Sussex ? Il est 18 h 50, on est samedi, c'est extrêmement urgent.

Grace répéta à deux reprises son numéro, en articulant.

Un nouveau frisson le parcourut.

Il appela le commandant Tingley.

— Jason, notre cible est peut-être en train de kidnapper une certaine Louise Masters, qui habite appartement 1B, Palmeira Villas. Elle correspond au profil. C'est, selon moi, la prochaine victime. J'ai essayé de la joindre. Elle ne décroche pas. Peut-être est-il déjà passé à l'attaque. Pourrais-tu envoyer une équipe sur place ? C'est une priorité absolue, je veux qu'elle soit localisée et sous surveillance policière vingt-quatre heures sur vingt-quatre, jusqu'à ce qu'on arrête notre suspect.

— Et si elle n'est pas là ?

— Je continuerai à essayer de la joindre. Elle est en danger immédiat. C'est la prochaine sur la liste, juste après Freya Northrop. S'il l'a dans le collimateur, ce ne sera pas compliqué pour lui. On est samedi soir, peut-être qu'elle est sortie, seule ou avec des amis. Je t'envoie une photo d'elle par e-mail. Fais-la circuler et demande aux patrouilles de la chercher dans tous les bars et clubs de la ville. On finira bien par tomber sur quelqu'un qui la connaît, qui sait où elle se trouve. Avec un peu de chance, elle aura suivi nos conseils et ne sera pas sortie seule.

— Je mets une équipe sur le coup et j'envoie quelqu'un chez elle.

Grace le remercia et raccrocha, prit une photo du portrait et l'envoya à Tingley.

Mon Dieu, pourvu qu'elle ne se fasse pas kidnapper, songea-t-il.

Il sortit de sa poche une paire de gants en latex, les enfila et ouvrit le frigo. Il vit une bouteille de lait demi-écrémé à moitié vide, quelques pommes, des barres énergétiques, une motte de beurre et de grandes bouteilles d'Évian. Dans la porte, une rangée de flacons sans étiquettes. Il se promit de les faire analyser plus tard.

Il sortit le lait et vérifia la date de péremption. Encore quatre jours.

Il regarda un exemplaire de l'*Argus*. Quand Hunter était-il venu pour la dernière fois ? S'il n'avait pas jeté le lait, cela voulait dire qu'il prévoyait de revenir bientôt. Dans combien de temps ? Moins de quatre jours ?

Et s'il était en route au moment même ?

S'il débarquait sans crier gare, il découvrirait l'activité policière et prendrait la fuite.

Il ordonna au commandant de la force locale d'intervention de déplacer de toute urgence ses véhicules et de poster des officiers en planque à l'entrée. Il demanda aux maîtres-chiens de se garer plus loin, puis appela le chef des techniciens en identification criminelle. Le site resterait sous surveillance pendant deux heures, puis serait considéré comme une scène de crime. Il serait alors temps d'envoyer une équipe.

Grace avait froid, il était exténué et ce mobil-home lui foutait les jetons. C'était un repaire. Le repaire du Tatoueur.

Que faisait-il, quand il venait ici ? Se masturbait-il en regardant les photos, choisissant sa prochaine victime ? Il demanda aux officiers de quitter les lieux, afin de ne pas contaminer davantage la scène de crime, et les suivit. Il referma la porte le mieux possible. Dans l'obscurité, les dégâts ne sautaient pas aux yeux. Il retourna dans sa voiture et attendit. Son intuition se confirmait :

Crisp et Hunter étaient liés dans les enlèvements et la mort de toutes ces femmes.

Quarante minutes plus tard, son téléphone sonna.

— Allô, dit-il, en espérant que ce soit Louise Masters.

C'était le commandant Tingley. Il semblait découragé.

— Roy, je viens de découvrir que Louise Masters est une jeune policière. Elle est en poste ici, au commissariat principal de John Street. Elle vient de rejoindre la police de proximité. Elle aurait dû commencer à 16 heures. Elle n'a prévenu personne de son absence et on n'arrive pas à la joindre. Elle ne décroche pas, ne rappelle pas. Son petit ami est policier, lui aussi. Il s'appelle Adrian Gonzalez. Je viens de lui parler. Il l'a vue pour la dernière fois à 11 heures. Elle allait en ville faire du shopping pour Noël. Il est allé chez elle – elle n'y est pas.

Grace sentit son estomac se nouer.

— Merde, merde, merde. Jason, on devrait pouvoir la localiser à partir de son téléphone portable. Si elle a fait du shopping, on va trouver où elle a utilisé sa carte bancaire. Son copain connaît sûrement le nom de sa banque. Si nous pouvons établir où elle a payé, nous pourrons visionner les bandes de vidéosurveillance.

— Tout à fait d'accord, Roy. Tu mets ton équipe sur le coup ?

Roy Grace confirma, raccrocha et demanda à être mis en relation avec l'équipe de surveillance postée devant le domicile de Crisp. Le médecin n'était pas sorti de chez lui depuis sa promenade matinale. Grace s'attendait à tout sauf à cela.

91

SAMEDI 20 DÉCEMBRE

Logan entendit du bruit.

— Lâche-moi, bâtard, lâche-moi. Aïe !

C'était une femme.

Que se passait-il ? La voix faiblit.

Elle n'entendit plus rien.

Que venait-il de se passer ? Et qu'était-il arrivé aux autres femmes, celles qu'elle avait entendues avant ?

Le toit de sa prison coulissa. Elle frissonna de terreur. On glissa un tube entre ses lèvres. Elle but, assoiffée. Elle ne savait pas depuis quand elle n'avait pas bu.

— Bonne nouvelle, grogna son ravisseur, tu as de la compagnie. Ce qui veut dire que tu ne vas pas tarder à t'en aller !

— Que voulez-vous dire ? Expliquez-moi. Qu'est-il arrivé aux autres ? J'ai entendu leur voix. Qui êtes-vous ? Laissez-moi partir, ne me tuez pas, laissez-moi vivre.

— Je t'apporterai ton dernier repas, avant ton départ.

— Merci, dit-elle d'une voix tremblante.

— De rien. C'est toi qui es restée le plus longtemps ici, et tu as été l'une des plus dociles.

92

SAMEDI 20 DÉCEMBRE

— Le Dr Crisp était chez lui toute la journée. On est de retour à la case départ ? demanda Branson.

— Non, pas nécessairement. Il peut y avoir une autre explication à l'absence de Louise Masters.

Branson lui jeta un regard intrigué.

— Le rasoir d'Ockham ?

— Oui.

William d'Ockham était un moine du XIIIe siècle qui avait eu une forte influence sur plusieurs générations d'intellectuels. Il avait élaboré une théorie selon laquelle l'explication la plus simple et la plus évidente était en général la bonne. C'était un principe que Roy Grace appliquait souvent.

— Louise Masters, la dernière sur la liste du Tatoueur, a disparu, reprit Glenn. L'explication la plus simple ne consisterait-elle pas à dire que nous nous trompons de piste, en surveillant Crisp, maintenant que nous avons trouvé le mobil-home de Hunter ?

Grace hocha la tête.

— Crisp et Hunter sont peut-être plus liés que nous l'avons pensé. Il pourrait s'agir d'une seule et même personne.

Il avait l'impression de n'avoir négligé aucune piste, mais il fallait qu'il reste en alerte maximale. N'avait-il vraiment rien raté ?

Il repensa aux photos des cibles du Tatoueur. Tout faux pas de sa part serait fatal. D'autant que Pewe, qui le détestait cordialement, l'attendait au tournant.

Où es-tu, Louise Masters ?

Son téléphone sonna. Il reconnut immédiatement la voix de Norman Potting.

— Chef, j'ai un truc qui va vous plaire.

— Dis-moi.

— J'ai eu un message du labo. Ils ont analysé le Post-it sur lequel Crisp a écrit son numéro de portable.

— Alors ?

— Je les ai rappelés. L'ADN correspond en grande partie à celui du sang découvert chez Freya Northrop.

— En grande partie, *seulement* ?

— Il y a de nombreux paramètres. Pour faire court, la probabilité que ce ne soit pas Crisp est de un sur un milliard. Ça vous semble suffisamment concluant ?

— Je vais faire avec, dit Roy Grace avec un grand sourire.

Il remercia Potting et appela le directeur opérationnel.

93

SAMEDI 20 DÉCEMBRE

Deux heures plus tard, dans la salle de conférences du quartier général de la police judiciaire, Roy avait à peine besoin de caféine tant il était shooté à l'adrénaline.

Les tableaux blancs étaient couverts d'informations. Il avait convoqué Glenn Branson, Tanja Cale, Guy Batchelor et plusieurs gradés, qui avaient, sans sourciller, dit adieu à leur samedi soir. La fin était proche, le piège allait se refermer sur leur proie.

Tout le monde était en noir, sauf les membres de la force locale d'intervention, qui avaient revêtu des tenues de camouflage bleu marine, ainsi que des gilets pare-balles. La plupart de ses coéquipiers buvaient du thé ou du café, dévoraient un sandwich ou une barre chocolatée.

La réunion était dirigée par Roy Grace et le directeur opérationnel. À leurs côtés, le chef de la force locale d'intervention, Anthony Martin, son numéro 2, un officier spécialisé dans le maniement des armes à feu, un autre spécialisé dans les pièces à conviction, un responsable des gardes à vue, le chef des techniciens en identification criminelle, un commandant de l'ordre public, un maître-chien et le commandant James Biggs, de la police de la circulation. Celui-ci avait sécurisé le quartier, au cas où Crisp tenterait de s'enfuir de son domicile.

Sur le premier tableau blanc se trouvait un plan de Tongdean Villas et ses alentours – Dyke Road Avenue, Shirley Drive, Tongdean Road et Woodruff Avenue. Le quartier était l'un des plus huppés de la ville.

Sur le deuxième figuraient des vues aériennes de la villa de Crisp, réalisées par l'hélicoptère quelques heures plus tôt.

Sur le troisième avaient été accrochées des photos de Crisp, de Logan Somerville et de Louise Masters.

Des vues de l'entrée, du portail, ainsi que des portails des voisins de droite et de gauche avaient été ajoutées sur un quatrième tableau.

Les plans de la maison et de la cave, du rez-de-chaussée et du premier étage, obtenus auprès du service d'urbanisme, pouvaient être consultés sur le cinquième et dernier.

Grace regarda l'heure : 21 heures. Il vérifia que tout le monde était présent, puis se tourna vers Tom McDonald, qui prendrait en charge la garde à vue.

— Tom, fais préparer une cellule. Je veux qu'il soit transféré immédiatement, qu'il n'ait aucun contact avec des tiers. Il aura peut-être, sur lui, des traces d'ADN de ses victimes. Mets-le à l'isolement et demande aux techniciens d'effectuer les prélèvements sur son corps et ses vêtements. Aucune contamination.

— Entendu, chef.

Grace s'empara d'un pointeur laser pour désigner une maison edwardienne à pignons, un portail et la longue allée en pente raide menant à la résidence de Crisp.

— Cette voie est le seul accès à la propriété. Comme vous pouvez le constater grâce aux photos aériennes, il y a un mur à l'arrière. Il mesure trois mètres soixante environ, il est donc difficile à escalader. La propriété voisine ne possède, elle aussi, qu'un seul accès, que nous couvrirons au cas où.

— Et de l'autre côté ? demanda le chef de la force locale d'intervention.

Grace désigna, du point rouge, une villa blanche moderne, de style hispanique.

— Il ne sera pas assez téméraire pour tenter de s'enfuir par là. Cette maison appartient à quelqu'un que nous connaissons tous très bien : Jorma Mahlanen.

Certains sourirent.

— Il est en liberté provisoire, après avoir purgé quinze ans pour trafic de drogue. Il est parano au possible. Sa propriété est éclairée par de puissants projecteurs, quatre rottweilers et deux cerbères vivent chez lui en permanence. Je pense qu'il s'est fait tellement d'ennemis qu'il vit en ermite. Ce ne serait pas très malin, de la part de Crisp, de se risquer de ce côté-là du mur.

Il pointa le laser vers la gauche.

— Cette propriété, à l'abandon, est invisible depuis la rue. Des promoteurs ont essayé de l'acheter, mais elle appartient à une société enregistrée à l'étranger. Toutes les sollicitations sont restées lettre morte. Sans doute s'agit-il d'un grain de sable dans le patrimoine d'un milliardaire évadé fiscal. En ce qui nous concerne, la maison pourrait constituer une issue de secours, dans le sens où le mur est en piètre état.

— On est sûrs que Crisp est chez lui ? s'enquit le spécialiste des armes à feu.

— Oui, il n'est pas sorti depuis ce matin, répondit le chef de l'équipe de surveillance.

— Il est possible que Logan Somerville soit toujours vivante, retenue captive dans cette maison, dit Grace. Tout comme Louise Masters. Nous savons que Crisp n'a aucun scrupule, qu'il n'hésitera pas à les tuer.

Notre priorité est de les retrouver saines et sauves. Il faut arrêter Crisp, bien entendu, mais c'est secondaire. Nous devons partir du principe que Logan est en vie. Il va falloir agir vite. Fouiller rapidement la propriété. Le premier obstacle, c'est le portail.

Il s'arrêta sur la photo d'un portail en fer forgé, puis désigna un Interphone à sa droite.

— L'Interphone est surmonté d'une caméra et d'un projecteur. Quand le portail s'ouvrira, il faudra occulter l'objectif. Les équipes de la force locale d'intervention iront sécuriser les lieux jusqu'à la porte d'entrée.

Il désigna le cinquième tableau, sur lequel étaient affichés les plans des trois étages, issus d'archives datant de 1907.

Il se tourna vers le chef de la force locale d'intervention, qui entrerait en premier.

— Anthony, nous ne savons pas si l'aménagement des pièces a été modifié, mais ce plan d'origine devrait te donner une idée de ce qui nous attend.

— Oui, dit le commandant.

— Des questions ? conclut Grace.

— Savons-nous s'il est armé ? demanda le spécialiste des armes à feu.

— Le Dr Crisp ne possède pas de permis de port d'arme, c'est vérifié, mais je ne veux pas prendre le moindre risque. Ceux qui entreront en premiers seront équipés de gilets pare-balles. Avec un peu de chance, nous profiterons d'un effet de surprise. Crisp n'a pas été nommément désigné comme suspect, j'espère qu'il ne nous attend pas.

— Sans vouloir être de mauvais augure, chef… Et s'il n'est pas là ? osa Guy Batchelor.

— Si c'est le cas – passez-moi l'expression –, on se sera fait baiser.

Il y eut quelques gloussements.
Grace regarda sa montre.
— D'autres questions ?
Il n'y en avait pas.

94

SAMEDI 20 DÉCEMBRE

Peu avant 22 heures, accompagné de Glenn Branson, Roy Grace gara sa Ford banalisée devant le portail de la maison de Crisp et appela Andy Kille pour lui annoncer qu'ils étaient en place.

— L'hélicoptère survolera la zone dans cinq minutes, Roy.

— Cinq minutes, merci, Andy. Répète-leur de ne pas allumer de projecteurs avant le signal.

— Entendu pour les projecteurs.

Grace avait le trac. Il anticipa l'assaut, espérant un résultat décisif. La rue arborée de ce quartier chic était calme. Ce n'était pas le genre de voisinage où l'on épie à la fenêtre chaque fois qu'un véhicule se gare. Un peu plus loin, sur le trottoir d'en face, plusieurs voitures étaient stationnées près d'un portail auquel avaient été accrochés des ballons. Parmi ces véhicules, une camionnette grise estampillée « K. T. Electrics ».

Il ouvrit la portière et entendit de la musique. Une fête. Un homme promenait un golden retriever, qui s'arrêta à un réverbère pour le renifler.

Il y avait peu de passage dans ce quartier chic, les manoirs et autres villas étaient en retrait de la route, protégés derrière des sortes de remparts ou de hautes haies, et ils disposaient de vues panoramiques sur la ville et la Manche.

Grace vérifia si le mandat de perquisition et les plans de la maison étaient bien dans sa poche intérieure. Suivi par Glenn Branson, il entreprit d'inspecter les lieux, tandis que les différentes équipes se mettaient en position. Il s'arrêta devant la propriété abandonnée, sortit une petite torche de sa poche, l'alluma et observa le portail. Il s'agissait d'un modèle en bois. Le vernis s'écaillait, mais le système d'ouverture électrique n'était ni ancien, ni rouillé.

— Quelqu'un utilise régulièrement ce passage, constata Branson.

— Sans doute des agents de sécurité.

Grace éclaira l'allée, rétrécie par des haies de lauriers mal entretenues. Elle était pavée, mais les herbes folles avaient recouvert la pierre. La végétation était aplatie par endroits, peut-être par des pneus.

Les deux enquêteurs se dirigèrent vers la camionnette de l'électricien. La vitre côté passager se baissa. Deux officiers de surveillance montaient la garde.

— Bonsoir, chef, dit Pete Darby, que Grace connaissait bien.

— Bonsoir, Pete.

Grace désigna le portail en bois.

— Vous avez vu quelqu'un entrer ou sortir récemment ?

— Pas depuis qu'on est là, Roy. On a pris la relève à 7 heures, ce matin, et on nous a dit que personne n'était entré ou sorti de la nuit. Je vais demander ce qu'il en est du portail d'à côté.

Roy vit la silhouette d'Anthony Martin, en gilet pare-balles et casque à visière, approcher. Il dépassait d'une tête le plus grand des membres de son unité. Tous étaient équipés comme lui. Un officier colla un bout de *masking tape* sur la caméra du visiophone. Deux autres policiers transportaient le matériel pour forcer la porte. Un maître-chien tenait en laisse un berger allemand. Quatre membres de l'unité armée étaient postés non loin.

Grace traversa la route. Plusieurs policiers sortirent de leurs véhicules. Il en posta deux devant le portail en bois de la maison abandonnée. Il regarda l'heure. L'hélicoptère était à l'approche. Andy Kille informa le directeur opérationnel que l'engin serait là dans une minute.

— Rappelle-leur de ne pas allumer les projecteurs.

— Entendu.

Jason Tingley donna à Anthony Martin l'ordre de passer à l'action. Les officiers de la force locale d'intervention s'approchèrent du portail. L'un d'eux tenta de le forcer à l'aide du bélier. Il dut s'y reprendre à quatre fois avant de parvenir à l'ouvrir. Plus loin, accompagnés du maître-chien, Roy Grace et Glenn Branson suivirent la progression de la camionnette de la force d'intervention dans l'allée pentue et ses nombreux virages. Après le premier, le manoir apparut à une centaine de mètres. L'hélicoptère arriva et la propriété fut soudain éclairée.

Les deux premiers officiers parvinrent sous le grand porche en même temps que le commandant Martin.

— *Go, go, go* ! cria Martin.

Les huit membres de son équipe se mirent à hurler « Police ! Police ! Police ! » en forçant le cadran, puis la porte. Au deuxième coup, la porte céda et ils s'engouffrèrent à l'intérieur sans cesser de crier.

Grace et Branson restèrent en retrait, conformément à la procédure, tandis que les policiers se dispersaient dans la maison. Quand les lumières s'allumèrent, Grace ne put se retenir. Suivi de Branson, il entra et contempla le hall, stupéfait. Il se trouvait dans un petit château.

La pièce, lambrissée de chêne, était surplombée d'un immense lustre. Les meubles étaient précieux et anciens, et des tableaux à la peinture à l'huile ornaient les murs. Un imposant escalier en demi-cercle menait au premier étage. Les cris des policiers continuaient à résonner. « Police ! Police ! »

Un chien aboya. Grace et Branson attendirent dans l'entrée.

— Sacrée baraque, pour un médecin !

— Il travaille dans le privé et je crois qu'il a hérité d'une fortune.

— Moi aussi, j'ai hérité, quand mon père est mort, dit Glenn Branson. Il m'a laissé cinq mille sept cents livres.

Grace sourit. Toutes les pièces du rez-de-chaussée étaient ouvertes, lumières allumées. Deux minutes plus tard, Anthony Martin descendit et s'adressa aux enquêteurs.

— Chef, il n'y a personne.

Grace sentit son cœur flancher.

— Tu en es sûr, Anthony ?

Il n'arrivait pas à en croire ses oreilles. Il y avait des millions de cachettes dans une propriété de cette taille. Crisp devait être quelque part. Logan Somerville aussi.

— On a vérifié à tous les étages, chef. La fouille continue, mais je pense qu'on ne trouvera personne.

Grace ne savait plus quoi penser. Les traces de pneus dans l'allée de la propriété abandonnée l'intriguaient. Crisp s'était-il enfui au moment du changement d'équipes ? Ou celles-ci avaient-elles raté quelque chose ? Il en doutait. Il appela l'officier posté dans la camionnette.

— Pete, tu as des infos sur l'équipe précédente, celle qui était devant la maison de gauche ?

— Oui, je viens de les joindre. Aucun mouvement de toute la journée, mais il a beaucoup plu et la visibilité était mauvaise.

Grace enfila une paire de gants et entra dans une pièce spacieuse, meublée d'un grand secrétaire fermé, d'un canapé en cuir et d'une table basse en verre sur laquelle étaient empilées plusieurs revues médicales. Sur le manteau d'une immense cheminée en marbre se trouvaient des animaux empaillés sous des cloches de différentes tailles : un écureuil gris, qui tenait entre ses pattes un morceau de bois ; un canard ; une gerbille ; une grenouille flottait dans un liquide qui devait être du formol.

Certains murs comportaient des étagères encastrées. Grace passa les livres en revue. Il remarqua plusieurs ouvrages consacrés à l'expertise psychologique et de nombreux autres sur la Seconde Guerre mondiale : *Les Grandes Évasions* de Aidan Crawley, *La Grande Évasion* de Paul Brickhill, *Colditz : La Grande Évasion* de P. R. Reid. Grace était convaincu que l'on pouvait deviner la personnalité de quelqu'un en examinant sa bibliothèque, ou son absence de bibliothèque. Il en eut la confirmation avec la section suivante. Il tomba sur des dizaines de livres consacrés aux tueurs en série : Ian Brady, Myra Hindley, Dennis Nilsen, Dennis Rader, Jeffrey Dahmer, John George Haigh, « le Tueur au bain d'acide », Ed Kemper, Fred et Rose West, Peter Sutcliffe, Richard Ramirez, David Berkowitz, « le Fils de Sam », Kenneth Bianchi et Angelo Buono, « les Étrangleurs des collines », Peter Manuel, Andrei Chikatilo, « le Boucher de Rostov », Gary Ridgway, Harold Shipman et le célèbre tueur du Zodiaque, dont l'identité n'était, à ce jour, toujours pas connue.

Le Dr Edward Crisp rejoindrait un jour cet infâme panthéon. Aujourd'hui, avec un peu de chance.

Grace découvrit également plusieurs livres sur la taxidermie.

— *Psychose* ! dit Glenn Branson.

— *Psychose* ? Tu as dit la même chose à propos de Freya Northrop.

Branson hocha la tête.

— Oui, mais cette fois c'est la totale. Norman Bates était passionné de taxidermie, rappelle-toi sa mère.

— Il n'avait pas fait du bon boulot. Sa mère était un vrai sac d'os, si je me souviens bien.

Il entendit l'hélicoptère passer au-dessus de leurs têtes. Par les vitraux, il vit le jardin s'éclairer. Les haies étaient taillées de façon artistique et la piscine couverte pour l'hiver.

Il observa ensuite une photo dans un cadre argenté représentant une famille heureuse.

Crisp, plus jeune, souriait. Il portait un cardigan sur une chemise bleue et un pantalon gris. Il avait passé le bras autour des épaules d'une jolie femme d'une quarantaine d'années. Deux jeunes adolescentes, habillées pour l'occasion, souriaient sur un fond bleu clair. Les trois femmes avaient de longs cheveux bruns brillants.

Sans doute l'ex-femme de Crisp, se dit-il, d'après ce que Potting lui avait raconté. Il ouvrit le secrétaire et trouva un sous-main en cuir, un porte-plume et un grand carnet. Il l'ouvrit. Sur la première page étaient notés à la main les numéros de téléphone d'employés – plombier, électricien, femme de ménage, entrepreneur en bâtiment, société de maintenance de la piscine, de l'alarme, du portail électrique, de la porte du garage, de la télévision, jardinier, vétérinaire, épicerie, marchand de journaux. Il tourna la page. La suivante était blanche. Il en tourna plusieurs et s'arrêta devant une photo collée par les coins. Il reconnut instantanément Denise Patterson.

Sur les pages suivantes, il trouva celles de Kathy Westerham, d'Emma Johnson, de Logan Somerville, d'Ashleigh Stanford et de Freya Northrop.

Il s'agissait des photos qui avaient été décrochées du mur du mobil-home.

95

SAMEDI 20 DÉCEMBRE

— Nous sommes au bon endroit, dit Roy Grace, en feuilletant le carnet. Le bâtard est ici, quelque part. Glenn, monte à l'étage, ouvre les armoires, les trappes, regarde sous les lits.

Il se tourna vers le commandant.

— Anthony, je veux que cette maison soit littéralement démontée, que chaque lame du parquet soit soulevée, chaque cloison éventrée. Je répète : on est au bon endroit. Même s'il a d'autres planques que nous ne connaissons pas encore, on va trouver quelque chose ici. Quelqu'un fouille le terrain ?

— L'équipe est en train.

— Est-ce qu'on a trouvé le chien ? Je l'ai entendu aboyer.

Le berger allemand aboya, comme s'il avait suivi la conversation. Son maître-chien arpentait les pelouses, éclairé par l'hélicoptère.

— Le chien de Crisp s'appelle Smut. Il a été enfermé dans les toilettes, pour plus de sécurité.

Dans un parc d'un demi-hectare, les endroits pour se cacher étaient infinis.

— Et si on libérait le clebs pour voir où il nous mène ?

— Il était dans la cuisine quand on est arrivés. Il avait l'air perdu, comme abandonné.

— O.K. Où est la porte de la cave ?

— Je vais te montrer.

Il suivit le commandant dans un couloir, ils traversèrent une grande cuisine moderne, bien équipée, avec un îlot central, un gigantesque frigo américain et une table en bois. Tout avait l'air immaculé. Martin désigna une porte ouverte, qui donnait sur un escalier raide.

— C'est là, Roy. Tu veux que je vienne avec toi ? On a déjà vérifié.

— Non, continuez à fouiller la maison, appelle une équipe de techniciens en identification criminelle et rejoins les autres dans les jardins, Anthony. S'il n'est pas dans la maison, il doit être dans un cabanon, un garage, une *pool-house*, ou peut-être même sur le toit. Il est quelque part ! Débrouille-toi pour qu'il ne nous échappe pas.

Dehors, un chien se mit à aboyer furieusement. Avait-il débusqué quelqu'un ?

— Juste un renard, dit une voix dans son talkie-walkie.

Roy Grace sortit une petite torche et saisit la rampe, avant de descendre l'escalier en bois. *Le bâtard doit être quelque part. C'est obligé.* Il arriva dans une sorte de débarras, qui avait dû être une salle de jeu, autrefois. Des ampoules nues pendaient au plafond. Trois seulement fonctionnaient. La lumière était faible, l'air glacé. Une moquette vert foncé râpée recouvrait le sol. Du papier peint se décollait. Ça sentait la poussière et l'humidité, comme si personne ne venait jamais ici.

Un trampoline était entreposé contre le mur du fond. En face se trouvaient une vieille table de ping-pong et un cheval à bascule. Il remarqua un vieux tableau de style victorien représentant des œillets d'Inde dans un vase, dans un cadre aux dorures trop chargées, appuyé contre l'un des accoudoirs d'un canapé défoncé.

À l'autre bout de la pièce, plusieurs meubles étaient protégés par des draps. Une porte ouverte laissait entrevoir de la lumière. Grace souleva l'un des draps. Il trouva deux vieux fauteuils, un abat-jour à franges et un vieux flipper couvert de toiles d'araignée. Il passa la porte et arriva dans un couloir étroit en briques apparentes, avec un sol bétonné, éclairé par une ampoule de faible intensité. Plusieurs câbles électriques scotchés couraient le long des murs.

Il alluma sa torche et la dirigea vers le sol. Il chercha, en vain, des marques de passage. En tendant l'oreille, il perçut un bruit de chaudière. Ça sentait le vin aigre. Il poursuivit sa progression, méfiant, tandis que l'odeur de vin s'intensifiait. Stupéfait, il s'arrêta au bout du couloir.

Il se trouvait dans une cave à vins en briques, mais elle ne ressemblait à aucune autre. Sur une dizaine de mètres, des étagères se succédaient, couvertes de bouteilles, du sol au plafond. Il devait y en avoir des milliers. D'une main gantée, il en attrapa une au hasard et la souleva. Elle était tellement poussiéreuse qu'il eut du mal à lire l'étiquette.

Il déchiffra les lettres du mot **PETRUS** et, au-dessus, presque effacée, la date : **1961**. Un dessin en noir et blanc représentait un barbu qui devait être saint Pierre.

Grace n'était pas expert, mais il connaissait les appellations renommées, pour avoir entendu leurs noms aux informations. Petrus en faisait partie. Cette bouteille devait valoir une fortune. Il la replaça soigneusement. Puis il tendit de nouveau l'oreille et avança entre les étagères, observant les bouteilles.

Il s'arrêta soudain.

À sa droite, une série lui sembla plus propre que les autres. Les cols, du moins. Les bouteilles étaient-elles plus récentes ?

Il en souleva une, très légère. L'étiquette disait : **GEVREY-CHAMBERTIN 2002**. Elle était *trop* légère. Il l'éclaira. La bouteille était vide. Il en sortit une autre juste en dessous – vide aussi. Il vérifia l'étagère entière. Toutes étaient vides. Les bouchons étaient fermés, les sceaux intacts. Quarante-huit bouteilles. Des modèles de démonstration ? Certains restaurants en possédaient. Pourquoi conserver des modèles de démonstration chez soi ? Pour impressionner quelqu'un ? D'autres endroits de la cave contenaient-ils des bouteilles vides ?

Son téléphone sonna. C'était Pete Darby. La connexion était mauvaise.

— J'ai revérifié. Aucunes allées et venues depuis ce matin.

— Sûr ?

— Oui.

La communication devint de plus en plus hachée, puis ils furent coupés.

Grace regarda son téléphone. Plus de réseau.

Il mit son téléphone dans sa poche et observa de nouveau les bouteilles. Quelque chose clochait. Il éclaira chaque rangée. Un éclat métallique attira son attention. Il retira plusieurs bouteilles et découvrit une charnière.

Une poussée d'adrénaline le submergea. Il saisit l'étagère et tira doucement. À sa grande surprise, le pan bascula vers lui, sur des gonds huilés.

Derrière, il éclaira le mur en briques et remarqua que celles-ci étaient plus neuves et plus régulières. Il chercha des jointures et en trouva une verticale, puis une horizontale à un mètre cinquante de hauteur, environ. Une autre verticale descendait jusqu'au sol. Il cala sa torche entre ses dents et poussa fort, d'un côté, puis de l'autre, et une partie du mur céda. Il ne s'était pas trompé, réalisa-t-il en frissonnant. Il s'agissait bien d'une porte en bois dérobée, recouverte de simples carreaux en briques.

Crisp avait entrepris de gros travaux pour dissimuler quelque chose, songea Grace. Il se baissa et découvrit un nouveau tunnel. Celui-ci était taillé grossièrement et soutenu par des poutres formant une sorte de charpente, en haut et sur les côtés. De la toile de jute couvrait le sol. Ce tunnel ressemblait à ceux creusés par les prisonniers pour s'échapper des camps pendant la Seconde Guerre mondiale.

Il se rappela les livres dans la bibliothèque. Crisp en avait-il eu l'idée en lisant ces ouvrages ? Y avait-il trouvé des informations techniques ?

Il sortit son téléphone de sa poche et essaya d'appeler les renforts. Il n'avait toujours pas de réseau. Il aurait dû remonter, mais l'adrénaline était trop forte. Il remit le téléphone dans sa poche. Il avait les nerfs à vif. Qu'allait-il trouver au bout de ce tunnel ? Deux points rouges brillèrent comme des rubis à trois mètres de lui. Il avait toujours été claustrophobe. Enfant, il n'aimait déjà pas jouer à cache-cache. Il se souvenait encore de la fois où il s'était caché dans une armoire et de celle où il s'était enfermé dans une vieille malle, dans le grenier chez ses parents. Lors d'une enquête précédente, il avait dû prendre sur lui pour s'engager dans un collecteur d'eaux de pluie, où un corps avait été retrouvé.

Coinçant de nouveau la lampe dans sa bouche, ignorant la peur, il entra dans le tunnel, plié en deux. Au bout, dans l'obscurité la plus totale, il vit encore deux petits yeux de rat briller. C'était de l'inconscience pure, mais la curiosité et la détermination le poussaient.

Une toile d'araignée caressa ses cheveux. Il la chassa d'un revers de la main et poursuivit. Une certaine confusion l'envahit. Ils avaient déménagé hier. Aujourd'hui, il était dans ce tunnel. Qu'allait-il découvrir au bout ?

L'air était froid, mais il sentit des bouffées de chaleur. Le sol était rocailleux, sous la toile de jute. Chaque fois qu'il relevait la tête, il se cognait.

Logan Somerville se trouvait peut-être au bout de ce tunnel. Peut-être était-elle vivante. Il arriva soudain dans un grand espace sombre. Une salle en briques voûtée. Il se redressa et balaya les murs de son faisceau lumineux.

Une voix s'éleva dans l'obscurité. Une voix claire, avec un accent distingué, légèrement condescendant, suivie d'un faible écho.

— Commissaire Grace, je présume. Quelle joie de vous rencontrer ! Nous vous attendions.

96

SAMEDI 20 DÉCEMBRE

Son sang se glaça. Pétrifié, il lâcha la torche, qui roula sur le sol en béton. Se baissant pour la ramasser, il décrivit un arc lumineux. Des objets brillèrent dans le noir. Il remarqua une odeur d'eau boueuse.

Puis vit trois paires d'yeux, qui le fixaient.

Il fut tétanisé.

Quelques instants plus tard, la pièce fut éclairée par de faibles lumières verdâtres. Voilà ce qui avait brillé dans le noir. Trois caissons en verre cylindriques suspendus au plafond par des chaînes métalliques. Tous étaient remplis d'un liquide boueux comme l'eau d'un étang.

Dans chaque cylindre se trouvait une créature rose pâle, en suspension, un câble autour du cou. Il pensa d'abord qu'il s'agissait d'animaux. Des cochons ?

Crisp menait-il des expériences secrètes sur des animaux ?

Puis il réalisa, horrifié, que ce n'était pas des animaux, mais des êtres humains.

Des hommes entre 25 et 35 ans regardaient dans le vide, les yeux grands ouverts. Ils n'avaient ni bras, ni jambes. L'un d'eux était presque chauve, les deux autres décoiffés. Tous étaient mal rasés.

Il eut la chair de poule. Se trouvait-il sur le tournage d'un remake d'*Alice au Pays des Merveilles* ? S'agissait-il d'hologrammes ? Qu'avait-il exactement sous les yeux ?

Soudain, un écran s'éclaira à sa gauche. Apparut une vidéo d'Edward Crisp, assis dans un fauteuil en cuir devant son secrétaire, dans le bureau de sa maison. Il portait un beau costume, avec une cravate, et affichait un sourire condescendant. Le docteur se pencha en avant, tendit les bras et sa voix résonna.

— Je suis sincère, commissaire Grace. C'est un privilège de vous accueillir dans mon petit jardin secret ! J'aimerais vous présenter mes collègues, qui m'ont infiniment aidé dans mes « projets ». Je ne pense pas que vous ayez eu l'opportunité de rencontrer Marcus, Harrison et Felix. Ils sont devenus de véritables amis, même si cela n'a pas toujours été le cas.

Le cœur au bord des lèvres, Grace regarda de nouveau les troncs, puis se tourna vers l'écran. Les yeux de Crisp brillaient d'une folle joie, derrière ses lunettes.

— Marcus Gossage, Felix Gore-Parker et Harrison Chaffinch, que vous connaissez sous le nom de Harrison Hunter. Tellement plus classe… Marcus est celui qui n'a plus beaucoup de cheveux.

Grace observa l'homme dans le cylindre de gauche. Il avait développé une calvitie précoce. Il ne lui restait plus que quelques mèches sur les côtés. Il avait un regard porcin et la moue d'une truite échouée sur la plage.

— À côté, dit Crisp, c'est Felix Gore-Parker, un personnage antipathique, vous serez d'accord avec moi.

Dans le cylindre du milieu, un homme au profil chevalin, avec des cheveux blond filasse, affichait une expression aigrie. Aussi incongru cela soit-il, il portait une paire de lunettes rondes.

— Et voici enfin Harrison. Il était obèse. Je ne pense pas qu'il aurait fait de vieux os de toute façon. Il n'a plus de souci à se faire maintenant, pas vrai ?

Grace frissonna de nouveau.

— Ce sont les gars qui m'ont harcelé à l'école, commissaire. Ils m'appelaient la Taupe parce que je m'intéressais aux tunnels et à la spéléologie. Pour être tout à fait honnête, ils ne supportaient rien, chez moi. À la fin, ils m'aimaient. J'ai réussi à le leur faire dire, avant de les tuer. Notez que je n'avais pas l'intention de les tuer. Je voulais les garder vivants assez longtemps pour me venger, pour qu'ils n'oublient jamais. On peut dire que j'ai réussi !

Grace regarda autour de lui, inquiet. Le Dr Crisp était-il tapi dans l'obscurité ? L'observait-il dans l'ombre, tandis qu'il visionnait la vidéo ? Il éclaira la pièce. Il aurait dû se munir d'une lampe plus puissante. Et appeler des renforts. Il vérifia son téléphone. Toujours pas de connexion.

— La vengeance est un plat qui se mange froid, je suis sûr que vous connaissez cette expression, commissaire. J'ai attendu longtemps avant de kidnapper mon premier projet, Marcus Gossage, celui de gauche. Je lui ai envoyé une invitation à un mariage. Je lui ai précisé qu'en tant qu'ancien ami d'enfance, il aurait droit à un chauffeur. Il l'a eue, sa belle Mercedes, mais, le chauffeur, c'était moi. Je l'ai endormi avec un gaz soporifique et je l'ai amené ici. Je me suis amusé à l'amputer de ses bras et de ses jambes, tout en le gardant en vie, suspendu au plafond dans un sac en toile, avec des couches, sous perfusion. Vous ne pouvez pas imaginer à quel point j'ai adoré cette étape !

Grace se tourna vers les trois corps. Il avait la nausée. Il se demanda s'il n'était pas en train d'halluciner. Un être humain pouvait-il être capable de ça ?

— Felix Gore-Parker, je l'ai invité à une réunion d'anciens élèves. Je lui ai dit que je conduirais, que je ne buvais pas d'alcool. Harrison, ça a été simple comme bonjour. Je voulais le voir pour discuter de la meilleure façon de sauver l'école ! Bien sûr, la police a enquêté. Je ne suis pas idiot, commissaire. J'ai laissé plusieurs années s'écouler entre chaque enlèvement. Felix vivait à Édimbourg, Marcus à Manchester et Harrison à Bath. La police n'a pas fait le rapprochement.

Grace avait du mal à en croire ses yeux. Crisp avait-il conservé ces corps, ici, pendant tout ce temps ?

— Je sais à quoi vous pensez, commissaire. Vous vous demandez où se trouvent Logan Somerville et mon dernier projet, la policière. Je suis particulièrement fier d'avoir réussi à l'enlever, après mon échec à cause du chien. Je dois admettre que ça a été un vrai tour de force ! Détourner votre attention, tout en gardant la main… Je suis ravi de vous rencontrer enfin, même si ce n'est pas en personne. Je pense que si je vous rencontrais en chair et en os, ça finirait mal. Or, je suis un sentimental, j'aime quand les histoires finissent bien ! On est tous pareils, non ? J'ai donc une bonne nouvelle : mes trois amis sont enfin libres. Amusez-vous bien, Harrison, Marcus et Felix ! J'espère que vous avez apprécié ces années en ma compagnie. J'aurais aimé vous garder vivants, dans vos sacs, vu que vous êtes des sacs à merde ! En me harcelant à l'école, vous m'avez condamné à vie, mais je ne suis pas un monstre. Vous avez purgé votre peine. Profitez de votre liberté !

Il se fendit d'un large sourire. Grace étudia l'attitude du médecin. Ses yeux partaient dans tous les sens. Son visage était déformé. Il n'arrêtait pas de croiser et décroiser les jambes. Tout laissait à penser qu'il était devenu fou.

— Mais vous n'êtes pas venu pour eux, n'est-ce pas, commissaire ? C'est juste un bonus. Vous, ce sont les filles que vous voulez. Cependant, il fallait que je vous explique que je voulais les garder en vie, ces trois-là, à la manière de Catherine II de Russie, Catherine la Grande. Je vous parlerai d'elle en temps et en heure. Le problème, c'est qu'avec ma famille et mon travail, plus les tunnels en construction, la situation est devenue ingérable. Ils avaient besoin d'attention et je ne suis pas du genre attentionné. J'ai donc trouvé une solution : le formol. Je voulais qu'ils restent près de moi pour ne pas oublier à quel point la vengeance peut être agréable. Ça a marché. Ils m'ont aidé dans mes escapades, n'ont pas critiqué un seul de mes plans ! Bon, assez bavardé. C'est de l'histoire ancienne, tout ça. Il faut que vous trouviez la petite Logan et la petite Louise. Demandez aux garçons, ils savent tout. Ce sont mes complices. Je n'aurais jamais pu accomplir ce que j'ai accompli sans eux !

Crisp leva la main et agita des doigts parfaitement manucurés.

— À bientôt, les garçons !

Puis il croisa les bras et se bascula en arrière.

— Oh, bonté divine, j'oubliais ! Felix, Marcus et Harrison n'ont plus guère de conversation. Les demoiselles sont dans la pièce d'à côté, juste derrière l'écran. À très bientôt !

L'écran passa au noir.

97

SAMEDI 20 DÉCEMBRE

Armé de sa torche et d'une féroce détermination, Grace s'avança vers l'écran de toile déroulé. Il le souleva. Derrière se trouvait une épaisse porte en bois qu'il ouvrit. Il éclaira la pièce de sa lampe. L'air était humide. Quelque part, de l'eau gouttait.

— Logan ! cria-t-il. Logan Somerville ? Louise Masters ? C'est la police. Vous êtes en sécurité !

Il entendit sa voix en écho.

— Par ici ! cria une femme. Je suis Louise Masters !

Il découvrit deux rangées de quatre caisses rectangulaires en bois, longues comme des cercueils, mais beaucoup plus hautes. Des tuyaux étaient raccordés à chaque bac. Toutes étaient surmontées d'un couvercle opaque, sauf une.

Il se dirigea vers celle qui était ouverte et l'éclaira. À l'intérieur se trouvait un autre caisson en verre. Une femme d'une petite vingtaine d'années, en tenue de policière, était allongée là, terrifiée, maintenue par des fils métalliques autour du cou, des poignets, des cuisses et des chevilles. Ses poignets étaient striés de sang coagulé.

— Louise ?

Elle hocha la tête.

— Je suis Roy Grace, vous êtes en sécurité. Savez-vous où est Logan Somerville ? Y a-t-il quelqu'un d'autre avec vous ?

Elle secoua la tête.

— Je n'en sais rien. Je me souviens m'être installée au volant de ma voiture, garée devant chez moi. J'étais rentrée pour me changer, après avoir fait du shopping. Et puis je me suis retrouvée ici.

Elle esquissa un sourire.

— Merci. Merci de m'avoir retrouvée.

Il essaya de libérer l'un de ses poignets. Elle hurla de douleur.

— Je vais demander à quelqu'un de cisailler les câbles. Je vous laisse quelques instants, ne vous faites pas de souci, le lieu est sécurisé.

Il se tourna vers la boîte à côté d'elle et ouvrit le couvercle. À l'intérieur se trouvait un réservoir rempli d'un petit mètre d'eau. Il se dirigea vers le caisson suivant et s'immobilisa.

Il reconnut instantanément la jeune femme : Logan Somerville. Elle semblait morte.

Elle était nue. Elle avait le visage blême, comme tant de cadavres qu'il avait vus dans sa carrière. Ses longs cheveux bruns encadraient son visage, tel un linceul sombre.

Il découvrit avec horreur le tatouage sur sa cuisse droite.

DCD.

Merde. Arrivait-il trop tard ?

— Logan ? fit-il d'une voix douce.

Aucune réaction.

Il ressentit un profond sentiment d'échec. Il pensa à Jamie Ball. Aux photos sur lesquelles ils avaient l'air si heureux. Il pensa aux parents de Logan, qui espéraient encore.

Elle était morte.

Morte à cause de ses longs cheveux bruns ?

Parce qu'elle avait croisé la route d'un psychopathe ?

Sa joue bougea d'un millimètre.

Avait-il rêvé ?

Il s'agenouilla pour la regarder de plus près.

— Logan ?

Elle était toujours immobile.

Dans le silence, il entendit de l'eau couler goutte à goutte.

Comment Crisp avait-il réussi à leur échapper ? Combien de femmes avait-il tuées ? Combien étaient mortes parce que lui n'avait pas réussi à l'arrêter à temps ?

Elle ouvrit soudain les yeux et murmura :

— Aidez-moi.

98

SAMEDI 20 DÉCEMBRE

Grace traversa en courant la pièce avec les trois cadavres démembrés, sans oser leur jeter un regard. Il remonta le tunnel jusqu'à la cave à vins. Grimpa l'escalier quatre à quatre et vérifia, dans la cuisine, si son téléphone était de nouveau connecté au réseau. Alors qu'il passait la porte, il se retrouva nez à nez avec Glenn Branson.

— On a fouillé l'étage et le rez-de-chaussée, des gars sont dans les combles, dit Branson, essoufflé. Il n'y a personne. Tu as trouvé quelque chose, toi ?

99

DIMANCHE 21 DÉCEMBRE

Il était un peu plus de 2 heures du matin quand Grace fit un détour par la kitchenette de la Sussex House pour se préparer un café. Une chasse à l'homme était en cours dans tout le pays. La photo de Crisp circulait dans les commissariats. Les policiers avaient pour ordre de l'arrêter immédiatement.

À 10 heures, dans moins de huit heures, il ferait un point presse avec Cassian Pewe. Il n'aurait sans doute pas l'occasion de dormir d'ici là. Il n'en avait d'ailleurs pas la moindre envie. Il voulait avant tout localiser Crisp.

Le médecin était quelque part. La maison abandonnée et le reste de la propriété avaient été fouillés. Des barrages avaient été mis en place à toutes les sorties de la ville. Les listes de passagers de chaque aéroport du Royaume-Uni avaient été épluchées et les bandes de vidéosurveillance des aéroports du sud de l'Angleterre étaient en train d'être visionnées. Les passagers des ferries et de l'Eurotunnel étaient filtrés. Pour le moment, sans résultat.

Grace était démoralisé, malgré le fait que Logan Somerville et Louise Masters étaient désormais en sécurité, en observation à l'Hôpital Royal du Sussex.

Il retourna à son bureau avec une tasse fumante et s'assit, taraudé par les multiples déplacements de Crisp ces dernières heures.

Il avait enlevé Louise Masters devant chez elle, un peu avant 15 heures. Il avait dû arriver chez lui vers 15 h 30. Il lui avait fallu une heure pour l'installer et la ligoter. Ce qui voulait dire qu'il avait disposé de six heures avant le raid.

Il pouvait se trouver n'importe où, en Europe, voire sur un vol long-courrier. Il avait organisé son évasion avec soin, avait même pris le temps d'enregistrer une vidéo. Les équipes de surveillance étaient certaines de n'avoir vu aucun véhicule entrer ou sortir de chez Crisp, ou de la maison abandonnée. Or, il n'y avait pas d'autre entrée. Quelque chose lui échappait.

Le grand mystère, pour Grace, était de comprendre pourquoi Crisp avait enlevé Louise Masters pour aussitôt l'abandonner. La policière était la dernière cible affichée sur les murs du mobil-home. Il l'avait capturée, attachée et avait pris la fuite. Pourquoi ?

Grace bâilla. Sans doute était-il plus fatigué qu'il le pensait ou qu'il voulait l'admettre. Son cerveau était moins performant. Il avait du mal à réfléchir. Crisp avait dû enlever Louise Masters avec l'intention de la tuer, comme il prévoyait de tuer Logan. Qu'est-ce qui l'avait décidé à fuir ?

Le camping ? Disposait-il d'une caméra de surveillance ? Il avait dû se douter, après avoir été mordu par un chien, que la police connaissait désormais son ADN. Il fut interrompu dans ses pensées par l'arrivée d'un e-mail. Il provenait d'une adresse Hotmail qu'il ne connaissait pas. Il l'ouvrit et découvrit un message court, non signé.

Roy, cliquez sur ce lien Dropbox !

Il cliqua, un fichier se téléchargea et une vidéo apparut.

C'était le Dr Crisp, dans le même fauteuil, vêtu du même costume, avec le même sourire exalté.

— Bonjour, Roy ! Je ne pouvais pas le dire devant eux, mais je suis ravi que vous ayez rencontré mes adorables amis Marcus, Felix et Harrison. Ils font partie de mes projets les plus réussis. Ils sont devenus bienveillants avec l'âge, je n'ai pas ménagé mes efforts pour les éduquer. S'ils ont bien tourné, c'est grâce à moi. C'étaient des enfants méchants. Ils m'ont abîmé, moi et d'autres garçons, à l'époque. Le harcèlement, c'est pas la joie. Ça peut vous détruire. Personne ne m'a jamais compris, voyez-vous. *Primum non nocere.* C'est ça qui est bien, avec les écoles privées anglaises. On apprend les bases. Ce bon vieil Hippocrate ! Mon professeur de latin n'était pas tendre avec moi, mais il m'a appris deux ou trois trucs. *Primum non nocere*. D'abord, ne pas nuire. C'est la première règle, en médecine. Je ne sais pas ce qui vous a conduit à devenir policier, Roy, sans doute étiez-vous assez naïf pour croire que vous pourriez aider les gens. Ce n'est pas la raison pour laquelle j'ai choisi la médecine. Je ne suis pas devenu médecin pour aider les gens. Je suis devenu médecin pour me venger !

Grace étudia le langage corporel de l'homme. Ses gestes étaient incohérents. Crisp fit une pause, puis écarta les bras, tout sourire.

— J'ai toujours aimé l'Histoire avec un grand H. En particulier celle de la Russie. Le romancier canadien Steven Erikson a un jour écrit : « La leçon de l'Histoire, c'est que personne ne tire de leçons de l'Histoire. » C'est bien vrai. J'ai lu quelque part que Catherine la Grande faisait couper les bras et les jambes de ses ennemis, les mettait dans un sac et les suspendait dans le donjon du palais d'Hiver. Une fois par an, elle les installait en demi-cercle devant elle. « Bonjour, les garçons ! » disait-elle. « Ravie de vous revoir. On a passé une année merveilleuse, n'est-ce pas ? » Et ils retournaient dans l'obscurité et l'humidité. Ce calvaire a duré des décennies. Un véritable enfer.

Le médecin souriait, et c'est ce que Roy Grace trouvait le plus perturbant : ce plaisir délirant.

— Ces trois garçons, si je les avais laissés vivre leur vie, Dieu sait quels malheurs ils auraient causés. J'ai bien fait de les liquider. Tout comme j'ai bien fait de me débarrasser de l'affreuse Mandy White. Elle m'avait rejeté parce qu'elle n'était pas assez futée pour m'apprécier à ma vraie valeur. Kathy Westerham et Denise Patterson avaient été mes petites amies. Elles aussi m'avaient rejeté. Toutes les trois avaient une chose en commun : de longs cheveux bruns. Ce qui voulait dire qu'elles avaient en elles quelque chose de malsain. Le mal doit être puni. J'ai fait d'elles de parfaits projets.

Crisp loucha quelques instants. Son visage se convulsa. Il se frotta les mains comme pour les savonner. Appuyé contre le dossier de son fauteuil, il ferma les yeux, content de lui, puis les rouvrit.

— Je suis sûr que vous vous demandez pourquoi j'ai laissé tant de temps entre les deux premières et Emma et Ashleigh. La vérité, commissaire Grace, c'est que je pensais avoir trouvé la rédemption auprès de ma femme et de mes enfants. Et puis, il y a quelques mois, j'ai découvert que la salope me trompait, que je m'étais fourvoyé de A à Z. Les femmes sont toxiques. Heureusement que je n'avais pas arrêté de chasser. De nombreux projets m'attendaient. Je me suis demandé si le problème venait de moi. J'ai cherché de l'aide, mais le psy n'a pas vraiment essayé de me comprendre. Personne ne me comprend. J'ai su que la partie était terminée quand le chien m'a mordu. Vous n'êtes pas mauvais, commissaire, mais vous avez eu de la chance. Moi, personne ne m'a aidé. Je me suis fait à l'idée. Un beau jour, le chasseur doit changer de forêt. Les proies seront peut-être les mêmes, mais l'environnement sera différent.

Grace le fixa avec intensité. L'homme présentait tous les signes de la folie. Satisfait et sûr de lui, puis, l'instant d'après, confus et absent.

— Dites aux familles de Harrison, Marcus et Felix que j'aurais aimé pouvoir leur dire que j'ai été ravi de les connaître, sauf que je déteste mentir. Ce que je leur ai inculqué les a rendus meilleurs, mais on est tous bien mieux sans eux.

Crisp se pencha en avant et sourit.

— Une dernière chose. Deux, en fait. D'abord, à la conférence de presse, passez ce message de la part du Tatoueur de Brighton : dites-leur que tant qu'il y a de la vie, il y a de l'espoir. Deuxièmement, citez ce tueur en série américain qui a dit au juge qui l'a condamné à mort : « Amuse-toi bien sur Terre, mon chou. » Troisièmement, je pense que vous aimeriez bien savoir comment mes projets ont trouvé la mort. Je leur ai fait l'amour en utilisant un préservatif, bien sûr, pour ne prendre aucun risque, après les avoir embrassées une dernière fois et en inspirant leur dernier soupir. Je les ai possédées pour toujours. Elles ne m'ont jamais rejeté. C'était tellement bon. Une sensation que vous ne connaîtrez jamais. Faites-moi confiance, c'est bon ! Et je ne compte pas m'arrêter là, loin de là ! Ceci est une mise en garde pour votre équipe et vous-même, commissaire. N'essayez pas de me trouver. Sauf si vous voulez que je vous possède tous, pour toujours ! Je n'ai rien à perdre. Je n'ai jamais rien eu à perdre. Vous, vous avez tout. Un adorable gamin, une femme sublime et une nouvelle maison charmante. Je n'ai pas envie que vous perdiez tout, que vous ne les revoyiez jamais, croyez-moi !

Il agita son petit doigt.

— À très bientôt !

Et la vidéo se termina.

100

DIMANCHE 21 DÉCEMBRE

Le sentiment de soulagement était palpable, pour cette deuxième réunion dominicale, dans la salle de conférences de la Sussex House. Louise Masters et Logan Somerville étaient en sécurité, mais Crisp était toujours dans la nature. L'atmosphère était studieuse et plombée, après la découverte de ce qu'il avait fait subir à ses trois anciens coturnes, avant de les assassiner.

Un peu plus tôt dans l'après-midi, Louise Masters et Logan Somerville, celle-ci accompagnée de quelques membres de sa famille, étaient venues à la rencontre de ceux qui avaient travaillé sur l'enquête pour les remercier personnellement. Grace avait été rassuré de constater que Logan se remettait très bien de son traumatisme.

Un nouveau tableau blanc avait été ajouté. Il comportait deux photos. Sur la première, on pouvait voir Logan Somerville dans son caisson, dans la cave de Crisp, et sur la seconde un gros plan de sa cuisse, marquée des lettres DCD.

De nouveaux visages étaient présents dans la pièce bondée. Pete Darby, chef de l'équipe de surveillance, Lorna Dennison-Wilkins, chef de l'unité spéciale de recherches, chargée de fouiller la maison du Dr Crisp et sa caravane, étaient là.

— Il aime bien les tunnels, n'est-ce pas ? dit Norman Potting. Si je le trouve, je lui enfoncerai son fer rouge dans le sien, de tunnel, si vous voyez ce que je veux dire.

Certains gloussèrent. Roy Grace sourit, heureux de voir que Potting avait retrouvé son humour, aussi navrant soit-il. Sa montre indiquait 18 h 30. Par habitude, il vérifia à l'horloge murale et à l'heure de son téléphone. Il réprima un bâillement. Un peu plus tôt dans la journée, après la conférence de presse du matin, il avait réussi à caler une sieste de deux heures sur le canapé de son boss, non sans avoir appelé Cleo pour lui résumer la situation.

Il avait pris une douche dans la petite salle de bains de la police et avait enfilé les vêtements de rechange qu'il gardait dans son casier. Cela ne l'empêchait pas de se sentir poisseux. Il avait les yeux rougis, comme frottés au papier de verre. Il en faisait abstraction. Il suivait la chasse à l'homme, tout en essayant de ne pas succomber au désespoir.

Crisp était sorti incognito, avait enlevé Louise Masters et l'avait ramenée chez lui. Comment ?

Et où se trouvait-il à présent ?

Personne ne l'avait vu quitter les lieux. Toute la police du Sussex et du Surrey était sur le pied de guerre. Les deux propriétés étaient passées au peigne fin. Si Crisp était caché quelque part, ils le trouveraient.

Il se pencha sur ses notes.

— Comme vous le savez, en sauvant Logan Somerville et Louise Masters, nous avons découvert un certain nombre de choses chez Crisp et dans la propriété abandonnée d'à côté. Le pôle financier est au travail. Nous en saurons plus demain, lundi. Des documents classés indiquent qu'il est propriétaire de la maison abandonnée via une société basée au Liechtenstein. Nous ne savons pas, pour le moment, si sa motivation était d'échapper au fisc ou de garder un certain anonymat. Nous pensons qu'il s'est enfui hier, en début de soirée. Peut-être a-t-il quitté le pays, même si nous ne lui connaissons pas de destination de prédilection. Toutes les polices britanniques font actuellement des recherches quant à d'éventuels homicides comparables. Nous avons demandé à Europol de se pencher sur le cas du Liechtenstein.

Il but une gorgée de café.

— Tanja Cale et Guy Batchelor ont rendu visite à l'ex-épouse de Crisp dans la journée. Elle sera de nouveau interrogée demain. Elle aurait été victime de violences pendant des années et aurait fini par le quitter.

Il se tourna vers le capitaine Cale.

— Autre chose, Tanja ?

— Non, chef.

— J'ai fait un tableur, intervint le lieutenant Kevin Taylor, non sans fierté.

Grace lui fit signe de poursuivre.

— Crisp, adolescent, a assisté à la noyade d'une jeune fille présentant des similarités avec ses futures victimes et avec sa femme. À l'époque, l'enquêteur était persuadé que Crisp avait tué l'adolescente, mais il n'avait jamais pu le prouver. La victime suivante, Denise Patterson, travaillait à temps partiel dans un pub qu'il fréquentait lorsqu'il faisait ses études à l'université du Sussex. Kathy Westerham était étudiante à l'université du Sussex. Toutes deux avaient la même coupe de cheveux. Il a ensuite épousé une jeune femme avec le même look et a provisoirement mis un terme à sa folie meurtrière.

— Bon travail, Kevin, dit Grace. Est-ce que tes tableurs peuvent nous dire où Crisp se trouve en ce moment ?

— Malheureusement non. Je travaille sur un autre, qui répertorie les achats effectués avec sa carte bancaire.

Grace hocha la tête.

— Dans le manoir, nous avons trouvé trois faux passeports et une grande quantité d'espèces dans cinq devises différentes.

— Il peut être n'importe où dans le monde, lâcha Jon Exton.

— Oui, confirma Grace, consterné.

— N'importe où, et sous n'importe quel nom, ajouta Exton.

— Pourquoi aurait-il laissé tant d'argent et des passeports derrière lui ? dit Grace.

Soudain, il eut une idée. La blague de Norman Potting lui revint à l'esprit. Les mots de Crisp aussi.

Ils m'appelaient la Taupe parce que je m'intéressais aux tunnels et à la spéléologie.

Il se tourna vers la chef de l'unité spéciale de recherches.

— Lorna, est-ce que ton équipe a inspecté les canalisations, les bouches d'égout et les tuyaux d'évacuation des deux propriétés ?

— Oui, chef. Nous avons fait appel à une société pour purger les canalisations. Le contenu sera analysé. Nous avons introduit des caméras dans chaque bouche d'égout et vérifié dans la piscine. Nous avons par ailleurs utilisé un radar à pénétration de sol pour sonder les jardins et les caves des deux maisons.

Il la remercia, se leva et se tourna vers le tableau blanc sur lequel étaient accrochées des photos aériennes prises par l'hélicoptère. Les limites des deux propriétés avaient été surlignées au marqueur rouge.

— D'une façon ou d'une autre, Crisp a quitté l'une de ces deux propriétés, enlevé Louise Masters, l'a ramenée alors qu'elle était inconsciente, l'a ligotée et est reparti.

Et personne ne l'a vu. Peut-être devrait-on le surnommer Houdini.

Il se tourna vers Pete Darby.

— L'équipe de surveillance a pu le rater une fois, mais pas trois.

— Je suis certain que nous ne l'avons pas manqué une seule fois, chef, dit Pete Darby.

Grace désigna une photo aérienne.

— Ces deux propriétés sont accessibles depuis Tongdean Villas. Il y a vingt propriétés vers l'est. Le voisin immédiat possède quatre chiens de garde. Il est peu probable que Crisp ait pris la fuite par là. Il y a deux propriétés vers l'ouest, et puis on arrive sur Tongdean Road. Les propriétés vers le nord sont sous vidéosurveillance. Les bandes ont été visionnées. Rien à signaler. Crisp ne peut accéder à sa maison que par Tongdean Villas. Il n'y a pas d'autres…

Il hésita. Et se demanda comment il ne l'avait pas remarqué avant. En diagonale, au nord-ouest de la propriété de Crisp, se trouvait un bâtiment isolé, une sorte de cabanon ou de grand garage. L'accès se faisait par Tongdean Road, par un chemin étroit entre deux murs en briques.

Le bâtiment se situait à une centaine de mètres de la maison abandonnée.

Était-ce possible ?

Avec Crisp, tout semblait possible. Il se tourna vers son équipe.

— Cette réunion est terminée. Rejoignez-moi au CO1, tout de suite, ajouta-t-il à l'intention de Glenn Branson, Guy Batchelor, Lorna Dennison-Wilkins et quatre autres personnes.

101

DIMANCHE 21 DÉCEMBRE

Une heure et demie plus tard, munis d'un mandat de perquisition, Grace, Branson et Batchelor se rendirent à la maison abandonnée. Ils passèrent un portail en bois et remontèrent l'allée sous un léger crachin. Les murs en briques étaient décrépis. Le commandant Anthony Martin avait mobilisé sept membres de la force locale d'intervention et un maître-chien. À la lueur de leurs torches, ils découvrirent un garage couvert de lichen. Les deux portes semblaient en bien meilleur état que le bâti.

Grace leur fit signe d'attendre. Il demanda à Branson de faire le tour par la gauche, tandis qu'il le contournait par la droite, au cas où il y aurait une fenêtre ou une porte. À l'arrière du garage, ils remarquèrent un vélo rouillé qui n'avait pas été utilisé depuis des années, recouvert de feuilles mortes.

Grace s'empressa de faire signe à Martin. L'inspecteur demanda à l'un de ses officiers d'ouvrir la porte de droite. Celui-ci donna un coup de bélier. Il y eut un bruit métallique, mais la porte ne bougea pas d'un iota.

— Merde alors, dit-il. Ces trucs sont épais comme du papier à cigarettes, d'habitude.

Un autre officier essaya de glisser un pied-de-biche, sans succès. Trois officiers l'aidèrent à faire levier.

La porte crissa. Une faille apparut, ils l'élargirent centimètre par centimètre, puis quelque chose lâcha dans un bruit assourdissant et la porte se détacha de son cadran.

Ils entrèrent. On alluma la lumière. Deux véhicules étaient garés là, côte à côte, sur une dalle en béton. Une vieille Volvo et un break Skoda turquoise et blanc, aux couleurs des taxis Streamline. Derrière, un scooter Lambretta, avec un casque posé sur la selle.

Grace savait désormais qu'ils étaient au bon endroit. Le vieux break Volvo avait été signalé par des témoins la nuit de l'enlèvement de Logan Somerville. Le taxi Skoda avait été filmé par des caméras de vidéosurveillance en train de suivre Ashleigh Stanford, à vélo.

Les officiers ouvrirent les portières, le coffre et le capot de chaque véhicule. Grace posa sa main sur les capots. Tous les deux étaient froids. Il observa les murs, à la recherche d'indices. Une pompe et son manomètre, des pinces crocodiles et un chargeur de batterie gisaient sur une étagère métallique. Au fond du garage se trouvait un vieux congélateur coffre couvert de poussière, débranché.

Il s'agenouilla et jeta un œil sous la Volvo, puis sous la Skoda. Rien.

— Chef, venez voir ça !

L'une des policières de la force locale d'intervention se tenait près du congélateur, couvercle ouvert. Il contourna la Volvo et regarda à l'intérieur. Son cœur s'accéléra.

102

DIMANCHE 21 DÉCEMBRE

Le congélateur était un leurre. Tous les paniers avaient été retirés. Le fond était en réalité une plaque en métal fine. Il se pencha pour la soulever et sentit une bouffée d'air froid et humide.

Elle provenait du puits creusé sous le congélateur. Grace alluma sa torche et la pointa vers le bas. Il vit une échelle métallique, sans pouvoir discerner le fond.

Il recula pour laisser Glenn Branson et Guy Batchelor jeter un coup d'œil.

— Bordel ! s'écria Batchelor. Le type est complètement fou.

— Fou, mais très intelligent, répliqua Grace.

— Qu'est-ce que c'est ? demanda Branson.

— Le repère de Crisp. Pas étonnant que l'équipe de surveillance l'ait raté.

— On va descendre d'abord, dit le chef de la force locale d'intervention.

Grace secoua la tête, malgré son acrophobie.

— J'y vais d'abord, c'est une affaire entre lui et moi.

Il coinça la torche entre ses dents et entra dans le congélateur, puis s'agrippa au premier barreau.

— Trois prises à la fois, sans exception, lui rappela le commandant. On vous suit.

Grace commença la descente, suivi par Gregory Martis et Glenn Branson. Les autres restèrent dans le garage. Il descendit le plus vite possible, en faisant ce que le commandant lui avait conseillé. Il se remémora une formation au travail sur les enquêtes en condition extrême. Le puits était sans fond. Il avait mal aux bras.

— Vous voyez le bout, chef ? cria Batchelor.

— Pas encore.

— Tu as lu *Voyage au centre de la Terre* ? lui cria Glenn Branson.

— Je pense qu'on n'est plus très loin de l'Australie ! répliqua Grace.

Au même moment, il toucha quelque chose de solide. Le fond du puits. Il posa son pied gauche et éclaira autour de lui. Il se trouvait sur un sol en béton, dans un espace confiné. Il vit un tunnel soutenu par des poutres sommaires, comme des traverses de rail. Le tunnel était plus bas de plafond que celui dans la cave à vins. Le sol était bétonné aussi.

Grace cria au reste de l'équipe :

— Nous entrons dans un petit tunnel.

Il se mit à quatre pattes et avança, suivi par ses deux collègues. Il y avait de la lumière au bout. Les étais qui soutenaient le tunnel ne lui inspiraient pas confiance. Il en vit un fendu en deux et un autre beaucoup trop court. Certains étaient faits de planches de bois clouées ensemble. Un travail d'amateur.

C'est de la folie pure, je n'aurais pas dû descendre, ni laisser les autres me suivre, songea-t-il. Mais tout ce qui l'intéressait pour le moment, c'était de retrouver Crisp.

Un peu plus loin, il aperçut une trappe dans le sol. La lumière venait de là. En nage, il se tourna vers ses deux collègues pour leur faire signe de ne pas faire de bruit. Il souleva discrètement la trappe en bois, jeta un coup d'œil et ressentit une poussée d'adrénaline.

Juste en dessous de lui, au pied d'une échelle métallique, se trouvait une petite pièce bien éclairée, creusée dans la terre. Elle avait l'air confortable, avec un téléviseur, un frigo, un four à micro-ondes et un évier. Appuyé contre des coussins, un verre à la main, vêtu d'une chemise, d'un cardigan, d'un jean et de mocassins, le Dr Edward Crisp écoutait de la musique. Un casque sur les oreilles, il gesticulait, tel un chef d'orchestre, insouciant et bienheureux.

Grace se mit à trembler. Il n'en croyait pas ses yeux. Quelle chance !

Je te tiens ! se dit-il. *Tu es fait comme un rat !*

Il referma la trappe en silence. Crisp voulait-il leur faire croire qu'il s'était échappé, alors qu'il se terrait ici ? Avait-il l'intention d'attendre que les choses se tassent, avant de refaire surface ?

Avant qu'il rejoigne la police judiciaire, Grace avait souvent été appelé pour des cambriolages. Il avait alors découvert que certains cambrioleurs quittaient tranquillement les lieux, marchant droit vers la police, qui recherchait plutôt un individu en fuite. Crisp pensait-il que la police ne le soupçonnerait jamais de s'être planqué si près de son domicile ?

Y avait-il une autre sortie, un autre tunnel ? Qu'il essaie de leur échapper. Il n'avait aucune chance contre son équipe surentraînée.

Il informa à voix basse Glenn Branson et Gregory Martis.

— J'y vais d'abord, dit Martis.

— Non, à moi ce plaisir.

— J'ai un gilet pare-balles. Il est peut-être armé.

— Pas d'après ce que j'ai pu voir. J'y vais, vous restez là.

Martis accepta à contrecœur.

— Vous avez des gants, chef ?

— Seulement des gants en latex.

Martis sortit une paire de gants en cuir.

— Enfilez ça, pour ne pas vous brûler les mains en descendant l'échelle.

— Tu n'en auras pas besoin ?

— Mes mains sont dures comme du cuir.

Grace le remercia. Il regarda ses collègues et respira à fond.

— C'est parti !

Ils hochèrent la tête.

Il hésita, puis ouvrit la trappe.

Quand son pied toucha le premier barreau, il entendit la voix de Crisp.

— Commissaire Grace ! Quelle agréable surprise !

— Chef ! hurla Martis.

Roy Grace regarda vers le bas et vit un fusil de chasse braqué vers lui.

Merde alors. Où est-ce qu'il avait…

Ses collègues l'attrapèrent sous les aisselles. Il entendit deux coups de feu. Ses oreilles se bouchèrent. Il sentit une douleur insupportable à la jambe droite. Il tomba face contre terre. De la poussière se mit à tomber.

— Bâtard ! s'écria Martis.

— Roy, ça va ? lui demanda Glenn Branson, agenouillé à ses côtés.

Grace hocha la tête. Il entendit un craquement. Martis venait d'arracher la traverse soutenant la poutre placée au-dessus de la trappe pour empêcher Crisp de monter.

Comme au ralenti, la poutre se délogea et tomba dans la trappe, suivie par une pluie de gravats.

Grace entendit un cri de douleur.

De la terre le recouvrit. Il ferma les yeux.

Crisp poussa un cri d'horreur.

— Sortez-moi de là, je vous en prie ! Je suis coincé, je ne peux plus bouger !

Grace rampa jusqu'à l'ouverture et jeta un coup d'œil. La douleur à sa jambe droite était atroce, mais il l'ignora. Allongé sur le dos, sur un lit de coussins, Crisp était prisonnier des débris.

— Aidez-moi, je ne peux plus bouger !

Grace fut assommé par un amas de terre plus gros que les autres, qui lui tomba sur la nuque.

— Chef ! cria Martis, anxieux. Vous entendez le grondement ? Il faut qu'on sorte d'ici tout de suite.

La terre tombait désormais en continu.

— Aidez-moi ! cria Crisp, terrorisé.

Martis tira sur le bras de Grace.

— Chef, il faut qu'on sorte tout de suite.

— On ne peut pas le laisser, dit Grace.

— On n'a pas le choix. Il faut qu'on parte maintenant !

Il leva la torche. Le plafond tremblait. Les poutres vibraient.

— Tout le monde dehors ! Tout le monde sort du tunnel ! ordonna Grace.

— Passez devant, chef, dit Martis.

— Non, je ferme la marche, *go* !

— Aidez-moi, je suis coincé ! cria Crisp. Ne me laissez pas !

Grace le regarda une dernière fois. Un énorme objet passa à côté de lui. Encore une traverse. Elle frôla Crisp et s'écrasa à quelques centimètres de lui.

Soudain, Glenn Branson tira sur sa jambe gauche.

— Eh ! Laisse-le, sinon on va tous crever ! Il n'en vaut pas la peine.

Il y eut un craquement.

— Viens ! hurla Branson.

Crisp appela de nouveau à l'aide.

Devait-il aller le chercher ?

Il inspira de la poussière et toussa. Il pensa à Cleo et à Noah. Peut-être ne les reverrait-il jamais. Tout ça parce qu'il aurait essayé de sauver un monstre. Il suivit ses collègues à quatre pattes, la douleur dans sa jambe empirant à chaque mouvement. Son visage se colla à la semelle de Glenn Branson.

— Avance, mec, bordel !

Un nuage de poussière se forma dans le tunnel, derrière eux.

Paniqué, il hurla :

— Avance, avance !

Le grondement se rapprochait.

Glenn avait bien reçu le message. Il rampait désormais tellement vite que Grace avait du mal à le suivre, avec sa jambe paralysée. La poussière qui flottait autour d'eux était étouffante. En quelques secondes, il se retrouva dans un brouillard sombre.

Il allait mourir ici. Il ne reverrait jamais Cleo et Noah. Ne vivrait jamais dans leur nouvelle maison. Ne...

Il faut que je me calme.

Les survivants étaient ceux qui gardaient leur sang-froid, pas ceux qui paniquaient. Le puits était au bout du tunnel. Dès qu'il l'atteindrait, il serait sauvé.

Il perdit sa lampe, et ne prit pas le temps de la récupérer.

Son visage heurta un objet contondant.

L'échelle.

Un sentiment de soulagement l'envahit. Un faisceau lumineux l'éclaira.

Aveuglé, il entendit la voix de Glenn Branson.

— Je suis juste là, mec, et je ne monte pas sans toi, suis-moi.

Il leva les mains, agrippa le premier barreau et se hissa.

Il avait la gorge sèche. Quelqu'un toussa au-dessus de lui. Il fut, lui aussi, pris d'une quinte de toux et faillit lâcher l'échelle.

Trois prises à la fois, se souvint-il.

Sa jambe droite ne bougeait presque plus.

L'échelle tremblait. C'était comme si chaque barreau allait se détacher. Il monta son bras droit à l'échelon suivant.

Le grondement se transforma en rugissement. Tout, derrière lui, était en train de s'effondrer. Il fallait qu'il monte.

Trois prises à la fois.

Le barreau sous son pied lâcha soudain. Il se retrouva agrippé à une main. Ses doigts étaient en train de glisser.

Noah, Cleo, je vous adore.

Il réussit à attraper le barreau suivant, mais celui-ci aussi était instable. Il se hissa juste avant que le barreau sous son pied lâche et tombe au fond du puits. Il attrapa le même barreau des deux mains. Il n'avait plus beaucoup de forces.

Le bruit était assourdissant. Tout à coup, on lui saisit les poignets et il fut hissé vers le haut.

Il se retrouva nez à nez avec Branson et Martis.

— C'est bon, mec, on te tient, mais qu'est-ce que tu es lourd, putain !

Ils le portèrent et l'allongèrent sur le sol bétonné du garage.

— Ça va, Roy ? Désolé si je t'ai fait mal aux bras.

— Ça va aller. Merci, mec.

— À ton âge, tu aurais dû faire installer un monte-escalier.

— Va te faire voir !

Ils entendirent une sirène passer au loin. La douleur dans sa jambe droite empira.

— Bordel de merde !

— C'est les nerfs qui lâchent ? demanda Glenn Branson en plaisantant.

— Non, non. C'est ton humour. Chaque fois que j'entends l'une de tes blagues périmées, j'ai envie de mourir.

Il sourit, puis prit son ami dans ses bras.

— Je ne sais pas pourquoi, mais je t'aime, toi.

— Tu te débrouilles pas mal, pour un vieux, répliqua Branson.

Il s'agenouilla et regarda la jambe droite de son ami. Grace était pâle comme un linge.

— Roy, ta jambe, c'est grave. Appelle une ambulance, vite, dit-il à l'intention de Martis.

103

MARDI 23 DÉCEMBRE

— Ça ne ressemble pas trop à la maison, pas vrai, mon chéri ?

Roy Grace ouvrit les yeux, complètement désorienté. La lumière était très forte, il ne connaissait pas ce lit et le plafond était étrange. Il s'affola. Où se trouvait-il ?

Que s'était-il passé ? Il vit le visage de Cleo au-dessus de lui. Elle lui sourit de façon énigmatique. Que se passait-il ? Où…

Elle l'embrassa sur le front.

Où se trouvait-il donc ?

— Tu es fou, mon amour.

— Fou ?

Il ressentit une douleur atroce dans la jambe droite. Une femme, debout à côté de Cleo, portait une chemisette bleu clair. Son nom était épinglé à sa poitrine, mais il n'arrivait pas à lire. On aurait dit une infirmière. Elle était accompagnée d'un homme d'une cinquantaine d'années en tenue de chirurgien, avec une sorte de linge bleu autour de son crâne.

— Bienvenue parmi nous, commissaire Grace, dit l'infirmière.

— Parmi vous ?

Il essaya de remettre de l'ordre dans ses idées : le tunnel, Crisp, les coups de feu.

Le chirurgien s'avança vers lui.

— Comment vous sentez-vous ?

— Ma jambe droite me fait hyper mal.

— Ce n'est pas surprenant. J'ai retiré onze grenailles. À quelques centimètres près, vous perdiez votre jambe. Vous avez eu de la chance. On va faire en sorte que vous ne souffriez pas trop et vous serez sur pied d'ici deux semaines. Au début, ce sera un peu compliqué, désolé.

Il lui sourit tristement.

— J'aurais dû me présenter. Je suis Rupert Verrell, votre chirurgien.

Tout lui revint.

— Je ne pensais pas que c'était si grave. Merci.

— Se faire canarder à un mètre de distance, ce n'est jamais très bon. Vous devriez le savoir, commissaire.

— Bon, maintenant, je le sais.

— Là où vous avez eu de la chance, c'est qu'il ne savait pas viser.

— Glenn m'a raconté ce que tu as fait, mon chéri, dit Cleo. Tu es complètement cinglé ! J'ai failli devenir une veuve éplorée.

— Depuis quand je suis ici ? demanda Grace, toujours chamboulé.

— Deux jours, dit Cleo.

— On est quel jour ?

— Le 23 décembre.

— Et il est quelle heure ?

Elle regarda sa montre.

— 10 h 05.

— Du matin ?

— Oui, du matin.

— Merde ! dit-il en essayant de s'asseoir.

Il eut l'impression qu'un tisonnier avait été plaqué contre sa jambe.

— Aïe !

Il ferma les yeux et grimaça.

— Il faut que j'aille faire du shopping ! J'ai des tonnes de trucs à acheter. Il faut que je trouve une carte pour toi, et tous les cadeaux !

Il se souvint soudain qu'il n'avait rien acheté pour sa nièce, Jaye.

— Vous ne risquez pas d'aller faire des courses aujourd'hui, dit le chirurgien. À part peut-être sur Internet.

— Vous n'allez quand même pas me garder ici pour Noël ? Je viens d'emménager dans une nouvelle maison. Je veux être chez moi, en famille. Et je veux pouvoir aller acheter des cadeaux !

— Je l'ai, mon cadeau, dit Cleo. C'est toi. Le fait que tu sois en vie, c'est le seul cadeau dont j'ai besoin cette année.

Grace la fixa.

— Mon Dieu, ma chérie, je suis désolé.

— Tu te souviens de ce que tu m'as dit quand j'étais enceinte de Noah ?

Il grimaça.

— Non.

— Tu m'as dit que ton boulot était d'arrêter les méchants, de faire en sorte que le monde soit un endroit plus sûr pour notre enfant et pour moi. C'est ce que tu as fait. Je t'en veux d'avoir risqué ta vie, mais je suis fière de toi. Je ne sais pas combien de gens partagent leur vie avec un véritable héros. Je prendrai Noah, on viendra fêter Noël ici, à l'hôpital, avec toi. Ce n'est pas ce que j'avais prévu, mais ce sera bien quand même. Pas vrai ?

Elle serra sa main.

Il lui sourit, les larmes aux yeux, et serra sa main à son tour. Puis il entendit la voix de l'infirmière, détachée, autoritaire.

— Votre mari doit dormir, maintenant.

— Ma chérie, sais-tu ce qui est arrivé à Crisp ?

— Je sais juste qu'ils sont toujours en train de creuser.

104

MERCREDI 24 DÉCEMBRE

Grace avait eu de la visite toute la journée, y compris celle de sa sœur, et avait fini par s'assoupir devant la télé. Il fut réveillé par la voix de Glenn Branson.

— Joyeux Noël, mec !

Il découvrit son ami, en costume trois-pièces et cravate encore plus extravagante que d'habitude. Il sentait l'alcool. Il tenait une carte dans une main et une bouteille de champagne, ornée d'un ruban bleu, dans l'autre. Il était flanqué d'une jolie blonde en petite robe noire, leggings et bottes à talons. Elle lui avait apporté une corbeille de fruits surmontée d'une branche de gui.

C'était Shioban Sheldrake. Il les dévisagea.

— Il est quelle heure ? bafouilla-t-il, toujours désorienté.

— Minuit moins une. Le père Noël, c'est moi ! Tu ne peux pas savoir ce que j'ai dû faire pour accéder à ta chambre à cette heure-ci, s'enflamma Branson.

— Comment vous sentez-vous, Roy ? demanda la journaliste.

— Je ne ferai pas de commentaire.

Son ami était-il devenu fou ? Que faisait-il ici avec cette reporter ?

— Shioban est cool, répliqua Branson en lisant dans ses pensées. C'est une visite de courtoisie. Elle ne fera pas d'article. Elle en a d'ailleurs déjà fait un sur toi.

Il brandit la une du jour de l'*Argus*.

UN POLICIER RISQUE SA VIE POUR ARRÊTER LE TUEUR

Branson tituba, mais réussit à poser la bouteille sur le chevet. Il posa sa main sur le visage de Grace.

— Comment tu te sens ?

— Je n'ai pas eu l'occasion de te remercier officiellement de ce que tu as fait pour moi.

— Absolument. Dire que c'est toi qui as droit à tous les honneurs... plaisanta Branson en s'asseyant sur le lit. Un policier « héroïque », tu m'en diras tant !

— N'oublie pas que tu m'as déboîté les deux épaules.

L'enquêteur sourit.

— Ah, pas de bol.

Grace regarda son ami, puis la journaliste.

— Tu veux bien m'expliquer ce qui se passe ?

— O.K., voilà. Je sais qu'on est un petit peu bourrés, mais je voulais que tu sois le premier à le savoir : on vient tout juste de se fiancer.

105

JEUDI 25 DÉCEMBRE

Depuis la disparition de Sandy, Roy Grace n'aimait plus fêter Noël. Il préférait travailler plutôt que d'essayer de se montrer joyeux devant sa famille. L'année précédente, pour la première fois, il avait vraiment apprécié son réveillon avec Cleo. Cette année, il avait rêvé de leur nouvelle maison, à la campagne, d'un feu de cheminée, de promenades avec le petit Noah dans un porte-bébé… Sauf qu'il était confiné dans une minuscule chambre à l'Hôpital Royal du Sussex.

Les étagères et le chevet étaient couverts de cartes. Des collègues lui avaient aussi offert des fleurs et des paniers de fruits.

Cleo venait de partir, afin de coucher Noah. Un épisode spécial Noël de *Downton Abbey* passait à la télé. Il regardait Hugh Bonneville porter un toast quand soudain, Cassian Pewe déboula dans sa chambre avec une bouteille dans un joli sac et une carte. Comme à son habitude, il portait une veste à carreaux très colorée, un pull à col roulé, un pantalon d'équitation et des mocassins bicolores ultra-voyants.

— Joyeux Noël, Roy ! dit-il de sa voix nasillarde. J'aurais voulu passer plus tôt, mais tu sais ce que c'est, en cette période de fêtes…

— Content de vous voir, chef.

Grace fit de son mieux pour esquisser un sourire. Dans le fond, il était agréablement surpris de voir son boss.

— Je t'ai apporté un petit quelque chose pour te remonter le moral !

— Merci.

Pewe s'assit sur une chaise à côté du lit et Grace respira son eau de toilette doucereuse. Peut-être un cadeau de Noël.

— Tu as fait du bon travail, Roy.

— Merci.

— C'est moi qui te remercie. Tu as montré à tout le monde, ici, dans la région, dans tout le pays, ce que ça voulait dire de bien mener une enquête. Tu as dépassé toutes nos attentes. Nous sommes très fiers de toi, nous te devons beaucoup. Tu es un héros !

Grace attendit la chute, le « mais ».

Il n'y en eut pas.

— L'année dernière, tu m'as sauvé la vie, Roy. Je sais que nous n'avons pas toujours été sur la même longueur d'onde, c'est comme ça. Je ne veux pas entrer dans cette nouvelle année avec des tensions entre nous. C'est pour ça que je suis venu te voir. Tu es un sacré flic. Le meilleur. Je suis fier de travailler avec toi. Et désolé d'avoir eu des doutes à ton sujet, par le passé.

Il lui tendit la main.

Grace la lui serra. Pewe avait toujours la main molle et moite.

— D'accord !

— Je suis sûr que tu meurs d'envie d'en savoir plus sur les recherches du corps de Crisp. Nous avons rencontré quelques problèmes. Des canalisations se sont effondrées, le tunnel a été inondé, il est rempli d'eaux usées, nous allons devoir pomper pendant plusieurs jours. D'après ce que j'ai compris, tu viens de déménager, mais tu n'as pas pu t'installer. Est-ce correct ?

— Oui. Heureusement que j'ai une femme compréhensive.

— Et un supérieur généreux, dit-il en tapotant sa poitrine. Tu pourras rentrer chez toi avant le Nouvel An et tu disposeras d'un mois de congé. Repose-toi, profite de ton adorable épouse et de ton fils. Oublie le travail. Reviens-nous le 1er février, chargé à bloc. On aura besoin de toute ton énergie, à ce moment-là. Ça marche ?

— Un mois ?

Grace essaya de se souvenir de la dernière fois où il avait eu autant de temps libre.

Il eut des doutes.

— Je n'aurai pas besoin d'autant de temps.

— Ce n'est pas une proposition, Roy, c'est un ordre. J'ai vu trop de couples se séparer à cause du rythme infernal imposé aux policiers.

Il sourit de ses dents immaculées.

Cinq minutes plus tard, Pewe prenait congé de Roy Grace, qui fut soulagé de le voir partir.

106

SAMEDI 27 DÉCEMBRE

— Je n'arrive pas à croire que je vais t'avoir à la maison pendant un mois ! dit Cleo en lui prenant le bras pour l'aider à descendre de voiture. Bienvenue chez nous !

Elle lui tendit sa canne, puis alla récupérer sa petite valise.

En appui sur sa jambe valide, Roy Grace sourit, heureux de profiter d'un soleil éclatant. Il contempla le cottage et respira le bon air de la campagne. Il avait du mal à réaliser qu'il était chez lui. Après des années à en rêver, il allait enfin vivre au vert, à dix kilomètres seulement de Brighton.

La maison était petite, rectangulaire, avec des murs peints à la chaux, une porte blanche, un toit en tuiles pentu et une allée qui ressemblait plutôt à un chemin. Les minuscules fenêtres étaient toutes de tailles différentes. L'un des murs était recouvert de lierre. Le jardin, encore sauvage, était composé d'arbustes et d'herbes hautes. Située en haut d'une colline, la maison offrait des vues imprenables sur les champs. Ils l'avaient eue à un bon prix parce qu'elle avait besoin d'être rénovée. C'était très bien comme ça. Cleo avait bon goût et s'était déjà lancée dans la décoration.

Arrivé devant la porte, il entendit Humphrey aboyer. Charlie, en salopette couverte de taches de peinture, leur ouvrit. Humphrey faillit le renverser, tant il était content de le revoir.

Appuyé contre sa canne, il caressa le chien.

— Tu aimes ta nouvelle maison, toi, pas vrai ?

Humphrey fonça dans les buissons en aboyant.

Ils entrèrent. Le sol était bâché. Roy respira des odeurs de peinture fraîche et de feu de cheminée. Il fit la bise à Charlie et il lui souhaita un joyeux Noël en retard. Et il entendit les babillages de Noah.

— Il a été adorable ! dit Charlie. Je pense qu'il est content que son papa soit de retour à la maison !

— Je vais le descendre ! dit Cleo en grimpant l'escalier. Va dans le séjour. J'ai mis une bouteille de champagne au frais. On a des trucs à célébrer !

Dix minutes plus tard, installé dans un canapé, un verre à la main, Roy Grace se sentit plus heureux que jamais. Il avait enfin l'impression qu'une nouvelle vie commençait.

Noah jouait sur un matelas posé au sol. Charlie, qui n'avait jamais eu de chance en amour, avait rencontré quelqu'un. Il était directeur commercial dans les médias. Toute la famille, sauf Roy, avait fait sa connaissance et l'avait apprécié. Elle semblait très épanouie.

Humphrey se battait à la vie à la mort contre un jouet en caoutchouc.

— Alors, dit Charlie, te voilà *gentleman farmer*. Qu'est-ce que ça te fait ?

Roy sourit, vida son verre et se tourna vers Cleo.

— C'est plutôt pas mal !

Charlie remplit les verres et se rendit dans la cuisine pour préparer le déjeuner.

— On va passer un mois entier ensemble, ma chérie, dit Roy à Cleo. Qu'est-ce qu'on va bien pouvoir faire ? Et si on commençait par une crémaillère ?

— Bonne idée ! Et on organisera quelques dîners entre amis. J'aimerais aller à Londres pour les soldes. C'est le meilleur moment pour acheter des choses pour la maison. Et il y a un concert de Bryan Ferry au Dôme dans trois semaines. On essaie de trouver des billets ?

Un peu plus tard, quand la bouteille fut à moitié vide, Cleo prit Noah dans ses bras et le monta à l'étage pour le nourrir.

Charlie alla préparer le déjeuner. Grace buvait une gorgée de champagne, quand son téléphone sonna.

C'était son ami allemand Marcel Kullen.

Son humeur s'assombrit.

— Bonne année, Roy ! Comment vas-tu ?

— Bonne année, Marcel. Ça va, si ce n'est que je me suis fait tirer dessus juste avant Noël.

— Tu t'es fait tirer dessus ?

— On m'a retiré onze plombs logés dans ma jambe droite.

— Tu es sérieux ?

— Oui, un cadeau de Noël de la part de quelqu'un qui ne m'appréciait pas beaucoup.

— Mon Dieu, mais tout va bien ?

— Ça va, merci. J'ai mal quand je marche, mais ça ira mieux d'ici une semaine ou deux. L'alcool me fait du bien ! Et toi, comment tu vas ?

Il y eut un moment de silence.

— Tu te souviens de cette femme à l'hôpital, celle dont je t'ai parlé ?

— Oui, répliqua Grace, hésitant.

— J'ai quelques informations supplémentaires. Est-ce que Sandy se droguait ?

— Comment ça ? Quel genre de drogue ?

— Héroïne.

— Jamais de la vie !

— Tu en es sûr ?

— Je pense que j'aurais été au courant !

— On ne sait jamais tout, Roy.

— Qu'est-ce que tu veux dire ?

— J'ai une autre question. Elle se fait appeler Frau Lohmann. Elle a un fils de 10 ans et 6 mois. Tu penses qu'il est possible que Sandy ait eu un fils de toi ?

Grace fixa les flammes dans la cheminée.

— Un fils de moi ?

— Est-il possible qu'elle ait été enceinte quand elle a disparu ?

— Non. Enceinte ? Non.

— Sûr ?

— Oui.

Grace fit le calcul. C'était possible. Tout juste.

— Ce garçon a dit à des amis qu'il était allé deux fois à Brighton. La dernière fois, pour un mariage en novembre, il avait trouvé sa mère très bizarre. Ils avaient quitté la cérémonie.

Grace se sentit faiblir.

— Pourquoi est-ce que tu m'as parlé de drogue ?

— Nous avons fait circuler ses trois identités et des photos d'elle à toutes les forces de police du pays susceptibles de nous aider. Francfort nous a répondu. Il y a là-bas – comment dit-on ? – un centre de consommation de drogue. Un endroit où les junkies peuvent se shooter, sous surveillance. Ils disent qu'ils connaissent cette femme, qu'elle est venue régulièrement pendant deux ans. Je pense que tu devrais venir, Roy, pour vérifier si ce n'est pas Sandy. Ça nous permettrait de l'éliminer de notre liste.

— Quelles sont les autres informations dont tu disposes ?

— Son fils nous a dit qu'elle s'appelait Alessandra Lohmann. C'est son nom, actuellement. Mais, à la salle de shoot, elle a donné un autre prénom.

— Lequel ?

— Sandy.

107

VENDREDI 2 JANVIER

Roy Grace regarda par le hublot de l'avion. Il survolait des champs. La descente sur Francfort avait commencé. Courait-il après un fantôme ?

Il espérait que ce ne soit que ça.

Il ne pouvait pas oublier cette photo reçue sur son téléphone. C'était peut-être Sandy.

Elle aurait eu trois fausses identités ?

Elle serait multimillionnaire ?

Elle aurait un fils ?

Elle devait être tout juste enceinte au moment de sa disparition. Peut-être ne savait-elle pas qu'elle attendait un enfant.

Un enfant qui était allé à Brighton deux fois l'année précédente, dont une fois pour un mariage. Le sien ?

Un enfant qui avait déclaré que le mariage avait rendu sa mère très nerveuse.

Roy repensa au cauchemar qu'il avait fait peu avant, ce rêve dans lequel il avait vu Sandy à l'église. Il se remémora le moment où, quand il s'était retourné, il avait vu une femme en noir, avec un petit garçon au fond de l'église. Était-ce possible ? Et si Marcel avait raison ?

Pouvait-elle être encore en vie et revenue à Brighton, après toutes ces années ? Pourquoi ?

Par curiosité ?

Si c'était le cas, comment gérerait-il la situation ?

Il pouvait désormais marcher, mais son kiné lui avait conseillé d'attendre plusieurs semaines avant de reprendre le jogging. Il lui restait presque quatre semaines à la maison avant son retour au boulot. Le travail lui manquait, mais il était ravi de passer du temps avec Cleo et Noah, de poser du papier peint, de peindre des murs, de décorer leur maison.

Dès l'atterrissage, il alluma son téléphone et vérifia le réseau. Il envoya un SMS à Cleo pour lui dire qu'il était arrivé. Pour la première fois, il lui avait menti, lui avait dit qu'il devait faire cet aller-retour pour témoigner dans le cadre d'une affaire classée. Il se sentait coupable.

Plongé dans ses pensées, à l'arrière du taxi, il remarqua à peine la ville qu'il traversait. Le chauffeur, qui parlait très peu anglais, l'avait regardé de travers quand il lui avait montré l'adresse. Quarante minutes plus tard, à midi, le taxi s'engagea dans une rue malfamée, couverte de graffitis. Il comprit pourquoi le chauffeur l'avait dévisagé.

La rue s'appelait Elbestrass. Ils passèrent devant des clubs de strip-tease, des sex-shops et plusieurs bâtiments en construction. Il vit des parpaings sur le trottoir, une gaine de canalisation bleue, des échafaudages, une boîte de nuit et des grands panneaux CABARET PIK DAME. De l'autre côté de la rue, des hôtels et des bars en piteux état. Le taxi s'arrêta derrière une file de vieilles voitures à moitié garées sur le trottoir. Le chauffeur montra du doigt un bâtiment de quatre étages devant lequel plusieurs SDF s'étaient rassemblés, certains assis, d'autres debout. Il lui dit quelque chose qu'il ne comprit pas mais il saisit le message : ils étaient arrivés.

Grace régla la course, monta les marches et sonna. Il poussa une lourde porte en verre et entra dans une petite réception carrelée. La jeune femme derrière le comptoir lui sourit.

— Vous parlez anglais ? lui demanda-t-il.

— Oui, un peu.

— Je m'appelle Roy Grace, j'ai rendez-vous avec Wolfgang Barth.

Elle lui fit signe de monter à l'étage.

— Vous le trouverez au deuxième.

Derrière une baie vitrée, à sa gauche, il aperçut une salle de shoot. Il y avait plusieurs chaises en plastique et une tablette métallique étroite qui faisait le tour de la pièce. Trois places étaient occupées. Deux par deux jeunes hommes, dont l'un avec une casquette de base-ball, et la dernière par un barbu aux longs cheveux emmêlés, qui devait avoir près de 60 ans. Tous les trois préparaient leur fix, concentrés. La pièce était surveillée par une jeune femme qui avait devant elle des cuillères et des seringues, disposées sur des serviettes en papier.

Il s'arrêta pour observer, par curiosité. Sandy était-elle venue ici ? S'était-elle droguée ?

Il monta l'escalier jusqu'au deuxième étage. Une porte s'ouvrit et un homme d'une quarantaine d'années l'accueillit. Il portait une chemise à carreaux bleue et un jean. Ses cheveux bruns, aux épaules, lui donnaient l'air d'un rocker.

— Commissaire Grace ? demanda-t-il avec un léger accent, d'un ton distingué. Je suis Wolfgang Barth.

Ils se serrèrent la main et Grace le suivit dans un bureau lumineux, aéré, meublé de deux tables. Plusieurs posters étaient accrochés aux murs dont une carte de la ville et une affiche titrée CANNABIS.

Ils prirent place autour d'une petite table de conférences. Barth apporta un café. Une assiette de biscuits au chocolat était à la disposition des visiteurs. L'Allemand la poussa délicatement vers lui.

— Servez-vous, si vous avez faim.

— Ça ira, merci.

— Vous êtes donc commissaire à la police du Sussex, dit Barth. Vous connaissez Graham Barrington ?

— Très bien, oui. Il était mon supérieur, il a récemment pris sa retraite.

Barth fronça les sourcils.

— À son âge ?

Grace sourit.

— Ça se passe comme ça, chez nous. La plupart des policiers partent après trente ans de service.

— Il est venu nous rendre visite il y a deux ans. Il voulait voir comment on travaillait, pour essayer de faire la même chose à Brighton.

— C'est un avant-gardiste. Malheureusement, nos hommes politiques ne sont pas aussi ouverts que les vôtres, en matière de drogue.

— En 1992, on recensait 147 overdoses par an. Depuis que nous avons installé des salles de shoot, comme celle-ci, nous n'en décomptons plus que 30. Le chiffre sera sans doute encore moindre l'année prochaine.

Il marqua une pause.

— Bref. Que puis-je faire pour vous ?

Roy Grace ouvrit son sac et en sortit une enveloppe kraft. Il lui tendit une photo de Sandy, prise juste avant sa disparition.

— Avez-vous déjà vu cette femme ?

L'Allemand observa attentivement le cliché.

— Il y a un mois, reprit Grace, la police de Munich a fait circuler la photo d'une femme, victime d'un accident, dont l'identité était incertaine. Ils ont découvert qu'elle utilisait trois noms différents. L'un d'eux était Alessandra Lohmann. Vous avez déclaré la reconnaître. Selon vous, elle avait fréquenté votre salle deux ans plus tôt, en se faisant appeler par son prénom, *Sandy*.

Wolfgang Barth posa la photo et hocha la tête. Il se dirigea vers un casier métallique, passa en revue quelques dossiers et en sortit un qu'il ouvrit.

— Oui, Sandy Lohmann. Elle avait arrêté la drogue et voulait se rendre utile en conseillant les autres. Elle a travaillé ici bénévolement, tous les jours, de mars 2009 à décembre 2011. Puis un jour, elle a disparu.

Il replaça le dossier et se rassit.

Grace lui montra de nouveau la photo.

— C'est elle ? Vous la reconnaissez ?

Barth l'observa, puis leva les yeux vers Grace.

— Vous savez, c'est très difficile. On voit tellement de visages ici... Je me souviens un peu de Sandy, elle avait les cheveux roux et portait beaucoup de – quel est le mot ? – maquillage. C'est possible. Elle était maigre, elle avait les traits creusés, ajouta-t-il en passant ses doigts sur son visage.

Grace réfléchit quelques instants, puis il sortit la photo que lui avait envoyée Marcel Kullen – celle de la femme en soins intensifs.

— Est-ce que vous reconnaissez cette femme ?

— C'est la même ?

— Peut-être. La photo a été prise il y a un mois.

Barth l'observa longuement.

— C'est possible, mais je ne peux pas l'affirmer. C'est une personne que vous surveillez ?

— Oui, confirma-t-il. Une personne que je suis de près.

108

SAMEDI 3 JANVIER

À 17 heures, Roy Grace prit place dans la BMW de Marcel Kullen, direction Munich. Il venait d'atterrir. Il lut quelques panneaux : SALZBURG. MÜNCHEN. NÜRNBERG. ECHING.

Son vieil ami avait refusé qu'il dorme à l'hôtel et insisté pour qu'il passe la soirée avec sa famille. Ils avaient bu quelques bières du cru, des vins allemands et plusieurs verres de schnaps.

À 9 heures, le lendemain matin, Grace se retrouva de nouveau dans la voiture de son collègue, avec l'une des pires gueules de bois de sa vie, rongé de culpabilité. Il neigeait légèrement dans le quartier chic de Schwabing. Ils s'arrêtèrent devant la clinique Schwabing, un imposant bâtiment beige qui ressemblait à un ancien monastère.

— Tu préfères que je vienne avec toi ou que je t'attende ici ? demanda Kullen.

La gorge sèche, Grace souffrait d'une migraine que les deux cachets de paracétamol pris une heure plus tôt n'arrivaient pas à dissiper. Il aurait volontiers avalé un grand verre d'eau et plusieurs cafés. Pourquoi avait-il tant bu la veille ?

Il le savait bien, au fond.

Il était terrifié.

Et si…

Et si c'était elle ?

Que ressentirait-il ? Comment réagirait-il ? Que dirait-il ?

Il faillit demander à Marcel Kullen de tout annuler et de le raccompagner à l'aéroport. Mais il était là.

Au point de non-retour.

— Comme tu veux, Marcel.

— Je te laisse. Je pense que c'est quelque chose que tu dois accomplir seul.

À contrecœur, Grace ouvrit la portière et sortit. Il faisait froid. Il entendit un hélicoptère et leva les yeux. L'engin se posa sur le toit du bâtiment.

Grace entra dans le hall et se dirigea vers une réception moderne, éclairée en orange, derrière laquelle se trouvaient deux femmes. Il donna son nom et on lui demanda de patienter. Il chercha des yeux un distributeur de boissons et finit par s'asseoir, nerveux comme jamais.

Quelques minutes plus tard, une femme entre deux âges, ronde, avec des cheveux blonds mi-longs, des lunettes, un pantalon noir et des baskets, le salua de façon très formelle. Elle lui donna son nom, mais il ne le retint pas.

— Venez avec moi.

Il la suivit dans un long couloir, passa devant plusieurs panneaux fléchés, puis un petit café, et s'arrêta devant un ascenseur.

— Si j'ai bien compris, cette femme est peut-être votre épouse, portée disparue ?

Il avait l'estomac tellement noué qu'il avait du mal à s'exprimer.

— Peut-être. Elle n'a toujours pas parlé ?

— Elle murmure des choses, parfois, c'est tout. La plupart du temps, elle est dans son monde, comme prisonnière.

Ils montèrent deux étages et arrivèrent devant une porte en verre sur laquelle était inscrit : ANÄSTHESIOLOGISCHE INTENSIVSTATION 16 G.

Ils entrèrent dans un couloir orange, le long duquel étaient installées des chaises. Grace remarqua un distributeur de friandises et plusieurs photos encadrées de médecins et d'infirmières aux murs.

Ils croisèrent un homme en tenue bleue, Crocs jaunes aux pieds. L'infirmière proposa à Grace de s'asseoir, le temps qu'elle vérifie s'il pouvait lui rendre visite maintenant. Il se dirigea vers le distributeur où il put se servir un verre d'eau et prendre un café noir. Il se demandait s'il devait, ou pas, essayer de rencontrer le garçon. Il préféra remettre ce projet à plus tard.

Incapable de rester en place, il fit les cent pas. Il tremblait. Commettait-il une grave erreur en venant ici ? Sa vie allait-elle basculer ?

Cinq minutes plus tard, la femme revint.

— Tout va bien, vous pouvez aller la voir maintenant. Quand les patients sont dans le coma, c'est bien de les toucher, de leur parler. Ils peuvent sentir les odeurs. Peut-être reconnaîtra-t-elle la vôtre, si c'est votre femme. Si vous avez des chansons qu'elle aimait sur votre téléphone, vous pouvez les jouer.

Il la suivit jusqu'au service des soins intensifs. Ils passèrent devant de nombreux lits, où chaque patient était connecté à plusieurs moniteurs, intubé, partiellement caché derrière des rideaux vert pâle. Ils tournèrent et entrèrent dans une petite pièce, la numéro 7, dont la porte était ouverte.

Au milieu des appareils, une femme aux cheveux bruns coupés court, dans une tunique à pois bleue et blanche, gisait dans un lit légèrement relevé dont les côtés ressemblaient aux barreaux d'une cage.

L'infirmière s'éclipsa. Il se retrouva seul.

Il s'avança vers le lit, le regard rivé au visage de la femme. Celui-ci était tuméfié, couvert de cicatrices et de bandages. Elle était perfusée au poignet droit et à la base du cou. Les yeux fermés, elle respirait régulièrement.

Il sentit sa gorge se nouer.

Est-ce que c'était elle ?

Mon Dieu.

Était-ce la femme qu'il avait tant aimée ?

En toute sincérité, il n'arrivait pas à le dire.

Un pansement couvrait l'arête de son nez.

C'était la bouche de Sandy.

— Sandy ? murmura-t-il. C'est moi, Roy.

Pas de réaction.

Il serra doucement sa main bandée.

— Sandy ? Ma chérie ? C'est toi ?

Il avait l'impression d'avoir déjà tenu cette main. Petite, elle se logeait parfaitement dans la sienne. Le cœur battant, il changeait d'avis toutes les secondes. Tantôt il était sûr que c'était elle, tantôt il était sûr d'être face à une étrangère.

— Sandy ?

Sa respiration ne changea pas de rythme.

Que ferait-il si elle ouvrait les yeux, si elle le reconnaissait ? Comment gérerait-il cette situation ? Comment expliquerait-il tout ceci à Cleo ?

Il la regarda encore. Pourrait-il l'aimer à nouveau, si c'était elle ? Il ne ressentait rien. Aucune émotion.

Elle avait un fils. Pouvait-il être le sien ? Que ferait-il si c'était le cas ? Même si c'était elle, il n'avait plus rien à faire avec elle, il ne faisait plus partie de sa vie.

Il était comme anesthésié.

Il prit sa décision. Il tourna les talons et sortit de la pièce. L'aide-soignante qui l'avait accompagné se trouvait juste devant la porte. Elle parlait avec une autre infirmière. Elle s'avança vers lui.

— C'est votre femme ?

— Non.

109

DIMANCHE 4 JANVIER

Trois heures plus tard, Roy Grace prit place dans l'avion de la British Airways qui le ramenait à Londres. Son esprit était en surchauffe. Pourquoi était-il venu ici ? Qu'espérait-il ? Et pourquoi n'avait-il pas eu le courage d'en parler à Cleo ?

Si le but du voyage était de dire adieu à un fantôme, c'était raté. Il avait, au contraire, rouvert la porte aux cauchemars du passé.

Abstraction faite de sa blessure, qui d'ailleurs guérissait bien, l'année s'était terminée en beauté. Il avait été félicité par ses chefs. Malgré les pertes humaines, l'opération Charrette de foin était un succès, le Tatoueur de Brighton avait été neutralisé. Il avait mené à bien plusieurs enquêtes, au cours de l'année écoulée, et l'arrivée de Cassian Pewe ne le déprimait plus tant que ça. Il était confiant en l'avenir. Il avait, plus que jamais, fait ses preuves en tant qu'enquêteur.

Leur nouvelle maison était magnifique, et Cleo, malgré la fatigue due à Noah et au déménagement, était heureuse, enthousiaste et optimiste. Elle reprendrait bientôt le travail et ils auraient à choisir un mode de garde.

Ils avaient toujours été honnêtes l'un envers l'autre. Devait-il lui dire la vérité ? Avouer lui avoir menti à propos de ce voyage ?

Cela faisait trop longtemps que le passé était lourd à porter. Il fallait qu'il le considère pour ce qu'il était. Il lui avait fallu dix longues années pour passer à autre chose et retrouver le bonheur. Il ne pouvait pas laisser le passé les détruire.

Et pourtant.

Il n'arrivait pas à effacer de sa mémoire l'image de la femme dans le coma.

110

DIMANCHE 4 JANVIER

Au moment où l'avion s'arrêta, sur le Tarmac de l'aéroport de Heathrow, Roy Grace ralluma son téléphone. Il patienta quelques secondes, le temps d'avoir du réseau, et envoya un SMS à Cleo pour lui dire qu'il était bien arrivé.

Son téléphone vibra. Il avait reçu des messages sur sa boîte vocale.

Il y en avait deux, laissés par Cassian Pewe. Le second disait, d'un ton impatient : « Roy, rappelle-moi de toute urgence. »

Quand le signal s'alluma, les passagers se levèrent et sortirent leurs bagages à main des casiers. Grace les imita et se glissa dans la file pour descendre de l'avion. Pewe attendrait quelques minutes, décida-t-il. De toute façon, il était en congé.

Arrivé dans le parking, alors qu'il s'apprêtait à monter dans l'Audi de Cleo, il reçut un appel. C'était un numéro masqué.

— Allô ?

— Où est-ce que tu étais passé ? dit Cassian Pewe d'une voix nasillarde.

— J'étais en Allemagne, chef.

— En Allemagne ?

— Je viens juste d'atterrir à Londres.

— J'ai essayé de te joindre par tous les moyens. Qu'est-ce que tu faisais en Allemagne ?

— J'y étais pour des raisons personnelles, dit-il en masquant tant bien que mal son irritation.

— Pourquoi est-ce que tu ne m'as pas dit que tu partais ?

— Je suis en congé, chef.

— Je veux que tu reviennes tout de suite. Nous avons un gros problème.

— Que s'est-il passé, chef ?

— Edward Crisp, voilà ce qui s'est passé. Le tunnel qui s'était effondré a été fouillé. Le gars est introuvable.

— Ce n'est pas possible, chef. Il a été enseveli.

— Tu l'as vu de tes propres yeux ?

Grace réfléchit.

— Non, pas vraiment.

— Dans sa tanière, il y avait une petite trappe raccordée au tout-à-l'égout. Il a dû s'enfuir par là. J'ai parlé avec des techniciens, il est peu probable qu'il ait survécu. Avec toute la pluie qui est tombée ces deux derniers mois, les égouts sont très pleins. Il a peut-être été entraîné sur plusieurs kilomètres, puis a dû tomber sur une série de filtres conçus pour bloquer et concasser les plus gros objets, avant d'entrer dans l'usine de traitement des eaux usées de Peacehaven, puis d'être déversé dans la mer.

— Crisp se serait échappé par les égouts, se serait noyé ou aurait été déchiqueté ?

— Ce que je veux, Roy, dit Pewe d'une voix de plus en plus menaçante, c'est un corps ou du moins des bouts de corps. Il faut que notre unité spéciale de recherches trouve quelque chose dans les meilleurs délais, c'est compris ?

— Oui, chef, et bonne année à vous aussi.

— Hum.

111

DIMANCHE 4 JANVIER

Au lieu de rentrer chez lui, Roy Grace dépassa Henfield, sur l'A23, rejoignit l'A27 et traça jusqu'à Hollingbury.

Quelques minutes plus tard, laissant le supermarché Asda sur sa droite, il monta la côte et entra dans l'enceinte de la Sussex House. Il était 16 h 15.

Les décorations de Noël étaient encore accrochées, mais l'ambiance n'était pas à la fête. Depuis la fusion entre les polices judiciaires du Sussex et du Surrey, l'avenir de ce bâtiment était incertain.

Grace remonta les couloirs jusqu'au CO1 et salua les membres de son équipe qui étaient en train de boucler l'opération Charrette de foin.

Norman Potting se leva.

— Chef, comment allez-vous ? Vous boitez.

— Je suis en congé, Norman. Enfin, je l'étais. Bonne année ! Comment vas-tu ?

— Bonne année à vous aussi, chef. Je pense que vous devriez jeter un coup d'œil à ce message qui vient tout juste d'arriver.

Potting désigna l'écran de son ordinateur.

Il s'agissait d'un e-mail envoyé d'un compte Hotmail. Le nom de l'expéditeur était composé d'une série de lettres et de chiffres sans queue ni tête.

— Lisez le message, dit Potting.
Grace s'approcha.

Cher capitaine Potting,

Je suis confus de ne pas être revenu vers vous à propos des problèmes de prostate que vous avez mentionnés la dernière fois que vous êtes venu me voir, mais je suis pris par un nouveau projet très excitant. Je vous recommande une excellente organisation qui vous donnera toutes les informations dont vous aurez besoin sur cette maladie. Voici leur site : www.prostatehelp.me.uk.

Bonne chance, j'ai été ravi de vous rencontrer.

À très bientôt !

Dr Edward Crisp

Remerciements

Comme pour chaque roman de la saga Roy Grace, je dois beaucoup à différents professionnels, qui m'ont généreusement donné de leur temps pour me conseiller et me corriger.

Je remercie les officiers de la police du Sussex et du Surrey, et d'ailleurs : Giles York, commissaire divisionnaire décoré par la Reine, Katy Bourne, directrice de la police, le commissaire Nev Kemp, l'ancien commissaire Graham Bartlett, le commissaire Paula Light, le commissaire Paul Furnell, le commissaire Nick May, le commandant Jason Tingley, le commandant Bill Warner, l'ancien commandant Trevor Bowles, le commandant Andy Kille, le capitaine Phil Taylor, le capitaine Lorna Dennison-Wilkins, le lieutenant Martin Light, le lieutenant Paul Quinn, le lieutenant Scott Kendal et l'ensemble de l'unité spéciale de recherches. Suzanne Heard, Katie Perkins, Jill Pederson et Ray Packham, anciennement à la police technique et scientifique, Chris Gee, technicien en identification criminelle, Tony Case, responsable des locaux de la police judiciaire et Juliet Smith, juge au tribunal d'instance du Sussex de l'Est. Sans oublier l'ancien commissaire David Gaylor, ami très cher, qui m'a inspiré le personnage de Roy Grace.

Un grand merci à tous ceux qui m'ont conseillé dans les domaines scientifique, technique et médical : Dr Wilfrid Assin, Dr Neil Haughton, Ian Maclean, Dr Haydn Kelly, Dr David Veale, Michael Beard, Tara Lester, Andrew Davey, Janet Blainey, Nigel Ostime, Brian Price, Derek Middlehurst, Dr Mark Howard, Dr Nigel Kirkham, le père Martin, Hans Jürgen Stockerl, Wolfgang Barth au Drogennotdienst, à Francfort, Anette Lippert, et une mention spéciale à Sigrid Daus et à la clinique Schwabing.

L'écriture a beau être une tâche solitaire, je tiens à remercier tous ceux qui, dans l'ombre, œuvrent à l'édition, la correction, au marketing ou aux ventes, sans qui ce livre n'aurait jamais pu voir le jour. À commencer par mon gourou informatique, Chris Webb de Mac Service, mon agent Carole Blake et son équipe, mon éditrice Wayne Brookes, Geoff Duffield, Anna Bond, Sara Lloyd et toute son équipe chez Pan Macmillan. Mon équipe américaine Andy Martin, Marc Resnick, Hector DeJean, Paul Hochman, Elena Stokes, Tanya Farrell et tous les autres. Ma correctrice Susan Opie et mes attachés de presse Sophie Ransom, Becky Short et Tony Mulliken.

J'ai la chance d'avoir une formidable équipe qui m'aide à peaufiner mon manuscrit bien avant qu'il parvienne entre les mains de mon agent et de mes éditeurs, et qui m'aide à gérer la Team James UK : mon assistante personnelle Linda Buckley, ma comptable Sarah Middle, Helen Shenston, Anna Hancock, Martin et Jane Diplock, Susan Ansell et Lara Loveys. Bien sûr, je ne peux pas ne pas remercier nos chiens, qui sont les premiers à me rappeler à l'ordre quand je passe trop de temps devant l'ordinateur et qu'ils ont envie de se promener ! Oscar et Spook, notre adorable labradoodle.

Enfin, quelques tristes nouvelles. Elsie Sweetman, ancienne thanatopractrice à la morgue de Brighton et Hove, qui m'a inspiré le personnage de Cleo Morey, nous a quittés cette année. C'était une femme merveilleuse. Dennis Friedmann, éminent psychiatre, qui m'a aidé à façonner de nombreux personnages, de méchants notamment, est décédé lui aussi. Et Phoebe, notre berger allemand, est morte à l'âge avancé de 13 ans. Nos pensées affectueuses l'accompagnent.

Surtout, merci à vous, chers lecteurs ! Vos e-mails, tweets, commentaires sur Facebook et sur mon blog sont un encouragement permanent. Continuez comme ça, j'adore vous lire !

Peter James
Sussex, Angleterre
scary@pavilion.co.uk
www.peterjames.com
www.facebook.com/peterjames.roygrace
www.twitter.com/peterjamesuk

La traductrice souhaiterait remercier David Nichols, traducteur, Nathalie Roux Bonnet, assistante personnelle, le commissaire divisionnaire Jérôme Bonet, chef du service d'information et de communication de la police nationale et le colonel Jacques-Charles Fombonne, qui commande le centre national de formation à la police judiciaire de la gendarmerie nationale.

Glossaire

ADN – Acide désoxyribonucléique. Molécule qui encode les instructions génétiques impliquées dans le développement et le fonctionnement de tous les organismes vivants et de nombreux virus. Utilisé par la police pour identifier la source d'une trace biologique retrouvée sur la scène de crime. Probabilité fortuite d'apparition du génotype : 1 sur 1 milliard.

Cellule de crise – Groupe composé de policiers, de membres de la communauté locale, de membres de l'autorité administrative et d'élus, pour gérer l'impact d'un incident grave.

Chef de poste ou de salle – Gradé de permanence au centre d'information et de commandement (police-secours), qui dispatche les interventions à des équipages ou des OPJ. Dans les premiers temps, c'est lui qui gère les incidents graves.

CO1 – Centre opérationnel 1. L'une des plus grandes pièces du centre opérationnel, où travaille l'équipe d'enquête.

Directeur d'enquête – Gradé en charge d'une enquête pour homicide, kidnapping, viol, etc.

Directeur de l'équipe de recherches – Officier formé et habilité à conseiller sur la façon de mener les recherches. Supervise les équipes de recherches.

Directeur opérationnel – Officier chargé de la gestion de la crise. En général, un OPJ prend en charge les incidents quand ils dépassent les compétences du chef de salle, soit par leur gravité, soit par leur complexité, soit par le volume d'incidents à gérer.

En opération

Numéro 1 – Le numéro 1, chef de l'opération, définit la stratégie.

Numéro 2 – Le numéro 2, chef de dispositif, coordonne le volet tactique en fonction de la stratégie définie par le numéro 1.

Numéro 3 – Le numéro 3, chef d'équipe, est responsable de la mobilisation des ressources humaines pour répondre aux besoins du numéro 2.

FBI – Principal service fédéral de police judiciaire aux États-Unis et principal organisme d'enquête du gouvernement américain.

Flash – Message court, envoyé directement sur les ordinateurs, principalement dans le CIC, pour alerter les opérateurs et le chef de salle d'un incident grave ou d'une mise à jour importante dans un incident en cours. Il clignote pour alerter les destinataires.

Force locale d'intervention – Brigade qui assure l'ordre public, les recherches et les techniques de surveillance à faible responsabilité.

HOLMES – Base de données nationale recensant tous les homicides. Contient les messages, les initiatives, les décisions et les comptes rendus permettant l'analyse de renseignements, le suivi et la vérification de l'enquête. Peut permettre aux enquêtes d'être reliées entre elles, si nécessaire. Correspond en partie au TAJ (Traitement des antécédents judicaires), autrefois appelé STIC (Système de traitement des infractions constatées).

LAPI – Lecture automatique des plaques d'immatriculation. Appareil placé sur des véhicules ou au bord des routes, capable d'enregistrer et d'identifier automatiquement la plaque minéralogique des voitures qui passent. Ce système peut être utilisé pour savoir quelle voiture passe devant quelle caméra, mais aussi lancer des alertes pour des voitures volées, des voitures sans assurance, des véhicules sous surveillance, etc.

Mode opératoire – Façon dont un criminel opère. Permet souvent de relier les crimes entre eux et/ou d'identifier les suspects.

Point de rendez-vous – Endroit où les services se retrouvent avant de se déployer sur la scène de crime. Utile quand il serait trop dangereux que tout le monde arrive sur place en même temps et de façon désordonnée.

Police judiciaire – Désigne les enquêteurs, plutôt que les brigades spécialisées.

Police municipale – Agents de police de proximité en uniforme. Ils ne peuvent pas arrêter, fouiller, faire usage de la force, etc.

Police-secours ou centre d'information et de commandement – Tous les appels à police-secours sont enregistrés. En cas d'intervention, l'identité des équipages de police et le bilan de l'intervention sont archivés.

Spécialiste de l'aide aux familles – Officier formé et spécialisé dans l'aide aux familles endeuillées pour leur rapporter des informations et participer à l'enquête.

Système d'immatriculation des véhicules – Fichier recensant numéros d'immatriculation et certificats d'immatriculation. Importante source de renseignements pour les enquêteurs.

Technicien en identification criminelle – Autrefois appelé technicien de scène de crime (TSC). Il s'agit des personnes qui se rendent sur les scènes de crime pour relever empreintes digitales, traces d'ADN, etc.

Unité spéciale de recherches – Équipe qui effectue des recherches sous l'eau, en altitude, où il faut un excellent niveau d'expertise, ou sur des scènes de crime complexes.

Vidéosurveillance ou vidéoprotection – Caméras installées et contrôlées par des institutions publiques (la police, par exemple) ou par des organismes privés (individus ou commerces).

Composé par FACOMPO, LISIEUX

Imprimé en France par CPI
en mars 2017
N° d'impression : 3021655

MIXTE
Papier issu de sources responsables
FSC® C003309
www.fsc.org

Fleuve Éditions, une marque d'Univers Poche,
est un éditeur qui s'engage pour
la préservation de son environnement
et qui utilise du papier fabriqué à partir
de bois provenant de forêts gérées
de manière responsable.

Fleuve Éditions
12, avenue d'Italie
75627 Paris Cedex 13

Dépôt légal : avril 2017
R11611/01